Veröffentlicht von
DREAMSPINNER PRESS

5032 Capital Circle SW, Suite 2, PMB# 279, Tallahassee, FL 32305-7886 USA
www.dreamspinnerpress.com

Liebe ist nicht allmächtig
Urheberrecht der deutschen Ausgabe © 2019 Dreamspinner Press.
Originaltitel: Love Can't Conquer
Urheberrecht © 2016 Kim Fielding
Original Erstausgabe. Juni 2016
Übersetzt von Anna Doe.

Umschlagillustration
© 2016 Brooke Albrecht.
http://brookealbrechtstudio.com
Die Illustrationen auf dem Einband bzw. Titelseite werden nur für darstellerische Zwecke genutzt. Jede abgebildete Person ist ein Model.

Deutsche ISBN. 978-1-64405-356-0
Deutsche eBook Ausgabe. 978-1-64405-355-3
Deutsche Erstausgabe. Januar 2019
v 1.0

Gedruckt in den Vereinigten Staaten von Amerika.

LIEBE
IST NICHT
ALLMÄCHTIG

KIM FIELDING

PROLOG

JEREMY COX war im *Sav-Rite*, als er die Neuigkeiten über Keith Moore hörte.

Mama hatte ihn geschickt, um Milch und Zigaretten zu holen. Jeremy ließ sich Zeit, schlurfte mit seinen Tennisschuhen über den staubigen Asphalt und lauschte dem schrillen Zirpen der Zikaden. Er trug sein T-Shirt zusammengeknüllt in der Hand. Es war brütend heiß. Die Sonne hatte seine Haare noch mehr ausgebleicht und die Sommersprossen auf seinen nackten Schultern wurden immer zahlreicher.

Auf halbem Weg in den Laden hörte er, wie sich von hinten ein Auto näherte. Er ging einen Schritt zur Seite und lief auf dem ausgedörrten Gras der Böschung weiter. Aber der Wagen fuhr nicht an ihm vorbei. Nach einer Weile schaute Jeremy auf.

„Hey, Germy!", rief eine nur allzu bekannte Stimme aus dem Fahrersitz des verbeulten alten Buicks. Es war Troy Baker mit seinem üblichen Anhang. Jeremy wusste schon, was jetzt kommen würde. Und so war es auch. „Germy Cox, so dumm wie ein Ochs. Schwanzlutscher. Schwuchtel!" Mit dem letzten Wort kam eine leere Bierdose angeflogen, prallte an seiner Schulter ab und kleckerte dabei einen letzten Rest warmen Bieres auf seinen Arm. Troy gab endlich wieder Gas und fuhr davon. Jeremy blieb, in Abgase und Spott gehüllt, am Straßenrand zurück.

Er hatte so gehofft, dass es damit vorbei wäre, als Troy und seine Freunde im Mai die Schule beendeten. Aber sie waren alle in der Stadt geblieben. Keiner von ihnen hatte Bailey Springs, Kansas, verlassen. Troy arbeitete an der Tankstelle und die anderen auf den Farmen ihrer Eltern. Und mit ihnen waren auch die Schikanen und der Spott geblieben, mit denen sie Jeremy regelmäßig überzogen. Seine einzige Chance – das wusste er jetzt – diesen Qualen zu entgehen, bestand darin, die Schule hinter sich zu bringen und dieser verdammten Stadt zu entfliehen. *Noch drei Jahre. Nur noch drei Jahre.* Es kam ihm vor wie eine Ewigkeit.

Die Gruppe Erwachsener, die an der Kasse des *Sav-Rite* stand, beachtete er kaum. Er ging direkt zum Kühlregal und holte dort eine Packung Milch und eine Flasche Cola, die er auf dem Nachhauseweg trinken wollte. An der Kasse wollte er gerade nach einem Päckchen Virginia Slims für Mama fragen, als er die Stimme des Marktleiters hörte.

„… also ob die Moores noch mehr Probleme bräuchten", sagte Mr. Stoltz.

Mrs Peasley nickte. „Gott weiß, diese arme Familie hat es nicht leicht." Ihre Einkäufe lagen vor ihr auf dem Band und waren noch nicht eingetippt. Es sah aus, als wollte sie einen Kuchen backen für den Spielezirkel, der sich jeden Mittwoch bei ihr zuhause traf. Jeremys Großmutter gehörte auch dazu und beschwerte sich

1

immer, dass Mildred Peasley nicht fähig wäre, einen halbwegs genießbaren Kuchen zu backen.

„Sind Sie sicher, dass er sich umbringen wollte?", fragte Betty Ostermeyer und nahm ein Päckchen Mehl vom Band. Sie hatte erst vor zwei Jahren die Bailey Springs Highschool abgeschlossen und war noch während der Schwangerschaft von ihrem Mann verlassen worden. Jetzt passte Bettys Mutter tagsüber auf das kleine Mädchen auf, während sie im *Sav-Rite* die Kasse bediente. „Vielleicht wollte er nur schwimmen gehen. Es war sehr heiß."

Mrs Peasley schnalzte mit der Zunge. „Selbst ein Moore wäre nicht so dumm, von der Memorial Bridge zu springen, wenn er im Fluss schwimmen will. Sie ist viel zu hoch. Es ist zu gefährlich."

Jeremys Herz schlug so heftig, dass er sicher war, sie müssten es hören. Aber sie beachteten ihn nicht. Der Milchkarton und die Flasche wurden immer schwerer in seinen Händen.

„Der Junge ist ein Krimineller, aber kein Idiot", sagte Mr. Stoltz. „So dumm wäre er nicht gewesen."

Mrs Peasley nickte und beugte sich vor, als wollte sie ein Geheimnis verraten. Aber ihre Stimme war noch genauso laut wie vorher. „Und ich habe gehört, er hätte sich ein Seil um den Hals gebunden, bevor er gesprungen ist. Aber das Seil ist gerissen."

Jeremy musste irgendwann nach den Zigaretten gefragt und bezahlt haben, auch wenn er sich nicht daran erinnern konnte. Ihm war schwindelig und sein Magen drehte sich um wie damals, als er auf der Kirmes nach drei Würstchen und einer Zuckerwatte noch mit dem Fire Ball gefahren war. Irgendwo auf dem Weg zwischen dem *Sav-Rite* und zuhause kotzte er ins Gebüsch. Die Galle brannte in seiner Kehle und die Sonne in seinem Nacken.

Er richtete sich auf, wischte sich mit dem Unterarm über den Mund und ging weiter, ohne auf seine Umgebung zu achten – auf die kleinen Häuschen mit ihren Sonnenblumen und Stockrosen im Vorgarten, vor denen Kinder Hickelkästchen auf die Wege gemalt hatten.

Er sah nur noch Keith Moore vor sich – dürr und groß mit schlabberigen, viel zu großen Klamotten und strähnigen, dunklen Haaren. Keith konnte nie stillsitzen und wippte ständig mit den Beinen. Er war zwei Klassen über Jeremy, aber in Mathe und Biologie waren sie im selben Kurs. Keith hatte im letzten Jahr die Prüfungen nicht bestanden und Jeremy durfte ein Jahr überspringen. Keiner ihrer Klassenkameraden sprach mit ihnen – mit Jeremy nicht, weil er Anfänger war und die Schwuchtel Germy Cox, mit Keith nicht, weil sie vor ihm Angst hatten. Aber manchmal sah Keith Jeremy an, und auch wenn er nicht lächelte, zuckte doch einer seiner Mundwinkel. Und wenn Jeremy dann rot wurde, funkelten Keiths haselnussbraune Augen für einen kurzen Moment und Jeremy fühlte eine seltsame Mischung aus Freude und Angst in der Brust.

Und jetzt war Keith von der Memorial Bridge gesprungen.

2

Den Rest der Geschichte hörte Jeremy stückchenweise über die nächsten Tage verteilt. Sein Vater erwähnte es beim Abendessen, aber seine Mutter warf Jeremy einen kurzen Blick zu und wechselte schnell das Thema. Einige ältere Schüler flüsterten laut in der Bibliothek und Jeremys beste Freundin, Lisa, rief ihn an und erzählte ihm, was sie von ihrer älteren Schwester gehört hatte. Einige der Informationen und Gerüchte widersprachen sich stark.

Als zwei Wochen später die Ferien zu Ende waren, wusste Jeremy alles, was es zu wissen gab. Offensichtlich hatte sich Keith Moore nachts aus dem großen, alten Haus seiner Eltern geschlichen und war die zwei Kilometer bis zum Fluss gelaufen. Er war bis in die Mitte der Brücke gegangen, über das Geländer geklettert und in das schwarze Wasser des Flusses gesprungen, der tief unter ihm floss. Er hatte kein Seil benutzt. Die Polizei hatte zwar in der Nähe ein Seil gefunden, aber das hatte wahrscheinlich nichts mit Keith zu tun. Kurz nach Sonnenaufgang hatte ein Fischer flussabwärts Keith auf einer Sandbank gefunden, wo er angeschwemmt worden war. Keith war schwer verletzt und bewusstlos, aber noch am Leben.

Niemand in Bailey Springs sollte ihn je wiedersehen. Einige sagten, er wäre nach seiner Entlassung aus dem Krankenhaus weggelaufen. Andere bestanden darauf, er wäre an seinen Verletzungen gestorben. Am hartnäckigsten hielt sich ein Gerücht, wonach er irgendwo in ein Irrenhaus gesperrt worden wäre, weit weg von Bailey Springs, in einem anderen Bundesstaat. Dr. Moore behandelte weiter seine Patienten, Mrs Moore präsidierte weiter über den Club der Gartenfreunde, den Frauenverein und die Gesundheitsberatung. Weder sie noch ihr Mann sprachen jemals über ihren Sohn.

Jeremy musste während der nächsten drei Jahre oft an Keith denken. Nachdem er einen Wachstumsschub bekam, fragte er sich, ob Keith wohl immer noch der größere von ihnen wäre. Und er erinnerte sich an das schiefe Grinsen und daran, dass es Keith nicht länger bedrohlich aussehen ließ, sondern wunderschön. Und nachdem Jeremy mit mehreren Mädchen – erst mit Jenny Novak und dann mit Pam Archer – geknutscht hatte, ohne dass es ihn sonderlich von den Socken warf, gestand Jeremy sich auch endlich ein, warum er unter Keiths Blicken errötet war.

Und dann – endlich! – waren die drei Jahre um und Jeremy frei. Er bekam ein Stipendium für ein kleines College in Oregon. Er lernte, den grauen Himmel zu lieben, den Duft der Nadelbäume und den Anblick der schneebedeckten Berge an einem Sonnentag. Jeremy dachte kaum noch an Kansas zurück. Und noch weniger erinnerte er sich an einen Jungen namens Keith Moore.

1

„ICH MACHE nichts Verbotenes", fauchte der Junge, der auf der Betontreppe saß. Dann zog er seinen schmutzigen Rucksack näher, als könnte der ihn vor dem großen, muskulösen Mann beschützen, der auf ihn zukam. Der Junge war vierzehn, vielleicht auch fünfzehn Jahre alt. Es war schwer zu sagen, denn eine Strickmütze und eine Kapuze bedeckten den größten Teil seines Gesichts. Die übergroße grüne Jacke verbarg einen dürren, viel zu mageren Körper.

Jeremy blieb einige Meter entfernt stehen. „Das hat auch niemand behauptet. Außerdem bin ich kein Bulle", sagte er mit ruhiger Stimme.

Der Junge zog die Augenbrauen hoch und schaute demonstrativ auf das Abzeichen an Jeremys Jacke.

„Ja, ich trage eine Uniform. Aber sie ist grün, nicht blau. Ich bin ein Park Ranger."

„Wie Yogi?", fragte der Junge ungläubig.

Jeremy lachte. „Nein. Yogi war der Bär. Der Ranger hieß Smith, falls ich mich richtig erinnere. Es ist lange her."

Der Junge sah jetzt nicht mehr so grimmig drein, lächelte aber auch nicht. „Und wir sind in Portland, nicht in Jellystone."

„Richtig. Aber wir sind in einem Park." Jeremy zeigte auf den riesigen Springbrunnen in der Nähe. Das Wasser war abgedreht, weil der Springbrunnen gerade repariert wurde, daher war es heute im Park viel ruhiger als sonst. Und das war gut. Jeremy wollte den Jungen nicht anschreien müssen.

„Mir egal. Ich habe auch keine Picknick-Körbe geklaut."

„Eigentlich wollte ich dich nur zum Essen einladen. Nicht weit von hier gibt es gute Hamburger."

Sofort wurde der Junge wieder misstrauisch. Er schaute zur Seite und mahlte mit den Zähnen. Seine ganze Haltung war so angespannt, also wollte er jeden Moment aufspringen und weglaufen, doch dann schien er es sich anders zu überlegen. Jeremy hätte ihn eingeholt, bevor er auch nur bis zum Bürgersteig gekommen wäre. „Und was kostet mich das?", fragte er Jeremy, den Blick in die Ferne gerichtet.

Jeremy konnte nur hoffen, dass man ihm seinen Ekel nicht ansah. „Nichts. Wir halten uns in der Öffentlichkeit auf und ich habe nicht vor, dich anzurühren. Du siehst nur aus, als könntest du eine gute Mahlzeit vertragen. Und ich esse nicht gern allein. Komm schon. Es gibt dort auch Milchshakes. Die dicken, sahnigen im Metallbecher."

Für den Bruchteil einer Sekunde wurde die Zungenspitze des Jungen sichtbar und Jeremy wusste, dass er ihn an der Angel hatte. Er hielt Abstand, während der Junge aufstand, sich den Rucksack umhängte und nickte. Jeremy ging voraus zur Straße. Einige Passanten sahen ihn neugierig an, weil er eine Uniform trug. Den mageren, verdreckten Jungen an seiner Seite nahmen sie nicht wahr.

„Wie heißt du? Ich bin Jeremy."

„Solltest du nicht einen offizielleren Namen haben? Ranger Rick oder so?"

„Ich bin doch kein Waschbär. Aber du kannst mich Ranger Cox nennen, wenn dir das lieber ist. Oder sogar Chief Ranger Cox, wenn du es ganz genau nehmen willst. Und wenn du jetzt über meinen Namen lachen musst, wäre ich dir dankbar, wenn du es schnell hinter dich bringst."

Der Junge lachte prustend. „Cox? Wirklich?"

„Yep. Ein Nachname, der männliche Jugendliche schon seit Generationen amüsiert. Glücklicherweise haben meine Eltern mich nicht Richard genannt."

Der Junge dachte einen Moment nach, dann brüllte er vor Lachen. „Ja. Dick Cox wäre wirklich grauenhaft gewesen. Ich bin Toad."

Jeremy warf ihm einen fragenden Blick zu. „So werde ich eben genannt", meinte der Junge schulterzuckend.

„Warum? Du hast doch gar keine Warzen."

„Keine Ahnung. Ist nur ein Name."

„Eigentlich ein ziemlich guter. Ich mag Kröten. *Anaxyrus boreas* beispielsweise. Hübsche Kerle, die in sehr unterschiedlichen Biotopen leben. Sie geben süße Pieptöne von sich und ihre Haut ist leicht giftig, deshalb werden sie von vielen Raubtieren nicht gefressen. Trotzdem werden sie leider immer seltener. Es liegt vor allem am Straßenverkehr und am Rückgang der Feuchtgebiete."

„Das sind … recht viele Kröten-Fakten."

Jeremy klopfte grinsend an sein Abzeichen. „Ranger."

Sie kamen zu *Perry's Good Eats*. Jeremy hielt Toad die Tür auf und folgte ihm. Ungefähr drei Viertel der Tische waren besetzt, vor allem von einfachen Geschäftsleuten und Studenten. Der Geruch nach Bratfett hing schwer in der Luft und laute Stimmen hallten durch den Raum. Zwischen den Tischen waren mehrere Kellner in weißen Schürzen unterwegs. Das Essen hier war überdurchschnittlich gut, aber nicht zu fein für einen obdachlosen Jugendlichen.

„Hey, Chief!", rief die Frau hinter der Theke. „Sucht euch einen freien Tisch. Die Tagesgerichte stehen an der Wandtafel."

Jeremy winkte ihr dankend zu und ging mit Toad zu einer der Ecknischen. „Du kannst bestellen, was du willst", sagte Jeremy und reichte Toad eine der Speisekarten, die in einem Serviettenhalter steckten. Toad wirkte unter den vielen Menschen eingeschüchtert und zog den Kopf ein, während er die Speisekarte studierte.

Der Kellner war ein über und über tätowierter Mann Mitte Zwanzig, der bei Toads Anblick mit keiner Wimper zuckte. Jeremy hatte schon Gäste mitgebracht, die wesentlich schlimmer aussahen. Er nahm ihre Bestellungen auf, zwinkerte Jeremy zu und ging wieder.

„Ich gehe mich waschen", murmelte Toad, rutschte von der Bank und verschwand mit seinem Rucksack hinter der Tür zu den Toiletten. Jeremy machte eine Bestandsaufnahme: Der Junge war schon lange genug auf der Straße, um jedem zu misstrauen und seine wenigen Besitztümer nicht aus den Augen zu lassen. Aber es war noch nicht lange genug, um ihn die Grundregeln der Körperhygiene vergessen zu lassen.

Einige Minuten später kam Toad zurück. Sein Gesicht glänzte rosa, so kräftig hatte er es abgeschrubbt. „Was macht so ein Ranger eigentlich den ganzen Tag?", fragte er, nachdem er sich wieder gesetzt hatte.

„Unterschiedliche Dinge. Wir informieren Besucher über die Parks. Wir sorgen dafür, dass die Regeln eingehalten werden. Wir geben Lehrgänge. Arbeiten mit der Forstbehörde zusammen oder den Gärtnern. Solche Sachen halt."

„Verrückt."

„Mir gefällt die Arbeit. Ich kann Menschen helfen und in der freien Natur arbeiten. Und es gibt viel Abwechslung. Jeder Tag ist anders."

Während Toad noch darüber nachgrübelte, kam der Kellner zurück. Jeremy beobachtete, beide Hände um die warme Kaffeetasse gelegt, wie Toads Augen sich weiteten, als er die Schlagsahne mit der Kirsche auf seinem Schokoladen-Milchshake sah. Er saugte einige Male ohne großen Erfolg am Strohhalm, dann nahm er den Löffel mit dem langen Stiel. Es war noch so viel von einem kleinen Jungen in Toad, dass Jeremy lächeln musste. *Er ist noch nicht verloren. Noch nicht.*

Kurz darauf kamen auch die Burger, beide mit einem großen Berg Pommes Frites. Jeremy würde morgen einige Extra-Kilometer laufen müssen. Er absorbierte die Kalorien nicht mehr so ungestraft wie in seiner Jugend. Toad hatte damit noch keine Probleme. Er fiel über das Essen her wie ein hungriger Wolf.

„Du siehst irgendwie aus wie ein Bulle", meinte er kauend. „Tough."

„Ich war mal bei der Polizei. War aber nicht mein Ding."

„Hast du eine Pistole und so?"

„Nein. Damit habe ich nichts mehr zu tun. Wenn es sein muss, rufe ich die starken Männer in Blau an."

Toad zog eine Grimasse und steckte sich eine Pommes in den Mund. „Bullen sind Arschlöcher."

„Auf einige mag das zutreffen, ja. Aber die ganze Welt ist voller Arschlöcher. Ich halte mich lieber an die Guten."

„Na ja", meinte Toad und trank einen tiefen Schluck Milchshake. Das Eis war mittlerweile etwas geschmolzen und er konnte den Strohhalm benutzen.

Jetzt wurde es knifflig. Toad fühlte sich wohl, hatte aber noch nicht aufgegessen. Also würde er hoffentlich nicht weglaufen. Jeremy musste nur etwas vorsichtig sein.

„Wo lebt deine Familie?", fragte er leise.

Toad kniff die Lippen zusammen und sein Blick wurde hart. „Ich habe keine Familie."

„Dann bist du einfach so vom Himmel gefallen – *Plopp!* – und in meinem Park gelandet?"

Toad gab ihm keine Antwort, sondern sah ihn nur mit funkelnden Augen an. Dann biss er in seinen Burger. Jeremy nippte schweigend an seinem Kaffee. Entweder gab Toad nach einer Weile nach oder nicht. Es würde nichts helfen, ihn zu einer Antwort zu drängen.

Als die Antwort schließlich kam, sprach Toad so leise, dass Jeremy ihn kaum verstehen konnte. „Sie haben mich rausgeworfen, ja? Wollten keine Schwuchtel als Sohn." Er schob das Kinn vor. „Ist mir auch egal. Ich brauche sie nicht", sagte er laut.

Jeremy hatte sich schon etwas in dieser Art gedacht. Er hatte diese Geschichte – so oder so ähnlich – schon oft gehört. Trotzdem schnürte es ihm die Kehle zu. Er trank einen kräftigen Schluck Kaffee.

„Du hast recht", sagte er seufzend. „Du brauchst sie nicht. Aber du brauchst trotzdem jemanden. Jemanden, der sich so gut um sodassdich kümmert, wie du es verdient hast."

„Etwa dich?", schnappte Toad ihn an.

„Nicht mich. Ich habe dir doch gesagt, dass ich dich nicht anfassen werde. Aber ich kann dir helfen. Es ist mein Job, okay?"

„Wenn du mir jetzt erzählen willst, dass es wieder besser wird, kannst du dir die Mühe sparen. Weil du keine Ahnung hast, wie es ist."

„Doch, in gewisser Weise schon", sagte Jeremy leise.

Toad kniff die Augen zusammen. „Und wie?"

„Ich bin schwul. Meine Eltern haben mich nicht rausgeworfen, aber das liegt nur daran, dass ich ein Feigling war und es ihnen erst Jahre später gesagt habe. Mittlerweile hatten sie fünfzehn Jahre Zeit, sich daran zu gewöhnen. Sie reden immer noch nicht darüber."

„Siehst du? Es wird eben nicht besser." Toad schob den Teller zur Seite und verschränkte die Arme vor der Brust.

„Doch, das wird es. Weil ich viele Freunde habe, denen es scheißegal ist, ob ich schwul bin oder nicht. Meine Kollegen wissen es und es ist ihnen egal. Ich habe ein wunderbares Zuhause, ein cooles Auto und lauter anderen Kram. Ich wünschte, ich würde mich mit meinen Eltern besser verstehen, aber letztendlich ist das *ihr* Problem, nicht meines. Und ich bin glücklich. Als ich in deinem Alter war, hätte ich das für unmöglich gehalten. Aber so ist es."

Toad spielte mit dem Strohhalm und versuchte, die letzten Milchreste aus dem Glas zu saugen. „Hast du einen Freund?"

Dieser Teil fiel Jeremy nicht so leicht. „Im Moment nicht. Ich hatte einige feste Beziehungen in der Vergangenheit. Es war uns ernst, auch wenn es nicht gehalten hat. Aber wir haben uns geliebt. Und ich hoffe, dass ich eines Tages einen

Mann finde, mit dem ich den Rest meines Lebens verbringen kann." Ja, das hoffte er. Sehr optimistisch war er diesbezüglich allerdings nicht. Vielleicht war er ja einer dieser Menschen, die nicht für eine dauerhafte Beziehung geschaffen waren. Nun, das war ihm auch recht. Jedenfalls zum größten Teil. So konnte er sein Leben gestalten, ohne dass ihm jemand reinredete.

Der Kellner kam zurück. „Darf ich den Herren noch etwas bringen?"

„Willst du noch Kuchen, Toad? Der Kuchen hier schmeckt köstlich."

Toad überlegte kurz, schüttelte dann aber den Kopf. „Nein, ich bin satt."

„Dann einen schönen Tag noch", sagte der Kellner, gab Jeremy die Rechnung und zwinkerte ihm wieder zu, bevor er wieder ging. Ja, er war ein hübscher Kerl. Aber viel zu jung. Fünfzehn Jahre Altersunterschied waren in Ordnung für einen One-Night-Stand, doch daran hatte Jeremy schon lange keinen Spaß mehr.

Toad packte seinen Rucksack. „Äh … Danke fürs Essen, Mann. Ich muss jetzt gehen."

„Gern geschehen. Und danke für deine Gesellschaft. Aber wir wissen beide, dass du keinen dringenden Termin hast. Ich weiß, wo ich dich unterbringen kann."

Wieder kniff Toad die Augen zusammen. „Und wo?"

„Es heißt *Patty's Place* und ist in einer netten Nachbarschaft im Osten der Stadt. Und du bist dort sicher. Du kannst dort wohnen, bekommst zu essen und sie helfen dir, einen Job zu finden oder wieder zur Schule zu gehen. Es sind gute Menschen, Toad."

Es brach Jeremy fast das Herz, als er die Hoffnung sah, die für einen Sekundenbruchteil in Toads Augen aufflackerte, um dann durch eine absolut ausdruckslose Miene abgelöst zu werden. „Sobald sie herausfinden, dass ich schwul bin, schmeißen sie mich wieder raus."

„Nein. *Patty's Place* ist extra für LGBT-Jugendliche da. Und Q. Und, äh … P. Und was immer es noch für Buchstaben gibt."

Toad knabberte so intensiv an seiner Unterlippe, dass Jeremy sich wunderte, warum sie noch nicht blutete. Mist. Toad sollte sich Gedanken machen, welches Videospiel er spielen wollte oder wie er in der nächsten Chemiearbeit abschloss, nicht um diesen Scheiß hier. Es war nicht fair, wie ihm seine Jugend geraubt wurde. „Und wenn es mir nicht gefällt?", fragte Toad schließlich leise.

„Niemand hält dich dort fest. Wenn es dir nicht gefällt, gehst du einfach wieder. Ich denke, du solltest es wenigstens versuchen. Du bist nicht der erste, den ich zu *Patty's* bringe. Bisher hat es noch niemand bereut." Allerdings hatten es auch nicht alle geschafft. Einige liefen wieder weg, andere nahmen Drogen. Wieder anderen war die Last zu schwer und die Hoffnung zu klein, Fitnessstudio sie ihrem Leben ein Ende setzten. Aber zumindest hatten sie bei *Patty's* eine Chance gehabt, die ihnen die Straße niemals geboten hätte. Zumindest hatte sich jemand um sie gekümmert, wenn auch nur für kurze Zeit.

Toad sagte nichts mehr. Aber er nickte.

ALS JEREMY Toad schließlich den Mitarbeitern von *Patty's Place* übergab, waren die Straßen schon beleuchtet. Er telefonierte mit einigen seiner Ranger, um sich auf dem Laufenden zu halten. Danach fuhr er zum Laurelhurst Park, um mit den Vertretern einer Nachbarschaftsinitiative zu reden. Die Menschen machten sich Sorgen über die Zunahme von Wohnungseinbrüchen in den letzten Wochen. Sie vermuteten, dass der Einbrecher sich im Park aufhielt. Jeremy versprach, seine Ranger zu informieren, damit sie die Lage im Auge behielten. Damit waren die Anwohner für den Moment zufrieden.

Jetzt sollte Jeremy noch einige Berichte schreiben und Unterlagen durchlesen, war dazu aber nicht in der Stimmung. Obwohl er sich immer freute, wenn er einem Jungen wie Toad helfen konnte, war er danach emotional meistens ziemlich erschöpft. Er wollte eigentlich nur noch etwas Sport treiben, ein leichtes Abendessen zu sich nehmen und vielleicht kurz einen Kaffee trinken gehen. Heute Abend gab es im *P-Town* vermutlich keine Live-Musik, doch das machte ihm nichts aus. Es reichte ihm, einfach nur im Café zu sitzen, die Stimmen der anderen Gäste an sich vorbeirauschen zu lassen und zu entspannen. Der Papierkram konnte bis Montag warten.

Das Fitnessstudio war nur einige Straßen von zuhause entfernt, also stellte er den Jeep in die Garage und joggte die Treppe hoch in seine Wohnung im zweiten Stock. Gott, er liebte diese Wohnung. Er lebte schon seit fünf Jahren hier – seit dem katastrophalen Ende seiner Beziehung mit Donny – und obwohl die kleine Wohnung nie einen Preis gewonnen hätte, war sie doch sehr luftig und hübsch. Hohe Decken und große Fenster ließen alles an Sonnenlicht ein, was man in Portland erwarten konnte. Die Fußböden glänzten und die Kücheneinrichtung war aus Stahl und funkelte ebenfalls. Eine Wand trennte Schlaf- und Wohnbereich und das Badezimmer war schon beinahe lächerlich groß. Es hatte eine riesige Badewanne und eine Dusche, in der man hätte Orgien feiern können. Jeremy hatte die Wohnung mit wenigen, aber dafür gemütlichen Möbeln eingerichtet. Er mochte es nicht, wenn alles zugestellt war.

Im Stockwerk unter seiner Wohnung waren Büros untergebracht. Es war also an den Wochenenden ruhig und niemand beschwerte sich, wenn Jeremy abends noch Lärm machte. Die Tiefgarage teilte er sich mit den Büroangestellten und den Kunden des Wellness-Studios im Erdgeschoss. Außerdem gab es in der Nachbarschaft viele Restaurants und Bars und einen Schickimicki-Lebensmittelladen, der so hohe Preise hatte, dass Mr. Stoltz vom *Sav-Rite* vermutlich vor Schreck einen Herzanfall bekommen hätte.

Jeremy brauchte einige Minuten, um seine Uniform gegen Jogginghose, T-Shirt und Sportschuhe auszutauschen. Dann zog er sich noch eine Fleecejacke über, um draußen nicht zu frieren.

Er blieb länger im Fitness-Studio, als für ihn gut war. Erst als seine Muskeln ihn daran erinnerten, dass er die Vierzig schon seit einigen Jahren überschritten hatte, hörte er auf. Unter der Dusche fiel ihm ein braunhaariger Mann auf, der auch Gewichte von über zweihundert Pfund gehoben hatte. Der Mann war nicht so muskulös wie Jeremy, hatte aber einen hübschen Arsch – rund und knackig. Bedauerlicherweise war Jeremy viel zu erschöpft, um den Anblick gebührend zu genießen. Und falls der andere Mann seinerseits ihn beachtete, so merkte er nichts davon.

Nachdem er sich die kurzen, blonden Haare mit dem Handtuch getrocknet hatte, holte er saubere Kleidung aus seiner Sporttasche und zog sie an – Jeans, ein weißes T-Shirt und eine bequeme, grüne Jacke, die er schon seit Ewigkeiten hatte. Jeremy war nicht gerade ein Modeexperte.

Als er wieder auf die Straße kam, war aus dem abendlichen Nebel ein Nieselregen geworden. Er zog sich lächelnd die Kapuze über den Kopf. Wenigstens hatte Toad heute Nacht ein trockenes, warmes Bett. Der Junge war über die freundliche Aufnahme bei *Patty's* sehr erleichtert gewesen, das hatte Jeremy ihm ansehen können. Toad schien sogar regelrecht überwältigt, so viele nette Gesichter zu sehen. Er würde es schaffen. Der Gedanke war genauso erwärmend wie das Thai-Hühnchen mit Nudeln, das Jeremy sich als Abendessen gönnte. Er überlegte, ob er noch Lebensmittel kaufen sollte – seine Vorräte waren nahezu aufgebraucht –, doch es war ihm zu anstrengend, heute noch einkaufen zu gehen. Stattdessen machte er sich auf den Weg ins *P-Town Café*.

„Normal, Chief?", fragte ihn Ptolemy. Die Barista war gender-fluid. Heute trug sie eine tief ausgeschnittene Spitzenbluse und einen gestreiften Rock. Gestern war er noch gekleidet gewesen wie die Designerversion eines Bikers. Aber Ptolemys Haare waren immer gleich – kurz und vielfarbig – und in dem Kopf darunter verbarg sich eine scharfe Intelligenz. Ptolemy arbeitete an seiner Dissertation und wäre vermutlich durchaus in der Lage, die ganze Welt zu erobern.

„Ja. Groß."

Ptolemy nickte, nahm einen extra großen Becher aus dem Regal und füllte ihn bis zum Rand mit Kaffee. „Hier", sagte sie und schob den Becher über die Theke. „Ein bescheidener Tag heute, wie?"

„Nichts, was das Wochenende nicht auskurieren könnte."

Jeremy nahm den Becher von der Theke, bezahlte und ging an einen freien Tisch in der Ecke. Das Café war gut besucht, aber nicht so überfüllt wie an den Abenden mit Live-Musik. Jeremy liebte den Duft nach Kaffee und Zucker genauso wie die Gemälde an den Wänden. Eines der Bilder erinnerte ihn an *American Gothic*, zeigte aber anstelle des Farmer-Ehepaars einen attraktiven Mann mit nacktem Oberkörper, der neben einem Wolf stand. Die beiden sahen sehr glücklich aus.

Jeremy betrachtete immer noch das Bild, als die Besitzerin des Cafés kam und sich zu ihm an den Tisch setzte. Rhoda war eine große, imponierende Frau mit einem mächtigen Busen, der Jeremy immer an das Bug eines Schiffes erinnerte. Vielleicht lag es an dieser Ähnlichkeit, dass beide Wörter mit *Bu* anfingen. Rhoda war um die fünfzig Jahre alt, trug knallbunte Kleidung mit gewagten Mustern und färbte ihre unmöglich kurzen Haare feuerrot.

„Ptolemy meint, du hättest einen harten Tag hinter dir", sagte sie.

„Es ging. Ich habe einen Straßenjungen gefunden und zu *Patty's* gebracht. Ich glaube, er kommt wieder in Ordnung."

„Das hört sich doch fantastisch an. Die wenigsten von uns retten Menschen."

Jeremy prostete ihr mit seinem Becher zu. „Ah, aber dein Kaffee ist ein Lebensretter." Er schlürfte gierig.

Rhoda lehnte sich zurück und zog die Augenbrauen hoch. Sie hatten sich in der Zeit kennengelernt, als Jeremys Beziehung zu Donny in die Brüche ging. Damals war sie für Jeremy wie eine Rettungsleine, die ihn mit der Wirklichkeit verband. Später, als ihr Mann bei einem Autounfall ums Leben kam, hatte er ihr monatelang dabei geholfen, den Verlust zu verwinden. Sie wussten beide, wie sie sich gegenseitig zum Reden brachten.

„Ich bin müde", gab er zu. „Für heute ist Toad in Sicherheit, aber morgen schon wird ein anderer Junge seinen Platz dort draußen einnehmen."

„Toad?"

„Er sagt, so hätten sie ihn genannt. Wie auch immer … Es sind nicht nur die Jungen und die anderen Obdachlosen, es ist … alles." Er wusste nicht, wie er die Leere in sich beschreiben sollte. Diese Leere, die sich danach sehnte, gefüllt zu werden, aber nie das passende Gegenstück fand.

„Was brauchst du, Jer? Urlaub? Du hast seit Jahren keinen Urlaub mehr gemacht. Einen Freund? Ein neues Hobby?"

Er senkte den Kopf. „Keine Ahnung. Im Moment brauche ich einfach nur mehr Kaffee."

Sie nahm schnaubend den leeren Becher vom Tisch und ging zur Theke. Jeremy lauschte abwesend den Stimmen um sich herum. Die Espressomaschine zischte. Die Geräusche waren wie eine Barriere, aber er wusste nicht, zu was. Vielleicht zu seinen Gedanken.

Als Rhoda mit dem vollen Becher zurückkam, wirkte sie sehr entschlossen. „Ich habe einen Plan. Na ja, den Plan für einen Plan."

„Ja?"

„Morgen Abend. Morgen Abend gehen wir zusammen essen. In dieses bosnische Restaurant. Wir füllen uns mit Cevapcici und einigen Drinks ab und *dann* … bringen wir dein Leben wieder in Ordnung."

„Das hört sich an, als würdest du mich zu einem Date einladen", sagte Jeremy lächelnd.

„Nein. Dann würde ich dich in ein schickeres Restaurant einladen. Das ist eine Intervention. Bist du dazu bereit?"

Er war nicht sehr optimistisch, die Heilung für eine Krankheit finden zu können, die noch nicht diagnostiziert war. Aber wenigstens würde er für den Versuch ein gutes Essen bekommen und hätte dabei nette Gesellschaft. „Ja, das hört sich gut an."

„Perfekt. Wir treffen uns hier. Punkt sechs Uhr." Sie stand auf und tätschelte seinen Arm. „Vielleicht solltest du heute noch etwas unternehmen."

„Nein. Ich bleibe noch eine Weile sitzen und gehe dann früh schlafen."

Rhoda klopfte ihm auf die Schulter und ging, um leeres Geschirr einzusammeln.

Jeremy zog für einen Augenblick ernsthaft in Erwägung, ihren Rat anzunehmen. Er könnte einen Bekannten anrufen oder zwei. Wirklich gute Freunde hatte er eigentlich keine. Früher hatte er viele gute Kumpels aus seiner Zeit bei der Polizei, aber die meisten hatte er durch das Chaos mit Donny verloren. Heute hatte er nur noch einen Freund dort – Nevin Ng. Nevin war ein guter Kerl, aber in letzter Zeit auffällig oft nicht erreichbar. Mit den anderen Rangern konnte er keine persönlichen Freundschaften eingehen, weil er ihr Boss war. Also verbrachte er seine Zeit mit Arbeit, Joggen, Fitnessstudio oder hier, im Café.

Vielleicht war das ja sein Problem. Vielleicht sollte er mehr Sozialkontakte knüpfen oder sich ein neues Hobby suchen. Trommeln. Er fand Trommler schon immer cool.

Jeremy hielt den Becher zwischen den Händen, bis der Kaffee kalt und ungenießbar geworden war. Dann lehnte er sich zurück und beobachtete das Hin und Her um sich herum. Sein Blick blieb kurz an einem Mann hängen, der auf der anderen Seite des Raums saß, allein und mit dem Rücken zu Jeremy. Seine Haare waren schwarz, mit silbernen Strähnen durchzogen und kurz genug, um den langen, verletzlich wirkenden Hals freizulassen. Der Mann trug eine abgewetzte Lederjacke und saß über ein Buch gebeugt. Jeremy fragte sich, was er wohl lesen mochte. Jedenfalls schien es eine sehr fesselnde Lektüre zu sein.

Jeremy unterdrückte ein Gähnen und beschloss, diesen Freitagabend zu beenden. Er wollte morgen früh aufstehen und joggen gehen. Lebensmittel einkaufen. Vielleicht noch ins Studio gehen, bevor er sein Nicht-Date mit Rhoda hatte. Ja. Das hörte sich gut an.

Jeremy brachte sein Geschirr zu Theke, was ihm ein Grinsen von Ptolemy einbrachte. Dann hängte er sich die Sporttasche über die Schulter und verließ das Café. Die Lichter der Neon-Reklamen und Straßenlaternen spiegelten sich im nassen Asphalt. Ein Bus fuhr vorüber, geradewegs durch die Pfützen am Straßenrand. In einer Bar einige Häuser weiter lief ein Basketballspiel im Fernsehen. Lauter Jubel drang auf die Straße. Offensichtlich hatten die Trail Blazers einen Treffer erzielt. Wenn er sich nicht so schlapp fühlen würde, hätte er dort vielleicht noch ein Bier getrunken und sich den Rest des Spiels angesehen.

Stattdessen schlenderte er die drei Blocks nach Hause. Das Wellness-Studio war schon geschlossen und auch in den Büros arbeitete niemand mehr. Er hatte das

Haus für sich. Er konnte die Musik auf volle Lautstärke stellen und im Internet noch ein oder zwei Stunden Pornos schauen. Ein Bad nehmen, um die müden Muskeln zu lockern. Sich in seinem großen, bequemen Bett einen runterholen.

Er stieg die Treppe hinauf in den ersten Stock und wollte gerade weitergehen, als er es roch. Es war der metallene, salzige Geruch nach Blut und Schweiß, der sich im Treppenhaus ausgebreitet hatte und den hier üblichen Geruch nach feuchtem Beton überdeckte. Jeremy rannte los. Er nahm zwei Stufen auf einmal, bis er auf dem Treppenabsatz vor seiner Wohnungstür ankam.

Ein Mann saß zusammengesunken auf dem Boden vor der Tür. Seine zerrissene Kleidung war schmutzig und blutgetränkt. Ein roter Fleck breitete sich unter ihm auf den Bodenfliesen aus. Der Mann hob den Kopf und versuchte, Jeremy mit seinem typischen, jungenhaften Grinsen zu begrüßen. Das geschwollene Gesicht machte die Wirkung zunichte. „Hey, Jer."

Jeremy brachte nur ein einziges Wort über die Lippen. „Donny."

2

„NACHFÜLLEN IST umsonst.“

Qayin Hill sah von seinem Buch auf. Vor ihm stand eine Frau in einer buntgemusterten Tunika. „Ich kann bezahlen“, sagte er unwirsch.

„Ist mir egal. Es ist trotzdem umsonst. Willst du noch einen Kaffee?“

Sein finsterer Blick verschwand angesichts ihres breiten Lächelns. „Das wäre prima, danke.“ Er sah ihr nach, wie sie sich ihren Weg durch die Gäste bahnte. Hier und da blieb sie an einem Tisch stehen, um jemanden zu begrüßen. Er schloss daraus, dass sie die Besitzerin sein musste. Selbst ihr Gang wirkte besitzergreifend.

Kurz darauf kehrte sie mit einem dampfenden Becher Kaffee zurück. „Ich habe noch Platz gelassen für Sahne“, sagte sie und stellte den Becher auf den Tisch. „Soll ich dir welche bringen?“

Seine leichte Irritation war mittlerweile in Amüsiertheit umgeschlagen. „Ich habe nicht nur Geld, ich kann auch selbst aufstehen und mir die Sahne holen. Ich kann nämlich sogar laufen.“

„Ja. Aber du sitzt hier so gemütlich mit deinem Buch und ich könnte etwas Bewegung brauchen. Für die schlanke Linie, weißt du? Ich gehe schon.“ Bevor er auch nur den Mund aufmachen konnte, um Protest einzulegen, war sie weg. Dieses Mal ging sie zu einem Holztisch, auf dem Zucker, Sahne, Milch, Kaffeelöffel und anderes Zubehör bereitstanden. Sie nahm eine kleine Metallkanne und ein Tütchen Zucker und kam damit an seinen Tisch zurück. „Hier hast du alles, mein Bester.“

„Danke. Ich, äh … ich sitze hier schon recht lange. Störe ich auch nicht?“ Bis auf den einen Becher Kaffee hatte er noch nichts bestellt und es war Freitagabend, so dass viel Betrieb herrschte. Fast alle Tische waren besetzt.

Sie lachte, als hätte sie noch nie eine so lustige Frage gehört. „Wieso sollte es mich stören, wenn sich ein Gast hier wie zuhause fühlt? Schätzchen, wenn ich die Leute schneller loswerden wollte, müsste ich nur schlechte Musik spielen. Dubstep vielleicht? Mein Sohn hat das früher oft gehört.“ Sie schüttelte sich.

Qay goss sich Sahne in den Becher, bis er fast überlief. Dann kippte er noch ein Tütchen Zucker dazu, rührte aber nicht um. Es mochte es lieber, wenn sich der Geschmack nach und nach entwickelte. „Manche Cafés mögen es nicht, wenn die Gäste zu lange sitzenbleiben“, sagte er vorsichtig.

„Dazu gehören wir nicht. Außerdem liebe ich Gäste, die noch die altmodischen Bücher aus toten Bäumen lesen, anstatt auf ihren Laptops oder Tablets rumzutippen. Es macht die Atmosphäre hier so schön intellektuell.“ Sie grinste ihn an und verschwand wieder.

Sein Buch war wirklich gut – eine schwarze Komödie, die während des Goldrauschs spielte –, aber er las nicht gleich weiter. Stattdessen lehnte er sich in dem bequemen, weich gepolsterten Stuhl zurück und nippte an seinem Kaffee. Er sollte sowieso jetzt keine Komödien lesen. Er sollte sich für die Prüfung am Montag vorbereiten. Aber Qay wollte sich nichts vormachen. Er würde diese verdammte Prüfung sowieso nicht bestehen. Er würde niemals den Berufsabschluss schaffen. Und selbst wenn, würde ihn niemand einstellen. Außer für die Routinearbeiten, für die er den Abschluss gar nicht erst gebraucht hätte.

Denk positiv. Rede dir nicht ein, präventiv aufgeben zu müssen. Er wusste nur zu gut, wozu das führen würde. Und es war kein guter Ort.

Na gut. Er konnte heute das Buch lesen und morgen arbeiten. Dann hatte er morgen Abend und den ganzen Sonntag Zeit, um diesen John Stuart Mill endlich zu verstehen.

Er öffnete sein Buch und las weiter. Ein halbes Kapitel später spürte er plötzlich ein merkwürdiges Jucken in den Schulterblättern. Als würde er beobachtet. Er beugte sich vor und versuchte das Gefühl zu ignorieren, hatte aber keinen Erfolg damit. Er kam sich vor wie eine Maus, die von einer Katze beäugt wurde. Seine Lederjacke, die sich normalerweise wie eine zweite Haut anfühlte – oder eine Rüstung –, kam ihm plötzlich einengend vor, die fröhlichen Gespräche der anderen Gäste dröhnten ihm in den Ohren. Es war noch nicht lange her, da hätte er einfach sein Buch geschnappt und die Flucht ergriffen, aber heute blieb er sitzen. *Mann, du bist erwachsen. Du lässt nicht mehr zu, dass sie dich verletzen.*

Nach einer Weile ließ das Gefühl nach und Qay wagte es, einen Blick über die Schulter nach hinten zu werfen. *Mist.* Der Mann, der ihn beobachtet hatte, war riesig – selbst im Sitzen – und von oben bis unten mit Muskeln bepackt. Seine hellblonden Haare waren kurzgeschoren und der Becher in den großen Händen fast nicht mehr zu sehen. Er trug Jeans und eine einfache grüne Jacke, aber seine ganze Haltung schrie nach Bulle. Und er sah mit seinem kantigen Kinn ziemlich gut aus. Erinnerte Qay an einen dieser Superhelden … *Captain Caffeine. Ich errette die Welt vor schwachem Espresso und labbrigem Cappuccino.*

Nun, im Moment starrte ihn Captain Caffeine nicht mehr an. Der Blick des Mannes schweifte ziellos durch den Raum und Qay hatte den Eindruck, als ob er in Gedanken weit weg wäre. Und er sah aus, als würde er sich Sorgen machen.

Tja, selbst Superhelden packte eben manchmal der Blues.

QAYS KLEINE Souterrainwohnung war dunkel, feucht und stank immer leicht nach Katzenpisse, obwohl er gar keine Katze hatte. Das alte Haus über ihm hatte auch schon bessere Jahrzehnte erlebt und sah aus, als könnte es jeden Augenblick zusammenbrechen. Der größere Raum der Wohnung bestand aus einer kleinen Küchenzeile, einem alten Tisch mit zwei nicht zusammenpassenden Stühlen, einem durchgesessenen Sofa und einem Regal aus unbehandelten Spanplatten, auf dem ein alter Fernseher mit Röhrenbildschirm stand. Im kleineren Zimmer lag ein Bettrost mit einer schmalen Matratze direkt auf dem Fußboden. An der Wand stand ein riesiger Kleiderschrank, der aussah, als stammte er aus dem Sperrmüll von Graf Draculas Schloss. Irgendwann in den 1970ern hatte jemand das Badezimmer renoviert – komplett mit orangefarbenen Bodenplatten aus PVC, Resopalschränkchen und Wasserhähnen aus Messing.

Er lebte noch nicht sehr lange hier, aber die Wohnung war schon vollkommen zugestellt. Zerfledderte Bücher – vor allem Taschenbücher – stapelten sich auf dem Fußboden. Die horizontalen Flächen waren mit Krimskrams zugestellte, vieles davon leicht angeschlagen oder zerbrochen. An den Wänden hingen Fotos, die er aus Illustrierten gerissen hatte. Meistens waren es schöne Landschaften oder süße Tierbilder, aber es gab auch einige halbnackte Männer, die für Unterwäsche Werbung machten.

Wie immer, wenn er die Wohnung betrat, schaute Qay sich lächelnd um. *Home Sweet Home.* Es war eine sichere und ruhige Wohngegend, Bushaltestelle und Wäscherei lagen nur wenige Minuten vom Haus entfernt. Und er konnte sich die Miete leisten, wenn auch nur knapp. Solange er sich überwiegend von Nudeln ernährte. Er musste nur die Miete pünktlich bezahlen und durfte den Fernseher nicht zu laut drehen.

Qay hängte seine Lederjacke an den Haken bei der Tür, warf das Buch aufs Sofa und kickte sich die durchgeweichten Schuhe von den Füßen. Er hatte keinen Hunger. Das Buch hatte er ausgelesen und wollte kein neues anfangen. Das Fernsehprogramm interessierte ihn auch nicht. Er musste zwar morgen früh aus den Federn, war durch den vielen Kaffee aber noch zu wach, um schon schlafen zu gehen. Qay wusste nichts mit sich anzufangen. Früher hätte das unweigerlich dazu geführt, dass er Unsinn machte und sich Probleme einhandelte. Guter Gott, daran wollte er gar nicht denken. Damit war es endgültig vorbei.

Qay zog sich aus und warf seine alten Klamotten in den Korb beim Bett. Wenn er sich erst anziehen musste, war die Gefahr gering, dass er noch ausging und etwas passieren konnte.

Aber dafür stand er jetzt nackt und zitternd mitten in seiner Wohnung. Nun, dagegen ließ sich leicht Abhilfe schaffen.

Er tapste ins Schlafzimmer, legte sich in das ungemachte Bett und zog sich die Decke bis über die Hüften. Die Zimmerdecke war niedrig und unregelmäßig verputzt. Überall waren kleine Putzklümpchen und mysteriöse Schmutzflecken. Qay konnte sie in seiner Fantasie ohne große Mühe in Muster oder Bilder verwandeln. Als wären sie Sterne oder Wolken am Himmel. Oder ein Rorschach-Test. Aber das weckte unangenehme Erinnerungen, die er schnell wieder verdrängte.

Qay schaltete die kleine Nachttischlampe aus, die auf einem Getränkekasten aus Plastik neben dem Bett stand. Dann schloss er die Augen und ging seine virtuelle Pornosammlung durch. Da war Memphis, wo er sich mit zwei Männern einließ und sie zu dritt ein verschwitztes Augustwochenende im Bett verbrachten, bis sie so platt waren, dass sie sich nicht mehr rühren konnten. Oder der Typ an einem Strand in Kalifornien, der mit ihm in eine öffentliche Toilettenanlage ging und sich einen runterholte, während er vor Qay kniete und ihm – auf dem Umweg über seinen Schwanz – den Verstand aus dem Schädel saugte.

In letzter Zeit hatte er seine Sammlung nicht mehr erweitert, sodass sie fast nur Szenen und Bilder aus der Vergangenheit enthielt. Und selbst die hatte Qay erbarmungslos zensiert und alles ausgemistet, was mit Alkohol oder Drogen in Zusammenhang stand. Danach blieb nicht mehr viel übrig.

Vielleicht lag es an der geringen Auswahl, dass Qays Gedächtnis hilfsbereit einsprang und ihn an Captain Caffeine erinnerte. Die grüne Jacke, die sich über mächtige Muskeln spannte und die großen Hände, in denen der Kaffeebecher fast verschwand, die Lachfalten um die hellgrauen Augen ... Wahrscheinlich hatte er eine tiefe, dröhnende Stimme, wenn er in die Schlacht zog für Wahrheit, Gerechtigkeit und Kaffeebohnen aus fairem Handel. Und sein größtes Problem war, ob er erst die Arm- oder Rückenmuskeln trainieren sollte.

Na gut, das war jetzt unfair. Captain Caffeine hatte einen wirklich besorgten Eindruck gemacht. Selbst für einen Augenschmaus wie ihn konnte das Leben nicht immer eitel Sonnenschein sein, das wusste Qay. Jeder Superheld hatte böse Widersacher, die ihn nicht zur Ruhe kommen ließen.

Während Qay sich über den steifen Schwanz rieb, stellte er sich vor, wie Captain Caffeine wohl ohne die Jacke und die ausgewaschenen Jeans aussehen mochte. Wie sich der Bizeps wölbte, wenn er sich über Qay beugte und sein Schwanz – *Oh, nehmen wir an, er ist mindestens zwei- bis dreiundzwanzig Zentimeter lang* – sich an Qays Bauch rieb und seine Arschmuskeln sich unter Qays Händen anspannten und wieder lockerten. Qay stellte sich die grunzenden Laute vor, wenn Captain Caffeine ihm schließlich den harten Schwanz in den Arsch drückte und ihn fickte, den Geschmack nach Schweiß, wenn Qay ihm über die Brust leckte und den Geruch nach Sex, der sich in Qays kleiner Wohnung ausbreitete.

Qays ganzer Körper sehnte sich der Erlösung entgegen, seine rechte Hand bewegte sich schneller und schneller, während er sich mit der anderen in die Nippel zwickte. Seine Zähne gruben sich in die Unterlippe. Und dann ... dann sah Captain Caffeine ihn an, seine hellgrauen Augen sahen direkt in Qays dunkle Augen, und sie glänzten vor Lust und ... mehr.

Mit einem erstickten Aufschrei kam Qay zum Höhepunkt.

QAYS ARBEITSPLATZ lag auf der anderen Seite des Flusses. Er musste mit dem Bus fahren und entweder einmal Umsteigen oder sehr lange laufen. Weil die Busse am Wochenende seltener fuhren, war heute Laufen angesagt. Qay wollte nicht zu lange auf den Anschluss warten. Auf halber Strecke setzte ein leichter Nieselregen ein und als er schließlich ankam, war er nass und durchgefroren. Er verbrachte einige Minuten vor der Heizung im Eingangsbereich, um sich wieder aufzuwärmen. Es wäre schön, wenn der Weg zur Arbeit nicht so weit wäre. Aber hier im Industriegebiet gab es kaum Wohnhäuser und in den direkt angrenzenden Wohnbezirken waren die Mieten viel zu hoch für ihn.

Die Fabrik stellte Fenster her. Samstags war hier nicht viel los, weil die Arbeiter, die in der Produktion beschäftigt waren, frei hatten. Am Wochenende wurden die Räume und Maschinen geputzt, Lieferungen für die nächste Woche vorbereitet und das Verpackungsmaterial zusammengestellt, um die Fenster beim Transport zu schützen. Wenn Qay keinen Mist baute, konnte er vielleicht in eine bessere Position in der Produktion aufrücken, wo die Fenster ausgemessen, geschnitten und montiert wurden. Glaser zu werden, war nicht gerade sein Traumjob, aber für einen Mann wie ihn war es trotzdem ein ehrgeiziges Ziel. Er hätte dann nicht nur geregelte Arbeitszeiten, sondern auch einen höheren Lohn. Das wäre nett. Momentan verdiente er kaum mehr als den Mindestlohn. Die Chance, in die Produktion aufzusteigen, war auf jeden Fall größer als dieser verdammte Collegeabschluss.

„Hill! Setz deinen Arsch in Bewegung und hol dir einen Besen!" Stuart war der Schichtleiter und der Meinung, damit nur eine Stufe unter Gott persönlich zu stehen. Er kommandierte die Leute ständig rum, was schon schlimm genug war. Am meisten wurmte Qay allerdings, dass dieser Idiot nur halb so alt war wie er selbst.

Qay hätte dem kleinen Scheißer am liebsten erklärt, wohin er sich den Besen schieben sollte. Aber er hielt den Mund, weil er seinen Job noch brauchte. Mit einem letzten, traurigen Blick auf die Heizung ging er in die Besenkammer und holte sich alles, was er zum Putzen brauchte. Dann machte er sich an die Arbeit.

Wenn man in einer Glaserei putzte, konnte man den Kopf nicht abschalten. Überall war mit Scherben und Splittern zu rechnen, die nur auf einen kurzen Moment der Unaufmerksamkeit warteten. Qay hatte sich schon mehr als einmal geschnitten. Heute wollte er sich nicht ablenken lassen, als er den endlosen Betonfußboden fegte. Es gelang ihm nicht sonderlich gut. Erst malte er sich aus, was er diesem Idioten von Stuart am liebsten alles an den Kopf werfen würde. Als ihm die Schimpfwörter ausgingen und es langweilig wurde, dachte er über seine bevorstehende Prüfung und John Stuart Mill nach. *Über sich selbst, über seinen Körper und Geist, ist der Einzelne der Souverän.* Ja, Mill hatte leicht reden.

Nachdem er den Boden gefegt hatte, machte er mit den anderen Jungs fünfzehn Minuten Pause. Sie saßen auf Plastikstühlen auf der Laderampe und sahen zu, wie der Regen fiel. „Hat einer von euch eine Kippe?", fragte Barry in die Runde. Niemand hatte eine. Manchmal wünschte sich Qay, er würde noch rauchen. Aber das hatte er während eines Aufenthalts in der Psychiatrie aufgegeben und nie wieder angefangen.

Aus einem geöffneten Fenster in der Futon-Fabrik gegenüber war eine akustische Gitarre zu hören – ein klagender Blues. „Wieso haben die dort drüben am Wochenende immer Live-Musik?", fragte Qay.

18

Barry zuckte mit den Schultern. „Wahrscheinlich gehört die Firma so einem Hippie-New-Age-Spinner, der seine Mitarbeiter glücklich machen will. Wahrscheinlich hocken die dort in ihren Batik-Hemden auf den Matratzen und rauchen einen Joint, wenn sie Pause machen."

„Oder sie bumsen", schlug ein anderer vor. Rob. Oder Rick. Qay konnte sich den Namen nie merken.

Alle lachten, aber Qays Gedanken trifteten ab zu dem einen Thema, das er schon den ganzen Tag gemieden hatte – die Erinnerung an letzte Nacht. Es war dumm und peinlich gewesen, an den muskelbepackten Bullen zu denken, als er sich einen runterholte. Zumal der Kerl vermutlich nicht schwul war. Und selbst wenn er es wäre, würde er Qay wohl eher hinter Gitter bringen, als ihn zu ficken. Nicht, dass Qay sich in letzter Zeit strafbar gemacht hätte, aber das spielte bei einem Teil der Gesetzeshüter oft keine Rolle. Qay konnte sich nur zu gut an den Bullen erinnern, der ihm erst Handschellen umlegte und dann ein Päckchen in die Hosentasche schob. „Es spielt nicht die geringste Rolle, ob der Stoff dir gehört. Aber es ist der Ausgleich für die tausend Mal, die du Stoff in der Tasche hattest und *nicht* erwischt worden bist", hatte ihm das Arschloch erklärt.

Und da war noch etwas, das ihm keine Ruhe ließ. Es nagte schon seit gestern Abend an ihm. Es war merkwürdig, aber der große Bulle kam ihm irgendwie bekannt vor. Sicher, Qay hatte schon viele Männer wie ihn gesehen – muskulöse Männer, Männer mit diesem wachsamen Bullen-Blick, Männer die in Cafés saßen und aussahen, als ruhte die ganze Last der Welt auf ihren Schultern. Aber dieser Mann kam ihm persönlich bekannt vor. Es war, als müsste Qay ihn kennen. Und er hatte nicht den Hauch einer Ahnung, woran es lag.

„Hill! Die Pause ist vorbei!" Stuarts grelle Stimme riss ihn aus seinen Gedanken. Qay holte tief Luft und stand auf.

DER ARBEITSTAG zog sich endlos hin, nur unterbrochen durch eine kurze Mittagspause und eine noch kürzere Pause am Nachmittag. Qay war dankbar, dass Barry ihn bis zur Bushaltestelle im Stadtzentrum mitnahm, wo er direkt in den Bus nach Hause einsteigen konnte. Normalerweise war Qay zu stolz, um Barrys Angebot anzunehmen. Heute machte er eine Ausnahme. Zum Abendessen gab es – Überraschung! – Nudeln. Aber er briet sie mit etwas Gemüse und fettem Hackfleisch an, das er kürzlich auf Vorrat gekauft hatte, weil es ein Sonderangebot war. Danach spülte er das Geschirr, räumte es weg und setzte sich an den Tisch, um zu lernen.

Ständig drangen lästige Geräusche bis in den Keller und lenkten ihn ab: Die Schritte der Mieter aus der Erdgeschosswohnung, gurgelndes Wasser, das durch die Leitungen nach unten floss, das Bellen eines Hundes aus der Nachbarschaft. Und dazu kam noch das Brummen des Kühlschranks. Qay las denselben Satz wieder und wieder, ohne ihm einen Sinn abgewinnen zu können. „Scheiße!", brüllte er, schlug das Buch zu und schob es weg. Zum Teufel mit der dämlichen Prüfung und dem Kurs und dem Pauken. Zum Teufel mit dem ganzen College.

Vielleicht sollte er ausgehen. Eine Bar finden. Sich einen Mann suchen und um den Verstand ficken. Ja, das wäre ... idiotisch. Es würde alles nur noch schlimmer machen und morgen früh würde er sich zehnmal so beschissen fühlen.

Dann hatte er plötzlich eine geniale Idee. Er musste nicht zuhause lernen. Er konnte sein Buch nehmen und irgendwo hingehen, wo es ruhiger war. Vielleicht in ein Café. Die Besitzerin des *P-Town* hatte angedeutet, dass sie nichts dagegen hätte, wenn er sich dort niederließ, um bei einem Becher Kaffee Ökonomie und Utilitarismus zu pauken.

Qay packte das Buch und seine Unterlagen in den Rucksack, zog die Lederjacke an und ging in den Regen hinaus.

3

JEREMYS BADEZIMMER war blutverschmiert. Nicht überall, dazu war es zu groß. Aber das Blut war an der Toilette, am Waschbecken und auf den Bodenfliesen, von den Handtüchern gar nicht zu reden. Donny saß mit nacktem Oberkörper auf dem heruntergeklappten Toilettendeckel. Seine blasse Haut war schwarz und blau von unzähligen Hämatomen.

„Danke, dass du nicht 911 gewählt hast." Er kniff die Augen zu, als Jeremy ihm ein Klammerpflaster über eine Platzwunde an der Augenbraue klebte.

„Ich muss nicht 911 wählen. Ich habe die Nummern sämtlicher Wachstationen auf meiner Anrufliste."

„Richtig. Ich vergesse immer, was für ein erfolgreicher Mann du geworden bist, Chief."

„Halt's Maul." Zufrieden, dass Donnys Gesicht sich nicht ablöste, widmete sich Jeremy den Schnittwunden am Unterarm. Abwehrwunden. Sie bluteten nicht mehr, aber sie klafften weit auseinander. „Das muss genäht werden. Du musst in die Notaufnahme."

Donny versuchte ein Lächeln, aber sein Gesicht war so geschwollen, dass er nur leicht mit den Mundwinkeln zucken konnte. „Das kannst du auch übernehmen. Du bist ein Pfadfinder."

Jeremy wusste, dass es sinnlos war, sich mit Donny zu streiten. Er schüttelte resigniert den Kopf und ging auf die Suche nach dem nötigen Zubehör.

Die Sache mit Donny war ein einziger, riesiger und explosiver Fehler gewesen, der sechs Jahre anhielt. Sie hatten sich bei der Arbeit kennengelernt, bei der Polizei. Jeremy war damals schon seit einer Weile single und Donny, der behauptete, nicht schwul zu sein, befand sich mitten in einem schmutzigen Scheidungsverfahren. Jeremy trug zwar nicht gerade einen Regenbogen-Sticker, aber er versteckte sich auch nicht. Die meisten seiner Kollegen wussten, dass er schwul war. Dann bekamen er und Donny einen Fall zugewiesen, den sie gemeinsam aufklären sollten. Was als freundschaftliche Kollegialität begann, endete schließlich im Bett und Donny heulte wie ein Wolf, als Jeremy ihm den Arsch beackerte.

Die Chemie zwischen ihnen war fantastisch. Umwerfend. Jedes Mal, wenn Jeremy sich von seinem Orgasmus erholte, war er überrascht, dass sich die Welt nicht aus den Angeln gehoben hatte. Der ehemalige Hetero Donny stürzte sich in sein neues, schwules Leben wie ein Verhungernder, der plötzlich vor einem riesigen Buffet voller Köstlichkeiten stand. Sie hatten viel Spaß zusammen, nicht nur im Bett. Sie gingen ins Kino, zu Sportveranstaltungen, zum Wandern in die

Berge und ins Fitnessstudio. Sie suchten sich eine gemeinsame Wohnung und zogen zusammen. Vielleicht ging alles zu schnell, aber sie meinten es gut. Jeremy war bis über beide Ohren verliebt.

Er merkte schnell, dass Donny zu oft zu viel Alkohol trank. Und Donny legte die Dienstvorschriften sehr großzügig aus. Sie stritten darüber. Manchmal leugnete Donny alles, manchmal versprach er, sich in Behandlung zu begeben. Es waren leere Versprechen.

Jeremy wollte sich nicht zwischen der Loyalität zu seinem Partner und der Loyalität zu seinem Job entscheiden müssen. Er kündigte bei der Polizei. Donny kündigte kurz darauf ebenfalls, um seinem unvermeidlichen Rausschmiss zuvorzukommen.

Die Streitereien wurden schlimmer. Donny versprach immer wieder, sich zu bessern, kam dann aber betrunken nach Hause. Eines Nachmittags brüllten sie sich an und Jeremy stellte fest, dass er kurz davor war, Donny zu schlagen. Er ballte die Hände so fest zusammen, dass seine Fingernägel sich ins Fleisch bohrten und blutige Furchen hinterließen. Dann rannte er aus der Wohnung, ging erst zum Joggen und dann zu Rhoda, um mit ihr zu reden.

Als er wieder nach Hause kam, lag Donny mit einer Frau im Bett, die er in einer Bar aufgegabelt hatte.

Im Hier und Jetzt legte Jeremy sein Zubehör auf den Rand der Badewanne. „Ich bin kein Arzt. Ich bin noch nicht einmal ein Sanitäter."

„Aber du hast ruhige Hände und bist in Erste-Hilfe ausgebildet. Komm schon, Jer. Lass mich nicht betteln."

Jeremy biss die Zähne zusammen und zog Gummihandschuhe an. Dann machte er sich an die Arbeit. Er grinste zufrieden, als er das Desinfektionsmittel auftrug und Donny vor Schmerz das Gesicht verzog. „Im Krankenhaus hätten sie das vorher betäubt", sagte er, zündete ein Streichholz an und hielt die Nadel in die Flamme.

„Gib mir eine Flasche Schnaps, dann geht es schon."

„Nein."

„Mein Gott, Jer … Du musst doch Schnaps im Haus haben. Oder wenigstens Bier. Aus medizinischen Gründen."

Für einen Moment wurde Jeremy schwach. Er hatte ein Six-Pack im Kühlschrank. Und im Vorratsschrank standen eine Flasche Whiskey und eine Flasche Rum. Aber er wollte verdammt sein, wenn er nachgab, weil Donny jede Entschuldigung benutzte, um sich zu besaufen. „Wenn du eine medizinische Behandlung willst, musst du in die Notaufnahme gehen."

Donny seufzte laut. „Sadist", grummelte er, hielt aber bemerkenswert still, als Jeremy ihm die in Alkohol getränkte Nadel durchs Fleisch stieß und einen Faden nach dem anderen verknotete. Es war kein sehr ästhetischer Anblick. Jeremys dicke Finger eigneten sich nicht sonderlich gut, die dünnen Fäden zu verknoten. Aber es

22

würde so lange halten, bis die Wunde verheilt war, auch wenn eine sehr hässliche Narbe zurückblieb.

Sie sprachen kein Wort, während Jeremy die Wunde vernähte. Nur ab und zu war ein leises Fluchen zu hören. Jeremy wickelte meterweise Bandagen um Donnys Arm und wischte ihm dann mit einem feuchten Tuch die angetrockneten Blutreste im Gesicht und am Oberkörper ab. Als er das Tuch weggelegt hatte, sahen sich die beiden Männer an.

„Ich habe Scheiße gebaut", sagte Donny nach einer Weile.

„Das dachte ich mir schon."

„Du schreist mich nicht an."

Jeremy lachte bitter. „Du bist nicht mehr mein Freund. Wenn du Scheiße baust, ist das nicht länger mein Problem." Er runzelte die Stirn. „Aber du bist vor meiner Tür aufgetaucht. Warum, Donny?"

Donny konnte ihm nicht in die Augen sehen. „Ich … ich brauche Hilfe. Jemanden, dem ich vertrauen kann. Und der Haken an der Sache ist … Du bist der einzige Mensch, dem ich vertraue."

Sie hatten sich seit fünf Jahren nicht mehr gesehen und kein Wort mehr miteinander gewechselt. Wenn Donny die Wahrheit sagte, musste es ihm noch schlimmer gehen, als Jeremy befürchtet hatte. „Du musst dein Leben auf die Reihe bringen", knurrte er. „Ich weiß nicht, wer dir das angetan hat …"

„Das willst du auch gar nicht wissen. Pass auf … Ich muss für einige Zeit verschwinden. Ich will zu meiner Schwester gehen. Sie lebt in Kalifornien."

„Ich erinnere mich." Jeremy hatte sie einige Male gesehen, aber sie mochten sich nicht sonderlich. Er fand sie hochnäsig und sie … Nun, sie war ziemlich stinkig darüber, dass die bessere Hälfte ihres Bruders einen Schwanz hatte.

Donny nickte einige Male und zog an einem losen Faden am Saum seiner Unterhose. „Es ist schon recht spät und ich kann nicht in meine Wohnung zurück. Könnte ich vielleicht bei dir übernachten? Auf dem Sofa natürlich", fügte er schnell hinzu, als er Jeremys Gesicht sah. „Ich mache mich morgen früh sofort wieder aus dem Staub, das verspreche ich."

„Mit meinen Klamotten am Leib und meinem Geld im Portemonnaie."

„Ich gebe es dir zurück."

Sie wussten beide, dass er es nicht tun würde. Und darum ging es auch gar nicht. Wenn Jeremy ihn abweisen wollte, hätte er das schon tun müssen, bevor er die Wohnungstür aufschloss. Jetzt brachte er es nicht mehr über sich, Donny in die Nacht hinaus zu schicken. Und damit wahrscheinlich dem oder den Kerlen auszuliefern, die ihn so zugerichtet hatten.

„Eine Nacht. Auf dem Sofa. Zum Frühstück bist du verschwunden. Und es wird sich nicht wiederholen, Donny."

Donny schloss erleichtert die Augen. „Danke, Jer. Danke."

Jeremy gab ihm etwas zum Anziehen, weil Donnys Klamotten nur noch blutverschmierte Fetzen waren. Er war einige Zentimeter größer als Donny und schon immer muskulöser gewesen, aber trotzdem erschrak er über die Art, wie die Jogginghose und das T-Shirt an Donnys abgemagertem Körper hingen. Was immer Donny in letzter Zeit auch getrieben hatte, es war nicht gesund gewesen. Er hatte nicht nur Gewicht verloren, sondern offensichtlich auch das Training aufgegeben. Und er sah um Jahre älter aus als die vierzig, die er war.

Was Jeremy daran erinnerte, dass er selbst sich wie hundert fühlte – erschöpft und hundemüde. Er holte Bettzeug aus dem Schrank und warf es aufs Sofa. „Du kannst dir dein Bett selbst machen", knurrte er. Donny nickte und faltete das Laken auseinander.

Jeremy sah sich seufzend in dem verwüsteten Badezimmer um – getrocknetes Blut, schmutzige Handtücher, zerknüllte Papiertücher, ein offener und durchgewühlter Erste-Hilfe-Kasten. Er räumte notdürftig auf und ließ den Rest für morgen liegen. Wenigstens hatte er morgen frei.

Als er endlich ins Schlafzimmer ging, war es im Wohnzimmer schon dunkel. Der Kühlschrank summte leise vor sich hin. Gut. Donny schlief vermutlich schon. Er war schon früher immer schnell eingeschlafen.

So müde Jeremy auch war und so bequem sein Bett, so lange dauerte es, bis er endlich eingeschlafen war. Er machte sich Sorgen um Donny, auch wenn er es nicht wollte. War es richtig gewesen, dass er Donny nachgegeben und nicht die Polizei informiert hatte? Mein Gott, Jeremy selbst war doch auch ein Gesetzeshüter, auch wenn er sich heute nicht so vorkam. Er kam sich … verloren vor. Das war es. Als bräuchte er jemanden, der ihm auf die Schulter klopfte und ihn daran erinnerte, dass es schon gut werden würde. Und es lag nicht nur an Donny, dass er sich so fühlte. Jeremy war schon leicht aus dem Tritt gewesen, als er heute Abend das Haus betrat.

Mist. Wahrscheinlich brauchte er nur Schlaf.

Er klettterte auf einen Baum, um eine Katze zu retten, aber die Katze verwandelte sich in einen Jungen und entkam ihm immer wieder. Der Boden lag tief unter ihm und war tödlich – hungrige Alligatoren oder tausende von Messerschneiden. Er konnte es nicht genau erkennen. Dann schlich sich ein Wesen von hinten an ihn heran und leckte ihn im Nacken. Jeremy stürzte und fiel … und wachte in seinem Bett auf, wild um sich schlagend und schiebend.

„Was soll die Scheiße?" Er verhedderte sich in der Decke, als er aufstehen wollte. Dann warf er beinahe die Nachttischlampe um, als er das Licht anschaltete. Die plötzliche Helligkeit blendete ihn und er kniff die Augen zusammen.

In der Mitte seines Bettes kniete Donny. Nackt. Und mit einem Grinsen in seinem geschwollenen Gesicht.

„Was soll die Scheiße?", wiederholte Jeremy heiser.

„Dein Sofa ist doch nicht sonderlich bequem. Und du hast dieses nette Bett, so groß wie ein Fußballfeld." Selbst aus über einem Meter Abstand konnte Jeremy den Alkohol im Atem seines Ex riechen. Donny musste die Schränke durchsucht und den Schnaps gefunden haben.

„Verschwinde aus meinem Bett."

„Oh, komm schon, Jer … Wann hast du das letzte Mal gefickt? Ich verspreche, morgen früh trotzdem sofort zu verschwinden. Es ist nur … Mein Gott. Kannst du dich noch erinnern, wie gut wir zusammen waren? Wir haben *Sternchen* gesehen. Ein ganzes Feuerwerk! Wir könnten das wieder erleben. Du bist single."

Jeremy stand in der Unterhose vorm Bett und bekam einen Krampf im Bein. Ihm war kalt und er fühlte sich leer. Zu Donny sagte er kein Wort mehr. Er ging einfach ins Wohnzimmer, legte sich aufs Sofa und deckte sich zu. Das Sofa war zu kurz, um die Beine auszustrecken. Aber wenigstens hatte es auch keinen Platz für unerwünschte Besucher.

AM NÄCHSTEN Morgen wirkte Donny zerknirscht. Die Schwellungen in seinem Gesicht waren zurückgegangen, aber dafür glänzten die Blutergüsse in Technicolor. Er saß schweigend auf dem Barhocker an der Küchentheke, während Jeremy Kaffee kochte. Als Jeremy ihm einen Becher mit dampfendem Kaffee hinschob, lächelte er gezwungen. „Danke." Er trank einen Schluck und verzog das Gesicht. Dieser Idiot hatte nichts dazugelernt. Jedes Mal verbrannte er sich beim ersten Schluck die Zunge.

Jeremy goss sich etwas Milch in den Kaffee und fügte Zucker aus dem Zuckerstreuer hinzu, der immer in Reichweite stand. Er lehnte sich an den Schrank und nahm den Becher zwischen beide Hände, um die Wärme und das Aroma zu genießen.

„Gestern Nacht …", fing Donny an.

„Erspar dir das. Ich bin nicht in Laune."

„Ja. Gut." Donny betrachtete seinen bandagierten Arm. „Die Wunde pocht."

„Infiziert?"

„Nein, nur … Es tut weh."

Jeremy stellte den Becher ab und ging ins Badezimmer, in dem es immer noch aussah, als hätte eine Bombe eingeschlagen. Er nahm ein Tablettenglas mit Ibuprofen aus dem Schrank unterm Waschbecken und ging in die Küche zurück. „Hier", sagte er und warf es Donny zu.

Donny fing das Glas geschickt auf, trotz Wunde und Verband. Er hatte etwas Probleme, den Deckel abzuziehen, schaffte es aber dann doch und kippte einige Tabletten auf den Tisch. Dann wischte er sie in eine Hand, warf sie in den Mund und schluckte sie mit dem Kaffee. „Ich versuche wirklich, dem Mist aus dem Weg zu gehen", sagte er und betrachtete nachdenklich das Glas. „Aber es passiert immer wieder. Es ist, als wäre ich verflucht oder so."

Jeremy widersprach ihm nicht. „Ich habe ungefähr zweihundert Dollar Bargeld. Kommst du damit bis zu deiner Schwester?"

„Es sollte reichen. Danke."

Eine halbe Stunde später stand Donny an Jeremys Wohnungstür. Er trug eine von Jeremys Jogginghosen, ein T-Shirt und einen Kapuzenpulli. Einen von Jeremys Lieblingspullis. In der Hosentasche hatte Donny den Inhalt von Jeremys Portemonnaie und das Glas mit dem restlichen Ibuprofen. „Ich hätte Portland schon vor langer Zeit verlassen sollen. Ich komme wieder auf die Beine. Ich habe schon einen Plan. Du wirst sehen."

Jeremy nickte nur. „Viel Glück, Donny. Und pass auf dich auf."

„Ja." Er versuchte sich noch einmal mit einem frechen Grinsen, dann war er verschwunden. Jeremy hörte nur noch seine lauten Schritte, als er die Treppe hinablief.

WEDER HARTES Jogging noch ein Besuch im Fitnessstudio halfen Jeremy, Donny aus seinen Gedanken zu vertreiben. Ihm tat alles weh, so sehr hatte er sich verausgabt. Und doch stand er jetzt im Badezimmer und putzte, bis alles wieder spiegelblank war. Danach machte er mit dem Rest der Wohnung weiter, obwohl es gar nicht nötig gewesen wäre. Er wusch die Bettwäsche und die Decke, die noch auf dem Sofa lag. Er fand den Whiskey, an dem sich Donny gestern Nacht bedient hatte und kippte den Rest in den Ausguss. Seine Einkäufe – vor allem Lebensmittel – vertagte er.

Gegen fünf Uhr wusste er, dass er nicht in der Stimmung war, um mit Rhoda auszugehen. Er wollte sie aber auch nicht versetzen. Das hatte sie nicht verdient. Außerdem würde sie ihm verständnisvoll zuhören, wenn er ihr von dem gestrigen Drama erzählte. Vielleicht konnten sie einfach nur im *P-Town* zusammen Kaffee trinken.

Jeremy zog seine Lieblingsjeans an, dazu ein graues T-Shirt und ein laubgrünes Flanellhemd. Die Jeans saßen wie angegossen und waren so ausgewaschen, dass sie sich wie Samt auf der Haut anfühlten. Man sah ihm an, dass er sich Mühe gegeben hatte, aber alles war mit dem Ziel ausgewählt, sich behaglich zu fühlen. *Wie eine Sicherheitsdecke.* Er schnaubte leise.

Jeremy schlenderte gemächlich durch den Nieselregen zum *P-Town*. Ihm gefiel es, die Erde unter den Füßen zu spüren. Er sah manchmal an sich herab und konnte immer noch nicht recht glauben, dass diese langen Beine und starken Muskeln zu ihm selbst gehörten. Oft kam er sich noch vor wie der schmächtige Hänfling, der weinend nach Hause rannte, nachdem Troy Baker und seine stinkigen Kumpels ihn mal wieder so richtig schikaniert hatten.

Guter Gott. Troy Baker. An den hatte Jeremy seit Jahren nicht mehr gedacht. Als er Bailey Springs gegen die weiche Luft Oregons eintauschte, lebte Troy immer noch dort, wechselte Öl und reparierte Motoren. Er war verheiratet und Familienvater, weil er irgendein Mädchen geschwängert hatte. Was danach aus Troy geworden war, wusste Jeremy nicht.

Als er das *P-Town* betrat, wurde er von Ptolemy begrüßt. „Hey, Chief!"
Heute trug er ein ärmelloses, schwarzes Jeanshemd und enge, schwarze Jeans.

„Du siehst heute so dezent aus. Fast kleinlaut", meinte Jeremy, als er zur
Theke kam.

„Ja." Ptolemy seufzte schwer. „Meine Dissertation und ich hatten heute früh
einen kleinen Disput. Ich habe mich aus Protest einfarbig gekleidet."

„Nun, ich hoffe, ihr beiden versöhnt euch bald wieder."

„Danke, Chief." Ptolemy goss ihm einen der üblichen Riesenbecher Kaffee
ein und schob ihn über die Theke. „Ich habe gehört, dass ihre heute Pläne habt,
Rhoda und du."

„Ja. Aber ich überlege, ob ich nicht lieber kneifen sollte."

„Besser nicht. Eine Dosis Rhoda ist immer gut fürs Gemüt."

„Mag sein." Jeremy winkte Ptolemy zu und ging zu seinem Lieblingstisch
am Fenster. Ihm fiel sofort der Mann in der Lederjacke auf, der auch heute wieder
mit dem Rücken zu Jeremy saß. Dieses Mal hatte er ein dickes Taschenbuch, ein
großes, gebundenes Buch und einen Notizblock auf dem Tisch liegen. Er trommelte
mit seinem Stift auf den aufgeschlagenen Notizblock, aber Jeremy konnte nicht
erkennen, ob er nachdachte oder einfach nur abgeschaltet hatte.

Plötzlich stand Rhoda vor ihm und riss ihn aus seinen Gedanken. Sie trug
ein lila Kleid und lila Strümpfe. Um den Hals hatte sie einen giftgrünen Schal
gewickelt. „Hey", sagte sie, ließ sich auf den Stuhl gegenüber fallen und versperrte
ihm den Blick auf den Mann. „Habe ich recht gehört? Du schlägst eine Einladung
zu bosnischem Essen aus? Burek, mein Freund. Und dieses köstliche Brot."

Jeremy lächelte. „Von der wunderbaren Gesellschaft ganz zu schweigen."

„Siehst du? Warum also?"

„Es ist …" Er fuhr sich mit den Fingern über die kurzen Haare. Dann schlug
er sich mit der Hand an die Stirn. „Weißt du, was ich gestern Nacht getan habe?"

„Keine Ahnung."

„Ich habe mit fünfunddreißig Stichen Donnys Arm genäht."

Rhoda zu überraschen, war nicht einfach. Heute klappte es. „Donny, dein
Arschloch von Ex?"

„Genau der."

„Hast du ihn vorher aufgeschlitzt, dass er genäht werden musste?"

Jeremy konnte nicht beurteilen, ob sie sich darüber Sorgen machte oder
darüber freute, dass er für Donnys Wunde verantwortlich sein könnte. „Nein. Diese
Arbeit hatte mir schon jemand abgenommen. Ich habe Donny gestern Abend vor
meiner Tür gefunden, grün und blau geschlagen und blutend."

„Wer war es?"

„Das weiß ich nicht. Ich habe ihn auch nicht danach gefragt. Ich meine …
Wie ich Donny kenne, stehen sie vermutlich Schlange und streiten sich, wer ihn als
erster vermöbeln darf."

„Und er konnte nicht ins Krankenhaus gehen, um sich behandeln zu lassen?"

Jeremy zuckte hilflos mit den Schultern.

„Oh, Jer." Sie schüttelte resigniert den Kopf. „Bitte sage mir, dass du ihn danach gleich wieder rausgeworfen hast."

„Äh … nicht ganz."

Er erzählte ihr schließlich die ganze Geschichte, einschließlich des Teils, dass er selbst auf dem Sofa schlafen musste und wie es dazu gekommen war. „Mir tut immer noch alles weh. Ich brauche ein größeres Sofa."

„Du musst diesen Kerl loswerden. Er hat in deinem Leben nichts mehr zu suchen."

„Das habe ich schon getan. Er wollte sowieso die Stadt verlassen. Er will zu seiner Schwester. Ich habe ihm etwas Geld und eine Jacke gegeben und wenn ich Glück habe, bleibt er in Kalifornien."

Rhoda dachte darüber nach. Nach einer Weile nickte sie entschlossen, und stand auf. „Du gehst heute Abend aus, mein Junge. Aber nicht zum Essen. Ich habe da eine andere Idee. Aber dazu muss ich erst einige Anrufe tätigen."

„Aber ich will nicht …"

„Pst!" Sie hob die Hand. „Kein Widerspruch. Wenn es sein muss, entführe ich dich auch, Jeremy Cox."

Er ließ sich stöhnend mit dem Rücken an die Lehne fallen, war aber insgeheim froh, eine Freundin wie Rhoda zu haben. „Na gut."

Rhoda marschierte davon wie ein General in die Schlacht. Und in diesem Moment sah Jeremy den Mann mit der Lederjacke wieder. Er hatte sich in seinem Stuhl umgedreht und starrte Jeremy mit offenem Mund an.

4

QAY WAR ehrlich genug, sich einzugestehen, dass er enttäuscht war, ins *P-Town* zu kommen und Captain Caffeine war nirgends zu sehen. Aber vermutlich war es besser so, denn er war schließlich gekommen, um für seinen Test zu lernen. Captain Caffeine hätte ihn nur abgelenkt. Ein großer Becher Kaffee half ihm, sich auf seine Aufgabe zu konzentrieren. Langsam aber sicher sickerte der Inhalt der Bücher in sein altes Hirn ein, auch wenn er noch nicht wusste, wie er ihn für die Prüfung da wieder rausholen und auf ein Blatt Papier fixieren sollte.

Als hinter ihm das Gespräch begann, verlor er jedes Interesse an Mills Reflektionen über die Freiheit. Als erstes fiel ihm die Stimme des Mannes auf. Sie war angenehm tief und hatte einen Hauch von Akzent, der Qay an seine Kindheit erinnerte. Die meisten seiner Erinnerungen waren schmerzlich, aber diesen Akzent vermisste er manchmal. Es war diese Mischung aus Mittelwesten und einem Hauch Südstaaten, die ihn so einmalig machte.

Er lauschte dem Gespräch und erkannte, dass der Mann über einen Besuch seines Ex erzählte, der anscheinend irgendwie in der Scheiße steckte. Das war aus zwei Gründen interessant. Zum einen, weil der Mann offensichtlich schwul war; zum anderen, weil er dem Ex geholfen hatte, obwohl der – wenn man Rhodas Worten glauben durfte – ein ziemliches Arschloch war. Das machte den Mann hinter Qay zu einem echt guten Kerl und zeigte ihm gleichzeitig, dass Qay nicht der einzige war, der mit Problemen zu kämpfen hatte. Aber er musste wenigstens nicht befürchten, dafür zusammengeschlagen und abgestochen zu werden.

An diesem Punkt des Gesprächs war sich Qay so gut wie sicher, den Mann identifizieren zu können. Es musste Captain Caffeine sein, richtig? Aber Qay konnte sich nicht umdrehen, um seine Vermutung zu bestätigen. Dann würden die beiden merken, dass er sie belauschte. Und dann passierte es: Rhoda nannte den Mann bei seinem Namen. Qay stockte der Atem.

Jeremy Cox?

Er hatte plötzlich ein Bild vor seinem inneren Auge. Es war das Bild eines Jungen, einige Jahre jünger als Qay selbst, flachsblonde Harre und etwas pummelig. Still. Der Junge hielt den Kopf gesenkt und den Mund geschlossen, aber jedes Mal, wenn der Lehrer ihn aufrief, zeigte er seine wache Intelligenz. Er war um Klassen klüger als Troy Baker und seine Idiotenbande, die den Jungen immer schikanierte. Und dieser Junge hieß Jeremy Cox. Er und Qay hatten in der hintersten Reihe gesessen, der Enklave der Ausgestoßenen. Jeremy hatte ihm oft schüchterne Seitenblicke zugeworfen und wenn Qay diese Blicke erwiderte, ihn vielleicht sogar anlächelte, war Jeremy so rot geworden wie ein Feuerhydrant.

Es konnte nicht wahr sein. Der kleine Kümmerling aus Kansas konnte unmöglich mit Captain Caffeine identisch sein, dem Retter ehemaliger Liebhaber und festen Inventar des *P-Town* in Portland, Oregon. Andererseits war ihm damals schon anzusehen gewesen, dass er ein schöner Mann werden würde – wenn sein Gesicht erst das Babyfett verlor und etwas an Erfahrung gewann. Qay erinnerte sich noch gut an die grauen Augen, fast silberhell und mit einem dunklen Ring umgeben.

Er hielt es nicht mehr aus. Er musste sich umdrehen. Er musste sich den Mann ansehen.

In diesem Moment stand Rhoda auf und ging, sodass Qay freien Blick auf Captain … Jeremy Cox hatte, der ihn ebenfalls ansah, die Stirn gerunzelt und die Augen etwas zusammengekniffen. Qay bereitete sich innerlich schon auf einen Angriff vor, aber der kam nicht.

„Kennen wir uns?", fragte Cox und neigte den Kopf zur Seite. „Tut mir leid, aber mein Namensgedächtnis ist miserabel. Du kommst mir irgendwie bekannt vor."

Qay hätte es ihm beinahe gesagt. Aber der Mensch, den Cox gekannt hatte, existierte nicht mehr. Er war schon lange tot, ertrunken im Smoky Hill River, und Qay hatte nicht vor, ihn wieder zum Leben zu erwecken. Besonders nicht für Jeremy Cox, aus dem ein starker, prachtvoller Mann geworden war, der sich sogar um sein Arschloch von Ex noch sorgte und vermutlich in seiner Freizeit kleine Kätzchen rettete und alten Damen über die Straße half.

„Ich glaube nicht", log Qay.

„Bist du sicher? Ich arbeite für die Parkverwaltung, falls dir das auf die Sprünge hilft. Jeremy Cox ist mein Name."

Parkverwaltung? Qay hätte sein gesamtes Bargeld darauf gewettet, dass der Mann Polizist war. „Nein, da klingelt nichts. Ich bin Qayin Hill." Er erinnerte sich daran, wie er Cox angestarrt hatte. „Ich habe unfreiwillig mitgehört, worüber ihr gesprochen habt. Was gestern Abend passiert ist."

„Bist du deswegen so perplex? Weil ich schwul bin?" In Cox' Stimme lag jetzt ein leicht drohender Unterton.

Qay schüttelte leise lachend den Kopf. Sein Hals wurde langsam steif, weil er den Kopf so weit nach hinten drehen musste, um Cox anzusehen. „Nein. Ich bin genauso gepolt. Ich dachte nur gerade, dass die meisten Männer sich nicht so gut um diesen Kerl gekümmert hätten wie du."

Cox sah ihn so lange prüfend an, dass Qay unruhig hin und her rutschte. Selbst wenn Cox nicht herausfand, wer er früher gewesen war, konnte er sich gut vorstellen, was Cox jetzt in ihm sah: Einen verlebten, abgehärmten armen Schlucker, der sich vormachte, noch etwas lernen und besser leben zu können. Und als Cox mit dem Kaffeebecher in der Hand aufstand, rechnete Qay damit, dass er sich angewidert abwenden würde. Doch stattdessen kam Cox auf die andere Seite von Qays Tisch, zeigte auf den leeren Stuhl und fragte: „Darf ich?"

Verdammt. Qay nickte sprachlos und Jeremy nahm Platz.

Aus der Nähe sah er noch besser aus. Er trug seine Haare sehr kurz und sie waren nur einen leichten Ton dunkler als die flachsblonden Haare, an die sich Qay noch erinnern konnte. Sein Gesicht war von der Zeit und vom Leben gezeichnet, hatte einige Furchen und Kanten. Doch Cox gehörte ganz offensichtlich zu der Kategorie Männer, denen das Alter schmeichelte. Verdammter Glückspilz. Cox würde vermutlich mit neunzig noch gut aussehen. Von der Schüchternheit des Schuljungen war natürlich nichts mehr zu spüren. Der Blick, mit dem er Qay musterte, war offen und selbstbewusst.

„Qayin?", fragte er.

„Mit Q, ja. Es ist die hebräische Form von Cain. Ich werde meistens Qay genannt."

Jeremy lächelte, breit und mit viel Gebiss. „Ich bin nur ein langweiliger Jeremy mit einem peinlichen Nachnamen."

Ja, daran konnte sich Qay auch noch erinnern. Ein anderer Pechvogel, der auch in ihre Klasse ging, hieß Sonny Butt. Sein Name kam im Alphabet direkt vor dem von Jeremy und wenn der Lehrer dann die nächste in der Reihe, Brenda Cummings, aufrief, grölte die Klasse schon vor Lachen.

„Du hättest ihn ändern können", meinte Qay.

„Nein. Kennst du *A Boy Named Sue*? Das Lied von Johnny Cash? So ähnlich ist es mir ergangen. Es hat mich abgehärtet. Solange man über mich nichts Schlimmeres sagt, als dass ich einen lustigen Nachnamen hätte, geht es mir gut und die Welt ist in Ordnung." Er lachte. „Außerdem hatte ich noch Glück. Meine Eltern wollten mich erst Richard nennen."

„Und was wäre daran so schlimm gewesen?"

„Dick Cox?"

Qay lachte so laut, dass er selbst darüber erschrak. Doch dann fiel auch Jeremy in sein Gelächter ein und es fühlte sich nur noch gut an. „Das wäre der perfekte Porno-Name", meinte Qay.

„Ich werde daran denken, falls ich mich jemals zu einem Berufswechsel entscheiden sollte." Er neigte den Kopf, um den Titel auf Qays Buch besser lesen zu können. „Philosophie?"

„Ja. Ich bin der Greis unter den Studenten."

„Wie cool! Ich dachte vor einigen Jahren auch daran, wieder zu studieren und einen höheren Abschluss zu machen, aber … Manchmal kommt das Leben dazwischen."

Höherer Abschluss. Na toll. „Ich gehe nur aufs Community College."

„Trotzdem cool. Ist Philosophie dein Hauptfach?"

„Psychologie", murmelte Qay.

„Psychologie hat mir auch immer Spaß gemacht. Mein Hauptfach war Biologie."

„Das passt wohl auch am besten, wenn du für die Parkverwaltung arbeitest."

Jeremy zuckte mit den Schultern. „Ich habe leider viel zu wenig damit zu tun. Wir haben spezielle Lehrer für die Seminare in Flora und Fauna. Ich bin, äh ... Ranger."

Bingo! Dann war Qay also doch auf der richtigen Fährte gewesen. „Ein Bulle."

Jeremy verzog das Gesicht, als wäre es ihm peinlich. „Nicht vereidigt. Ich mache mehr, als nur auf die Einhaltung der Gesetze zu achten. Und wenn, geht es meistens nur um Kleinigkeiten. Darauf achten, dass die Leute die Hinterlassenschaften ihrer Hunde einsammeln und so."

„Macht dir dein Job Spaß?", fragte Qay neugierig.

Seine Frage zauberte ein strahlendes Lächeln auf Jeremys Gesicht. „Oh ja. Ich nehme an, ich könnte in meinem Leben wichtigere Dinge tun. Mehr erreichen. Aber ich denke, auf meine Art trage ich auch dazu bei, dass die Welt ein besserer Ort wird."

„Nun, dann erreichst du mit deiner Arbeit mehr als ich. Ich bin nur die Putzhilfe in einer Fensterfabrik."

„Wenn du damit verhinderst, dass die Arbeiter sich an den herumliegenden Scherben schneiden, hast du schon etwas Positives bewirkt."

Es war Qay ein absolutes Rätsel, wie Augen in der Farbe von Nebel so warm dreinschauen konnten. Gab es für Jeremys Perfektion denn gar keine Obergrenze? Vielleicht war er ja ein Serienmörder. Oder er schnitt sich die Fingernägel in der Öffentlichkeit.

Während er noch über Jeremys Potenzial für verborgene Fehler sinnierte, sah Jeremy ihn an und schürzte nachdenklich die Lippen. „Hast du schon gegessen?", fragte er dann.

„Äh, nein."

„Rhoda und ich – ihr gehört dieses Café – wollen noch essen gehen. Willst du mitkommen?"

Qay fehlten für einen Moment die Worte. Damit hätte er nicht gerechnet. „Äh ..." Er schluckte. „Ich will mich nicht aufdrängen."

„Tust du nicht. Und wenn du nicht mitkommst, wird Rhoda wieder versuchen, mein Leben in Ordnung zu bringen. Ich glaube nicht, dass ich das heute Abend ertragen kann. Ich könnte einen menschlichen Schutzschirm gut gebrauchen."

Entweder meinte er es ehrlich oder er war ein verdammt guter Schauspieler.

Qay warf ein Blick auf sein ausgewaschenes Hemd und die ausgefransten Jeans. „Für etwas Besseres als Fastfood bin ich nicht angezogen."

Jeremy streckte die Arme aus, um auf seine eigene Kleidung aufmerksam zu machen. „Wir finden schon das Passende für uns. Bitte?"

„Aber ... warum? Warum ich?"

Für einen Moment sagte Jeremy gar nichts. Dann zuckte er mit den Schultern. „Keine Ahnung. Ich könnte schwören, dass ich dich irgendwoher kenne. Und ich könnte eine Ablenkung gebrauchen, um die Katastrophe mit Donny aus dem Kopf zu kriegen. Du bist interessant."

Erstens war das kein Date. Zweitens war Qay viel zu alt und viel zu desillusioniert, um davon aus den Latschen zu kippen. Aber grinsen musste er trotzdem. „Wenn du meinst …"

„Hundertprozentig", sagte Jeremy und die Lachfältchen an seinen Augen wurden tiefer. „Gib mir nur ein paar Minuten, ja?" Er nahm seinen Becher vom Tisch und ging.

Qay erwartete, dass Jeremy schnurstracks durch die Tür verschwand. Vielleicht war diese Einladung nur die Revanche für die Schikanen, die er als Kind mitgemacht hatte. Keith hatte ihm nie etwas angetan, aber er war ihm auch nicht zur Seite gesprungen. Doch Jeremy verließ das Café nicht. Er ging zur Theke und sprach mit Rhoda. Es wurde ein längeres Gespräch, in dessen Verlauf er immer wieder an Qays Tisch schaute. Qay wusste zwar nicht, worum es ging, aber er fand, dass Jeremy glücklich aussah, was wiederum Rhodas Aufmerksamkeit und Neugier zu erregen schien.

5

IRGENDWOHER KANNTE er Qay, da war sich Jeremy sicher. Guter Gott ... Was, wenn er ihn während seiner Zeit bei der Polizei aus irgendeinem Grund verhaftet hatte? Das war allerdings relativ unwahrscheinlich, denn Qay war ein sehr freundlicher Mensch. Doch es machte Jeremy verrückt, dass er ihn nicht einordnen konnte.

Rhoda hatte erstaunlicherweise keine Einwände, dass Qay sie zum Essen begleitete. Sie schlug ein einfaches mexikanisches Restaurant am Hawthorne Boulevard vor. Weil es nicht mehr regnete und das Restaurant nur einen knappen Kilometer entfernt lag, gingen sie zu Fuß. Jeremy warf dem Mann, der an seiner Seite ging, immer wieder verstohlene Seitenblicke zu. Qay war groß, fast so groß wie Jeremy selbst, hatte breite Schultern, war aber eher mager. Die glatten Haare neigten dazu, ihm ins Gesicht zu hängen, bis er sie aus der Stirn strich – offensichtlich eine Angewohnheit, die Qay gar nicht mehr bewusst wahrnahm. Dunkelbraune, tiefliegende Augen und volle Lippen dominierten das schmale Gesicht. Qay war nicht gutaussehend im üblichen Sinn, aber er besaß eine merkwürdig verletzliche Schönheit, die für einen Mann seines Alters sehr ungewöhnlich war. Jeremy vermutete, dass sie beide ungefähr gleich alt waren.

Weder er noch Qay sagten viel auf ihrem Weg in das Restaurant, was aber durch Rhoda mehr als wettgemacht wurde, die sie ausführlich über die miserable Parkplatzsituation in diesem Teil der Stadt informierte und die Weigerung der Stadtverwaltung, diesen unhaltbaren Zustand zu beseitigen.

„Und wisst ihr, was das Problem ist? Portland lässt diese geldgeilen Bauherren die alten Häuser abreißen und durch Eigentumswohnungen ersetzen, ohne dass sie den Parkraum für die künftigen Bewohner nachweisen müssen. Wo früher eine Familie wohnte und ihr Auto in die Garage stellte, leben jetzt vier oder sechs Familien, ohne dass es Parkplätze oder gar Garagen gibt. Nichts. Die Autos stehen alle auf der Straße."

„Ich denke, sie setzen darauf, dass die Bewohner Fahrräder oder Busse benutzen", warf Jeremy ein, dem das Thema zwar ziemlich egal war, der sie aber am Reden halten wollte.

„Wie schön. Dummerweise sind die neuen Bewohner aber viel zu Schickimicki, um mit dem Bus zu fahren. Und ihr Fahrrad holen sie höchstens am Wochenende aus dem Keller, wenn sie ihre schicken Radlerhosen vorführen wollen. Zur Arbeit und zum Einkaufen fahren sie mit dem Auto. Und die Kinder werden auch chauffiert, wenn sie zum Raku-Kurs oder in den Chinesischunterricht müssen. Sie haben alle Autos. Und diese Autos stehen auf der Straße, sodass Besucher oder

Kunden keine Parkplätze mehr finden." Sie drehte sich zu Qay um und zeigte mit dem Finger auf ihn. „Wo parkst *du* eigentlich?"

„Ich habe kein Auto", sagte er verlegen.

„Gut. In diesen Häusern sollten nur Leute wie du wohnen."

„Leute wie ich können sie sich aber nicht leisten."

Rhoda lachte. „Ich auch nicht. Ich glaube, die kommen sowieso alle aus Kalifornien. Sie besorgen sich gleich ein Nummernschild aus Oregon, aber man merkt trotzdem, dass sie aus Kalifornien sind."

„Ich wohne in einer Eigentumswohnung und bin *nicht* aus Kalifornien", meinte Jeremy.

„Ja. Als du deine Wohnung gekauft hast, waren die Preise allerdings noch erschwinglich. Und das Haus hat eine Garage. Aber ein Fremder bist du trotzdem noch."

Er streckte ihr die Zunge raus, weil er wusste, dass sie ihn nur necken wollte. „Ich mag in Kansas geboren sein, aber ich habe mehr als die Hälfte meines Lebens hier verbracht. Ich denke schon, dass ich jetzt als eingebürgerter Einheimischer durchgehe. Wo kommst du her, Qay?"

„Überall und nirgends. Ich bin schon oft umgezogen", sagte Qay, dem diese Frage sichtlich unangenehm war.

Jeremy, der immer noch Qay ansah, stolperte über eine Unebenheit im Bürgersteig. „Verdammte Baumwurzeln", grummelte er. Rhoda und Qay lachten nur.

Rhoda kannte den Besitzer des *Diablo Verde*, deshalb bekamen sie gleich einen Tisch, obwohl es Samstagabend und das Restaurant gut besucht war. „Interessant", sagte Qay und schaute sich um. Die Wände waren mit Szenen und Gebäuden in den bunten Farben der traditionellen mexikanischen Kunst bemalt: Skelette tanzten auf dem Rasen des Historischen Museums, lächelnde, vielfarbige Sonnen hingen über dem Mount Hood, riesige Eidechsen und geflügelte Herzen überquerten die Fremont Bridge. Hier konnte man gar nicht anders, als fröhlich zu sein. Dazu kamen noch die köstlichen Essensdüfte, die aus der Küche drangen.

Ihre Kellnerin hatte lila Haare und mehrere Piercings im Gesicht. „Was möchten Sie trinken?", fragte sie.

Rhoda sah die beiden Männer an. „Ein Krug Margaritas für alle?"

Jeremy wollte gerade zustimmen, da verzog Qay das Gesicht. „Äh, für mich nur Wasser, bitte."

Rhoda nickte, ohne mit der Wimper zu zucken. „Wie wäre es, wenn wir uns auf Agua Fresca einigen? Guave?"

„Das hört sich gut an", sagte Qay erleichtert, senkte den Kopf und wartete, bis die Kellnerin gegangen war. „Ich, äh, sollte euch vielleicht sagen, dass ich keinen Alkohol trinken kann. Ich habe seit einigen Jahren einen schwarzen Schlüsselanhänger." Den schwarzen Schlüsselanhänger von *Narcotics Anonymous* bekam man, wenn man mindestens zwei Jahre lang keinen Alkohol und keine Drogen konsumiert hatte.

Jeremy war darüber nicht überrascht. Qay sah aus, als wäre er schon mehr als einmal zu Boden gegangen und nur mit Mühe wieder auf die Beine gekommen, bevor der Gong ertönte. Er bewunderte Kämpfernaturen wie Qay, die sich nicht entmutigen ließen. „Kein Problem", sagte er. „Und gut, dass du so konsequent durchhältst. Donny – dieses Arschloch, das ich gestern Abend wieder zusammenflicken musste – hat das nie geschafft. Er hat es gar nicht erst versucht."

Qay sah ihn einen Augenblick lang schweigend an. Dann schien er zu einer Entscheidung gekommen zu sein, nickte und zog seine Lederjacke aus, um sie hinter sich über die Lehne zu hängen. Er wirkte jetzt viel entspannter und selbstbewusster, saß mit lockeren Schultern und geradem Rücken auf seinem Stuhl.

Die drei studierten die Speisekarte, bis die Kellnerin mit den Getränken zurückkam und ihre Bestellungen aufnahm. Danach floss ihre Unterhaltung locker und entspannt dahin. Rhoda ließ noch eine kleinere Tirade los, dieses Mal über eine Sendung von *Fox News*, die sie im Wartezimmer ihres Hausarztes gesehen hatte. Qay stellte Jeremy Fragen über die Arbeit als Ranger und schien sich ernsthaft für Jeremys Antworten zu interessieren. Fragen nach seiner eigenen Geschichte wich er allerdings aus, sodass Jeremy sich an unverfängliche Themen hielt.

Während Jeremy seine Mole aß, fiel ihm auf, dass Qay wesentlich interessanter war, als er ursprünglich angenommen hatte. Qay war klug, ohne damit anzugeben, aber er war auch lustig, wobei ihm öfters Bemerkungen unbeabsichtigt über die Lippen kamen und er dann – wie zur Entschuldigung – die Schultern hochzog.

Und Jeremy war mehr und mehr davon überzeugt, dass er ihn kannte. Die Art, wie die schwarzen Haare mit ihren silbernen Strähnen ihm ins Gesicht fielen, die Art, wie er den Mundwinkel zu einem schiefen Grinsen hochzog … Jeremy kannte ihn.

Sie teilten sich eine Portion Sopapillas mit Mango und tranken dazu einen zweiten Krug Agua Fresca. Qay lehnte sich in seinem Stuhl zurück und beobachtete Jeremy. Dann drehte er sich zu Rhoda um. „Wieso willst du sein Leben in Ordnung bringen? Mir scheint, es geht ihm doch recht gut."

Während Jeremy theatralisch stöhnte, grinste Rhoda übers ganze Gesicht. „Nein, mein Süßer. Ich weiß, von außen wirkt er so. Aber du kannst mir glauben, er ist ein Sanierungsfall."

„Wegen dem, äh … Ex?"

Rhoda öffnete schon den Mund, um ihm zu antworten, da fiel ihr Jeremy ins Wort. „Donny. Und ich hatte seit fünf Jahren nichts mehr von ihm gehört. Bis gestern Abend." Er seufzte.

„Er ist also einfach so aufgetaucht und hat sich darauf verlassen, dass du ihn wieder zusammenflickst?"

„Ich nehme an, er wusste nicht, an wen er sich wenden sollte. Die Sache ist nämlich die ... Donny ist ein recht netter Mensch." Er hob die Hand, um Rhodas Protest im Keim zu ersticken. „Das ist er schon. Aber ... er trinkt zu viel. Viel zu viel. Und er will – oder kann – nichts dagegen tun." Das war das wirklich Schlimme daran. Wenn Donny durch und durch ein Arschloch gewesen wäre, hätte ihn Jeremy schon viel früher und ohne Bedenken abgeschrieben. Aber es schmerzte ihn zutiefst, wie Donny sein ganzes Potenzial verspielte, wie er es Stück um Stück vor die Schweine warf.

Qay nickte verständnisvoll. „Wenn wir nüchtern sind, sind wir alle nette Kerle. Aber wenn es schon so lange her war – und er sich offensichtlich nicht gebessert hat –, warum hast du ihm dann geholfen?"

„Weil er sonst niemanden hatte", erwiderte Jeremy, obwohl es sich ziemlich lahm anhörte. Qay hielt ihn vermutlich für einen Einfaltspinsel, der sich von jedem Trottel aufs Kreuz legen ließ, der an seine Tür klopfte. Aber so war Jeremy nicht. Und Donny ... Donny war anders. Jeremy war in seinem Leben nur zweimal verliebt gewesen. Das erste Mal, als er noch aufs College ging. Aber sie waren beide noch zu jung gewesen für eine dauerhafte Beziehung. Nach dem Examen trennten sich ihre Wege. Das zweite Mal war Donny.

„Es ist cool, dass er dich hat", sagte Qay nach einer kurzen Pause. „Die meisten Süchtigen verschleißen ihre Freunde sehr schnell und wenn sie in der Scheiße stecken, ist niemand da, der ihnen hilft. Vielleicht wird er ja dieses Mal trocken."

„Vielleicht. Hast du auch deine Freunde verschlissen?" Er wusste, dass es eine sehr persönliche Frage war. Sie kannten sich schließlich erst seit wenigen Stunden.

Qay zuckte mit keiner Wimper. „Ich habe mir erst gar keine zugelegt." Er schob das Kinn vor und sah Jeremy direkt in die Augen. Und – verdammt – Jeremy war kurz davor, sich an ihn zu erinnern.

„Und was tust du, wenn es dir schlecht geht?", fragte Rhoda mit ungewöhnlich sanfter Stimme.

„Ich helfe mir selbst."

Jeremy stand seinen Eltern nicht sehr nahe, aber er war nie ganz allein gewesen. Mom und Dad gaben sich Mühe, wenn auch im Rahmen ihres sehr begrenzten Weltbildes. Und er hatte immer einige gute Freunde gehabt, auf die er sich verlassen konnte – gut genug, um ihm beim Umzug zu helfen, sich seine Probleme anzuhören oder ihn zum Flughafen zu fahren, wenn er sie brauchte. Und wenn er jemals eine Unterkunft oder etwas Geld gebraucht hätte, bis sein nächstes Gehalt kam, hätten sie ihm auch das gegeben. Er konnte sich einfach nicht vorstellen, in dieser Welt so ganz allein und auf sich gestellt zu sein.

„Du bist höllisch stark", sagte er.

Zu seiner Überraschung lachte Qay. „Höllisch? Wirklich?"

„Zwei seiner Ranger sind aus Kalifornien", sagte Rhoda. „Das hat er von ihnen aufgeschnappt. So was passiert, wenn man sich mit denen einlässt."

Sie aßen de letzten Sopapillas und Jeremy nahm die Rechnung, was ihm Proteste von seinen beiden Begleitern einbrachte. „Hey, ihr seid meinetwegen hier. Also bezahle ich auch." Und außerdem konnte er es sich leisten. Rhoda zwar auch, aber für Qay wäre es vermutlich knapp geworden. Und der wäre ohne Jeremys Einladung gar nicht hier.

Die Kellnerin nahm seine Kreditkarte und ging zur Kasse. Qay starrte Jeremy an. „Ich verstehe immer noch nicht, warum du diese Intervention gebraucht hast. Donny ist aufgetaucht, du hast ihm geholfen, er ist wieder verschwunden. Ende der Geschichte. Oder?"

Jeremy wünschte, die Kellnerin würde endlich zurückkommen, damit sie gehen konnten – und er die Frage nicht beantworten musste –, da beugte sich Rhoda über den Tisch zu Qay. „Ich hatte diesen Abend schon vor der Sache mit Donny geplant. Donny war nur das Sahnehäubchen auf der missratenen Torte."

„Mhmm. Missratene Torte. Köstlich." Qay zwinkerte ihr zu. „Ich kann mich nicht erinnern, wie oft ich von der schon genascht habe." Er rieb sich den viel zu flachen Bauch.

„Jeremy steckt tief im Abgrund des Alltagstrotts", fuhr Rhoda fort, als wäre Jeremy gar nicht da.

Qay schnaubte. „Ist der schlimmer als die Klippen des Wahnsinns?"

„Viel schlimmer. Weil Westley nicht oben auf ihn wartet. Er …"

„Okay, das reicht. Schluss mit den Metaphern aus *Braut des Prinzen*", fiel ihr Jeremy ins Wort. „Ich bin doch nicht Buttercup. Und ich esse keinen schlechten Kuchen. Ich … ich weiß auch nicht, was mit mir los ist. Midlife-Crisis?"

Rhoda schüttelte den Kopf. „Nein, mein Süßer. Dann hättest du dir eine Corvette gekauft und dir einen viel zu jungen Freund zugelegt. Dein Problem ist, dass du einsam und viel zu abgeklärt bist. Du wirst bei der Arbeit jeden Tag mit den gleichen Problemen konfrontiert, so sehr du dich auch anstrengst. Und dann kommst du nach Hause in eine leere Wohnung zurück. Für manche Menschen mag das in Ordnung sein, aber nicht für dich. Du bist ein Mensch, der … Kontakte braucht."

„Ich habe Freunde", sagte Jeremy, obwohl er wusste, dass sie es anders gemeint hatte. Sie zog wortlos die Augenbrauen hoch und Jeremy senkte den Kopf. Die Papierserviette in seiner Hand war systematisch in kleine, schmale Streifen gerissen. Er legte sie auf den Tisch.

Qay hatte aufmerksam zugehört und beobachtet. „Hast du eine Lösung für ihn?", fragte er Rhoda. „Weil es darum doch gehen sollte bei einer Intervention, oder?"

„Ah ja. Aber erst muss er sich sein Problem eingestehen, nicht wahr? Deshalb sind wir heute Abend hier. Raus damit, Jer."

Jeremy starrte auf eine der bunten Papiergirlanden, die unter der Decke hing. Er konnte ihre prüfenden Blicke auf sich gerichtet fühlen. „Es ist kein Problem", sagte er ausweichend. „Es ist nur eine vorübergehende Sache. Nichts, womit ich nicht selbst klarkomme."

Rhoda schnaubte lautstark. Von Qay war kein Ton zu hören.

Auf dem Rückweg wechselte Rhoda das Thema und kommentierte die Vorgärten, an denen sie vorrüberkamen. Sie kritisierte die meisten konventionellen Gärten als langweilig und viele Naturgärten als Unkraut. Als Jeremy sie darauf hinwies, dass viele Naturkräuter botanisch sehr interessant wären und sogar als Nahrungsmittel oder Heilkräuter verwendet würden, tätschelte sie ihm die Wange. „Immer setzt du dich für die Benachteiligten ein."

Da es Samstag war, hatte das *P-Town* noch geöffnet. Man konnte schon von außen sehen, dass viel los war. Ptolemy wurde von zwei weiteren Baristas bei der Arbeit unterstützt, aber Rhoda entschuldigte sich trotzdem. „Ich glaube, sie können Hilfe gebrauchen. Danke für das Abendessen, Jer. Und denke nach über das, was ich gesagt habe. Qay, ich bin froh, dass du uns begleitet hast. Ich hoffe, wir sehen uns in Zukunft noch oft." Sie umarmte Jeremy und klopfte Qay auf die Schulter, dann ging sie in ihr Café.

Qay und Jeremy blieben vor der Tür stehen. Qay hielt seinen Rucksack am Gurt und kickte ein Steinchen vom Bürgersteig. „Danke für die Einladung", sagte er leise.

„Ich bin froh, dich eingeladen zu haben. Es tut mir leid, dass du unfreiwilliger Zuschauer der Jeremy Cox Show wurdest."

Ein Lächeln stahl sich auf Qays Lippen. „Ich bin sehr erleichtert darüber, dass du auch nur ein ganz normaler Sterblicher bist."

Jeremy fühlte sich im Moment nicht nur wie ein normaler Sterblicher, sondern auch wie ein Tölpel und Trottel. Er kratzte sich am Kopf. „Äh, meinst du … Nach dem, was du von Rhoda gehört hast, musst du jetzt denken, dass ich dich im Keller ankette. Ich verspreche dir, ich bin nicht halb so schlimm, wie sie behauptet. Aber ich würde dich gerne besser kennenlernen. Vielleicht wieder zusammen essen gehen? Ohne Rhoda und ihre Versuche, mein Leben in Ordnung zu bringen."

Qay lehnte nicht sofort ab und rannte auch nicht schreiend davon. Aber er war offensichtlich hin- und hergerissen. Er sah Jeremy aus zusammengekniffenen Augen an. „Du willst wirklich mit einem Junkie ausgehen? Nach allem, was du mit Donny durchgemacht hast?"

„Ich will mit *dir* ausgehen." Es war eine ehrliche Antwort. Wenn Qay die Wahrheit gesagt hatte, nahm er seit Jahren keine Drogen mehr. Und er war eindeutig mehr als nur ein ehemaliger Junkie. Er ließ Jeremys Herz schneller schlagen. Jeremy wollte einen Weg finden, die Traurigkeit und das Misstrauen aus Qays Blick zu vertreiben und den Mann wieder zum Vorschein bringen, der sich dahinter verborgen hielt.

„Ein Date." Qay lachte leise. „Ich bin mir nicht sicher, ob ich jemals ein Date hatte. Diese Phase in meiner Entwicklung habe ich gewissermaßen übersprungen." Er knabberte an seinem Daumennagel. „Die Sache ist nämlich die … Ich bin nicht

39

nur ein Junkie. Ich bin auch vorbestraft. Nichts Weltbewegendes. Ich bin einige Male mit Dope erwischt worden, das ist alles. Und es ist nicht das Schlimmste. Ich bin auch noch verrückt. Habe einige Zeit in der Psychiatrie verbracht. Ich bin keine gute Neuigkeit, Jeremy Cox. Du solltest vor mir davonlaufen. Schnell."

Jeremy ging das Risiko ein und einen Schritt auf Qay zu. Dann noch einen. „Das will ich aber nicht." Er schob Qay die Haare aus dem Gesicht, beugte sich vor und fuhr ihm mit den Lippen über den Mund. Es war kein leidenschaftlicher Kuss, nein. Es war mehr ein Nippen, eine kleine Geschmacksprobe, um herauszufinden, ob sie zusammenpassten. Was offensichtlich der Fall war, denn Qay legte ihm eine Hand auf die Schulter und drückte sie.

Dann war der Kuss vorbei. Qay ließ die Hand wieder fallen und Jeremy trat einen Schritt zurück. Sie sahen sich in die Augen. „Gut", sagte Qay. „Ein Date. Aber dieses Mal bezahle ich, ja?"

„Abgemacht", erwiderte Jeremy. Er wäre am liebsten vor Freude in die Luft gesprungen, blieb aber unbeweglich stehen. „Wann? Ich habe jeden Abend Zeit."

„Am Samstag. Dann hast du eine Woche Zeit, um deine Meinung zu ändern. Wir können uns um sieben Uhr hier treffen. Und wenn du nicht mehr willst, ist das auch okay. Ich kann das verstehen."

„Es wird aber nicht passieren."

Qay wirkte nicht sehr überzeugt, nickte aber. „Dann bis Samstag um sieben."

„Viel Glück für deine Prüfung."

Qay grinste ihn überrascht an. „Danke, Mann. Das kann ich echt gebrauchen." Er klopfte sich mit dem Zeigefinger an die Schläfe. „Es steckt alles hier drin. Aber es wieder herauszuholen, ist ein fürchterlicher Kampf." Er schlenderte davon, in die Gegenrichtung von Jeremys Haus. Sein schlaksiger Körper warf dunkle Schatten im Licht der Straßenlaternen.

Rhoda hatte aus dem Café alles beobachtet. Sie hielt einen Becher Kaffee in der einen Hand und winkte Jeremy mit der anderen zu. Jeremy winkte zurück. Er überlegte, ob er noch ins Café gehen sollte, entschied sich dann aber dagegen. Ein Spaziergang. Das war es, was er jetzt bauchte.

Er ging die Straße entlang und war schon an der Kurve zum Mount Tabor, als sein Handy klingelte. Er zog es widerstrebend aus der Tasche, weil späte Anrufe selten etwas Gutes zu bedeuten hatten.

„Chief Cox?", sagte eine barsche Stimme. „Hier ist Captain Frankl."

Jeremy kannte Frankl aus seiner Zeit bei der Polizei. Sie hatten auch danach, als er schon für die Parkverwaltung arbeitete, gelegentlich miteinander zu tun gehabt. Sie waren nicht gerade die besten Kumpels, aber sie kamen miteinander aus. „Was ist, Captain?"

„Ich brauche dich. Ich habe hier eine Leiche, die identifiziert werden muss."

6

Es war nicht wie in Filmen oder Fernsehserien, in denen aufgelöste Ehepartner oder Eltern in ein kaltes Untersuchungszimmer geführt werden, wo ein Mann mit steinerner Miene ein Tuch zurückschlug, um das Gesicht der Leiche zu enthüllen. Tatsache war, dass nur die wenigsten Leichen identifiziert werden mussten, weil die Menschen – selbst wenn sie allein und unbemerkt starben – immer etwas bei sich hatten, das sie identifizierte. Jeremy war in seiner Zeit als Polizist einige Male in der Gerichtsmedizin gewesen, aber nie in dieser Funktion. Heute war er froh, sich mit Captain Frankl in einem *McDonald's* verabredet zu haben.

Frankl war schon vor ihm eingetroffen. Auch das war gut, weil Jeremy so nicht warten musste – unruhig auf dem Stuhl hin und her rutschend, einen Becher schlechten Kaffees in der Hand und mit Knoten im Magen. Er kam sich jetzt schon vor, als würde ein ganzes Team russischer Turner in seinem Magen Salto rückwärts trainieren.

„Tut mir leid, dass ich dich da mit reinziehen muss", sagte Frankl, sobald Jeremy ihm gegenüber Platz genommen hatte. Frankl war ein hagerer Mann, dem nur noch wenige Jahre zum Ruhestand fehlten. Er hatte Tränensäcke unter den Augen und sah immer aus, als wäre er in Trauer.

Jeremy nickte dankbar. „Ich weiß, dass es nicht deine Lieblingsaufgabe ist."

„Und es wird nicht besser." Frankl seufzte und schlürfte einen Schluck vom Inhalt seines Pappbechers. Dann zog er einige Fotos aus der Tasche und legte sie mit dem Bild nach unten vor Jeremy auf den Tisch. „Es ist sowieso nur eine Formalität. Wir wissen, wer es ist. Aber er hatte keine Papiere bei sich und ohne Familienangehörige in der Nähe ..." Er zuckte mit den Schultern.

Jeremy hatte während der kurzen Fahrt hierher versucht, sich innerlich auf diesen Moment vorzubereiten. Seine erste Befürchtung war, dass es sich bei der Leiche um Toad handeln würde, den Jungen, den er kürzlich von der Straße geholt hatte. Sicher, Toad hatte einen glücklichen Eindruck gemacht, als Jeremy ihn bei *Patty's Place* ablieferte. Aber das hieß nicht, dass er nicht nach kurzer Zeit wieder davongelaufen war. Es hieß nicht, dass er nicht eine Überdosis genommen hatte, überfallen worden oder vor einen Bus gesprungen war.

Doch diese Befürchtung hatte er schnell wieder beiseitegeschoben. Wenn es sich um Toad handeln würde, hätte Frankl ihn nicht angerufen. Niemand bei der Polizei wusste, dass er den Jungen kannte. Sie hätten sich an die Mitarbeiter von *Patty's Place* gewandt, wenn eine unbekannte jugendliche Leiche identifiziert werden müsste. Gott sei Dank.

Nein, Jeremy wusste sehr gut, wessen Gesicht er sehen würde, wenn er die Fotos umdrehte.

„Wo habt ihr ihn gefunden?", fragte er leise.

„Im Fluss."

„Mist. Wie …"

„Schau dir die Bilder erst an, ja?" Frankl hörte sich erschöpft an, aber in seiner Stimme lag auch Mitleid.

Jeremy drehte das erste Bild um.

Donny sah … nicht gut aus. Aber so hatte er schon ausgesehen, als er mit seinem geschwollenen, blau unterlaufenen Gesicht Jeremys Wohnung verließ. Auf dem Bild sah es nicht viel schlimmer aus, obwohl seine geschlossenen Augen tief eingesunken waren und das weiße Tuch unter seinem Kopf sein schlechtes Aussehen noch betonte.

Jeremy betrachtete das Bild und erinnerte sich an die Zeiten, als er mit den Fingern durch die braunen Haare fuhr, als der Mund fröhlich lachte, als diese Augenlider vor Ekstase flatterten. Dann legte er das Bild auf den Stapel mit den anderen und schob sie zu Frankl zurück. „Er ist es." Er war dankbar, dass seine Stimme nicht so zitterte, wie er sich fühlte.

Frankl seufzte wieder. „Ja. Einer meiner Männer hat ihn auch erkannt. Und der Pulli, den er trug, hatte ein Namensschild. Mit deinem Namen."

Jeremys Lieblingspulli sah aus wie jeder andere auch. Ein Kapuzenpulli eben, in einer unscheinbaren grauen Farbe. Um ihm im Fitnessstudio nicht ständig zu verwechseln, hatte er mit einem wasserfesten Stift *J. Cox* auf das Etikett geschrieben.

„Wart ihr noch zusammen?", fragte Frankl. „Ich dachte …"

„Nein. Wir haben uns schon vor fünf Jahren getrennt. Ich habe ihn erst gestern Abend wiedergesehen."

Frankls traurige Augen blickten ihn scharf an. „Du hast ihn gesehen?"

„Er ist gestern vor meiner Wohnung aufgetaucht. Er sah nicht gut aus. War grün und blau geschlagen."

„Der Gerichtsmediziner sagte, die Verletzungen wären ihm ein oder zwei Tage vor dem Tod zugefügt worden", meinte Frankl nachdenklich. „Was ist mit ihm passiert?"

„Das hat er mir nicht gesagt und wenn ich ehrlich bin, wollte ich es auch nicht wissen. Aber er war ziemlich verzweifelt. Hat sich geweigert, sich ins Krankenhaus fahren zu lassen. Also habe ich ihn notdürftig zusammengeflickt und ihm erlaubt, bei mir zu übernachten. Am Morgen habe ich ihm etwas Geld und Kleidung gegeben. Er sagte, er wollte zu seiner Schwester nach Kalifornien." Beim letzten Satz stiegen ihm Tränen in die Augen. Seine Kehle war wie zugeschnürt. Er hatte nicht ernsthaft damit gerechnet, dass Donny nach Süden fahren und sein Leben in Ordnung bringen würde, aber er hatte es gehofft. Ein kleiner, letzter Rest Optimismus in ihm hatte Donny gewünscht, von den Drogen und dem Alkohol loszukommen, ein sicheres, glückliches Leben zu leben. Diese Wünsche waren jetzt tot. Sie waren mit Donny gestorben.

Jeremy schloss die Augen und senkte den Kopf. „Er war ein guter Mann. Er hat viel Scheiße gebaut, aber innerlich …" Er brachte den Satz nicht zu Ende. Glücklicherweise sagte Frankl nichts dazu. Jeremy wollte nicht die Fassung verlieren. Nicht vor einem Bullen und mitten in einem Fastfood-Restaurant.

Jeremy holte erschöpft Luft und sah Frankl an. „Willamette oder Columbia?", fragte er.

„Willamette. Ruderer haben ihn heute Nachmittag gefunden. Er hatte sich in Treibgut verfangen, irgendwo in der Nähe der Fremont Bridge. Mist, Cox. Ich sollte dir das nicht sagen, aber du bist der Letzte, der ihn lebend gesehen hat."

Jeremy war so am Boden, dass er am liebsten geheult hätte. „Stehe ich unter Verdacht, Captain?"

Frankl sah ihm in die Augen, überlegte kurz und schüttelte dann den Kopf. „Nein. Du könntest natürlich … Pass auf. Wir wissen alle, dass sich Donny Matthews mit sehr zweifelhaften Typen rumgetrieben hat. Wir haben ihn mehr als einmal festgenommen. Wusstest du das?"

Nein, er hatte es nicht gewusst. Aber es kam auch nicht überraschend. „Hat er gesessen?", fragte Jeremy besorgt. Der Knast war kein guter Ort für einen ehemaligen Bullen. Aber das war jetzt auch egal. Alles war egal, jedenfalls aus Donnys Perspektive.

„Nein", sagte Frankl kopfschüttelnd und trank einen Schluck von seiner Cola. „Es war nur Kleinkram. Nichts davon ist an ihm hängengeblieben. Aber einige seiner Kumpels steckten sehr tief drin. Mein Gott. Ich mache diesen Job jetzt schon seit fast dreißig Jahren, aber wenn ich sehe, was die Drogen aus den Menschen machen … Ich könnte jedes Mal heulen."

„Ja." Jeremy *hatte* darüber geweint. Zuhause, wenn er allein war. Nicht nur über Donny, der ihre Zukunft und sein eigenes Leben wegwarf, sondern über all die Männer und Frauen, deren Leben in Trümmern lag. Und ganz besonders hatte er über die Kinder und Jugendlichen geweint – Teenager wie Toad, die nie eine Chance hatten.

Während sich seine Kehle wieder zusammenzog, musste Jeremy an Qay Hill denken. Man konnte ihm ansehen, dass die Drogensucht nicht spurlos an ihm vorübergegangen war – die angespannten Schultern, die Falten im Gesicht. Doch Qay hatte es überwunden. Qay hatte überlebt und kämpfte – soweit Jeremy es beurteilen konnte – sehr hart, um mehr aus seinem Leben zu machen. Nicht jeder verlor diesen Kampf. Der Gedanke tat Jeremy ungemein gut und richtete ihn wieder etwas auf.

„Wie ist er gestorben?", fragte er leise.

„An einer Schusswunde. Hast du Waffen, Cox? Und welche?"

„Keine." Er war kein großer Fan von Handfeuerwaffen und hatte sie alle abgegeben, als er bei der Polizei kündigte. „Mord oder Selbstmord?"

„Falls es ihm nicht irgendwie gelungen sein sollte, sich selbst zweimal in den Rücken zu schießen und dann in den Fluss zu springen, können wir wohl von Mord ausgehen."

In den Rücken. War Donny vor seinem Mörder davongelaufen oder war er überrascht worden? Hatte er in diesen letzten Minuten seines Lebens Angst gehabt oder hatte ihn der Tod unverhofft und ohne Vorwarnung ereilt? War er schnell gestorben oder hatte er gelitten?

Mein Gott, Donny. Jahrelang hatten sie das Bett geteilt. Jeder Quadratzentimeter von Donnys Körper, jeder Ton, der ihm über die Lippen kam … Jeremy kannte sie. Er wusste um Donnys geheime Leidenschaft für Disney-Filme und dass Donny an keinem Hund vorbeigehen konnte, ohne ihn zu streicheln. Er wusste auch, dass Donnys Vater ein autoritäres, gewalttätiges Arschloch war.

„Ist alles in Ordnung mit dir, Cox?"

Jeremy fiel erst jetzt auf, dass er sich übers Gesicht rieb. Er ließ die Hände fallen. „Ja. Sorry."

„Schon gut. Du hast den Kerl gemocht. Es ist schön, dass wenigstens einer um ihn trauert."

„Mist. Seine Schwester. Jemand muss sie benachrichtigen."

„Du?"

Jeremy schüttelte den Kopf. „Sie hasst mich zutiefst. Es ist besser, wenn sie es von euch erfährt." Er hätte sich am liebsten wieder die Hände vors Gesicht geschlagen. „Ich habe ihre Adresse nicht, aber ich kann dir sagen, wie sie heißt und in welcher Stadt sie lebt. Damit solltet ihr sie leicht aufspüren können."

„Okay. Danke."

Jeremy fiel etwas ein. „Ich weiß nicht … Donny hat sich nicht immer sehr gut mit ihr verstanden." Und sie konnte ein ziemliches Biest sein, aber das sagte er nicht laut. „Falls sie sich weigert, äh … die Beerdigung …" Seine Stimme versagte. Er wünschte, er hätte etwas zu trinken bestellt, um sich die Kehle anfeuchten zu können.

„Falls sie die Beerdigung nicht übernehmen will?"

„Ja. Lässt du es mich wissen? Dann kümmere ich mich um alles." Weil Donny es nicht verdient hatte, verbrannt und vergessen zu werden.

„Sicher."

Jeremy wollte nur noch nach Hause und sich in seinem Bett unter der Decke verkriechen. Er setzte sich auf und drückte die Schultern durch. „Kann ich noch irgendwie behilflich sein, Captain?"

„Heute nicht. Wir werden dir vermutlich noch zusätzliche Fragen stellen müssen, besonders über gestern Abend. Aber das hat Zeit. Leg dich ins Bett, Cox. Du brauchst Schlaf."

„Genau das hatte ich vor."

Jeremys Magen hatte sich wieder etwas beruhigt. Die Turner waren durch eine Bleikugel ersetzt worden. Er kam nur mit Mühe auf die Beine, schüttelte Frankl die Hand und schleppte sich nach draußen zu seinem Wagen.

Als er nach Hause kam, legte er sich nicht gleich ins Bett. Er überlegte noch, ob er im Schrank nach Alkohol suchen sollte, den Donny vielleicht übersehen hatte, verwarf den Gedanken aber wieder. Dann überlegte er, ob er Rhoda anrufen sollte, aber es war schon spät und er wollte sie nicht wecken. Er rollte sich auf dem Sofa zusammen und sah sich eine der DVDs an, die Donny nach ihrer Trennung zurückgelassen hatte. Es war *Die Unglaublichen*, ein Film, der auch zu Jeremys Lieblingsfilmen gehörte. Er war zwar weder verheiratet noch hatte er Kinder, aber er konnte gut mit Bob Parr, dem Superdaddy, mitfühlen.

Als der Film zu Ende war und der Abspann kam, war Jeremy immer noch wach.

Am Freitag hatte Donny noch gelebt. Hatte hier, auf diesem Sofa, gesessen. Jetzt war er tot.

Jeremy hätte ihn nicht einfach so gehen lassen sollen. Jemand hatte Donny zusammengeschlagen, hatte ihn mit einem Messer verwundet. Jeremy hätte ihn ins Krankenhaus bringen sollen. Dann wäre Donny jetzt vielleicht im Knast, aber immer noch am Leben. Jetzt lag er in der Gerichtsmedizin und war tot.

Ungebetene Bilder schossen ihm durch den Kopf – nicht von dem lebenden Donny, sondern von seiner Leiche. Kalt und allein, ausgestreckt auf einem Stahltisch in dem kalten Untersuchungsraum in Clackamas, alle seine Geheimnisse entblößt unter den aufmerksamen Augen des Pathologen.

Was, wenn er dem betrunkenen Donny nachgegeben und ihn gefickt hätte? Wäre Donny dann noch am Leben? Oder … Mist. Jeremy hätte ihn ins Auto setzen und nach Kalifornien fahren sollen, keifende Schwester oder nicht.

Es gab so verdammt vieles, was er hätte tun können oder sollen. Stattdessen hatte er ihn zusammengeflickt, ihm Geld und Klamotten gegeben und Tschüss gesagt.

Irgendwann schlief Jeremy dann doch ein. Auf dem Bildschirm war immer noch der Abspann des Films zu sehen und an der Decke brannte das Licht.

7

AM SONNTAG dachte Qay lange darüber nach, ob er zum Lernen wieder ins *P-Town* gehen sollte. Schließlich entschied er sich dagegen. Nicht weil er nicht willkommen wäre – er akzeptierte mittlerweile, dass Rhoda wirklich nichts dagegen hatte, wenn er sich dort stundenlang niederließ und lernte. Aber wenn er ins *P-Town* ging, könnte Jeremy Cox auftauchen und mit Qays Konzentration wäre es vorbei. Und selbst wenn Jeremy nicht kam, würde Qay ständig nach ihm Ausschau halten. Also blieb er zuhause. Und musste trotzdem ständig an Jeremy denken.

Es war nicht nur so, dass Jeremy sexy war – und er war verdammt sexy. Groß und stark und mit einem Lächeln, bei dem Qays Herz immer Purzelbäume schlug; lockere, selbstbewusste Bewegungen, die Kraft ausdrückten und zeigten, wie wohl er sich in seinem riesigen Körper fühlte. Und trotzdem kein Macho-Arschloch. Nein, Jeremy war unglaublich liebenswert, lustig, bescheiden und bereit, anderen Menschen zuzuhören. Als Qay einen Teil seiner Wahrheit ausspuckte – die Drogen, den Knast und die Psychiatrie –, hatte Jeremy kaum mit der Wimper gezuckt. Er hatte sogar gesagt, er wolle trotzdem mit Qay ausgehen. Und es hatte sich verdammt ehrlich angehört.

Alles in allem war Jeremy das attraktivste Paket Mann, das Qay jemals über den Weg gelaufen war. Und während er sich darauf konzentrierte, die *Tyrannei der Mehrheit* zu analysieren, schlichen sich noch andere Erinnerungen in Qays Kopf. Es waren Erinnerungen an den Jeremy Cox seiner Jugend.

Jeremy war damals klein und etwas pummelig gewesen, das ideale Opfer für die Bullies der Schule, die ihn erbarmungslos schikanierten und quälten. Vielleicht hatten diese Rüpel ja damals schon geahnt, dass Jeremy schwul war – lange bevor Jeremy selbst sich über seine Gefühle im Klaren war. Oder es reichte ihnen, dass er so still und klug und schüchtern war, um ihn zum Ziel ihres Hasses zu machen. Jeremy hatte sein Schicksal immer mit einer bemerkenswerten Mischung aus Resignation und Entschlossenheit ertragen, für die Qay ihn damals sehr bewunderte. Qay war nie schikaniert worden. Es hätte böse geendet.

Und noch etwas war ihm an Jeremy aufgefallen: Im Gegensatz zu den anderen Kindern, hatte er sich nie vor Qay gefürchtet. Qay war sich nie wie ein Freak vorgekommen, wenn Jeremy ihn ansah. Jeremys flüchtige Blicke und sein süßes Erröten waren sogar einer der ersten Hinweise gewesen, dass ihn jemand attraktiv finden könnte. Und diese Erkenntnis hatte ihm später geholfen, viele dunkle Tage zu ertragen.

Qay hatte seit seiner Teenagerzeit Kansas nicht mehr betreten und es war Jahre her, seit er das letzte Mal an Jeremy dachte. Er wollte nicht an Bailey Springs zurückdenken und hatte alle Erinnerungen daran verdrängt.

Mist.

Er knallte das Buch zu und stand von dem kleinen Küchentisch auf. Er brauchte ein Bier, einen Schuss … Was auch immer. Stattdessen goss er sich ein Glas Milch ein und nahm sich eine Tüte Chips aus dem Vorratsschrank. Dann stapfte er wieder an den wackeligen, alten Tisch zurück. Jeremy Cox war jetzt egal. Bailey Springs war auch egal. Qays ganze unglückselige, beschissene Vergangenheit war egal. Was jetzt zählte, war John Stuart Mill, den er endlich verstehen musste, um seine Prüfung zu bestehen. Um ihn wieder auskotzen zu können, wenn er danach gefragt wurde.

Ja. Wie toll. Als ob es sein Leben viel besser machen würde, wenn er in Philosophie mit einer mittelprächtigen Note abschloss.

IN DER Nacht von Sonntag auf Montag schlief er miserabel. Er lag lange wach und stellte sich die vielen Möglichkeiten vor, sein Leben wieder zu ruinieren – angefangen mit einem Test, den er so spektakulär in den Sand setzte, dass er vom College flog. In den Gängen wurden Fotos von ihm aufgehängt – das Gesicht war rot durchgestrichen –, damit man ihn sofort erkannte und rauswarf, sollte er sich dennoch getrauen, den Campus wieder zu betreten.

Als ihn die Erschöpfung schließlich übermannte und er einschlief, hatte er beunruhigende Träume. Er konnte sich zwar nicht an die Details erinnern – dazu waren sie zu wirr und zu verschwommen –, wachte aber schweißgebadet auf, bekam kaum Luft und die Bettdecke schnürte ihn ein wie eine Fessel.

Qay stand früher als gewöhnlich auf, duschte kurz und zog sich an. Dann warf er einen angewiderten Blick auf seine Lehrbücher und lief hinaus in den Regen. Er war nie ein Fan von Laufen oder anderen sportlichen Tätigkeiten gewesen. Drogen und schlechte Ernährung hatten über Jahre dafür gesorgt, dass er hager blieb. Jetzt war er zwar clean und ernährte sich besser, nahm aber glücklicherweise trotzdem nicht übermäßig zu. Vermutlich lag es an den Genen, denn seine Eltern waren auch beide schlank. Wenigstens eine vorteilhafte Eigenschaft, die er von ihnen geerbt hatte. Doch heute hatte er trotz seiner Unsportlichkeit das Bedürfnis nach Bewegung. Er brauchte dringend einen klaren Kopf.

Ohne ein konkretes Ziel vor Augen, ging er erst in Richtung des Flusses und dann durch das Industriegebiet nördlich der Ross Island Bridge. Außer dem gelegentlichen Auto, das an ihm vorrüberfuhr, begegnete er so gut wie keinem Menschen. Es war ihm nur recht. Nach einer guten Weile kam er zur Marquam Bridge. Er schaute auf das graue Wasser des Willamette, der so ganz anders aussah als der Smoky Hill River.

Qay war nass vom Regen und ihn fröstelte. Er machte sich auf den Rückweg, ging jedoch an seiner Wohnung vorbei und die Belmont Street entlang, bis die einladenden Fenster des *P-Town* nach ihm riefen. Weder Jeremy noch Rhoda waren da, doch der Duft nach frischen Kaffee war wohltuend und er bestellte sich einen großen Becher der heißen Köstlichkeit. Dazu gönnte er sich noch eines der Törtchen aus der großen Glastheke und setzte sich dann an einen der Ecktische, direkt unter das Bild eines wunderschönen blonden Mannes, der nackt in einem Teich schwamm. Nachdenklich nippte er an seinem Kaffee. Qay konnte sich nicht erklären, woran es liegen mochte, aber er fühlte sich hier mehr zuhause als in seiner eigenen Wohnung.

Er war immer noch in Gedanken versunken und zuckte erschrocken zusammen, als sich Rhoda an seinen Tisch setzte. Sie hielt einen großen Becher Kräutertee in den Händen. „Du bist durchgeweicht", stellte sie fest.

Qay schaute auf den Boden, wo sich unter seinem nassen Mantel und den Schuhen kleine Pfützen gebildet hatten. „Tut mir leid. Ich wollte keine Schweinerei machen."

„Es ist doch nur Wasser, Süßer. Und es ist in Portland ein ganz normales Geschäftsrisiko, also mach dir keine Sorgen. Willst du ein Handtuch? Du holst dir sonst noch eine Lungenentzündung."

„Es geht schon", sagte Qay und lächelte schüchtern. Er war es nicht gewohnt, dass sich jemand um ihn sorgte. Es war irgendwie nett.

Rhoda schnalzte tadelnd mit der Zunge und beugte sich über den Tisch. „Hast du diesen Test schon hinter dir?"

„Nein. Er ist erst um vier Uhr heute Nachmittag."

„Nun, ich bin sicher, dass du es schaffen wirst."

„Dein Vertrauen ehrt mich", meinte er lachend. Und dann, weil er wirklich nicht mehr an diese verfluchte Prüfung denken wollte, wechselte er das Thema. „Du scheinst immer hier zu sein. Es ist bestimmt sehr anstrengend, ein Café zu besitzen."

Zu seiner Überraschung lachte sie laut. „Anstrengend? Süßer, ich lebe hier meinen Traum. Sieh mich nicht so erstaunt an. Ich meine es ernst." Sie winkte lächelnd ab.

„Aber …" Er sah sich um. Das *P-Town* war sehr nett eingerichtet und ein angenehmer Aufenthaltsort. Der Duft nach Kaffee und Kuchen lag in der Luft. Gäste unterhielten sich leise. Die Möbel passten nicht zusammen und trugen damit zusätzlich zu der lockeren, gemütlichen Atmosphäre bei, genauso wie die Bilder an den Wänden und die warme Beleuchtung. Aber es war trotz allem nur ein Café, kein Zuhause.

„Oh, ich weiß", sagte Rhoda. „Die meisten Menschen träumen von schicken Häusern, weiten Reisen oder Berühmtheit. So bin ich nicht. Ich bin ein häuslicher Typ. Mir ist gemütlich und abwechslungsreich lieber als teuer. Und ich will mir gar nicht vorstellen, was ich mit den armen Paparazzi machen würde, wenn sie mir auf den Wecker fallen. Ich arbeite sieben Tage in der Woche in meinem eigenen, kleinen Winkel der Welt und ich könnte nicht glücklicher sein."

Qay fand, dass sie tatsächlich glücklich aussah. Sogar dann, wenn sie sich über die Vorgärten fremder Menschen echauffierte oder über die fehlenden Parkplätze in der Innenstadt, machte sie einen zufriedenen und glücklichen Eindruck. Sie trug ihre Lebenseinstellung wie andere Menschen ihre Lieblingsjacke.

„Wie ist es zu diesem Traum gekommen?", fragte er neugierig.

Sie tätschelte ihm strahlend die Hand, als hätte er ihr keine bessere Frage stellen können. „Ich habe früher in einem dieser seelenlosen Bürojobs gearbeitet. Ich habe gut verdient, aber ich war nie glücklich. Jeden Tag habe ich die Minuten gezählt, bis ich endlich wieder nach Hause gehen konnte. Und wenn ich zuhause war, hat mich davor gegraust, wieder zurück ins Büro zu müssen. Ich hasste die Kleidung, die ich dort tragen musste. Langweilig und farblos und fantasielos." Sie trug heute ein leuchtend buntes Kleid mit aufgedruckten Torten. Ihre knallrosa Jacke passte zu den Strümpfen und ihre goldfarbenen Schuhe waren mit großen Erdbeeren aus Metall verziert.

„Mir gefällt das, was du anhast", sagte Qay ehrlich. Ihre Kleidung war genauso strahlend und lebhaft wie sie selbst.

„Mir auch. Während ich in meinem Gefängnis vor mich hin siechte, habe ich geträumt. Ich hatte diese Fantasien über ein vollkommen anderes Leben, wollte mein eigenes Geschäft aufmachen, das ich einrichten konnte, wie ich es wollte und in dem ich mich kleiden konnte, wie ich es wollte. Einen Ort, an dem sich interessante Leute treffen und miteinander reden. Ich bin eine echte Gschaftlhuberin, Qay. Ich liebe es, die Lebensgeschichten anderer Menschen zu hören. Als ich dann an etwas Geld kam, habe ich das *P-Town* eröffnet." Sie seufzte. „Ursprünglich wollte ich das Café mit meinem Mann zusammen betreiben. Zwei Jahre nach der Eröffnung ist er gestorben."

„Das tut mir leid."

Rhoda zuckte mit den Schultern. „Ah, manchmal stellt uns das Leben ein Bein. Aber ich habe es ihnen gezeigt! Weil ich auch ohne Tim weitergemacht habe. Ich stehe jeden Morgen früh auf und kann es kaum abwarten, mit der Arbeit anzufangen. Und wenn mich auf dem Weg hierher ein Laster über den Haufen fährt … Nun, dann weiß ich wenigstens, dass ich die letzten Jahre meines Lebens meinen Traum gelebt habe."

Qay überlegte kurz, dann nickte er. „Das verstehe ich. Nicht alle Träume glitzern und strahlen. Ich freue mich für dich. Mir gefällt es hier. Ich fühle mich hier willkommen."

„Das bist du auch, mein Süßer! Weil auch das ein Teil meines Traumes war. Einige meiner Stammkunden fahren Mercedes und andere müssen ihr letztes Geld zusammenkratzen für eine Tasse Kaffee. Siehst du die beiden Mädels dort?" Sie zeigte auf zwei grauhaarige Damen, die am Fenster saßen. „Sie retten Katzen. Jeden Montag treffen sie sich hier und überlegen, wo sie die Fellbündel unterbringen, die sie eingesammelt haben. Der Mann in dem Anzug dort ist Richter. Er fährt jede Woche zweimal über den Fluss, um hier seine Mittagspause zu verbringen. Der blonde Mann mit der Zeitung ist Musiker. Er spielt hier zweimal in der Woche. Einige der Gäste machen einen sehr gewöhnlichen Eindruck, andere … Nun, sie sind ungewöhnlicher, als du dir vielleicht vorstellen kannst. Aber alle sind sie interessant und alle fühlen sie sich hier zuhause. Und ich? Ich habe das Gefühl, meine Tage in einem großen Wohnzimmer zu verbringen, das sogar – etwas – profitabel ist."

Bevor er ihr antworten konnte, stand sie auf und nahm seinen leeren Becher vom Tisch. „Bin gleich zurück."

Er sah ihr nach, wie sie auf dem Weg zur Theke links und rechts die Gäste begrüßte. Mit den beiden alten Damen unterhielt sie sich kurz und Qay konnte erkennen, dass sie Pullover mit aufgedruckten Katzenpfoten trugen. Als Rhoda schließlich an seinen Tisch zurückkam, hatte sie nicht nur seinen Becher aufgefüllt, sondern brachte auch ein Kännchen Sahne mit und einen Teller, auf dem ein übergroßes Plätzchen lag. „Salzkaramell mit gebräunter Butter", verkündete sie, als sie es vor ihm auf den Tisch stellte.

„Aber ich …"

„Ich will deine Meinung hören. Eine neue Bäckerei hat sie heute früh vorbeigebracht. Es sind Kostproben. Die Bäckerei bietet einige recht interessante Geschmacksrichtungen an. Ich kann mir – bei meiner Taille – allerdings nicht leisten, sie alle selbst zu verkosten. Die beiden Baristas, die heute hinter der Theke stehen, sind Veganer. Also übertrage ich diese Verantwortung vorübergehend auf dich. Ich kann nicht alles verkaufen, aber ich will in Zukunft mehr Plätzchen anbieten."

„Bekomme ich für diese verantwortungsvolle Tätigkeit eine Dienstmarke?", fragte Qay grinsend.

„Das nächste Mal." Sie schob ihm den Teller hin. „Und? Erledige deinen Job, Mann!"

Er biss pflichtbewusst eine Ecke des Plätzchens ab und kaute. Dann riss er überrascht die Augen auf. Qay hatte sich lange und oft von billigen Keksen ernährt, die er als Sonderangebote oder beim Discounter erstand. Er war deshalb nicht gerade qualifiziert, was die Beurteilung von Gourmet-Plätzchen anging. Aber das? War gut. Sehr gut sogar. Damit hätte selbst seine Mutter nicht mithalten können, aber die hatte sowieso nie Plätzchen gebacken. Er biss ein zweites Stück ab. „Unglaublich", sagte er, nachdem er geschluckt hatte. „Die solltest du auf jeden Fall nehmen."

Rhoda nickte. „Gut gemacht, Deputy." Sie nippte geziert an ihrem Tee.

Qay gab Sahne und Zucker in seinen Kaffee, rührte um und trank einen Schluck. Er war auch kein Kaffee-Kenner, aber dieser hier war hervorragend – kein Vergleich zu den schwarzen Brühen, die er im Verlauf der Jahre in den verschiedenen Einrichtungen runtergewürgt hatte.

„Was ist *dein* Traum?", fragte Rhoda unvermittelt. Es kam ihm vor, als hätte sie die ganze Zeit auf diese Frage hingearbeitet.

„Mein Traum ist vermutlich sehr bescheiden, wenn man ihn mit deinem vergleicht. Nüchtern bleiben. Nicht obdachlos werden. Meinen Job nicht verlieren."

„Gehört der Kurs im College auch dazu?"

Er zog eine Grimasse und studierte fasziniert die Plätzchenkrümel auf seinem Teller. „Das ist … ein Wunschtraum. Ich meine … Falls ich den Kurs bestehe und dann den nächsten und den nächsten, falls ich wie durch ein Wunder den Abschluss schaffe, bevor ich an Altersschwäche sterbe … Selbst dann wird es mich wohl nicht viel weiterbringen."

„Hmm", meinte sie und schürzte die Lippen. „Auf jeden Fall hast du danach viel gelernt. Du hast eine Ausbildung. Und das allein ist schon ein gutes Ziel."

„Na prima. Dann bin ich ein gut ausgebildeter Putzmann."

„Daran ist nichts falsch, wenn du zufrieden bist. Aber weißt du was? Manchmal ändern sich Träume im Laufe der Zeit. Vielleicht wird das bei dir auch der Fall sein."

Qay zweifelte daran. Er war nie ein Träumer gewesen. Bei den Moores in Bailey Springs wurden Träumereien nicht ermutigt. Und auf die anderen Orte, an denen er sich zwangsweise aufgehalten hatte, traf das genauso zu.

Rhoda klapperte mit ihren kurzen Fingernägeln auf den Tisch. Sie waren farblich passend zu ihrer Jacke und den Strümpfen lackiert. „Man muss sich keine zu hohen Ziele stecken", sagte sie. „Aber ich denke, du solltest dir wenigstens eine Richtung vorgeben, damit du dich nicht verirrst. Das ist momentan Jeremys Problem. Er rennt ständig im Kreis, weil er nicht weiß, welche Richtung er einschlagen soll."

Da Qay Jeremy nicht gut genug kannte, um Rhodas Bemerkung zu beurteilen, zuckte er nur mit den Schultern. „Er ist ein kluger Mann. Er wird seinen Weg finden."

„Das hoffe ich." Sie grinste ihn an. „Ich denke, er sollte seine Ambitionen mit einem Menschen teilen. Es gibt Reisen, die sollte man nicht allein antreten."

Qay schüttelte den Kopf. „Es gibt auch Reisen, die sollte man nicht mit ehemaligen Junkies antreten."

„Wir haben alle unsere Fehler, mein Süßer." Sie brach ein Stück von seinem Plätzchen ab und schob es sich in den Mund. Dann nickte sie. „Du hast recht. Die nehme ich. Und jetzt muss ich mich um die Rechnungen kümmern, was eindeutig nicht zu den Lieblingsbeschäftigungen meines Traums gehört. Viel Glück mit der Prüfung." Sie segelte lächelnd davon.

Als er das *P-Town* verließ, waren seine Schuhe immer noch feucht. Aber das Koffein und der Zucker halfen ihm, die Nervosität auf ein beherrschbares Level zu reduzieren. Offensichtlich ließen sich Schmetterlinge im Bauch mit Salzkaramell bestechen. Qay ging zurück in seine Wohnung, um seinen Rucksack zu holen. Dann nahm er den nächsten Bus zum Campus.

Bei seinem ersten Besuch im College hatte er sich sehr unsicher gefühlt. Für ihn waren Schulen immer ein Leidensort gewesen, selbst als Kind schon. Und jetzt war er in einem Alter, in dem andere selbst schon studierende Kinder hatten. Er wäre damals beinahe umgekehrt und wieder weggelaufen, als er vor dem Büro stand, um sich in den Kurs einzuschreiben. Aber die Mitarbeiter waren sehr freundlich und offen und sein Professor – ein alternder Hippie, der ständig abschweifte und sich über Politik ausließ – war ziemlich cool. Die anderen Studenten waren auch in Ordnung. Keiner behandelte ihn wie einen Ausgestoßenen und wenn der Professor Arbeitsgruppen zusammenstellte, hörten die anderen Studenten auf das, was Qay zu sagen hatte.

Wenn er nur diesen verdammten Test bestehen würde.

Er setzte sich auf seinen üblichen Platz in der Mitte des Raums, holte Papier und Stift aus dem Rucksack und legte beides vor sich auf den Tisch. Laptops waren in diesem Kurs nicht erlaubt, dazu war der Professor zu altmodisch. Qay war das nur recht, weil er noch nicht genug Geld angespart hatte, um sich ein Laptop zu leisten. Wenn er ein Referat schreiben oder das Internet benutzen musste, war er immer darauf angewiesen, einen der Computer im Lesesaal zu benutzen.

Der Platz links von ihm war leer. Auf dem Stuhl rechts saß eine hübsche junge Frau. Sie war vermutlich noch keine zwanzig Jahre alt und als sie das erste Mal mit Qay in einer Gruppe zusammenarbeitete, nannte sie ihn noch *Sir*. Glücklicherweise hatte er sie davon überzeugen können, seinen Vornamen zu benutzen, doch sie behandelte ihn immer noch sehr respektvoll und höflich.

„Ich bin so nervös", flüsterte sie ihm mit ihrem russischen Akzent zu. „Ich glaube, ich habe gar nichts verstanden."

„Ich bin auch nervös."

„Du! Aber du weißt doch alles!"

Er schnaubte. „Wohl kaum."

„Oh doch. Wenn ich etwas nicht verstehe, erklärst du es mir besser als das Buch. Manchmal erklärst du es sogar besser als Professor Reynolds. Nicht so viele schwere Worte. Nicht so kompliziert."

Er wollte ihr erklären, dass er kein Problem mit dem Verständnis der Texte hätte, sein Wissen jedoch nicht zu Papier bringen könnte. Aber in diesem Moment räusperte sich der Professor lautstark und hielt einen Stapel Papier in die Luft. „Seid ihr soweit, Leute? Habt ihr eure Denkmützen aufgesetzt? Denkt daran, die Fragen vollständig zu beantworten. Macht nicht auf halbem Weg schlapp. Und wenn ihr fertig seid, könnte ihr vorzeitig gehen. Aber stöhnt und jammert nicht zu laut, das stört eure Nachbarn."

Während Reynolds die Papiere austeilte, setzte Qay sich gerade auf und atmete tief durch. Er hielt den Stift so fest in der Hand, dass er zu brechen drohte. Reynolds gab ihm die Unterlagen und klopfte ihm aufmunternd auf die Schulter. Qay brachte nur ein schwaches Lächeln zustande. In seinem Kopf wirbelte alles wild durcheinander. Es war, als würde ein Tornado durch einen Supermarkt fegen.

Für einen kurzen, schrecklichen Moment schaffte er es noch nicht einmal, die Fragen auf dem Papier zu entziffern. Und als es ihm dann gelang, fiel ihm nicht ein einziges Wort ein, das er dazu hätte schreiben können.

Beschreiben Sie kurz Mills Konzept der Tyrannei der Mehrheit. Geben Sie ein Beispiel für den Einfluss seiner Philosophie auf das moderne Amerika. Diskutieren Sie die potenziellen Probleme von Versuchen, die Macht der Gesellschaft anzufechten.

Zum Teufel. Woher sollte er das wissen? Reynolds hätte genauso gut von ihm verlangen können, dass er Einsteins Relativitätstheorie auf Sanskrit erklärte.

Qay war nicht dumm. Als er nach dem Sprung von der Brücke in der Psychiatrie saß, wurde ein Intelligenztest durchgeführt, der ihn als überdurchschnittlich intelligent auswies. Sein Vater hatte dieses Ergebnis angezweifelt. „Wieso ist er in der Schule ständig durchgefallen, wenn er so verdammt brillant ist?"

Der Psychiater hatte ihn in eine Diskussion über Versagensangst und Depressionen verwickelt, aber davon wollte Dr. Moore nichts hören. „Er macht das absichtlich", hatte er gesagt, während Qay – damals noch Keith – stumm dabeisaß. „Es ist wie mit den Drogen, dem Sex und den Selbstmordversuchen. Er ist nur trotzig."

Der Psychiater sah Keith mitleidvoll an und versuchte dann, Dr. Moore davon zu überzeugen, dass sein Sohn kein trotziges Arschloch wäre. Es half alles nichts. Einige Tage später holten ihn seine Eltern ab und ließen ihn in eine andere Einrichtung einweisen – dieses Mal mit Stacheldrahtzaun und einem Personal, dessen Berufsethos mehr den Vorstellungen Dr. Moores entsprach.

Die Erinnerungen daran trugen auch nicht gerade dazu bei, Qays Konzentration zu fördern. Was hatte er sich nur dabei gedacht, als er sich zu diesem Kurs einschrieb? Er hatte sich Illusionen gemacht, das war es. Er hätte sich lieber in die nächste Heilanstalt einliefern lassen sollen.

Doch dann erinnerte er sich an seinen Besuch im *P-Town*, mit Rhodas köstlichem Kaffee griffbereit und Jeremy, der in der Nähe an einem anderen Tisch saß. Wenn er sich gut konzentrierte, konnte er sich vorstellen, er würde jetzt dort sitzen – vor sich auf dem Tisch das Buch und Mills hageres Gesicht mit den Koteletten, das ihn vom Titelbild ansah. *Über die Freiheit. Es gibt eine Grenze für die rechtmäßige Einmischung öffentlicher Meinung in die persönliche Unabhängigkeit, und diese Grenze zu finden und gegen Übergriffe zu schützen, ist für eine gute Verfassung der menschlichen Angelegenheiten ebenso unerlässlich wie Schutz gegen politische Willkür.*

Verdammte Scheiße. Qay wusste es. Sein Stift flog über das Papier. Er brauchte nicht lange nachzudenken, um ein Beispiel zu finden. Ihm fiel sofort die Entscheidung des Verfassungsgerichts ein, den *Defense of Marriage Act* – das Gesetz zum Verbot gleichgeschlechtlicher Ehen – als verfassungswidrig zu erklären und außer Kraft zu setzen. Sicher, die Mehrheit der Wähler hatte für das Verbot gestimmt; aber die Mehrheit der Richter hatte entschieden, dass dieses Gesetz die Freiheit der einzelnen Bürger unzulässig einschränkte.

Nachdem Qay die Hürde der ersten Frage genommen hatte, wurde es einfacher. Sein einziges Problem war, dass er nicht so schnell schreiben konnte, wie sein Verstand arbeitete. Er befürchtete, die Zeit würde nicht ausreichen, um alle Fragen zu beantworten. Und er hoffte, Reynolds würde seine Schrift entziffern können. Allerdings hatte Qay schon die Schrift einiger seiner Kommilitonen gesehen und ging davon aus, dass Professoren eine Art magischer Fähigkeit besitzen mussten, auch noch die schlimmste Sauklaue zu entziffern.

Als die Zeit abgelaufen war und er die Arbeit abgab, fühlte er sich unglaublich leicht und beschwingt. Er lächelte Reynolds zum Abschied zu und wünschte ihm eine gute Woche. Und dann rannte er – immer noch grinsend – nach draußen, um seinen Bus nicht zu verpassen.

8

NACH DER Prüfung wandelte Qay für einen oder zwei Tage wie auf Wolken. Er fühlte sich fast wie high, nur ohne Drogen. Es war seltsam. So gut, so … *selbstbewusst* hatte er sich noch nie gefühlt. Selbst Stuart, dieses Arschloch von Schichtleiter, konnte ihn nicht aus der Ruhe bringen. Qay lächelte ihn nur falsch an und lachte, wenn einer der Kollegen hinter Stuarts Rücken eine vulgäre Geste machte.

Das Hoch legte sich wieder, als eine Woche verging und er Jeremy immer noch nicht wiedergesehen hatte. Qay ging jeden Abend schon früh ins *P-Town*, um zu lernen und sich von der Arbeit zu entspannen. Obwohl die Atmosphäre angenehm war und Rhoda immer fröhlich mit ihm plauderte, ließ sich Jeremy nicht blicken. Am Mittwoch, als das Café wegen der Live-Musik voller Menschen war, blieb Qay zuhause. Aber am Donnerstag und am Freitag war er wieder da mit seinen Büchern und trank seinen Kaffee. Jeremy blieb verschollen.

„Du siehst heute so grimmig aus", sagte Rhoda am Freitagabend und ignorierte den üblichen Hochbetrieb, um sich an seinen Tisch zu setzen. Sie brachte einen großen Brownie mit, den sie halbierte, bevor sie ihm den Teller zuschob. „Hier. Bediene dich. Bei mir zählen die Kalorien nicht mit, wenn ich meine Hälfte von deinem Teller esse."

„Das ist mir neu."

„Oh, so ist es aber! Genauso, wie die Kalorien nicht mitzählen, wenn du direkt aus dem Topf oder der Pfanne isst. Oder in Urlaub bist." Sie steckte sich ein Stück Brownie in den Mund.

„Heißt das, dass deine Hälfte bei mir mitzählt, weil du mir den Teller zugeschoben hast?"

„Jawoll. Aber das ist in Ordnung. Du kannst es vertragen. Es gleicht sich alles wieder aus, du wirst schon sehen. Man nennt es die Kalorienausgleichsregel. Bringen sie dir denn im College gar nichts bei?"

Damit brachte sie ihn zum Lachen, trotz seiner gedrückten Stimmung. „Ich nehme an, das lerne ich erst im nächsten Semester."

Am Nachbartisch sahen sich zwei Männer über ihre Bücher verliebt an. Der eine war braunhaarig und trug eine Augenklappe, der andere war einer der Stammgäste. Die beiden waren ein geradezu abstoßend liebenswerter Anblick.

„Du siehst schon wieder so finster aus", meinte Rhoda.

„Sorry."

„Du hast doch nicht schon wieder eine Prüfung vor dir?"

„Nein. Nur … Hast du in letzter Zeit Jeremy gesehen?"

Jetzt war es Rhoda, die ihn düster ansah. „Habe ich nicht. Und er kommt normalerweise mindestens zweimal in der Woche vorbei. Ich habe ihm am Mittwoch eine Nachricht geschickt und gefragt, ob ich ihm für die Musik einen Platz freihalten soll. Er hat mir geantwortet, er wäre beschäftigt. Er hat mir aber nicht geschrieben, *womit* er beschäftigt ist.“

Qay knabberte nachdenklich an seiner Unterlippe, entschied aber dann, dass der Brownie vermutlich besser schmeckte und biss ein großes Stück von seiner Hälfte ab. „Er geht mir aus dem Weg“, sagte er mit vollem Mund.

„Unsinn. Ich bin mir sicher …“

„Pass auf. Ich habe seine Nummer nicht. Ruf ihn an und sage ihm, dass er für morgen gerne absagen darf. Ich werde deswegen nicht durchdrehen. Dann kann er hierher zurückkommen und dich sehen, wenn er will. Schließlich bist du seine Freundin.“

Rhoda konnte hervorragend mit den Augen rollen. Sicherheitshalber schob sie aber noch ein *Pfft* nach. „Ich bin auch *deine* Freundin. Und er wird nicht absagen. Ich schwöre dir, dein unangebrachter Pessimismus ist hier fehl am Platz.“

„Er ist nicht unangebracht“, murmelte Qay.

„Du machst jetzt deine Hausaufgaben und isst dein Brownie, Qayin. Danach gehst du brav nach Hause und schläfst dich aus. Ich verspreche dir, dass Jeremy dich morgen hier erwartet. Mit Hüfthose und allem.“

Jeremy trug keine Hüfthose. Er trug eine schicke Jeans, die seine langen, muskulösen Beine betonte, dazu eine hellgrüne Jacke, die perfekt zu seinen grauen Augen passte. Und er saß schon mit einer Tasse Kaffee im *P-Town* und wartete, als Qay drei Minuten vor sieben Uhr das Café betrat. Jeremy wirkte erschöpft und ausgelaugt und Qay war sich schon sicher, dass er lieber abgesagt hätte. Doch dann hob Jeremy den Kopf, sah ihn auf sich zukommen und strahlte übers ganze Gesicht.

„Du bist gekommen“, sagte Jeremy und stand auf, als Qay den Tisch erreichte.

Qay nickte ungewohnt schüchtern. „Äh, ja. Du auch.“

Sie sahen sich verlegen an. Qay spürte, wie er rot wurde. Es kam ihm vor, als würden sämtliche Gäste des Cafés sie anstarren. Jeremy lachte leise. „Lass uns sehen, ob wir uns nicht wie Erwachsene verhalten können, ja? Weil ich sonst Rhoda höchstens noch fünf Sekunden gebe, bevor sie kommt und sich einmischt.“

Qay folgte Jeremys Blickrichtung und sah Rhoda auf der anderen Seite des Raums stehen, die Hände in die Hüften gestemmt. Ihr Anblick brach die Anspannung und Qay musste ebenfalls lachen. „Das würde ich gerne vermeiden.“

„Ich auch. Wie sieht es aus? Hast du Hunger?“

Qay hatte den ganzen Tag solche Knoten im Bauch gehabt, dass er noch nichts gegessen hatte. Er wusste jedoch auch nicht, ob er jetzt – nachdem ihr Date offiziell begonnen hatte – in der Lage wäre, etwas zu essen. Andererseits gehörte es zu einem ersten Date, dass man zusammen essen ging. Also lächelte er zustimmend. „Ja. Und vergiss nicht, dass du eingeladen bist. Dafür darfst du auswählen, wohin wir gehen. Ich kenne mich hier mit den Restaurants nicht sonderlich gut aus." Er kannte sich überhaupt nicht aus. Er verdiente so schlecht, dass er nur während der Arbeit und zuhause aß. Das *P-Town* war die einzige Ausnahme.

Jeremy rieb sich nachdenklich das Kinn. „Gibt es etwas, das du *nicht* isst?"

„Nein. Ich bin allerdings nicht passend angezogen für ein feines Restaurant." Er trug seine beste Kleidung – die neuesten Jeans und ein weißes Hemd.

„Ich auch nicht. Ich bin nicht der Typ für Anzug und Schlips."

Qay besaß weder einen Anzug noch einen Schlips. Er lächelte. „Hast du schon eine Idee?"

„Ja. Aber wir müssen ein Stück fahren. Ist das in Ordnung?"

„Wenn du den Chauffeur spielst."

„Wird gemacht."

Nachdem Jeremy in seine Jacke geschlüpft war, winkten sie Rhoda zu und verließen das Café. Der Regen hatte aufgehört, aber die Luft war beißend kalt, sodass sie sich beeilten. Jeremys lange Beine gaben ein flottes Tempo vor. Er führte sie einige Straßenzüge weiter zu einer Tiefgarage, in der nur ein einziges Auto stand. Es war ein großer, schwarzer SUV, wie man ihn dem Diktator eines osteuropäischen Landes zutrauen würde. Ein Schild an der Wand wies darauf hin, dass dieser Parkplatz reserviert war.

„Wow, du hast deinen eigenen Parkplatz", bemerkte Qay.

Die Lichter des Wagens blinkten auf, als Jeremy ihn aufschloss. „Ich wohne hier. Im obersten Stockwerk."

Qay hob den Kopf, als könnte er durch die Decken des Gebäudes nach oben sehen. Er ging jede Wette ein, dass Jeremys Wohnung um Klassen besser war als seine eigene muffige Souterrainwohnung. Verdammt, *alles* an Jeremy war um Klassen besser. Aber als Jeremy ihm grinsend die Tür aufhielt, stieg Qay ein.

Das Innere des Wagens war makellos sauber und roch nach Leder und Aftershave. Qay hätte schwören können, schon in Wohnungen gelebt zu haben, die kleiner waren als dieses Auto. Als Jeremy den Zündschlüssel drehte, schaltete sich das Radio ein und die Red Hot Chili Peppers spielten. Qay musste grinsen. Mit dieser Musik hätte er Jeremy nicht in Verbindung gebracht.

Jeremy fuhr aus der Garage und fädelte sich in den Straßenverkehr ein. Qay war sich der Nähe des mächtigen Körpers an seiner Seite bewusst und sie lenkte ihn in dem engen Auto noch mehr ab als sonst.

„Bist du wirklich noch nie mit einem Mann ausgegangen?", fragte Jeremy mit seiner tiefen Stimme.

„Das kommt auf die Definition an. Ich habe schon oft in Bars Männer kennengelernt." Doch selbst das lag Jahre zurück.

„Ich bin mit Mädchen ausgegangen, als ich noch zur Schule ging. Zur Abschlussfeier und so. Danach ab und zu mit einem Mann. Aber das ist schon lange her."

Qay fragte sich, mit welchen Mädchen er wohl ausgegangen war. Er selbst war damals schon nicht mehr in Bailey Springs gewesen und hatte nichts zurückgelassen als die Gerüchte um sein Verschwinden. „Niemand mehr seit diesem Kerl, den du zusammengeflickt hast? Wie hieß er noch?"

Sie hielten an einer roten Ampel an. Jeremy drehte sich zu ihm um und sah ihn ausdruckslos an. „Donny. Und niemand."

Die nächsten paar Minuten sagte keiner von ihnen ein Wort. Jeremy fuhr über die Morrison Bridge in die Innenstadt. Die Lichter glänzten und obwohl Qay wusste, dass hier Leute wie er – Junkies, Obdachlose, psychisch Kranke – auf den Straßen unterwegs waren, fiel ihm niemand auf. Es war, als würde Jeremys Anwesenheit alles besser machen. Sogar die Stadt. Jeremy war die personifizierte Stadtverschönerung.

Sie fuhren in ein mehrstöckiges Parkhaus und es dauerte nicht lange, bis sie einen freien Platz für den SUV fanden. Grinsend nahm Jeremy Qay an der Hand, als sie die Straße entlang schlenderten. „Du hast doch nichts dagegen, oder?", fragte Jeremy.

Qay musste erst überlegen, was damit wohl gemeint war. „Ist das nicht der Sinn von ersten Dates?"

Einige Straßen weiter kamen sie zu einem kleinen Park. Hier, in der Dunkelheit, waren die Menschen unterwegs, die Qay schon früher zu sehen erwartet hatte: Männer und Frauen mit Einkaufswagen, formlosen, weiten Mänteln und Hunden. „Chief!", rief ein grauhaariger Mann, der auf einer Parkbank saß und rauchte.

Jeremy blieb vor der Bank stehen. „Hey, Ramon. Wie geht es dir?"

„Recht gut, recht gut."

„Es ist viel zu kalt für dich, um hier draußen zu sitzen. So landest du wieder im Krankenhaus. Was ist mit dem Schlafplatz, den ich für dich gefunden habe?"

Ramon schüttelte den Kopf und tätschelte die Promenadenmischung, die sich neben ihm auf der Bank zusammengerollt hatte. „Dort hätte ich Princesa nicht behalten dürfen, Chief. Du weißt doch, dass ich sie niemals aufgeben würde."

„In trockenen Nächten mag das gehen, aber es fängt bald wieder zu regnen an."

„Solange Princesa bei mir ist, geht es mir gut. Alles ist gut."

Jeremy schnaubte. „Ich will sehen, ob ich eine Unterkunft finde, die Hunde erlaubt, okay? Wirst du dann bleiben?"

„Sicher, Chief. Aber du solltest an einem Samstagabend nicht arbeiten."

„Ich arbeite nicht. Ich habe ein Date." Jeremy hob die Hand, die immer noch Qays Hand umschlossen hielt. Es war peinlich, aber Qay ließ nicht los.

Ramon musterte Qay mit zusammengekniffenen Augen. „Sei gut zu ihm, hörst du? Er ist ein guter Mensch."

„Das werde ich", versprach Qay. Es war hoffentlich zu dunkel, um sein rotes Gesicht zu sehen.

Nachdem sie noch einige Nettigkeiten mit anderen Leuten ausgetauscht hatten, zog Jeremy ihn wieder auf den Weg zurück und sie verließen den Park. Kurz darauf kamen sie zu einem Restaurant. Es war gut besucht. Fröhliche Menschen saßen in orangefarbenen Sitznischen vor gehäuften Tellern und unterhielten sich so laut, das ein ständiges Summen in der Luft lag.

Direkt hinter der Tür blieb Jeremy stehen. „Es ist nicht sehr romantisch", sagte er unsicher, als wäre ihm das erst jetzt aufgefallen.

„Mir gefällt es." Es war Qay lieber als ein Restaurant mit weißen Tischdecken und Schummerbeleuchtung, wo er sich nur unwohl und fehl am Platz gefühlt hätte. Außerdem roch es hier gut.

Er wurde durch Jeremys strahlendes Lächeln belohnt. „Da bin ich aber froh. Das Essen schmeckt prima und die Einrichtung ist nicht so angeberisch."

„Du bist im Herzen immer noch der Mann aus Kansas, nicht wahr?"

„Oh Mann ... Vielleicht. Aber ich bin nicht mehr in Kansas, Toto."

Sie setzten sich und studierten die Speisekarte. Qays Magen hatte sich beruhigt und alles hörte sich gut an. Er bestellte schließlich Sherperd's Pie, während Jeremy sich für Käsnudeln mit drei verschiedenen Sorten Schweinefleisch entschied. Aus einer spontanen Laune heraus bestellte Qay noch einen Schoko-Milchshake und Jeremy schloss sich ihm an.

„Ich habe schon seit Jahren keinen guten Milchshake mehr getrunken", meinte Qay, nachdem die Kellnerin gegangen war.

„Oh, dieser wird dir schmecken. Er ist vielleicht nicht ganz so gut wie der von Mr. Hoffman, aber er kommt definitiv auf Platz Zwei."

Mist. War Jeremy aufgefallen, dass Qay zusammenzuckte bei der Erwähnung des Namens? „Mr. Hoffman?", stellte er sich sicherheitshalber ahnungslos und versuchte, sich nichts anmerken zu lassen.

„Der Besitzer eines kleinen Ladens in dem Kuhkaff, aus dem ich komme. Er hatte einen alten Limonadenautomaten wie in *Ist das Leben nicht schön?* So waren die Dinge eben in Bailey Springs. Und Mr. Hoffman machte wunderbare Milchshakes."

Das stimmte. Aber Mr. Hoffman war damals auch ein guter Kumpel von Dr. Moore. Er hatte kein Problem damit, die Unmengen von Tabletten und Pülverchen auszuhändigen, die Mr. Moore seiner Frau verschrieb. Oder damit, sich mit dem guten Doktor abends zu betrinken. Und falls der einzige überlebende Sohn des Doktors versehentlich auftauchte, wenn der Mann betrunken war? Nun, dann zuckte Mr. Hoffman mit keiner Wimper über die gelegentliche Ohrfeige oder den Tritt in die Rippen. Einmal half er Dr. Moore sogar, den ausgekugelten Arm seines Sohnes wieder einzurenken.

„Ist alles in Ordnung?", fragte Jeremy und unterbrach damit Qays abschweifende Gedankengänge. Qay kamen sie vor wie der Zug, mit dem Casey Jones in dem Lied von *Grateful Dead* ins Verderben raste.

„Ja, sorry. Ich bin nur hungrig."

Jeremy nickte und lehnte sich zurück. Ihre Nische war groß – für vier Personen –, aber Jeremy ließ alles klein wirken mit seinem riesigen Körper. „Du bist also noch nicht lange in Portland?"

„Seit ungefähr sechs Monaten."

„Was hat dich nach Portland geführt?"

„Nichts Besonderes. Ich bin schon einige Mal durchgereist und es gefiel mir, obwohl ich damals nicht allzu viel von meiner Umwelt wahrgenommen habe. Jetzt, wo ich wieder alle Sinne beisammenhabe – mehr oder weniger jedenfalls –, schien es mir ein guter Ort, um Wurzeln zu schlagen. Wie bist du nach Portland gekommen?"

„Zum Studium." Jeremy lächelte. „Ich hatte ein Stipendium. Und wenn ich ehrlich bin, wollte ich einfach nur weg von zuhause. So weit wie möglich. So bin ich nach Portland gekommen, habe hier studiert und bin dann geblieben."

Die Kellnerin kam mit ihren Getränken. Die Milchshakes waren zu dick, um sie mit dem Strohhalm zu trinken, deshalb nahm Qay den Löffel. „Verdammt … Der schmeckt wirklich gut." Er wusste, dass er sich auf gefährlichem Terrain bewegte, war jedoch neugierig. „Warst du in Kansas nicht glücklich?", fragte er.

Jeremy schnaubte laut. „Ich war ein kleiner, fetter Bücherwurm, der ständig gepiesackt wurde. Und damals war ich noch nicht out, sonst wäre es noch schlimmer gewesen. Meine Eltern … Sie sind keine schlechten Menschen. Aber ich glaube, sie wären beide glücklicher geworden, wenn Dad meine Mom nicht geschwängert hätte, als sie noch aufs College gingen. Was die Stadt angeht, so ist sie nur langweilig. Ich glaube, diese Langeweile ist daran schuld, dass so viel geklatscht wird und ständig Gerüchte im Umlauf sind. Die Menschen haben kein Mitgefühl, wenn jemand anders ist als sie selbst."

In diesem Moment hätte Qay ihm beinahe die ganze Wahrheit gestanden. Wirklich. Doch dann leckte Jeremy seinen Löffel ab und beim Anblick der rosa Zunge zog sich Qays Magen zusammen und er klappte den Mund wieder zu.

„So", sagte Jeremy fröhlich. „Lass uns diese deprimierenden Kindheitserinnerungen vergessen, ja? Zeit für den offiziellen Teil des ersten Dates. Äh … Was ist dein Lieblingsfilm?"

Also gut. „*Die Verurteilten*", sagte Qay. „*Fargo. Edward mit den Scherenhänden.*"

Jeremy leckte nachdenklich an seinem Löffel. „Akzeptabel. Ich finde *Arizona Junior* allerdings besser als *Fargo.*"

Kurz darauf kam ihr Essen – und es war köstlich. Sie unterhielten sich über Musik, Fernsehserien und darüber, mit welchen Filmstars sie gerne eine Nacht verbringen würden, falls sie die Chance dazu hätten. Jeremy erzählte von seinen

Lieblingsorten in der Natur und schlug zögernd vor, demnächst gemeinsam wandern zu gehen. Qay stimmte ihm zu, dass es sich nach einer guten Idee anhörte. Dann berichtete er Jeremy über die Philosophie-Prüfung, gefolgt von einer Tirade über Stuart, dieses Arschloch. Er wusste nicht, ob das zu den üblichen Themen gehörte, über die man sich bei einem ersten Date unterhielt, aber es machte Spaß. Jeremy schien es genauso zu gehen, denn er lachte laut und die Schatten verschwanden aus seinem Gesicht.

Wenn man bedachte, was sie alles gegessen hatten – inklusive den Kuchen zum Nachttisch –, war die Rechnung sehr bescheiden. Qay war verdammt stolz, als er sie bezahlte. Er hatte noch nie jemanden zum Essen ins Restaurant eingeladen.

Sie schlenderten zum Parkhaus zurück. Dieses Mal nahmen sie einen anderen Weg, der nicht durch den Park führte, sondern an einem Kino und einer Bar vorbei, in der es recht laut zuging. Jeremy hielt Qay die Autotür auf und verbeugte sich tief. Dann setzte er sich ans Steuer, fuhr aber nicht sofort los. Es schien, als würde er über etwas Bestimmtes nachdenken. Nach einer Weile drehte er sich zu Qay um, der ihn in der dunklen Garage kaum erkennen konnte.

„Hast du noch Lust auf einen kurzen Ausflug?", fragte Jeremy leise.

„Klar."

Jeremy fuhr auf gewundenen Wegen aus der Stadt in die West Hills. Sie kamen an Häusern vorbei, die auf Stelzen standen. Sie fuhren durch den weiträumigen Washington Park und sahen hunderte von mächtigen, alten Bäumen. Qay war noch nie in den Hügeln gewesen. Er hatte noch nie einen Grund dafür gehabt und es war kompliziert, wenn man auf öffentliche Verkehrsmittel angewiesen war. Aber es war schön hier. Manche der Straßen hatten eine wunderbare Aussicht auf die Lichter der Stadt, die weit unter ihnen lag.

Qay wusste nicht, ob Jeremy ein bestimmtes Ziel ansteuerte oder einfach nur spazieren fuhr. Ihm war beides recht. Doch dann fuhr Jeremy an den Straßenrand und schaltete den Motor aus. „Nachts ist der Park für Autos geschlossen. Ich nehme an, ich könnte als Ranger trotzdem reinfahren, aber ich habe nichts gegen einen kleinen Spaziergang."

„Nach allem, was wir heute gegessen haben, ist das wirklich eine gute Idee."

Sie gingen Hand in Hand die Straße entlang, bis sie oben auf dem Hügel ankamen. Der Gipfel war grasbedeckt und von einem Ring Bäume umstanden. In der Mitte befand sich eine kleine asphaltierte Fläche, die von einem Mäuerchen umgeben war. Die Nacht war kühl und sie waren allein. Sie stiegen über das kleine Mäuerchen und schauten auf die Stadt hinab. Jeremy legte Qay den Arm um die Schultern und Qay spürte die Kälte nicht mehr.

„Was für eine Aussicht", sagte er lahm.

„Kein Vergleich zu Kansas, das kann ich dir sagen."

Qay lehnte sich wagemutig an ihn. Gott, war Jeremy stark! Mit Jeremy an der Seite fiel es ihm nicht schwer, sich einzureden, dass seine Probleme und Sorgen unwichtig wären. Dass nichts wirklich war, außer diesem starken Mann, der den Arm um ihn gelegt hatte.

„Es ist schön", sagte Jeremy nach einer Weile. „Es ist schön, dass du so gut schweigen kannst. Mist. Das hört sich irgendwie falsch an. Ich meine, dass ich mich gerne mit dir unterhalte. Es macht Spaß. Aber du musst nicht jede Minute mit Worten füllen und das ist auch schön."

Qay war Lob nicht gewohnt. Er musste es erst verdauen. „Vielleicht liegt es an dir, dass mir das Schweigen so leichtfällt." Jeremy hatte eine so eindrucksvolle Präsenz, dass Worte ihre Bedeutung verloren.

„Meine Verflossenen dachten nicht so. Mist. Ich sollte beim ersten Date vielleicht nicht über meine Ex-Freunde reden, hä?"

„Mach nur", meinte Qay schmunzelnd. „Wir sind alt genug, um zu wissen, dass wir eine Vergangenheit haben. Guter Gott, ich könnte mit meiner Vergangenheit ganze Transporter füllen. Und sie ist viel hässlicher als Donnys."

Jeremy spannte sich spürbar an und seufzte. „Donny ist tot", sagte er. Er sagte es so leise, dass Qay erst dachte, er müsste sich verhört haben.

„Was?" Er drehte sich zu Jeremy um, der geradeaus an den Horizont schaute.

„Er ist tot. Ermordet. Sie haben ihn am letzten Wochenende gefunden. Im Willamette River."

Eine Leiche, die im Fluss trieb. Qay wäre beinahe das gute Essen wieder hochgekommen. Er schluckte schwer. „Mist, Jeremy! Und ich lasse mich von dir durch die Stadt chauffieren und …"

Jeremy packte ihn an den Schultern. „Nicht. Ich *will* hier sein, bei dir. Unser Date ist das einzige, worauf ich mich in dieser beschissenen Woche gefreut habe. Heute Abend war … Wir haben gegessen und sind spazieren gefahren und es war *wunderbar*." Er beugte sich vor und küsste Qay.

Oh Gott. Jeremy schmeckte nach Schokolade und Beeren. Seine Lippen waren weich und sanft und seine starken Hände legten sich zärtlich um Qays Kopf, als er die Zunge in Qays Mund schob. Er war keiner dieser Macho-Typen, die ihre Männlichkeit unter Beweis stellten, indem sie im Hals nach Öl bohrten. Jeremy hatte eine bewegliche, verspielte Zunge, die Qays Zunge neckte und ihm über die Zähne streichelte. Ihm wurde schwindelig und er schlang beide Arme um Jeremy, um nicht aus dem Gleichgewicht zu geraten. Jeremy schien es zu gefallen, denn ein tiefes Stöhnen entrang sich seiner Brust.

Qay wusste nicht, wie lange Jeremy auf dem Trockenen gesessen hatte, aber bei ihm selbst war es eine Ewigkeit her, seit er das letzte Mal einen Mann umarmte. Und jetzt berührte – begehrte – ihn ein so wunderbarer, guter Mann. Es war fast nicht auszuhalten. Qay erwartete nicht viel vom Leben und es hatte ihm nie viel gegeben. Aber wie war er nur auf die dumme Idee gekommen, ohne menschlichen Kontakt überleben zu können? Jeremys Kuss verband all die Synapsen in Qays Gehirn, die früher so gierig auf Drogen reagiert hatten. Sie sangen in seinem Kopf und sein Schwanz wurde hart. Als er spürte, wie Jeremys Erektion sich an ihn drückte, hätte er ihm am liebsten die Kleider vom Leib gerissen.

Aber bedauerlicherweise arbeitete ein Teil seines Verstandes noch und meldete sich zu Wort. *Das kannst du nicht tun*, schimpfte dieser Bastard. *Du darfst ihn nicht behandeln, wie Donny es getan hat.*

Widerwillig entzog er sich Jeremys Umarmung. Seit seinem Drogenentzug hatte er nicht mehr so viel Willenskraft aufbringen müssen. Es war dunkel und er musste die Augen zusammenkneifen, um Jeremy deutlich zu sehen. Er sah einen starken, attraktiven Ex-Bullen, dessen Lippen von ihrem Kuss geschwollen waren. Er sah aber auch den schüchternen, pummeligen Jungen, der noch in ihm steckte. Und er sah den Mann, der in der Vergangenheit schon so oft von Männern verletzt worden war. Einer dieser Männer war jetzt tot.

Qay hatte in seinem Leben schon verdammt viele Fehler gemacht. Die Liste seiner Fehler war so lang, dass es auf einen mehr oder weniger nicht ankommen sollte. Aber *einen* Fehler wollte er dieser Liste *nicht* hinzufügen: Jeremy Cox zu belügen.

„Ich muss dir etwas sagen."

Er hörte, wie Jeremys Atem stockte. „Das lässt in der Regel nichts Gutes erwarten", sagte er.

„Ich weiß." Nach diesem Geständnis würde Jeremy ihn hier oben stehen lassen, mitten in den West Hills. Qay würde sich nie wieder ins *P-Town* trauen, würde sein Lieblings-Café verlieren und Rhoda, die eine gute Freundin geworden war. Nur die Erinnerung an ein gemeinsames Abendessen, an eine wunderschöne Spazierfahrt und einen welterschütternden Kuss würden ihm bleiben.

Nein, das war nicht richtig. Ihm würde auch eine neue Selbstachtung bleiben, weil er richtig gehandelt hatte. Obwohl es ihn zutiefst schmerzte.

„Willst du mich zappeln lassen?", fragte Jeremy. „Ich bin nämlich der Typ, der das Pflaster lieber mit einem Ruck abzieht und die Sache hinter sich bringt."

Qay trat einen Schritt zurück und stieß an das Mäuerchen. Er wollte Jeremys Leiden nicht in die Länge ziehen. Aber er schaffte es einfach nicht, die richtigen Worte zu finden.

„Ich kenne Mr. Hoffmans Milchshakes", platzte er heraus.

Jeremy riss erstaunt die Augen auf und starrte ihn an. Es kam nicht überraschend. Qays Geständnis war vermutlich die idiotischste Erklärung in der Geschichte der Menschheit. „Wie bitte?", fragte Jeremy langsam, als würde er mit einem kleinen Kind sprechen, das nur Urdu verstand.

„Ich ... Mist. Ich bin auch aus Bailey Springs. Ich weiß nicht, ob du dich an mich erinnerst, aber ..."

„Keith Moore."

Sie sahen sich sprachlos an.

Jeremy erholte sich zuerst. „Ja. Du bist Keith Moore."

„Ich *war* Keith Moore. Aber das ist schon lange her."

Jeremy trat kopfschüttelnd einen Schritt zurück. Es war, als hätte er einen Geist gesehen. „Du … Die Brücke. Du bist tot."

„Keith Moore ist gestorben. Qayin Hill wurde geboren." Und wie immer bei einer Geburt, war auch diese mit Schmerzen und Blut verbunden gewesen.

Jeremys Blick wurde hart. Es brach Qay das Herz.

„Du wusstest von Anfang an, wer ich bin. Du hast keinen Ton gesagt. Hat es Spaß gemacht, mich so zu verarschen?"

„So war das nicht", sagte Qay leise. Wie sollte er Jeremy erklären, dass er zu feige gewesen war, ihm schon früher die Wahrheit zu sagen? Wie sollte er ihm die verzweifelten Versuche erklären, alle Bande zu zerschneiden zwischen dem Mann, der er jetzt war, und dem kaputten Teenager von damals?

Jeremy drehte sich knurrend um und stapfte davon. Qay erwartete, dass Jeremy in den SUV steigen und davonbrausen würde. Sie waren so verschlungene Wege gefahren, dass er keine Ahnung hatte, wie er wieder nach Hause kommen sollte. Es sah aus, als würde ihm ein langer Fußmarsch bevorstehen.

Doch Jeremy blieb nach einigen Metern wieder stehen, die Arme an die Seiten gedrückt und die Hände zu Fäusten geballt. „Komm", sagte er, ohne sich zu Qay umzudrehen.

Ein stolzerer Mann hätte abgelehnt. Wäre einfach in der Dunkelheit verschwunden. Aber Qay war nicht sehr stolz, also folgte er Jeremy in einigem Abstand den Hügel hinab zum Auto. Dieses Mal hielt ihm Jeremy nicht die Tür auf, doch er wartete wenigstens ab, bis sich Qay angeschnallt hatte, bevor er losfuhr.

Die Rückfahrt dauerte nicht lange und sie wechselten nicht ein einziges Wort. Als sie über die Morrison Bridge fuhren, hielt Qay es nicht mehr aus. „Es tut mir leid", sagte er.

Jeremy schwieg eisern. Noch nicht einmal ein Knurren war zu hören.

Vor dem *P-Town* gab es keine freien Parkplätze, also fuhr Jeremy vorbei und ungefähr hundert Meter weiter in eine Parklücke. Er schaltete den Motor nicht aus und starrte stur geradeaus. Qay schnallte sich ab und öffnete die Tür, um auszusteigen. Er stand schon mit einem Fuß auf dem Asphalt, als er noch einmal innehielt. „Aus dir ist ein guter Mann geworden, Jeremy. Du hast mehr verdient als die Donnys und Qays dieser Welt." Dann stieg er aus und schlug hinter sich die Tür zu. Der SUV fuhr davon.

Auf dem Rückweg in seine Wohnung betete Qay bei jedem Schritt um Kraft, damit er nicht schwach wurde, in die nächste Bar ging und sich betrank.

9

Jeremy verbrachte den größten Teil des Montags mit Besprechungen. Besprechungen mit Vertretern des städtischen Bauamts, der Umweltschutzbehörde, des Katastrophenschutzes und – natürlich – der Parkverwaltung. Ein Bauunternehmer wollte im Norden der Macadam Avenue die alten Häuser und leerstehenden Geschäfte abreißen, um dort teure Miets- und Eigentumswohnungen mit öffentlichen Grünanlagen zu errichten. Alle waren sich einig, dass dieses Projekt grundsätzlich zu begrüßen wäre; aber die Meinungen darüber, wer für die öffentlichen Flächen verantwortlich sein sollte, lagen weit auseinander. Einige der Beteiligten wollten die Flächen komplett im Besitz der Wohneigentümer belassen, die sie auch verwalten sollten. Andere bestanden darauf, dass zumindest ein Teil in den Besitz der Stadt überging und der Parkverwaltung unterstellt wurde. Jeremy hatte dazu keine spezifische Meinung, aber da er und seine Ranger früher oder später – in welchem Umfang auch immer – von der Entscheidung betroffen sein würden, konnte er diesen Besprechungen nicht entgehen.

Er hasste Besprechungen.

Während die Anwälte und andere Experten Vorträge hielten und ihre Bilder präsentierten, während eine Tischvorlage nach der anderen verteilt und literweise Kaffee konsumiert wurde, dachte er über die vergangene Woche nach. Sie war fürchterlich gewesen. Heute war der erste Tag, an dem wieder etwas Ruhe eingekehrt war.

Die Tage nach dem Mord an Donny waren chaotisch gewesen und bedrückend. Ständig wurde er von der Polizei befragt, musste immer wieder die gleichen Fragen beantworten. Zweimal wurde seine Wohnung abgesucht in der Hoffnung, weitere Hinweise zu finden. Nicht, weil er verdächtigt wurde. Niemand glaubte ernsthaft, er könnte etwas mit Donnys Tod zu tun haben, da war sich Jeremy sicher. Aber es bestand die – wenn auch nur schwache – Hoffnung, dass Donny vielleicht irgendetwas zurückgelassen haben könnte, das zur Aufklärung des Mordes beitrug. Wie sich herausstellte, ließ er nichts zurück außer leeren Schnapsflaschen und den alten Klamotten, zerrissen und blutverschmiert.

Noch schlimmer als die Untersuchungen der Polizei war jedoch, dass Jeremy sich ganz allein um Donnys Beerdigung kümmern musste. Donnys Schwester, dieses Biest, wollte damit nicht behelligt werden, obwohl doch Frankl selbst mit ihr gesprochen hatte, nicht Jeremy. Es war schon schlimm genug, dass ihr Bruder schwul und aus dem Polizeidienst ausgeschieden war, aber sich dann auch noch ermorden zu lassen … Das war zu viel für sie. Jeremy musste also entscheiden, wie Donny beigesetzt werden sollte – der Mann, den er einst in den Armen gehalten und geliebt hatte. Er entschied sich schließlich zu einer Urnenbestattung ohne Trauergottesdienst. Vermutlich wäre er der einzige gewesen, der teilgenommen hätte. Und das hätte ihm das Herz gebrochen. Jetzt stand die Urne mit Donnys Überresten bei ihm im Wohnzimmer und starrte ihn anklagend an.

Er hatte eine Woche lang die Zähne zusammengebissen, weil er sich auf sein Date mit Qay freute. Und es war ein wunderbares Date gewesen. Qay war ein so interessanter Mann. Sein trockener Humor. Seine Intelligenz. Und er war, wie Jeremy im Verlauf des Abends festgestellt hatte, ein Mann mit verborgenen Qualitäten und einer sehr vielschichtigen Persönlichkeit.

Und dann dieser Kuss! Es gehörte sich nicht für den Chief Ranger, sich in einem öffentlichen Park auszuziehen, aber Jeremy war verdammt nahe daran gewesen, alle Vorschriften in den Wind zu schlagen. Als ihre Lippen sich berührten, war es, als hätte sich ein Stromkreislauf geschlossen und sämtliche Nervenzellen in Jeremys Körper aktiviert. Sein potenzielles Interesse an einem Mann war noch nie so schnell in leidenschaftliches Verlangen umgeschlagen.

Bis Qay gestand, ihn die ganze Zeit belogen zu haben. Mit diesem Geständnis hatten sich Jeremys Hoffnungen in alle Winde zerstreut.

Am Sonntag hatte er bis zur Erschöpfung trainiert. Dann hatte er sich in sein bequemes Wohnzimmer gesetzt, Donnys Urne angestarrt und über sein Leben nachgegrübelt. Es war ein einziger Scherbenhaufen. Er hatte Donny geliebt, ihn aber letztendlich nicht vor den Drogen und dem Tod retten können. Qay hatte ihm wieder Hoffnung gegeben, doch diese Hoffnung hatte sich als Illusion entpuppt.

Im Vergleich dazu waren diese dämlichen Besprechungen der reinste Sonnenschein.

Die letzte Besprechung endete gegen fünf Uhr nachmittags. „Wir gehen noch ein Bier trinken", sagte eine der städtischen Rechtsvertreterinnen, eine große Frau mit kompliziert geflochtenen Haaren. „Kommst du mit?"

„Nein, danke. Ich habe zuhause noch viel zu erledigen." Es war gelogen, aber er wollte nicht zugeben, dass er allein sein wollte, weil er sich deprimiert fühlte.

„Dann das nächste Mal." Sie zwinkerte ihm zu. Jeremy erinnerte sich vage daran, dass sie eine Frau hatte. Es war also nicht flirtend gemeint, sondern vermutlich eher aufmunternd. Vielleicht sah sie ihm an, dass er nicht gut aufgelegt war und dachte, es würde ihm guttun.

Der abendliche Berufsverkehr trug nichts dazu bei, seine Laune zu bessern. Er wollte ins Fitnessstudio, sich danach in der Mikrowelle ein Fertigessen aufwärmen und ins Bett gehen. Wenn er Glück hatte, war er erschöpft genug, um gleich einzuschlafen.

In der Tiefgarage standen noch einige Autos von Besuchern des Wellness-Studios, aber auf dem Weg in seine Wohnung war niemand zu sehen.

Seine Wohnungstür war nicht abgeschlossen.

Für einen kurzen Augenblick erwartete er, seine Wohnung zu betreten und dort Donny zu finden, heil und gesund und mit einem bezaubernden Grinsen, weil es ihm gelungen war, die Polizei hinters Licht zu führen. Was er stattdessen vorfand, war ein Trümmerhaufen.

Die Möbel waren umgeworfen worden und zerschlagen. Der Fernseher lag mit dem Bildschirm nach unten auf dem Boden, umgeben von Glassplittern. Daneben lag das Laptop, in sämtliche Einzelteile zerlegt. In der Küche gab es kein heiles Glas, keinen heilen Teller mehr. Die Behälter mit Lebensmitteln waren geöffnet und ausgekippt worden, die Kaffeemaschine bestand nur noch aus Plastikbruchstücken und Kabeln. Die Kleidung war aus dem Schrank und aus den Schubladen gezogen worden und lag ebenfalls auf dem Fußboden verstreut. Der Spülkasten der Toilette war zertrümmert worden und das Wasser lief auf den Boden. Und Donny … Scheiße. Die Urne lag auf der Seite und Donnys Asche war im ganzen Zimmer verstreut.

Jeremy war dazu ausgebildet, in Notsituationen die Ruhe zu bewahren. Er holte einige Male tief Luft, zog das Handy aus der Tasche und wählte die Nummer von Captain Frankl.

Frankl antwortete nach dem ersten Klingeln. „Was ist los, Cox?"

„Jemand ist in meine Wohnung eingebrochen und hat sie in Trümmer geschlagen. Ich habe das Gefühl, es hat mit Donnys Tod zu tun."

„Mist. Ist dir etwas passiert?"

„Ich war nicht zuhause."

„Ich komme sofort."

Jeremy setzte sich auf die Treppe und wartete auf das Heulen der Sirenen.

Nachdem die Polizei eingetroffen war, rief er Rhoda an. Fünfzehn Minuten später stand sie vor ihm, in der einen Hand einen riesigen Becher Kaffee, in der anderen eine Tüte mit einem Burrito. „Essen", befahl sie und unterbrach sein nervöses hin und her laufen, indem sie ihm den Burrito vor die Brust hielt.

„Kein Hunger."

„Blödsinn."

Er gab schließlich nach und setzte sich wieder auf die Treppe. Sie stellte den Kaffee neben ihm auf den Boden und zog den Burrito aus der Tüte. Jeremy musste zugeben, dass er verdammt appetitlich roch.

Rhoda wartete ab, bis er einige Bissen gegessen hatte. „Wie lange brauchen die da drinnen?" Sie zeigte auf die offene Wohnungstür, durch die man einen ganzen Schwarm Polizisten und Mitarbeiter der Spurensicherung sehen konnte, die Jeremys Wohnung – oder zumindest die Reste seiner Wohnung – unter die Lupe nahmen.

„Das dauert noch."

„Kannst du heute Nacht hier schlafen?"

Er schüttelte den Kopf. „Es ist alles Müll. Ich muss … Mist. Ich muss den Müll beseitigen und die Wohnung reinigen lassen. Und ich brauche Handwerker für die Renovierung. Ich muss alles neu kaufen." Allein der Gedanke daran verursachte ihm Kopfschmerzen. Nicht wegen der Kosten. Jeremy war versichert. Auch nicht wegen des Verlusts seiner Einrichtung. Mit Ausnahme von Donnys Asche besaß er nichts von persönlicher Bedeutung. Es war alles ersetzbar. Aber das Chaos und die Hektik …

Rhoda setzte sich zu ihm. „Dann kommst du mit zu mir, mein Herz."

„Das ist nett von dir, aber ich werde mir ein Hotelzimmer nehmen."

„Warum denn? Ich habe ein Gästezimmer. Ich verspreche, dir nicht auf die Nerven zu fallen und mich ständig in deine Angelegenheiten einzumischen. Ich bin sowieso nur selten zuhause." Sie stieß ihn mit der Schulter an. „Oder wir machen Pyjama-Partys und lackieren uns die Fußnägel. Wie du willst."

Obwohl er sich miserabel fühlte, musste er über sie lachen. Dann wurde er wieder ernst. „Jemand hat meinen Ex ermordet. Und es war vermutlich der gleiche Jemand, der auch meine Wohnung auseinandergenommen hat. Gott weiß, was er hier gesucht hat. Was ist, wenn dieser Jemand auf die Idee kommt, ich hätte es bei mir gehabt und mit zu dir genommen? Das kann ich dir nicht zumuten, Rhoda."

Sie runzelte die Stirn. „Bist du etwa in Gefahr, Jeremy Cox?"

„Ich war über zehn Jahre bei der Polizei. Ich kann damit umgehen."

„Donny war auch über zehn Jahre bei der Polizei."

Er biss in den Burrito, um ihr nicht antworten zu müssen. Köstlich. Rhoda wartete geduldig ab, bis er gekaut und geschluckt hatte. Ein Polizist kam schnaufend die Treppe hoch, das Handy in der Hand. Er grunzte zur Begrüßung und Rhoda rutschte näher zu Jeremy, damit er an ihnen vorbeigehen konnte.

Sobald der Polizist in der Wohnung verschwunden war, stieß sie Jeremy wieder an. „Der sieht gut aus. Spielt er für dein Team?"

„Lass das."

„Na gut. Du hast dich sowieso auf Qay festgelegt. Ich kann das verstehen. Er ist …"

„Er ist ein Betrüger."

Er sagte das vielleicht etwas lauter als beabsichtigt, denn Rhoda blinzelte erschrocken. Dann seufzte sie. „Oh, Süßer. Ich mochte ihn. Was ist passiert?"

„Ich will nicht darüber reden." Er wusste sehr wohl, dass er sich wie ein schmollender Teenager anhörte. Aber, verdammt … Er hatte in nur anderthalb Wochen erst einen unheimlichen Besuch der dritten Art von seinem Ex erlebt, der am nächsten Tag als Wasserleiche wieder auftauchte, seine Wohnung war verwüstet und seinem gebrochenen Herz ein weiterer Schlag versetzt worden. Er hatte sich redlich verdient, schmollen zu dürfen.

„Na gut, Großer. Friss es in dich hinein. Aber bist du dir sicher, dass er wirklich so ein übler Kerl ist, wie du denkst? Ich habe ein gutes Gespür für

Arschlöcher – es ist meine Superkraft – und Qay schien mir ganz und gar nicht in diese Kategorie zu fallen."

Anstatt ihr zu antworten, aß er den Rest seines Burritos. Er wischte sich die Hände mit Papierservietten ab, die er anschließend in die leere Tüte stopfte. Dann warf er das ganze in Richtung seiner Tür. Das bisschen zusätzlicher Müll machte schließlich auch keinen Unterschied mehr.

Jeremy stand auf, den Kaffee in der Hand. „Ich verspreche dir, dich später über jedes noch so demütigende Detail aufzuklären. Aber im Moment schaffe ich es einfach nicht, meine Gedanken zu sortieren. Ich gehe da jetzt rein und frage, ob ich einige Sachen packen und mitnehmen kann. Und dann suche ich mir ein ruhiges, unpersönliches Hotel und verkrieche mich dort."

„Na gut, Großer." Sie stand auf und boxte ihn an den Arm. „Schlaf dich aus. Und wenn du darüber reden willst, kannst du mich jederzeit anrufen."

Jeremy war bis in die Zehenspitzen dankbar, eine Freundin wie Rhoda zu haben. Er küsste sie auf den Kopf. „Du bist ein Engel."

„So bin ich eben. Der Engel des immerwährenden Kaffeenachschubs."

Er prostete ihr mit seinem Becher zu.

Rhoda ging. Jeremy musste noch eine weitere Stunde warten, bis er seine Wohnung wieder betreten durfte. Sie sah fast noch schlimmer aus als vorher. Alles war mit dem Pulver bestreut, das die Spurensicherung benutzte, um Fingerabdrücke zu nehmen. Wenigstens hatte jemand im Bad das Wasser abgestellt, sodass nicht das ganze Gebäude überschwemmt wurde.

Frankl saß auf einem der Küchenstühle und sah mindestens so erschöpft aus, wie Jeremy sich fühlte. „Ihr braucht mich hier nicht mehr, oder?", erkundigte sich Jeremy.

„Nein. Ich habe deine Aussage. Wenn ich dich noch brauchen sollte, weiß ich, wie ich dich erreichen kann. Wohin gehst du?"

„Marriott."

„Okay." Er zeigte auf die Tür mit dem aufgebrochenen Schloss. „Wir werden die Wohnung nicht sichern können, wenn wir gehen."

Jeremy lachte humorlos. „Schon gut. Es gibt nichts mehr zu stehlen. Außer dem Müll."

Frankl nickte unglücklich und Jeremy sammelte an Kleidung und Toilettenartikeln ein, was noch brauchbar war. Sein einziger Koffer war aufgeschlitzt worden, also packte er alles in eine große Mülltüte. Wie klassisch.

„Viel Glück noch", rief er Frankl zu und ging, die Tüte unter den Arm geklemmt, zur Tür.

„Ja, danke. Und … Cox?"

„Was?"

Frankl sah ihn verlegen an. „Du warst ein guter Polizist. Und du bist ein guter Mann. Es tut mir leid, was passiert ist."

„Danke, Captain. Aber Donny hatte es auch nicht verdient, weißt du?"

„Ja."

Jeremy verließ die Wohnung und hoffte, dass er im Hotel etwas Ruhe finden würde.

TROTZ DER bequemen Matratze und genügend Kissen, um Jeremys ganze Abteilung damit zu versorgen, schlief er nicht gut. Er wälzte sich lange hin und her, stand dann wieder auf und ging zum Fenster, um auf den Fluss hinauszusehen. Es war derselbe Fluss, in dem sie Donnys Leiche gefunden hatten.

Seine Gedanken schweiften ab zu einem anderen Fluss, einen halben Kontinent entfernt. Der Smoky Hill River floss meistens langsam und träge dahin, konnte sich aber – beispielsweise nach einem Sommersturm – in einen reißenden, schlammigen Strom verwandeln, der gegen die Felsen schlug und ganze Bäume entwurzelte und mit sich fortriss. An normalen Tagen gingen die Kinder im Fluss schwimmen, aber niemals bei Hochwasser. Und niemals sprangen sie von der Memorial Bridge. Jedenfalls nicht, wenn sie ihr Bad im Fluss überleben wollten.

Was hatte Keith Moore in diesem Sommer vor so vielen Jahren nur dazu getrieben, in den Fluss zu springen? Und wieso hatte der Strom der Zeit ihn ausgerechnet jetzt wieder in Jeremys Leben gespült?

Jeremy erinnerte sich an den schlanken, stillen Jungen, der neben ihm in der letzten Reihe gesessen hatte. Keith war ihm damals sehr groß vorgekommen und hatte immer ein böses Gesicht gezogen, wenn er angesprochen wurde. Nur nicht bei Jeremy. Jeremy hatte er manchmal sogar den Hauch eines Lächelns geschenkt. Als würden sie ein Geheimnis teilen. Was offensichtlich auch der Fall war, obwohl Jeremy das damals noch nicht wusste.

Die Leute nannten Keith einen Strolch und Rowdy, oft auch Schlimmeres. Manche der Kinder behaupteten, er wäre ein Teufelsanbeter, der die Katzen der Nachbarn stahl und seinem Dämon opferte. Jeremy hatte immer gewusst, dass es Unsinn war. Er konnte in Keiths Blick die gleiche Einsamkeit erkennen, die er selbst oft empfand. Und manchmal erkannte er auch Traurigkeit, vielleicht sogar Furcht in Keiths Augen, aber niemals Boshaftigkeit oder Sünde.

Nun, eines wusste er ganz sicher: Keith Moore – oder besser: Qay Hill – war ein verdammter Lügner.

Jeremy legte sich wieder ins Bett. Er schlief zwar einige Stunden, wurde aber durch schlechte Träume, an die er sich anschließend nicht mehr erinnern konnte, immer wieder aus dem Schlaf gerissen. Fallen. Das war das einzige, was er wusste. Er träumte davon, zu fallen. Als es draußen hell wurde, überlegte er, sich krank zu melden. Er entschied sich dagegen, weil ihn die Arbeit ablenken würde von diesem verdammten Einbruch und dem Rest der Scheiße, die gerade in seinem Leben vorging. Er wollte nicht den ganzen Tag mit Grübeln verbringen. Also duschte er, zog seine Uniform an und ging zum Aufzug. Er brauchte dringend ein gutes Frühstück.

Sein Arbeitstag verlief angenehm beschäftigt und er fand keine Zeit zum Nachdenken. Er führte eine Gruppe Wanderer zum Kelly Butte, wo gerade ein Wiederaufforstungsprojekt abgeschlossen worden war. Er informierte einige Obdachlose, dass sie im Forest Park nicht campen dürften und er ihnen das nächste Mal den Zugang zum Park verweigern müsste. Dann gab er ihnen noch die Adressen von Obdachlosenunterkünften, bezweifelte aber, dass sie davon Gebrauch machen würden. Anschließend fuhr er zu *Patty's Place*, um mit Evelyn, der Leiterin, über ein gemeinsames Programm für den Sommer zu sprechen. Sie wollten einigen Jugendlichen einen Job geben, bei dem sie etwas Geld verdienen und im Freien arbeiten konnten, aber vor allem lernten, mit anderen Menschen zu kommunizieren.

„Wie geht es Toad?", fragte er nach seinem vierten Kaffee des Tages. Sie saßen in Evelyns hellem Büro, das mit Stapeln von Papieren und Flugblättern zugestellt war, die jederzeit einzustürzen drohten.

Sie strahlte ihn an und wippte aufgeregt mit dem Stuhl. Evelyn ging schon auf die sechzig zu, hatte aber die Energie einer Zwanzigjährigen. „Es geht ihm gut! Er geht schon wieder zur Schule und kommt regelmäßig zur Therapie. Einige Regeln gefallen ihm nicht sonderlich und er wollte darüber diskutieren. Ich halte das für ein gutes Zeichen. Es gefällt ihm hier. Ich muss auf ihn aufpassen, weil er sich in Juan verliebt hat. Aber ich glaube, der Junge macht sich. Es wird alles gut."

Ein Grund weniger, sich Sorgen zu machen. „Juan. Wer hätte das gedacht." Juan war ein kleiner Bücherwurm, der monatelang auf der Straße gelebt und sich trotzdem auf nahezu magische Weise seine unschuldige Persönlichkeit bewahrt hatte. Jeremy hatte ihn vor fast einem Jahr schlafend auf einer Parkbank in der Nähe der Bücherei aufgefunden. Er hatte Juan zum Abendessen eingeladen und wusste danach alles über *Minecraft* und *Doctor Who*. Jeremy war fürchterlich wütend auf Eltern, die ein so liebes Kind verstoßen konnten, aber er freute sich ungemein, dass Juan sich sofort in *Patty's Place* eingelebt hatte.

Evelyn schüttelte zufrieden den Kopf. „Ich bin mir nicht sicher, ob Juan schon aufgefallen ist, dass sich Toad in ihn verliebt hat. Er glaubt wahrscheinlich, es wäre nur ihre gemeinsame Begeisterung für Videospiele und Science-Fiction. Die beiden sind so süß. Aber Toad ist noch sehr zerbrechlich und muss erst wieder richtig auf die Beine kommen, bevor er an Liebe denken kann."

Jeremy überlegte, dass man über ihn selbst vermutlich das Gleiche sagen könnte. Mit der Ausnahme, dass er demnächst vierundvierzig wurde. Er stand wesentlich mehr unter Zeitdruck als Toad, wenn er seine Chancen nicht endgültig verspielen wollte.

Nach der Besprechung mit Evelyn fuhr Jeremy in den Kenilworth Park, um mit einigen Rangern darüber zu reden, was man gegen den Fahrraddiebstahl unternehmen konnte, der dort überhand zu nehmen drohte. Sein nächster Stopp war der Gemeinschaftsgarten in der Nähe des Parks. Die Beete lagen schon brach, weil der Winter vor der Tür stand. Doch Jeremy wollte sich davon überzeugen, dass alles in Ordnung war. Außerdem überlegte er, ob und wie der Garten im nächsten Frühjahr erweitert werden konnte. Zum Schluss fuhr er noch in ein großes Geschäft für Outdoor-Ausrüstung und überredete den Geschäftsführer, Mützen, Handschuhe und Schlafsäcke zu spenden. Seine Abteilung nahm einmal im Monat an einer Veranstaltung für Obdachlose unter der Burnside Bridge teil. Dort wurde ein warmes Essen ausgegeben und die Menschen konnten sich umsonst die Haare schneiden und von einem Arzt untersuchen lassen. Dann verteilten die Ranger die gesammelten Spenden – vor allem Kleidung und Decken, aber auch andere Kleinigkeiten, die den Menschen halfen.

Während des Tages telefonierte Jeremy mehrmals mit der Versicherung und versuchte, die Entrümpelung und Reinigung seiner Wohnung zu organisieren. Die Wände und Böden, Küche und Badezimmer mussten renoviert werden. Die Schäden konnten allerdings erst begutachtet werden, wenn der ganze Müll beseitigt war. Jeremy vergaß auch nicht, gelegentlich einen Text an Rhoda zu schicken, um ihr zu versichern, dass es ihm gut ginge.

Am Ende seines Arbeitstages war er vor der Wohnung mit einem Mitarbeiter des Schlüsseldienstes verabredet, um das Schloss austauschen zu lassen. Der Mann schüttelte mitleidig den Kopf, als er den Schaden sah.

Jeremy hatte eigentlich geplant, danach ins Hotel zu fahren und die Beine hochzulegen, schuldete Rhoda aber wenigstens einen kurzen Besuch. Sie war seine Freundin und sie sorgte sich um ihn. Er ließ den SUV in der Tiefgarage stehen und machte sich zu Fuß auf den Weg ins *P-Town*.

Kaum kam er durch die Tür, hatte Rhoda ihn auch schon erspäht. „Ich liebe Männer in Uniform", sagte sie und klimperte mit den Wimpern.

Er sah an sich herab. „Was, *der* alte Fetzen?"

„Was hättest du gerne, mein Schatz? Einen großen Kaffee?"

„Nein, danke. Ich habe mittlerweile vermutlich mindestens achtzig Prozent Arabica im Blut. Ich wollte dir nur Bescheid sagen, dass mein Schloss ausgetauscht wurde und die Wohnung morgen früh entrümpelt und gereinigt wird. Und jetzt fahre ich zurück ins Marriott."

„Ich wette, du hast den ganzen Tag noch nichts gegessen", sagte sie und sah ihn mit zusammengekniffenen Augen drohend an.

„Habe ich doch!" Er hatte Bagel mit Wurst gefrühstückt.

„Lügner." Sie nahm ihn an der Hand und führte ihn an den nächsten freien Tisch. Dann gab sie ihm einen Schubs vor die Brust und er ließ sich auf den Stuhl fallen. „Wehe, du rührst dich vom Fleck." Sie verschwand hinter der Theke.

Mist. Jeremy hatte nicht mehr die Energie, sich gegen sie zu wehren.

Zehn Minuten später kam Rhoda zurück und stellte einen großen Plastikbecher auf den Tisch. Eine Tüte hatte sie auch dabei und Jeremy erwartete den üblichen Burrito – die nächste Filiale von SuperSteak war nur einige Häuser weiter –, fand aber eine Styroporschachtel mit Pad Thai in der Tüte vor. Rhoda wusste ganz genau, was er am liebsten aß, wenn es ihm schlecht ging. Nach seiner

Trennung von Donny hatte er tonnenweise Pad Thai gegessen. „Was ist in dem Becher?", fragte er misstrauisch.

„Smoothie."

„Welche Sorte?" Die Flüssigkeit war milchig grün.

„Grünkohl, Spinat, Banane, Aprikose und Beeren."

Er musste eine ziemliche Grimasse geschnitten haben, denn sie klopfte ihm beruhigend auf die Schulter. „Vitamine, Eisen und Kalium, Chief. Wenn du dich nicht richtig ernährst, wird es nicht besser."

Also aß er das Pad Thai und trank gehorsam den Smoothie, der glücklicherweise nur halb so grauenvoll schmeckte, wie es sich angehört hatte. Währenddessen kümmerte sich Rhoda um ihre Gäste und half Ptolemy hinter der Theke aus. Und wie eine Motte ums Licht, kreiste sie immer wieder um Jeremys Tisch. Es war irritierend, aber auch wieder irgendwie nett.

Als die Nudeln alle waren und kein Tropfen von dem grünen Zeug mehr im Becher, stand Jeremy auf. „Was schulde ich dir? Für heute und für gestern Abend."

„Sei kein Idiot, Jeremy. Leg dich ins Bett, bevor du mir hier im Café aus den Latschen kippst." Sie neigte den Kopf zur Seite und sah ihn nachdenklich an. „Ob das Hotel einen Porno-Kanal hat?"

Er lächelte gezwungen. „Warum? Willst du mich besuchen kommen?"

„Wenn ich mir schon ansehen, wie zwei attraktive Männer ficken, dann nur zu Hause auf dem Großbildschirm. Verschwinde jetzt."

ALS ER an der Rezeption des Hotels vorbeikam, erntete er wegen seiner Uniform einen erstaunten Blick des Nachtportiers, wurde dann aber freundlich gegrüßt und winkte zurück. Kurz darauf war er in dem bequemen, aber gesichtslosen Zimmer, vor dessen Fenster der Willamette am Haus vorbeifloss.

Morgen früh musste er in seine Wohnung, um sich mit dem Putzkommando zu treffen. Danach stand ihm ein langer Arbeitstag bevor – mehr Besprechungen und eine Übungseinheit für zwei neue Ranger –, von dem Versicherungskram gar nicht zu reden, um den er sich kümmern musste. Er brauchte auch dringend ein neues Laptop, weil es ihm höllisch auf die Nerven ging, seine E-Mails übers Handy abzurufen. Auf dem kleinen Bildschirm war die Schrift für ihn kaum zu entziffern. Jeremy wollte sich nämlich nicht eingestehen, dass eine Brille in seinem Alter keine schlechte Sache wäre.

Während er am Fenster stand und auf den Fluss schaute, packte ihn eine Wut, wie er sie lange nicht mehr erlebt hatte. Er war wütend auf Donnys Mörder und die Zerstörung seiner Wohnung. Er war wütend auf Donny selbst, der in der Vergangenheit Jeremys Hilfe mehrfach zurückgewiesen und ihm das Herz gebrochen hatte. Er war wütend auf Laura, dieses Biest, weil sie sich so wenig um ihren Bruder scherte, dass sie sogar ablehnte, sich um dessen Beerdigung zu kümmern. Er war wütend auf die Polizei, die Donnys Probleme nicht früher erkannt und durch rechtzeitige Behandlung seine Karriere gerettet hatte. Er war wütend auf Toads Eltern und Juans Eltern und seine eigenen. Er war wütend auf alle Mütter und alle Väter, die ihre Kinder nicht genug liebten. Er war wütend auf Rhoda, die ihn ständig bemutterte, wenn er es nicht verdient hatte. Er war wütend auf sich selbst, weil er Donny im Stich gelassen hatte, weil er immer älter wurde und nicht mehr aus seinem Leben machte, als sich zu bemitleiden. Und er war wütend auf Qay Hill, weil Qay nicht der Mann war, für den Jeremy ihn gehalten hatte.

Brüllend holte er aus und schlug mit der Faust an die Wand. Es krachte laut.

Mist, verdammter. Er wusste erst nicht, ob das knackende Geräusch von der Wand oder seiner Hand kam. Mit schmerzverzerrtem Gesicht betrachtete er die Wand. Alles in Ordnung. Glücklicherweise, denn sonst hätte er dem Marriott Schadenersatz zahlen müssen. Andererseits bluteten seine Knöchel und seine Hand fühlte sich an, als wäre sie unter einen Vorschlaghammer geraten.

Er starrte auf seine Hand und sah mit versteinerter Miene zu, wie sich kleine Blutströpfchen bildeten, über die Hand flossen und auf den Teppich fielen. Er musste morgen Teppichreiniger besorgen, wenn er nicht doch noch Schadensersatz bezahlen wollte. Und er hatte den Erste-Hilfe-Kasten nicht in den Müllsack gepackt, weil durch Donnys Behandlung das meiste Verbandmaterial aufgebraucht worden war. Aber sich selbst die rechte Hand zu verarzten, war sowieso eine Heidenarbeit, auf die er verzichten konnte.

Nach einer Weile raffte er sich auf und ging ins Badezimmer, um die Hand unter kaltes Wasser zu halten. Es tat höllisch weh. „Geschieht dir recht, du Idiot", murmelte er. Dann fiel ihm der Verbandskasten in seinem SUV ein. Es kam ihm vor, als wäre die Hotelgarage kilometerweit entfernt. Der Rückweg war noch länger, doch dann hatte er die Wunden desinfiziert – was schon wieder höllisch brannte – und es irgendwie geschafft, einige Pflaster auf die schlimmsten Wunden zu kleben. Die Hand war mittlerweile dick angeschwollen und pochte unangenehm. Er ging noch einmal aus dem Zimmer zu der Kühltruhe im Flur, wo er sich Eis holte. Dann saß er endlich in einem bequemen Sessel und hielt die Hand in einen Eisbehälter.

Und während der ganzen Zeit hatte es in ihm gebrodelt. Erst das Eis schaffte es, nicht nur seine Hand abzukühlen, sondern auch seine Wut. Je mehr der Schmerz nachließ, umso mehr beruhigte Jeremy sich wieder.

Und dachte stattdessen über Qay nach.

Als erstes erinnerte er sich an diesen gottverdammten Kuss, der ihn beinahe umgehauen hätte. Aber das lag nur an den Hormonen, der Geilheit und einer Trockenzeit, die schon so lange andauerte, dass selbst ein Kamel verdurstet wäre. Aber sie hatten sich auch gut unterhalten. Qay hatte Sinn für Humor, und das Schöne war, dass dieser Humor sich immer so unerwartet bemerkbar machte. Wie die Sonne Portlands an einem Dezembertag. Qay und Jeremy hatten auch einen ähnlichen Musikgeschmack und mochten dieselben Filme. Qay konnte über Jeremys obskure Witze lachen. Er hörte Jeremys lahmen Erzählungen über den Arbeitsalltag eines Rangers zu, als wären es exotische Abenteuer. Er wusste die kleinste Geste von

Respekt zu schätzen wie ein unerwartetes Geschenk. Jeremy erinnerte sich an Qays Eingeständnis, noch nie richtig mit einem Mann ausgegangen zu sein. Er erinnerte sich an Qays schüchternen Stolz, als er die Rechnung für ihr Abendessen bezahlte. An Qays vertrauensvolle Art, sich an Jeremy zu schmiegen, als sie auf dem Council Crest gemeinsam die Aussicht genossen. An Qays bescheidene Art, über das Philosophie-Seminar zu erzählen, obwohl er doch so ein kluger Mann war.

Und dann erinnerte er sich an Qays Entschuldigung während der Rückfahrt. So kleinlaut und verhalten. Ohne Ärger, ohne Jammern, ohne vergebliche Erklärungsversuche, nur … *Es tut mir leid.* Das war die Resignation eines Mannes, der wenig erwartete und noch weniger bekam.

Und was hatte er dann noch gesagt, bevor er aus dem Wagen ausstieg? *Aus dir ist ein guter Mann geworden, Jeremy. Du hast mehr verdient als die Donnys und Qays dieser Welt.*

Zum ersten Mal dachte Jeremy auch darüber nach, warum Qay ihm seine Identität anfangs verheimlicht haben mochte. Er war von Qays Geständnis so schockiert gewesen, dass er ihm falsches Spiel vorwarf, obwohl er in diesem Moment schon wusste, dass es so nicht stimmte. Weil … wieso hätte Qay sich dann so frei und nett mit ihm unterhalten sollen? Wieso ihn zum Essen einladen und ihn um den Verstand küssen sollen? Und Qay hatte nichts dafür verlangt. Nicht das Geringste.

Vielleicht schämte sich Qay seiner Jugend. Vielleicht schämte er sich darüber mehr als über seine Sucht, seine Zeit im Gefängnis und seine Armut. Nichts davon hatte er Jeremy verschwiegen. Vielleicht war Qays Jugend in Bailey Springs eine andere Geschichte. Vielleicht war sie zu schmerzlich, um sich daran zu erinnern oder darüber zu reden. Vielleicht war es genau so, wie Qay gesagt hatte: Keith Moore war im Smoky Hill River ertrunken. Vielleicht hatte Qays Zurückhaltung weniger damit zu tun, dass Jeremy Cox ein Idiot war, als vielmehr damit, dass Qay seit fast dreißig Jahren eine schwere Last mit sich herumschleppte.

Und Jeremy musste sich eingestehen, dass Qay ihm schließlich freiwillig die Wahrheit gesagt hatte, ohne jede Not und ohne jeden Druck von außen. Noch vor dem Ende ihres ersten Dates.

Mist.

Jeremy spürte die Schmerzen in seiner Hand kaum noch. Dafür schnürte es ihm jetzt die Brust zusammen und er bekam kaum noch Luft.

10

AM SAMSTAGABEND nach seinem ersten und einzigen Date ging Qay nach Hause, kroch ins Bett und fiel sofort in einen komaähnlichen Tiefschlaf. Es war eine Erleichterung, nicht denken zu müssen. Aber jetzt lag der Sonntag vor ihm, so unerträglich lang und leer. Es war Jahre her, seit Qay das letzte Mal in Versuchung geriet, Drogen zu nehmen. Jetzt hielten ihn nur zwei Dinge davon zurück. Zum einen wusste er, dass er nach dem ersten Fix nicht mehr aufhören würde, bis er tot umfiel. Zum anderen war er geradezu krankhaft neugierig, das Ergebnis seiner Philosophie-Prüfung noch zu erfahren.

Also suchte er weder Alkohol, noch Gras, Crack oder ein anderes High, sondern verbrachte den Sonntag in seiner Wohnung vor dem Fernseher, obwohl das Programm beschissen war. Dafür war der Fernseher ein sicherer Drogenersatz. Qay wusste zwar am Ende des Tages nicht, was er überhaupt gesehen hatte, doch dafür hatte er sechzehn Stunden überlebt, was auch nicht schlecht war. Zum Abendessen gab es Nudeln mit Käse. Sie schmeckten wie der Pappkarton, in dem er sie gekauft hatte.

Der Montag verlief etwas angenehmer, weil er zu tun hatte. Er hatte zwar keine Prüfung mehr, lernte aber trotzdem und las das Lehrbuch sicherheitshalber zweimal, um es sich besser einzuprägen. William James, John Rawls und Bertrand Russell. Wow.

Qay vermisste das *P-Town* und Rhoda, aber Jeremy vermisste er noch mehr. Er vermisste ihn mit einer Intensität, die alle Proportionen ihrer nicht vorhandenen Beziehung sprengte. Ein Date – noch dazu ohne glückliches Ende – war schließlich noch lange keine Beziehung oder gar Liebe. Selbst ihre Freundschaft hatte sich noch im Anfangsstadium befunden, als sie zu einem vorschnellen Ende kam.

Am Montagnachmittag fuhr er mit dem Bus ins College. Er kam etwas zu früh und wartete angespannt auf seinem üblichen Platz, den Kopf gesenkt und Blickkontakte vermeidend. Er wollte weder von dem russischen Mädchen noch Professor Reynolds oder einem anderen Kommilitonen angesprochen werden. Deshalb zuckte er erschrocken zusammen, als plötzlich Professor Reynolds vor ihm stand und einen Stapel Papiere auf den Tisch legte.

„Ich würde nach dem Unterricht gerne kurz mit dir reden, Qay."

Mist. Seine Note musste so schlecht sein, dass er durchgefallen war. Das war es bestimmt, was ihm Reynolds sagen wollte, zusammen mit der Nachricht, dass er das College verlassen müsste, weil er nicht die Intelligenz eines Eichhörnchens besaß.

Reynolds hatte schon lange mit seinem Vortrag angefangen, als Qay endlich den Mut fand, die Beurteilung zu lesen, die Professor Reynolds auf die Titelseite geschrieben hatte.

Herausragende Arbeit.

Qay grübelte mindestens fünf Minuten lang über die Bedeutung des Wortes *herausragend* nach. Vermutlich gab es eine obskure Definition dafür, die er nicht kannte. Vielleicht war es ein Wort wie *sanktionieren* oder *freizügig*. Solche Worte konnten – je nach Kontext – positiv oder negativ gemeint sein. Oder es war ein Synonym für *grauenhaft* oder *verfehlt*.

Qay blätterte die Arbeit durch und kam zur letzten Seite. Und dort stand es, ganz unten und in roter Tinte geschrieben: *100%.*

Verdammte Scheiße.

Qay bekam keine Luft mehr. Er konnte einfach nicht mehr atmen. Er würde hier mitten im Seminarraum umkippen und der Pathologe würde als Todesursache eintragen: „Unerwarteter Erfolg". Als er schließlich wieder atmen konnte, schnaufte er so laut, dass ihn das russische Mädchen besorgt ansah.

Professor Reynolds machte noch einige Bemerkungen über den Test, einige davon recht ausführlich, aber Qay konnte ihm nicht mehr folgen. Er war wie betäubt.

Was immer heute noch passierte, rauschte an ihm vorbei. Er fühlte sich so high, wie es die stärksten Drogen nicht geschafft hatten. Er hielt die Arbeit in den Händen – konnte sie nicht mehr loslassen – und sah nur noch diese rote Schrift vor Augen: *Herausragend. Hundert Prozent.*

Qay blieb sitzen, bis der Unterricht zu Ende war. Er wagte es kaum, sich zu rühren. Zu groß war die Angst, Professor Reynold würde auf ihn aufmerksam, würde ihm mitteilen, die Benotung wäre ein Versehen. Die anderen Studenten packten lärmend ihre Unterlagen ein und machten sich auf den Weg nach draußen. Einige grummelten über ihre schlechten Noten. Als es wieder still wurde, schaute Qay auf und sah Professor Reynolds vorne am Pult stehen und geduldig warten. Reynolds trug ein T-Shirt mit einem Aufdruck von Janis Joplin, darüber eine Sportjacke, die schon bessere Tage gesehen hatte. Aus seinem grauen Pferdeschwanz hatten sich einige Strähnen gelöst, die ihm ins Gesicht hingen.

„Hey, Qay."

Qay lächelte mühsam. „Hi."

„Komm nach vorne."

„Okay." Qay schnappte sich seine Arbeit und ging nach vorne. Wenn sein Leben einen Soundtrack hätte, würde jetzt das Piano ertönen, dumpf und unheilverkündend: *Da-da-da-damm.*

Reynolds schob eine Kladde in seinen Rucksack, der schon nicht mehr der neueste war. „Das war eine ziemliche Leistung", sagte er grinsend und zeigte auf die Arbeit, die Qay in der Hand hielt.

„Das hier?"

„Ich unterrichte diesen Kurs seit zwanzig Jahren. In dieser Zeit habe ich nur fünfmal die Bestnote vergeben. Du bist erst der sechste Student, der sie sich verdient hat."

„Ich … ja?" Intelligent hörte sich anders an.

„Qay, ich kann jetzt nur raten, aber ist es möglich, dass dir das Leben recht übel mitgespielt hat?"

„Ein bisschen schon."

„Ja. Und du hast deinen Arsch hochgerissen und willst jetzt mehr erreichen, richtig?"

Nun, das war eine recht prägnante Zusammenfassung der letzten Jahre, und sie traf den Nagel auf den Kopf. Qay nickte.

„Ich bin beeindruckt, Mann. Dazu gehört verdammt viel Mumm und ich weiß, wie schwierig es ist. Hast du schon langfristige Pläne?"

Qay musste an die Unterhaltung denken, die er mit Rhoda geführt hatte. Über Träume und wie sie sich veränderten. „Ich weiß nicht. Nüchtern bleiben, ein stabiles Leben, genug Geld, um einigermaßen damit über die Runden zu kommen."

Reynolds lachte laut. „Das ist ein guter Anfang, Mann. Sehr gut. Aber ich denke, du solltest dir höhere Ziele stecken. Was ist dein Hauptfach?"

„Psychologie."

„Gut, das passt. Und wie lange brauchst du noch bis zu deinem ersten Abschluss?"

Qay zuckte mit den Schultern. Dreihundert Jahre wäre vermutlich übertrieben. „Noch lange."

„Wie wäre es, wenn ich mit einem Freund an der Portland State University spreche? Vielleicht kann er dir dort einen Studienplatz besorgen. Dann bist du die banalen Fächer los, die dir hier die Zeit rauben und die du nicht wirklich brauchst."

„Ich …" Qay merkte, dass er Reynolds mit offenem Mund anstarrte. Er musste wie ein Idiot aussehen. „Das ist sehr nett, aber ich kann mir nicht leisten …"

„Ich wette, wir können dir ein Stipendium besorgen. Qay, du solltest deinen Bachelor machen und dann mit dem Hauptstudium beginnen. Wenn du solche Prüfungen ablieferst wie in diesem Seminar … Nun, dann möchte ich nicht wissen, was du leisten kannst, wenn du dich voll auf deine Arbeit konzentrierst."

„Sie verstehen das nicht. Dieser Test war nur ein glücklicher Ausrutscher. Ich habe nie …"

„Niemand schreibt eine solche Arbeit als Ausrutscher. So viele Hindernisse dir auch in den Weg gelegt wurden, mit dieser Arbeit hast du sie überwunden. Mit dieser Arbeit ist endlich dein wahres Ich sichtbar geworden, Mann. Und dieses Ich hat einen verdammt unglaublichen Verstand. Du musst nur einen Weg finden, ihn öfter zum Vorschein zu bringen."

Qay war sprachlos. Reynolds kicherte, als er Qays ungläubiges Blinzeln sah. „Ja, das musst du wohl erst verdauen. Aber das ist schon in Ordnung so. Melde dich bei mir, wenn du soweit bist, dann ziehe ich für dich die Fäden. Weißt du, ich kann gut verstehen, wenn jemand ein ruhiges Leben bevorzugt. Mein Sohn repariert unter der Woche Autos und spielt an den Wochenenden in einer Band. Lebt in einem Trailer auf einem Stück Land in Boring. Er ist mit seinem Leben glücklicher, als du dir vorstellen kannst. Und das ist schön für ihn. Aber wenn jemand mehr erwartet vom Leben und wenn er die Voraussetzungen hat, es zu erreichen, dann wäre es eine Schande, wenn er selbst und die Welt ihm diese Chance nicht geben würden."

„Danke", sagte Qay schließlich. „Es bedeutet mir viel, dass Sie das sagen."

Reynolds nickte. „Ich habe vor vielen Jahren eine ähnliche Ansprache bekommen; damals, als ich noch zu viel Gras rauchte und dachte, ich könnte die Welt dadurch verändern, dass ich auf meinem Arsch sitzenbleibe und mit meinen Kumpels – die genauso stoned waren wie ich – klugscheiße. Ich bin froh, dass ich darauf gehört habe."

Qay fuhr mit einem ordinären Bus nach Hause, doch er kam sich vor, als würde er schweben. Immer wieder gingen ihm Reynolds' Worte durch den Kopf. Stipendium? Hauptstudium? Unglaublicher Verstand? Guter Gott.

Das einzige, was ihm auf die Stimmung drückte, war, dass er die gute Nachricht mit niemandem teilen konnte. Er hätte es so gerne jemandem erzählt: Nur eine von sechs Bestnoten in zwanzig Jahren. Ein flüchtiger Blick auf eine Zukunft, die er sich in seinen kühnsten Träumen nicht ausgemalt hätte. Aber er konnte Rhoda nicht gegenübertreten und Jeremy erst recht nicht. Wer blieb ihm da noch? Stuart etwa? Na sicher doch. Dem wäre das so was von scheißegal …

Na gut. Qay musste sich eben allein über seine Leistung freuen. Er musste sich eben selbst auf die Schulter klopfen. Und er würde diesen Abend mit einem guten Essen feiern.

Und das tat er dann auch. Er stopfte sich in einem kleinen italienischen Restaurant in der Nähe seiner Wohnung mit Pasta voll und gönnte sich danach noch ein Eis. Aber keinen Espresso. Er musste morgen früh aufstehen, um rechtzeitig zur Arbeit zu kommen.

Qay bedauerte nicht oft, keine elektronischen Spielerein zu besitzen. Aber heute Abend wünschte er wirklich, er hätte einen Computer. Oder ein Smartphone. Oder einen DVD-Player. Was auch immer ihm die Möglichkeit gegeben hätte, einen Porno zu sehen. Sicher, er hatte einige Hefte im Schrank, sogar einige Bücher mit heißer Erotik. Aber heute wollte er reale Körper und wenn er sie schon nicht berühren konnte, wollte er sie wenigstens sehen. Wollte ihre Bewegungen sehen und ihre Stimmen hören. Sich für kurze Zeit vorstellen, er wäre nicht allein.

Es endete damit, dass er nackt im Bett lag, ohne Hilfsmittel und mit nichts als den eigenen Händen. Aber die wusste er einzusetzen. Und wenn er dabei an Jeremy dachte und diesen elektrisierenden Kuss auf dem Hügel … Wer wollte es ihm schon vorwerfen? Niemand. Er hatte es sich schließlich redlich verdient.

„HILL, KOMM her." Stuarts Stimme schallte durch die Werkstatt, übertönte selbst den Lärm der Maschinen. Qay ließ seufzend die Mülltonne stehen, die er gerade durch die Werkstatt rollte. Einige seiner Kollegen warfen ihm mitfühlende Blicke zu, als er zu Stuart ging. Sie hielten Stuart auch für ein Arschloch, konnten aber nicht viel dagegen tun.

Stuart zeigte auf einen Stapel Kisten. „Die Kisten mit den Etiketten sollten nach dort drüben", sagte er und zeigte auf die andere Seite des Raums.

„Du hast mir gesagt, ich sollte sie hier abstellen."

„Nein, das habe ich nicht. Pass gefälligst besser auf, Hill." Stuart entschwebte wie eine beleidigte Primaballerina.

Seufzend suchte Qay nach einer Handkarre und belud sie mit den Kisten. Dann brachte er sie exakt an die Stelle, auf die Stuart gezeigt hatte. Danach ging er zu seiner Mülltonne zurück, hatte sie aber noch keine zwei Meter weiter gerollt, als Stuart sich ihm in den Weg stellte.

„Ich habe die Etiketten genau dort abgestellt, wo du sie haben wolltest", sagte Qay freundlich.

„Wie schön für dich, Einstein. Aber du hast das Pausenzimmer nicht geputzt."

Theoretisch war Qay dafür nicht zuständig. Es war Barrys Aufgabe, das Pausenzimmer zu putzen. Barry hatte sich heute allerdings krankgemeldet, also hätte Stuart selbst einspringen sollen. Offensichtlich hatte der sich aber dazu entschieden, die Aufgabe zu delegieren.

„Na gut", sagte Qay. „Ich bringe noch die Mülltonne …"

„Sofort, Hill. Es hätte schon vor einer Stunde erledigt sein sollen."

Qay entsorgte den Müll im Pausenzimmer – leere Tüten und gebrauchte Servietten –, spülte die Kaffeetassen, wischte Tische und Stühle ab und feudelte den Fußboden. Er reinigte sogar die Kaffeekanne und die Mikrowelle, die Barry schon seit einiger Zeit vernachlässigt hatte und die aussahen, als wären sie im Begriff, eine neue Lebensform hervorzubringen.

Dann schaute er auf die Uhr und ging zurück zu seiner Mülltonne. Nur noch zehn Minuten. Gott sei Dank.

Aber Stuart lauerte ihm schon wieder auf. „Die Toiletten, Hill."

Auch dafür war Qay nicht zuständig. „Ich habe nur noch zehn Minuten."

„Das ist mir scheißegal. Daran hättest du früher denken sollen."

Qay wollte ihm in den Arsch treten, bis der Fuß vorne wieder rauskam. Er wusste allerdings aus leidvoller Erfahrung, dass es solche Idioten überall gab und man sich von ihnen nicht aus der Fassung bringen lassen durfte, weil man sich damit nur selbst schadete. Außerdem war heute Freitag, er hatte keine Pläne für den Abend und nichts zu tun. Wenn er länger blieb und für die Überstunden bezahlt wurde, wäre das nicht schlecht. Dann könnte er vielleicht für ein billiges Laptop sparen.

„Wird gleich erledigt", sagte er.

Die Damentoilette war schnell gereinigt. In der Fabrik arbeiteten nur wenige Frauen, die außerdem sehr reinlich waren. Die Männertoilette war eine andere Sache. Eine eklige Sache. Während Qay noch am arbeiten war, kam einer der Arbeiter, benutzte die Toilette und wusch sich die Hände. Dann warf er das Papiertuch in Richtung Mülleimer, verfehlte ihn jedoch. „Männer sind Schweine", grummelte Qay und hob es auf.

Es war fast sechs Uhr, als er mit der Arbeit endlich fertig war. Die Maschinen waren schon abgestellt und bis auf die Wachmänner und Gaylene aus der Buchhaltung, die gerne später kam und später ging, war niemand mehr da. Qay ging zur Stechuhr und stach aus, zog seine Jacke an und winkte den Wachmännern zu, als er das Gebäude verließ.

Draußen war es schon dunkel und eiskalt. Der Regen schlug ihm ins Gesicht und ihn fröstelte, als er von der Laderampe auf die Straße ging. Er musste einige hundert Meter laufen, bis er zur Haltestelle seines ersten Busses kam. Bis dahin war er wahrscheinlich vollkommen durchgeweicht. Wäre es nicht schön, sich eines Tages ein Auto leisten zu können? Qay hatte zwar immer ein Faible für Sportwagen gehabt, würde sich aber auch mit einem billigen, alten Kleinwagen zufriedengeben. Solange die Kiste fuhr und ihn trocken von einem Ort zum anderen brachte. Ein Auto wie den riesigen SUV, der nicht weit von ihm parkte, brauchte er nicht.

Im selben Moment, in dem er den SUV erkannte, öffnete sich die Wagentür und ein großer Mann in grüner Uniform stieg aus. Qay blieb wie angewurzelt stehen. Der Mann kam auf ihn zu und blieb kurz vor ihm stehen.

„Du hast lange gearbeitet", sagte Jeremy.

„Was … was machst *du* denn hier?"

„Ich habe auf dich gewartet."

„Aber … warum … wieso …?" Qay war so eloquent wie immer, wenn er auf dem falschen Fuß erwischt wurde.

Jeremys Grinsen war kaum zu erkennen, aber es war da. „Wir werden nass. Können wir im Auto weiterreden? Ich schalte die Heizung an."

Qay nickte nur wortlos. Als Jeremy ihm die Beifahrertür aufhielt, flatterte es in Qays Brust.

Sie saßen eine Weile schweigend im Auto. Das Radio war ausgeschaltet und die Heizung blies mit voller Kraft Wärme in den Innenraum. Die Fenster beschlugen und Qay beobachtete angespannt die kleinen Wassertropfen, die ihm aus den Haaren in den Schoß fielen. Sie hinterließen runde, dunkle Flecken auf seinen Jeans.

„Stuart ist ein Arschloch", sagte er dann.

„Dein Chef?"

„Ja. Deshalb musste ich heute länger arbeiten." Er warf Jeremy einen verstohlenen Seitenblick zu. „Wartest du hier schon seit fünf Uhr?"

„Seit halb fünf sogar. Und ich muss schon seit einer halben Stunde pinkeln."

„Ich könnte die Wachmänner überreden, dich in die Fabrik zu lassen, damit du die Toiletten benutzen kannst. Sie sind pikobello. Ich habe sie gerade geputzt."

„Ich kann es noch etwas länger aushalten."

Qay nickte und schaute auf Jeremys rechte Hand, die zwischen ihnen auf der Konsole lag. Die Knöchel waren aufgeschrammt und geschwollen. „Was ist passiert?", fragte Qay.

„Eine Dummheit."

Sie schwiegen wieder. Die Stille zog sich in die Länge und wurde peinlich. Jeremy räusperte sich. „Wie ist deine Prüfung ausgefallen?"

Qay konnte nicht verhindern, dass er über beide Backen grinste. „Bestnote. Ich musste nach dem Unterricht noch bleiben, damit mir der Prof sagen konnte, wie brillant ich bin."

Jeremy sah so glücklich aus, wie Qay sich fühlte. „Ich wusste doch gleich, dass dein Verstand so scharf ist wie Glas."

„Was für ein passender Vergleich."

„Ich habe mir auch viel Mühe gegeben."

Die Spannung ließ etwas nach. Qay spielte mit einem losen Faden an seinen Jeans, hörte dann damit auf und trommelte nervös mit den Fingern auf die Lehne. „Warum bist du hier?", wollte er wissen und schaute durchs Seitenfenster hinaus in die Dunkelheit. „Und woher wusstest du die Adresse?"

„Ich war früher Polizist. Erinnerst du dich? Du hast von einer Fensterfabrik im Nordwesten gesprochen. Ich habe mich erkundigt." Er lachte schnaubend. „Ich wollte nicht, dass du Ärger bekommst oder vorgewarnt bist. Aber ich konnte mich an Stuarts Namen erinnern und habe nach ihm gefragt, anstatt nach dir. Gestern habe ich ihn dann gefunden. Habe mich als Geldeintreiber ausgegeben, als er ans Telefon kam. Er wäre fast in Tränen ausgebrochen und hat mir hoch und heilig versichert, er würde das Konto seiner Kreditkarte umgehend begleichen."

Die Vorstellung, dass Stuart wegen eingebildeter Schulden beinahe in Tränen ausbrach, heiterte Qay ungemein auf. „Das beantwortet meine zweite Frage. Wie ist es mit der ersten? Warum?"

„Ich habe … Fragen. Und eine Entschuldigung, falls ich es schaffe, sie über die Lippen zu bringen."

„Eine Entschuldigung? Wofür?"

Jeremy sah ihn lange an. „Lass uns erst hier wegfahren, ja? Damit ich endlich pinkeln kann. Wir können zusammen essen und … uns unterhalten."

Qay nickte, obwohl er damit vermutlich das Unglück herausforderte. „In Ordnung."

Er dachte, Jeremy würde vielleicht zu dem Restaurant fahren, in dem ihr katastrophales Date begann. Vielleicht auch ins *P-Town*. Jeremy fuhr jedoch nach

Nordwesten und parkte schließlich unter einem der mächtigen Bäume in der Quimby Street. Er führte Qay zu einem kleinen Diner. Es war noch billiger als *Perry's*, dafür aber gut gefüllt, was immer ein gutes Zeichen war. Außerdem fiel niemandem auf, dass Qay noch seine Arbeitsklamotten trug. Der Wirt erkannte Jeremy sofort. „Chief! Wie schön, Sie zu sehen! Sie waren lange nicht hier."

„Zu lange. Hast du einen ruhigen Tisch für meinen Freund hier? Ich muss noch kurz mit jemandem über ein Pferd reden."

Der Wirt – ein pummeliger junger Mann mit süßen Grübchen – kicherte. „Klar doch." Er nahm zwei in Plastik eingeschweißte Speisekarten aus einem Halter und führte Qay lächelnd an einen Ecktisch. „Etwas zu trinken?", fragte er, während Qay sich setzte.

Qay war immer noch kalt, also bestellte er sich einen Kaffee. Dann tat er so, als würde er die Speisekarte studieren und sich keine Sorgen machen, dass Jeremy ihn vielleicht doch noch versetzen könnte. Er war erleichtert, als Jeremy nach einigen Minuten an den Tisch kam und auf der Bank gegenüber Platz nahm.

„Ich habe Appetit auf ein Frühstück zum Abendessen. Ist dir das recht?", fragte Jeremy.

„Sicher."

„Gut. Obwohl ich momentan eine Niere spenden würde für Hausmannskost. Ich esse seit einer Woche nur in Restaurants."

„Befindet sich dein persönlicher Koch im Streik?"

Jeremy verzog das Gesicht. „Ich lebe seit einer Woche in einem Hotel in der Innenstadt. Es ist eine lange Geschichte. Aber deswegen sind wir nicht hier."

Qay hätte die Geschichte gerne gehört, besonders deshalb, weil er so dem Gespräch über die unangenehme Szene auf dem Council Crest noch für eine Weile entgangen wäre. Doch in diesem Augenblick kam der junge Wirt mit ihrem Kaffee und fragte, ob sie schon bestellen wollten. Qay bestellte Rührei mit Schinken und Käse, Jeremy entschied sich für Pfannkuchen und Würstchen. „Das werde ich morgen wahrscheinlich bedauern", sagte er seufzend.

„Warum?"

„Weil das Fitness-Center im Hotel nicht halb so gut ist wie mein Studio. Es macht keinen Spaß, dort zu trainieren. Aber extra über den Fluss ins Studio zu fahren, ist auch nervend. Es kostet einfach zu viel Zeit."

„Warum wohnst du überhaupt in einem Hotel?" Vielleicht konnte Qay die Unterhaltung ja doch noch in ruhigere Gewässer steuern.

Jeremy wich Qays Blick aus und studierte stattdessen aufmerksam den Salzstreuer. Er presste die Lippen zu einer schmalen Linie zusammen und in seinen hellgrauen Augen zogen dunkle Schatten auf. „Jemand ist in meine Wohnung eingebrochen und hat sie verwüstet. Es dauerte einige Tage, sie wieder zu reinigen. Und jetzt muss sie erst wieder renoviert werden, bevor ich zurückkehren kann. Und ich muss neue Möbel kaufen und so. Alles."

Mist. „Geht es dir gut?"

Jeremy warf ihm einen flüchtigen Blick zu. „Ich war nicht zuhause."

„Und wenn du zuhause gewesen wärst, hättest du ihnen einen Tritt in den Arsch versetzt, nehme ich an. Das habe ich aber nicht gemeint. Ich meinte …" Er rutschte verlegen hin und her. „Emotional. Du hast eine höllische Woche hinter dir. Erst ich und Donny, dann das."

„Das *ist* Donny. Die Arschlöcher, die bei mir eingebrochen sind, haben höchstwahrscheinlich auch Donny auf dem Gewissen. Es ist nichts gestohlen worden. Sie haben nach etwas gesucht."

„Wie bitte?"

Jeremy zuckte mit den Schultern. „Drogen? Geld? Den heiligen Gral?"

„Das ist …"

„Warum bist du gesprungen?"

Qay war so erschrocken über die Frage, dass er zurückzuckte. Jetzt war er es, der sich für die Gewürze interessierte. Er entschied sich jedoch für das Fläschchen mit der Chilisauce, anstatt für den Salzstreuer. „Weil ich sterben wollte", murmelte er.

Was nicht ganz der Wahrheit entsprach. Seine Seelenklempner hatten ihn nicht in Ruhe gelassen: Warum war er die drei Kilometer bis zur Memorial Bridge gelaufen, wenn bei ihm zuhause genug Tabletten rumlagen, um sich mehrfach umzubringen? Wenn die Küche voll war mit scharfen Messern, die Jagdgewehre seines Vaters im Wohnzimmerschrank standen? Damals war es Qay schwergefallen, sein Verhalten zu erklären. Hätte sein Sprung von der Brücke tödlich geendet, der Smoky Hill River hätte seine Leiche abtransportiert – weit weg von Bailey Springs, sodass dieses verdammte Kaff ihn nicht auch im Tod noch gefangen halten konnte. Diese Erklärung hatten die Ärzte akzeptiert. Und sie entsprach der Wahrheit. Erst Jahre später erkannte Qay, dass er damals noch ein zweites Motiv gehabt hatte. Die Brücke war hoch. Qay wollte fliegen, bevor er starb. Sicher, es war nur ein kurzer Flug, aber er wollte wenigstens einmal im Leben dieses Hochgefühl von Freiheit auskosten.

„Diese Stadt konnte die Hölle sein", sagte Jeremy leise. „Ich kann mich noch gut daran erinnern. Aber du warst schon fast achtzehn. Was war so schlimm, dass du diese paar Monate bis zu deinem Geburtstag nicht mehr abwarten konntest?"

„So wie du gewartet hast?", fragte Qay bitter.

„So ähnlich."

„Du hattest ein Stipendium in Aussicht. Du hattest diese kleine verregnete Stadt, die nur auf dich wartete. Ich hatte nichts." Er war ein Versager gewesen, der in Mathe durchgefallen war; ein Dieb, der die Pillen seiner Mutter und den Schnaps seines Vaters stahl.

Jeremy griff über den Tisch nach Qays Hand. „War es so schlimm für dich?" Aber er kannte die Antwort schon. Zumindest erahnte er sie. Qay konnte es seinem Blick ansehen.

„Warum interessiert dich das eigentlich?" Qay gab seiner Stimme einen feindlichen Unterton, zog aber seine Hand nicht zurück. „Hast du vergessen, dass ich dich angelogen habe? Mit dir gespielt?"

„Du warst nicht ehrlich und ich war deswegen sauer. Nachdem ich mich wieder beruhigt hatte, ist mir klargeworden, dass sich die Welt nicht nur um mich dreht. Du willst mit Keith Moore nichts mehr zu tun haben, also tust du so, als hätte er nie existiert. Du hast dich nur selbst in Schutz genommen. Du hast nicht versucht, mich zu verletzen. Und das ist jetzt der Punkt, an dem meine Entschuldigung ins Spiel kommt. Es tut mir leid, wie ich mich aufgeführt habe. Ich habe falsch reagiert auf dein Geständnis. Das hattest du nicht verdient."

Qay konnte an einer Hand abzählen, wie oft im Leben sich jemals ein Mensch bei ihm entschuldigt hatte. Deshalb musste man ihm seine Reaktion vielleicht nachsehen. „Was wäre denn, wenn ich deinetwegen gelogen hätte?"

Jeremy blinzelte überrascht, aber bevor er etwas sagen konnte, kam der Kellner mit ihrem Essen. Er zuckte nicht mit der Wimper, als er sah, dass der große Mann in der Uniform eines Rangers den kleinen, vergammelt wirkenden Typ an der Hand hielt. Das Essen auf Qays Teller roch köstlich und hätte gereicht, eine halbe Armee satt zu machen. Aber er rührte es nicht an. Auch Jeremy ließ seinen Teller mit den riesigen Pfannkuchen unbeachtet stehen.

„Meinetwegen? Wie denn das?"

Qay zog sanft seine Hand zurück und zuckte mit den Schultern. „Weil du Captain Caffeine bist."

„Captain Caffeine?", wiederholte Jeremy verwirrt.

„Du bist so stark und siehst so gut aus. Du hast einen coolen Job mit einer sexy Uniform. Alle kennen dich und nennen dich Chief. Du fährst ein Diktatoren-Auto. Du hast wunderbare Freunde. Rhoda zum Beispiel. Du bist in fast jeder Hinsicht perfekt. Ich weiß, dass ich nichts Besonderes bin, aber ich habe verdammt hart gearbeitet, das zu werden, was ich bin. Ich wollte dir zeigen, was ich aus mir gemacht habe. Nicht das Stück Scheiße, das du aus Kansas kennst."

Jeremy starrte ihn mit offenem Mund an. Dann schüttelte er den Kopf. „An dieser kleinen Rede ist so verdammt viel falsch. Ich weiß gar nicht, womit ich anfangen soll, es dir zu erklären." Er schloss die Augen, öffnete sie wieder und atmete schwer aus. „Iss dein Rührei. Ich brauche noch etwas Zeit, um darüber nachzudenken."

Qay merkte erst jetzt, wie hungrig er war. Und das Ei schmeckte hervorragend, also schlug er begeistert zu. Er schaufelte es sich gierig mit der Gabel in den Mund. Jeremys Pfannkuchen erging es nicht viel besser. Es war unglaublich, wie schnell sein Teller sich leerte. „Punkt eins", sagte Jeremy, nachdem er ein Stück Wurst hinuntergeschluckt hatte. „Ich bin alles andere als perfekt. Toter Ex, ja? Verwüstete Wohnung? Nicht zu vergessen, dass ich schon dreiundvierzig bin, was fünfundsiebzig Schwulenjahren entspricht. Und ich bin single und wenn du mehr über mein Liebesleben wissen willst, gibt es nur einen, den du fragen kannst. Meinen toten Ex."

„Aber ich …"

„Punkt zwei! Du bist sehr wohl etwas Besonderes. Das ist mir sofort aufgefallen. Du bist stark und stolz und … Ja, ich habe auch gleich bemerkt, wie klug und intelligent du bist. Obwohl du in Biologie durchgefallen bist. Ich kenne mich auch mit Sucht und psychischen Erkrankungen aus – was ich meinem Job und dem armen Donny verdanke. Ich habe also eine recht klare Vorstellung davon, was es dich gekostet hat, der Mensch zu werden, der du bist. Ich könnte das nicht, Qay. Ich hätte dazu nicht die Kraft."

Er holte tief Luft, aß ein Stück Wurst und sprach mit vollem Mund weiter. „Punkt drei. Du warst nie ein Stück Scheiße. Niemals. Erinnerst du dich noch daran, wie es mir damals ging? Ich hatte das Wort *Prügelknabe* gewissermaßen auf die Stirn tätowiert. Du warst einer der wenigen, die mich nicht wie Dreck behandelten. Ich, äh …" Er verstummte stammelnd und wurde rot. „Das ist mir jetzt peinlich. Aber ich war fürchterlich in dich verschossen."

Qay musste lächeln. „Ich weiß. Es ist mir damals schon aufgefallen."

„Du … Wirklich? Selbst *ich* habe damals noch nicht verstanden, was mit mir los war."

Es war so süß gewesen. Einer der wenigen Fixpunkte in Keiths Leben. Jeremy war damals noch mindestens dreißig Zentimeter kleiner als er, mit weizenblonden Haaren, die ihm in die Augen hingen, wenn sie zu lang wurden. Dann diese goldigen Sommersprossen, die sein ganzes Gesicht bedeckten … Und jedes Mal, wenn er Keith verstohlen von der Seite ansah, wurde er feuerrot – so wie jetzt – und Keith musste sich ein Grinsen verkneifen.

„Es ist mir aufgefallen. Ich war nicht in dich verliebt, weil du noch so verdammt *jung* warst. Aber ich konnte dich gut leiden. Ich habe mich oft gefragt, was wohl aus dir werden würde, wenn du die Schule überlebst."

„Du hast doch kaum mit mir geredet." Jeremy hörte sich verletzt an.

„Ich wollte Abstand halten. Du wurdest auch so schon schlimm genug behandelt. Mit mir gesehen zu werden, hätte es nur noch schlimmer gemacht. Ich hätte dich zwar meistens beschützen können, aber ich wäre nicht immer da gewesen. Troy Baker und seine Bande hätten dich gefunden und doppelt bestraft, wenn du gewagt hättest, mein Freund zu sein."

Es war Keith schwergefallen, sich von Jeremy fernzuhalten. Jeremy hätte einen starken Freund an seiner Seite gut brauchen können, und Keith hätte alles gegeben für einen guten Freund. Vielleicht wäre er dann nicht von dieser verdammten Brücke gesprungen. Aber vielleicht hätte er den jungen Jeremy Cox auch mit sich in den Abgrund gerissen.

Der Kellner kam und goss ihnen Kaffee nach. „Kann ich Ihnen noch etwas bringen?" Er nahm die Teller vom Tisch, die sich wie magisch geleert hatten. Qay hatte keine Ahnung, wie er das alles geschafft hatte.

Er wollte die Frage des Kellners verneinen, doch Jeremy grinste ihn breit an. „Wir teilen uns noch eine Zimtrolle."

„Du machst wohl Witze", meinte Qay, nachdem der Kellner wieder gegangen war.

„Sie schmecken prima. Und wenn wir uns hier schon gegenseitig das Herz ausschütten, haben wir wenigstens einige überflüssige Kalorien verdient."

„Das hört sich an, als hättest du es von Rhoda gelernt."

Jeremy lächelte. „Stimmt. Ich habe es von ihr gestohlen."

Sie nippten an ihrem Kaffee, als bräuchten sie eine kurze Atempause, bevor sie sich wieder in die Wellen stürzten. Und dann sagte Jeremy leise die acht Worte, die Qay für einen Moment die Sprache raubten. „Du hast mir gefehlt, nachdem du gesprungen bist."

„Du …"

„Alle haben darüber geredet, aber keiner wusste, was wirklich passiert ist. Ich wusste noch nicht einmal, ob du noch am Leben warst. Ich … ich hoffte nur, dass ich irgendwann eine gute Nachricht hören würde. Aber ich hätte nie damit gerechnet, dich im *P-Town* wiederzufinden." Er nahm den Salzstreuer vom Tisch und begutachtete ihn wie ein Juwelier einen besonders kostbaren Diamanten. Qay liebte es, Jeremys Hände zu betrachten. Sie waren so groß und stark, mit den langen Fingern und kurzen, eingerissenen Fingernägeln. Jeremy war definitiv kein Freund von Maniküre.

Jeremy stellte das Salz wieder ab und leckte sich über die Lippen. „Was ist passiert? Nach der Brücke? Außer, dass aus Keith Qay wurde."

„Das hat recht lange gedauert. Ich war schwer verletzt. Innere Verletzungen, gebrochene Knochen. Als es mir besserging, hat mich mein Vater in ein Krankenhaus in Iowa bringen lassen. Vermutlich, weil uns dort niemand kannte. Danach habe ich lange Zeit in der Psychiatrie verbracht." Er lachte humorlos. „Ich hatte vorher schon Probleme. Aber nachdem ich wieder rauskam, war ich komplett verrückt."

„Wie bist du rausgekommen?"

Qay grinste boshaft. „Weglaufen. Ja, ich bin aus dem Kuckucksnest entflogen. Einige Monate später wurde ich wieder eingefangen. Zu diesem Zeitpunkt war ich allerdings schon über achtzehn und konnte mich dagegen wehren. Mein Vater versuchte, mich wieder wegschließen zu lassen. Doch ausnahmsweise war das Glück auf meiner Seite. Der Richter hat mich gehen lassen. Ich bin so weit wie möglich weggegangen und nie wieder zurückgekehrt."

Damals hatte er seinen Vater zum letzten Mal gesehen – das Gesicht rot angelaufen und wutverzerrt. Ein Anblick, den Keith als Kind zu fürchten gelernt hatte. Doch an diesem Tag im Gerichtssaal konnte Dr. Moore ihm nichts anhaben. Nicht in Gegenwart des Richters und des Gerichtsdieners. Es war der einzige Triumph, den Keith jemals über seinen Vater errang. Noch am selben Tag wechselte er den Namen.

„Was ist danach mit deinen Eltern passiert?", erkundigte sich Jeremy, als hätte er Qays Gedanken gelesen.

„Keine Ahnung. Ich hatte nie wieder Kontakt zu ihnen."

„Leben sie noch?"

Qay zuckte mit der rechten Schulter. „Das weiß ich nicht und es ist mir auch egal. Wie gesagt – ihr Sohn ist im Smoky Hill River ertrunken." Nun, jedenfalls traf das auf ihren jüngeren Sohn zu. Der ältere war schon Jahre vorher auf eine wesentlich physischere Art ums Leben gekommen.

Die Zimtrolle kam – sie war riesig – und Jeremy hielt die Gabel über den Berg Zucker. „Meinst du, wir hätten für heute genug Leichen aus unseren Kellern gezogen?"

„Oh ja."

„Dann schlage ich vor, dass wir den Rest bis auf Weiteres im Verborgenen belassen. Wir können sie ans Tageslicht befördern, wenn wir uns besser kennengelernt haben. Äh … Vorausgesetzt, du kannst mir verzeihen, wie idiotisch ich mich aufgeführt habe und du bist daran interessiert. An dem Kennenlernen, meine ich."

Qay wollte nichts mehr als das. Lächelnd kam er Jeremy zuvor und spießte mit der Gabel ein großes Stück Zimtrolle auf. „Es gibt nichts, was ich dir verzeihen müsste", antwortete er kauend. Wenn Jeremy mit vollem Mund reden konnte, musste er sich auch nicht aufführen wie Graf Knigge persönlich.

Sie aßen die Zimtrolle auf und blieben noch lange vor ihrem Kaffee sitzen. Jeremy übernahm die Rechnung. „Ich fahre dich nach Hause", verkündete er, als sie wieder draußen waren. Es regnete immer noch in Strömen.

„Dann musst du aber einen großen Umweg fahren."

„Na und?" Jeremy öffnete die Beifahrertür und machte eine ausholende Geste mit dem Arm.

Als sie über die Burnside Bridge fuhren, legte er die Hand auf Qays Bein. „Ich nehme nicht an, dass du mich morgen beim Einkaufen begleiten willst, oder? Ich brauche vor allem Möbel und ein neues Laptop. Den Rest kann ich mir noch besorgen, wenn ich wieder in meiner Wohnung bin."

„Ich muss arbeiten", sagte Qay bedauernd. Er war noch nie in einem Möbelhaus gewesen, und schon gar nicht mit einem so wunderbaren Mann.

„Wie nervend. Dann … Am Sonntag soll es nicht regnen. Was hältst du von einem Ausflug? Wir könnten wandern gehen."

„Wandern?"

Jeremy nickte begeistert. „Ja. Eine leichte Tour. Bitte? Ich muss für einige Stunden raus aus der Stadt und es wäre schön, wenn du dabei bist."

Das konnte Qay schlecht ablehnen, besonders nicht mit vollem Magen und Jeremys warmer Hand auf dem Oberschenkel. „Na gut. Wandern."

Jeremys strahlendes Lächeln war Bezahlung genug für das kleine Zugeständnis.

Qay lotste ihn zu seiner Wohnung und Jeremy hielt direkt vor der Einfahrt an. „Schön hier."

„Ich wohne im Souterrain. Das ist nicht ganz so schön."

„Wenigstens ist es bewohnbar." Jeremys Mundwinkel zuckten amüsiert. „Wenn du für einige Tage mehr Luxus genießen willst, kannst du zu mir ins Marriott ziehen."

Oh Mist. Qay hatte plötzlich ein Bild von Jeremy vor Augen, der ohne seine Uniform auf dem großen Hotelbett lag, Arme und Beine einladend ausgestreckt. *Lass das*, rief er sich zur Ordnung. *Du vermasselst sonst wieder alles.* Sein Verlangen, die Zeit mit Jeremy – wie lang sie auch immer sein mochte – nicht zu vermasseln, war stärker als sein Wunsch, mit dem Mann ins Bett zu gehen. Qay schüttelte bedauernd den Kopf. „Ich muss morgen früh um acht schon in der Fabrik sein."

„Dann will ich dich nicht von deinem Schönheitsschlaf abhalten. Aber ich hole dich Sonntag um acht Uhr morgens ab, ja? Zieh dich warm an."

„Hört sich gut an." Qay stieg aus, schloss die Tür aber noch nicht, sondern sah Jeremy an, der groß und stark am Steuer seiner übergroßen Karosse saß. „Die Sache mit Donny tut mir wirklich leid. Und es ist mir auch egal, wie viel Mist in letzter Zeit über dir ausgekippt wurde. Du bist immer noch Captain Caffeine." Und damit schlug er die Tür zu, winkte Jeremy noch einmal zu und verschwand in seinem Keller.

11

JEREMY WACHTE am Samstag schon sehr früh auf – allein in seinem großen Hotelbett. Er hatte das erste Mal seit über einer Woche wieder durchgeschlafen und fühlte sich entsprechend ausgeruht und frisch. Er ging zum Fenster und zog die Vorhänge zur Seite. Draußen regnete es in Strömen. Es war die Art Regen, die in den Kragen lief und zu quietschenden Schuhen führte. Jeremy dachte daran, dass Qay mit dem Bus zur Arbeit fahren, beim Umsteigen auf den Anschluss warten und dann noch eine ganze Strecke durch den Regen laufen musste. Und das alles nur, um sich von diesem Stuart schikanieren zu lassen. Jeremy hatte eine Idee.

Er duschte und zog sich an, joggte durch den Flur zum Aufzug und wippte ungeduldig auf und ab, bis er endlich in der Lobby ankam. Dann rannte er in die Tiefgarage. An einem Samstagmorgen herrschte nur leichter Verkehr und es dauerte nicht lange, bis er zum *P-Town* kam, das schon geöffnet war. Rhoda war noch nicht da, aber Ptolemy, die eine handgestrickte Jacke zu ihrem Trachtenrock trug und eine Blumenspange in den Haaren.

„Deine Dissertation muss dich gut behandeln", bemerkte Jeremy. „Du siehst blendend aus."

Ptolemy verdrehte die Augen. „Tut sie nicht. Aber ich versuche, sie zu verführen, damit sie besser kooperiert."

„Das hört sich nach einem guten Plan an." Er reichte ihr die große Thermoskanne, die er immer im Wagen liegen hatte für den Fall, dass er einen langen Tag in den Parks außerhalb der Stadt verbringen musste. „Könntest du mir die mit Kaffee füllen? Und dann hätte ich noch gerne zwei von den Schokodingern aus der obersten Reihe. Zum Mitnehmen."

Nachdem Ptolemy die Thermoskanne gefüllt hatte, wickelte sie die Törtchen ein und packte sie in eine Tüte. Sie steckte noch zwei Papierservietten, einige Päckchen Zucker, mehrere Portionspackungen Kaffeesahne sowie zwei Rührstäbchen aus Holz dazu. Auf Jeremys Bitte hin gab sie ihm auch noch zwei Plastikbecher mit. „Ein Samstagmorgen-Abenteuer?", fragte sie, als sie die Rechnung eintippte.

„Ein Überraschungs-Frühstück für einen Freund."

„Den Süßen mit den dunklen Haaren?"

„Genau den."

Sie nickte. „Mit dem bin ich einverstanden. Er hat große Lehrbücher."

Qays Haus lag nicht weit entfernt. Es war mittlerweile kurz nach sieben und Jeremy wusste nicht, wann Qay aufbrechen musste, um den ersten Bus zu erreichen. Hoffentlich war er nicht schon zu spät. Es gab keine freien Parkplätze, aber da so früh am Morgen auf der Straße noch niemand unterwegs war, hielt er einfach gegenüber von Qays Haustür an und blieb im Wagen sitzen.

Qay hielt den Kopf gesenkt, als er das Haus verließ. Deshalb sah er Jeremy nicht sofort. Als er den SUV dann erkannte, riss er erstaunt die Augen auf und lief durch den Regen über die Straße auf ihn zu. Jeremy lehnte sich über den Beifahrersitz und öffnete die Tür.

„Was machst *du* denn hier?", fragte Qay.

„Dich vor den Unannehmlichkeiten des öffentlichen Personennahverkehrs bewahren. Jedenfalls für heute."

Der Himmel mochte düster sein, aber Qays Lächeln war so strahlend, dass es die Sommersonne in den Schatten gestellt hätte. „Du hättest meinetwegen nicht so früh aufstehen sollen. Heute ist doch dein freier Tag."

„Musste ich nicht, bin ich aber. Komm schon. Du kannst unterwegs frühstücken."

Mit einem nachdenklichen Grinsen auf den Lippen schnallte Qay sich an. Er schien sich über die Törtchen zu freuen und als Jeremy ihm sagte, er sollte die Plastikbecher mit Kaffee aus der Thermoskanne füllen, strahlte er noch glücklicher. „Ich hatte noch nie einen Chauffeur", sagte er kauend. „Es ist nett."

„Aber erwarte nicht von mir, dass ich einen Anzug anziehe und eine schwarze Kappe aufsetze. Ich hasse Anzüge."

„Mir gefällt deine Ranger-Uniform sowieso besser. Sie ist sexy."

„Das hast du schon gesagt." Jeremy wusste, dass er sich selbstzufrieden anhörte, aber er genoss es, bewundert zu werden. Außerdem stand ihm die Uniform wirklich gut.

Auf der Fahrt durch die Stadt unterhielten sie sich über alles Mögliche und kamen dann so früh vor der Fensterfabrik an, dass sie noch eine Weile im Auto sitzen und Kaffee trinken konnten. Der Regen prasselte auf die Windschutzscheibe und Qay schien nicht sehr begeistert, das Auto verlassen zu müssen. „Danke für alles. Es war nett." Er überraschte Jeremy, indem er sich über die Konsole beugte und ihm einen süßen Kuss auf den Mund drückte. „Sehr nett." Dann rannte er durch den Regen in die Fabrik und Jeremy blieb mit einem idiotischen Grinsen im Gesicht zurück.

JEREMY KAUFTE nicht gerne Möbel. Er hatte einen ganz bestimmten Geschmack und hasste es, wenn Verkäufer ihm etwas anderes andrehen wollten. Er mochte keinen Bombast und keine Schnörkel, aber auch nichts allzu Modernes. Er wollte Qualität und die Möbel sollten gemütlich sein, weil er tatsächlich vorhatte, sie auch zu benutzen. Als er noch ein Kind war, hatte das Sofa in ihrem Wohnzimmer ein Muster in gold, elfenbein und braun und die Kissen wollten nie gerade liegen bleiben. Es war ihm strikt verboten, mit Nahrungsmittel auch nur in die Nähe dieses Sofas zu kommen. Deshalb genoss er als Erwachsener nichts mehr, als auf seinem Sofa zu essen – von anderen Aktivitäten, die seiner Mutter einen Herzanfall beschert hätten, ganz abgesehen.

Nach einigem Suchen fand er ein Sofa in hellgrau mit klaren Linien und – wie ihm die Verkäuferin versicherte – schmutzabweisendem Stoffbezug. Und das Sofa war groß genug, dass auch er sich darauf ausstrecken konnte. Er wählte noch einige andere Stücke dazu aus: einen Sessel, einen Couchtisch, einen Esstisch mit Stühlen und einen Beistelltisch, den er auch als Schreibtisch benutzen konnte. Die Bettgestelle trafen nicht gerade seinen Geschmack und er entschied sich schließlich für einen einfachen Rahmen mit Lattenrost und Matratze. Damit konnte er leben, bis er vielleicht irgendwann ein passendes Kopfende fand. Die Verkäuferin versprach ihm, dass die Möbel spätestens in zwei Wochen geliefert würden. Er hoffte, dass die Handwerker bis dahin alle Schäden beseitigt hatten.

Der Möbelkauf nahm mehrere Stunden in Anspruch und hätte ihm normalerweise ziemlich auf die Laune geschlagen. Doch er erinnerte sich immer noch an Qays Miene an diesem Morgen und an den weichen, sanften Kuss, mit dem Qay sich von ihm verabschiedet hatte. Es war kein zündender, explosiver Kuss gewesen wie der erste, aber er war süß gewesen und versprach mehr.

Nachmittags, als er einen Kaffee im *P-Town* trank, spielte er diese Erinnerung in seinem Kopf wieder und wieder ab, ohne sich um Rhodas vielsagendes Grinsen zu scheren. Er wollte heute noch ein neues Laptop kaufen, eine Aufgabe, die ihn noch weniger begeisterte als der Möbelkauf. Aber jetzt machte er erst eine wohlverdiente Pause, nippte an seinem Kaffee und grinste idiotisch vor sich hin, während er sich im Café umsah.

Zwei Tische weiter saß eine junge Familie, Vater und Mutter mit einem Baby und einem kleinen Mädchen im Kindergartenalter. Das Mädchen schmollte – sie konnte das wirklich gut – und ihre Eltern versuchten, sie wieder zum Lachen zu bringen. Der Vater zog eine lächerliche Grimasse, und als er sich noch eine Papierserviette auf den Kopf legte, gab das Mädchen auf und brach in lautes Kichern aus.

Es war eine niedliche Szene. Jeremys Lächeln ließ erst nach, als er an seine eigene Kindheit denken musste. Er konnte sich nicht erinnern, dass seine Eltern jemals so mit ihm gescherzt hätten. Sie waren nicht grausam gewesen, aber ernst. Selbst als Kleinkind hatten sie ihn schon wie einen kleinen Erwachsenen behandelt. Vielleicht hatten die ungeplante Schwangerschaft und eine Ehe, die sie nur aus sozialem Zwang heraus eingegangen waren, ihnen alle Freude geraubt.

Das war schlecht. Aber Qay – Keith – war es noch schlechter ergangen. Qay war nicht genauer auf die Gründe für seinen Selbstmordversuch eingegangen. Er hatte Jeremy nicht erklärt, warum er sich in Bailey Springs so gefangen und hoffnungslos fühlte, dass er den Tod als einzige Alternative sah. Jeremy hatte jedoch eine Vermutung. Der Ausdruck in Qays Gesicht, als er über seinen Vater sprach, war Jeremy nicht unbekannt. Viele der obdachlosen Jugendlichen, mit denen er gesprochen hatte, zeigten den gleichen Gesichtsausdruck. Jeremy wusste zwar nicht, welche Misshandlungen Keith von seinem Vater erdulden musste, aber die Wunden waren auch nach dreißig Jahren noch nicht verheilt.

Verdammt, Jeremy hätte es sich damals schon denken können, als sie noch zur Schule gingen. Kein Junge verhielt sich wie Keith, ohne dafür einen triftigen Grund zu haben. Jeremy war klug genug, um es sich damals schon zu denken. Und Keith hatte niemanden, den er um Hilfe bitten konnte, keine Zuflucht, wo er sich in Sicherheit bringen konnte. Die Moores gehörten in Bailey Springs zu den tragenden Säulen der Gesellschaft. Mrs Moore war in vielen Wohltätigkeitsorganisationen aktiv und Mr. Moore behandelte in seiner Praxis fast die Hälfte der Einwohner. Es war unwahrscheinlich, dass Jeremy bei den zuständigen Behörden Gehör gefunden hätte. Sie hätten Keith nicht beschützt, weil sie seinen Eltern mehr Glauben geschenkt hätten als ihm. Aber wenigstens hätte er Keith ein besserer Freund sein können. Mist. Keith wäre vielleicht jahrzehntelanges Leid erspart geblieben, wenn Jeremy ihm nur ab und zu mitfühlend zugehört hätte. Aber er war zu schüchtern gewesen, um Keith anzusprechen.

„Du siehst aus, als wolltest du jemandem den Hals umdrehen", sagte Rhoda. Ihm war gar nicht aufgefallen, dass sie an seinen Tisch gekommen war.

„Nicht ganz. Aber ich würde gerne die Zeit zurückdrehen und meinem jugendlichen Ich gehörig Dampf unterm Hintern machen."

Sie lachte. „Da bist du vermutlich nicht der einzige auf unserem schönen Planeten. Ich kann mich an einen Albtraum erinnern, in dem ich vor dem Jüngsten Gericht stand und meine Strafe war, in alle Ewigkeiten sämtliche Dummheiten meiner Jugendzeit wieder zu erleben. Es war grauenhaft."

„Diese Dummheit hat auch das Leben eines anderen Menschen beeinflusst."

„Ja, das sind die schlimmsten. Es ist schon schlimm genug, wenn man sich selbst ein Bein stellt. Aber wenn es andere betrifft, wird es noch viel schlimmer." Sie klopfte ihm auf die Schulter. „Wir sind alle nur Menschen. Daran können wir nichts ändern, Baby."

Sie hatte zwar recht, aber allzu tröstlich waren ihre Worte trotzdem nicht. „Ich habe Möbel gekauft", sagte er, obwohl es ein ziemlich plumper Themenwechsel war. „Und ich will mir heute noch ein neues Laptop besorgen."

„Das hört sich nach einem sehr arbeitsreichen Wochenende an."

„Ja. Ich will morgen wandern gehen."

„Solo?", fragte sie.

„Mit Qay."

Sie zog die Brauen hoch. „Dann ist er also doch kein Scheißkerl?"

„Das ist er nicht. Deine Menschenkenntnis hat dich nicht im Stich gelassen. Es war meine Schuld. Aber ich habe mich entschuldigt und er hat mir verziehen."

„Oh, das freut mich. Und ich bin auch froh, dass er und ich jetzt wieder Freunde sein können. Richte ihm aus, dass ich ihn wieder hier sehen will."

Jeremys gute Laune kehrte langsam zurück. Qay hatte eine Freundin wie Rhoda verdient. „Das werde ich. Er wird sich darüber freuen."

Der Laptop-Kauf stellte sich als relativ unkompliziert heraus. Das neue Laptop war außerdem viel besser als sein altes. Es hatte einen schnelleren Prozessor, mehr Speicherplatz und eine höhere Bildschirmauflösung. Und es war gar nicht teuer. Er fuhr mit seiner Neuerwerbung ins Hotel zurück und fing an, es einzurichten. Dann überlegte er, ob er Qay von der Arbeit abholen sollte. Ihn zum Abendessen einladen. Der Regen hatte zwar aufgehört, aber Jeremys SUV war immer noch bequemer und schneller als der Stadtbus.

Jeremy entschied sich dann jedoch dagegen, weil er nicht aufdringlich wirken wollte. Sie hatten schließlich den ganzen Sonntag, den sie zusammen verbringen wollten. Also ging er ins Fitness-Center, bestellte sich anschließend sein Abendessen aufs Zimmer und verbrachte den Rest des Abends damit, mit seinem neuen Laptop zu spielen.

AM SONNTAG sprang Jeremy geradezu aus dem Bett. Obwohl sie den Tag im Freien verbringen wollten und Wandern eine schweißtreibende und schlammige Angelegenheit war, ging er noch unter die Dusche. Dann zog er seine Wanderausrüstung an, die er glücklicherweise aus den Trümmern seiner Wohnung gerettet hatte und joggte zu seinem Wagen.

Das *P-Town* öffnete sonntags später, was sehr schade war. Sie mussten auf dem Weg aus der Stadt an einem anderen Café oder Restaurant anhalten, wenn sie frühstücken wollten. Als er – zehn Minuten vor der verabredeten Zeit – an Qays Haus vorfuhr, stand der schon grinsend auf dem Bürgersteig und erwartete ihn. Er hielt eine große Tüte in der Hand.

„Guten Morgen", sagte Qay und stieg ein. „Meinst du, ich bin richtig angezogen?"

Jeremy musterte ihn. Alte Arbeitsstiefel, Jeans, ein graues Sweatshirt und die Lederjacke. Nicht gerade optimal, aber ausreichend für eine leichte Wanderung. „Bestens", sagte er lächelnd. „Wir laufen nur ungefähr sieben bis acht Kilometer. Es gibt einige leichte Anstiege, aber keine verrückten Kraxeleien. Kannst du in den Stiefeln gut laufen?"

„Ich trage sie den ganzen Tag während der Arbeit. Sie sind gut eingelaufen."

„Wenigstens schützen sie dich vor Glasscherben."

Qay schnaubte. „Das kann man wohl sagen." Er wühlte in der Tüte. „Ich war gestern nach der Arbeit noch kurz einkaufen. Es ist nicht gerade *P-Town*, aber besser als nichts. Muffins, Sandwiches, Müsli-Riegel … Ich war mir nicht sicher, was du gerne hättest."

Das war mit Abstand das liebste, was Jeremy seit langer Zeit erlebt hatte. Prompt kam das dämliche Grinsen zurück. „Ein Sandwich wäre jetzt prima. Wie wäre es, wenn ich irgendwo anhalte, damit wir uns dazu frischen Kaffee besorgen können?"

94

„Captain Caffeine schlägt wieder zu." Qays Stimme war das Lächeln anzuhören.

Gesättigt machten sie sich danach auf den Weg nach Nordosten. Qay fragte nicht nach ihrem Ziel und Jeremy konnte sich nicht entscheiden, ob er das als gutes oder schlechtes Zeichen interpretieren sollte. Vielleicht hieß es, dass Qay ihm vertraute. Vielleicht hieß es aber auch, dass Qay sich nur passiv abfand mit dem, was ihn erwartete. Er saß auf dem Beifahrersitz und schaute durchs Seitenfenster, während Jeremy sich auf dem Freeway in den spärlichen Sonntagsverkehr einreihte. Dieser Teil der Stadt war nicht sehr ansehnlich, aber vermutlich kam Qay nicht oft in diese Gegend.

Kurz nachdem sie Troutdale erreichten, drehte Qay sich zu Jeremy um. „Wenn ich nicht sofort einen anderen Sender einstellen darf, verliere ich den Verstand."

Jeremy hatte bisher noch nicht sonderlich auf die Musik geachtet, die im Radio lief. „Was hast du denn dagegen?"

„Ich bin doch kein dreizehnjähriges Schulmädchen."

„Das musst du auch nicht sein, um das Lied gut zu finden." Jeremy widersprach nur der Form halber. Er wusste nicht, wer da sang. Das Lied war austauschbar und nicht besonders bemerkenswert. Es war nur ein Hintergrundgeräusch. Aber Jeremy amüsierte sich insgeheim über Qays Reaktion.

„Das stimmt. Zwölfjährige finden es wahrscheinlich auch gut. Um Himmels willen, Jeremy! Ich bin auch so schon verrückt genug."

Jeremy überholte einen langen Lastzug, mit dem Bild meterlanger Pommes Frites an der Seite. Dann kamen sie an einem alten Wohnmobil vorbei, das mit bunten Spiralen und Wirbeln bemalt war. „Du kannst mein Handy an die Anlage anschließen. Ich glaube, ich habe Justin Bieber und *One Direction* auf der Playlist." So schamlos das auch gelogen war, Qay stöhnte trotzdem herzerweichend.

„Ich hätte nie gedacht, dass du so sadistisch sein kannst", sagte Qay.

„Nur an den Wochenenden. Es ist mein Hobby."

Qay schnaubte wieder und fing dann an, am Radio zu drehen. „Es muss doch irgendwo vernünftige Musik geben", murmelte er, während er sich durch die Sender arbeitete. Er war gerade dabei, sich für Led Zeppelin zu entscheiden – womit Jeremy mehr als einverstanden war –, als das Handy klingelte. Es war das Standardklingeln. Damit schieden Rhoda, die Parkverwaltung und Nevin Ng aus, mit dem er gelegentlich trainierte oder zusammen Basketballspiele anschaute. Jeremy ignorierte das Klingeln und ließ das Handy unberührt auf der Konsole liegen.

„Das Telefon klingelt", sagte Qay.

„Mhmm."

Qay klopfte auf die Konsole. „Willst du den Anruf nicht annehmen?"

„Nur, wenn er von dir ist. Heute will ich den Tag mit dir verbringen."

„Ich habe kein Handy, deshalb kann ich es nicht sein."

95

Jeremy warf ihm einen kurzen Blick zu. „Wirklich?"

„Ich brauche keines. Wer sollte mich schon anrufen? Ich habe einen Festnetzanschluss in der Wohnung."

„Ich würde dich anrufen."

Qay lachte leise. „Das glaube ich dir sogar. Und ich könnte mich bei dir melden, wenn ich wieder einen Chauffeur brauche."

Stets zu Diensten. Jeremy dachte es, sagte es aber nicht laut. Das Klingeln hatte aufgehört und Robert Plant röhrte den *Lemon Song*. Jeremy hätte am liebsten mitgesungen.

„Wie …" Qay wurde durch das Handy unterbrochen, das wieder zu klingeln anfing.

„Was steht auf dem Bildschirm?", fragte Jeremy.

Qay nahm das Handy aus der Konsole. „Frankl", las er vor.

Jeremys Magen zog sich zusammen. Mit seiner guten Laune war schlagartig Schluss. „Mist! Könntest du mir einen Gefallen tun und auf Lautsprecher stellen?"

Qay fummelte eine Weile mit dem Handy, dann hatte er die Freisprechfunktion aktiviert und drehte das Radio leiser. „Was ist los, Captain?", fragte Jeremy laut.

„Wir haben eine Spur."

„Sag mir jetzt nicht, ihr hättet in meiner Wohnung Fingerabdrücke gefunden."

„Nein. Kollegen wurden alarmiert wegen einem Fall krimineller Misshandlung. Der Typ hatte eine ganze Apotheke im Schlafzimmer, außerdem einige andere Objekte, die er nicht besitzen dürfte. Und das Kind seiner Freundin wird es vermutlich nicht überleben, also steht ihm ein langes Leben auf Staatskosten bevor. Er ist sehr redefreudig."

„Scheiße", sagte Jeremy. Er hatte solche Geschichten schon allzu oft gehört – hatte sie in seiner Zeit bei der Polizei sogar mitansehen müssen. Ihm wurde immer noch schlecht davon.

Frankl hörte sich ähnlich angeekelt an. „Du sagst es. Pass auf … Ich muss mit dir reden. Es gibt einige Dinge, von denen du erfahren solltest. Wir könnten uns wieder bei *Mickey D's* treffen."

„Können wir das auf morgen verschieben? Ich habe heute schon etwas vor."

„Ja, in Ordnung." Frankl hörte sich nicht sehr begeistert an. „Ich erwarte dich um neun Uhr. Und sei vorsichtig, Cox. Halt die Augen auf."

Mist, *Mist.* „Werde ich. Danke, Captain."

Nachdem Jeremy den Anruf beendet hatte, schwieg Qay einige Minuten. Dann räusperte er sich. „Kriminelle Misshandlung? Was ist das?"

„Kindesmisshandlung. Das Arschloch, das sie festgenommen haben, hat das Kind seiner Freundin geschlagen." Die Worte schmeckten bitter.

Qay gab ein merkwürdiges Geräusch von sich und wandte sich ab. Jeremy konnte sich nicht vorstellen, dass die Büsche am Straßenrand so fürchterlich spektakulär waren. Links der Straße, wo der Columbia River floss, war die Aussicht wesentlich interessanter. Jeremy nahm den Kaffeebecher aus der Halterung und trank den letzten lauwarmen Rest des Kaffees. Er wünschte, er könnte etwas sagen, um Qay zu helfen.

„Mein Vater …", fing Qay an, brachte den Satz aber nicht zu Ende. Die beiden Worte hingen schwer in der Luft.

Jeremy stellte den Becher ab und legte die Hand auf Qays Bein. „Ich weiß."

„Und deiner?"

„Meine Eltern haben mich nie angerührt. Wenn sie mich bestrafen wollten, musste ich in mein Zimmer gehen und durfte nicht lesen."

Jeremy konnte Qays Seufzen nicht deuten. „Ich hätte ihn am liebsten umgebracht", sagte Qay. „Ich habe sogar über verschiedene Möglichkeiten nachgedacht. Ihm Gift in den Bourbon zu kippen oder ihn nachmittags an der Tür mit seinem Jagdgewehr zu begrüßen. Sie wollte ich auch umbringen. Sie hat mir nichts getan, aber sie wusste, was er mit mir machte und … Sie hat einfach weggesehen. Hat einige Pillen eingeworfen und so getan, als ob alles in Butter wäre." Er sprach immer noch zum Seitenfenster, aber er drückte sein Bein an Jeremys Hand. Der Stoff seiner Jeans war ausgewaschen und weich wie Samt.

„Warum hast du es nicht getan?"

„Weil ich ein Angsthase war. Ich wusste, sie würden mich für den Rest meines Lebens wegsperren. Das konnte ich nicht ertragen. Ich wollte lieber sterben. Natürlich wurde ich dann doch weggesperrt, aber ich bin wenigstens wieder rausgekommen." Er drehte sich zu Jeremy um. „Du bist Polizist. Willst du mich jetzt immer noch sehen?"

„Ich bin Ranger, kein Polizist. Und ja, ich will es immer noch."

Qay drehte das Radio wieder lauter und lehnte sich zurück. Jeremy konnte es zwar nicht sehen, aber er war sich sicher, dass Qay lächelte. Dann musste ihm etwas eingefallen sein, denn er schaltete das Radio aus. „Was dieser Mann gesagt hat … Bist du in Gefahr?"

„Ich weiß darüber genauso viel oder wenig wie du."

„Solltest du dann nicht mit diesem Frankl reden?"

„Morgen. Hier draußen sind wir sicher und heute ist offiziell unser zweites Date. Ich wünsche mir ein besseres Ende als beim ersten Mal."

„Das erste war auch gut, vom Schluss abgesehen", sagte Qay leise.

„Das war es."

Kurz darauf fuhr Jeremy auf einen Parkplatz, auf dem nur wenige Autos standen. Der Morgen war zu kalt, um mehr Besucher anzulocken. „Multnomah Falls?", fragte Qay. „Ich habe schon Bilder gesehen, war aber noch nie hier."

„Es ist eine nette kleine Wanderung. Willst du noch etwas essen oder trinken, bevor wir aufbrechen? Es gibt ein Besucherzentrum mit Café." Er zeigte auf ein großes Gebäude aus Stein. „Und dort gibt es auch Espresso."

„Nein, danke."

Jeremy hatte Mineralwasser in seinem kleinen Rucksack. Er packte auch einen kleinen Erste-Hilfe-Kasten ein, eine Wanderkarte und die Reste des Proviants, den Qay mitgebracht hatte. Dann zog er seine Jacke gerade und schnallte sich den Rucksack um. „Los geht's", sagte er und schloss das Auto ab.

Sie machten sich gemächlich auf den Weg. Es gab keinen Grund zur Eile und Jeremy war nicht sicher, ob Qay ein strafferes Tempo durchhalten würde. Qay hatte nicht nur weniger Erfahrung im Wandern, er hatte auch nicht die optimalen Schuhe an. Seine Arbeitsstiefel waren mit Jeremys teuren Wanderstiefeln nicht zu vergleichen. Also ließen sie sich Zeit, wechselten hier und da ein Wort mit anderen Wanderern und blieben stehen, wenn sie an einen besonders schönen Aussichtspunkt kamen. Qay interessierte sich sehr für die kleinen Dinge, die sie am Wegesrand fanden, seien es auffällige Steine oder Bäume.

„Seltsam", sagte Qay und zeigte auf einen Ast, der mit grauen Lappen überzogen war, zwischen denen leuchtend grüne Büschel hervorstanden.

Jeremy kam näher und sah sich den Ast genauer an. „Das grüne ist Moos. Die grauen Lappen sind eine Blattflechte. *Peltigera collina*."

Qay zog fragend die Augenbrauen hoch. „Und was ist das für ein Baum?"

„Oh, das ist eine Douglastanne. *Pseudotsuga menziesii*. Es ist allerdings keine echte Tanne, obwohl sie meistens so bezeichnet wird. Echte Tannen werden *Abies* genannt. *Pseudotsuga* ist eine andere Pflanzengattung."

„Kennst du das alles hier?" Qay machte eine ausholende Bewegung mit dem Arm, die ihre ganze Umgebung erfasste.

„Nein, alles nicht. In Biologie bin ich besser als in Geologie. Und wenn eine Pflanze sehr selten ist, kenne ich sie wahrscheinlich auch nicht. Aber Douglastannen kommen hier sehr oft vor."

„Guter Gott."

Jeremy konnte nicht sagen, ob Qay beeindruckt oder überfordert war. „Habe ich dich mit meinem Wissen erschlagen?"

Qay grinste breit. „Ich finde Bücherwürmer irgendwie sexy, auch wenn sie nicht wie ein Superheld aussehen. Ich kann mir nur nicht vorstellen, woher du das alles weißt und wie du es dir merken kannst."

„Biologie war mein Hauptfach. Und außerdem gehört es gewissermaßen zum Job." Jeremy kam näher. „Sexy, hm?", flüsterte er Qay ins Ohr.

„Mhmm."

„Hmm. *Dysphania pumilio. Ailanthus altissima. Ambystoma gracile*."

„Ist das Vulgärlatein?", fragte Qay kichernd.

„Nein. Ein Kraut, ein Baum und ein Salamander."

Aus dem Kichern wurde ein Lachen. „Dazu fällt mir nichts mehr ein."

„Du könntest mir philosophische Weisheiten ins Ohr flüstern. Oder … Eigentlich reicht es, wenn du einfach nur da stehenbleibst und lächelst."

„Das ist lächerlich", sagte Qay und senkte verlegen den Kopf.

„Ist es nicht. Ich habe als Junge schon immer Herzklopfen bekommen, wenn du mich so schief angegrinst hast. Und damals wusste ich noch nicht, was das bedeutet. Du bist die Messlatte, an der ich seit dreißig Jahren jedes Lächeln gemessen habe."

Qay schnaubte und stieß ihn scherzhaft vor die Brust. „Du raspelst mehr Süßholz als sämtliche Douglastannen zusammen. Komm, wir gehen weiter." Er ging auf den Weg zurück.

Je weiter sie kamen, umso weniger Menschen begegneten ihnen. Viele Besucher gingen nur bis Multnomah Falls, ohne die vielen kleineren Wasserfälle in dem Gebiet zu besichtigen. Jeremy war das nur recht. Er genoss es, den Weg für sich – und Qay – allein zu haben. Ab und zu stieß der eine den anderen an, um ihn auf etwas Besonderes hinzuweisen. Wenn der Weg in den flachen Abschnitten breiter wurde, gingen sie Hand in Hand nebeneinander. Sie sagten nicht viel und wenn, dann sprachen sie mit gedämpfter Stimme, als wären sie in einer Kirche. Jeremy lauschte den Geräuschen der Natur – dem Rauschen des Wassers, dem Rascheln des Laubs in den Bäumen, dem Zwitschern der Vögel. Entweder teilte Qay diese Vorliebe oder er wollte auf Jeremy Rücksicht nehmen.

An einer Weggabelung setzten sie sich auf einen Felsen und machten Rast. Sie aßen von den Broten, die an der frischen Luft – und in netter Gesellschaft – doppelt gut schmeckten.

„Was machen deine Füße?", erkundigte sich Jeremy.

„Es geht. Aber die Stiefel sind verdammt schwer." Er zeigte auf Jeremys Wanderstiefel. „Die sehen mächtig schick aus."

„Es gibt einige Dinge, an denen sollte man nicht sparen. Schuhe gehören auch dazu."

„Und Autos?", fragte Qay schmunzelnd.

Jeremy wurde rot. „Das ist, äh … etwas übertrieben, ich weiß. Aber ich brauche Geländeantrieb für die Arbeit und bekomme durch meinen Job einen Spezialrabatt."

„Der Wagen ist bequem. Und groß. Überkompensation?"

Jeremy knüllte eine Serviette zusammen und warf sie nach ihm.

Qay duckte sich lachend und hob sie auf. „Nicht die Natur zumüllen, Chief. Sonst wird Smokey der Bär böse." Er warf die Serviette zurück und Jeremy fing sie auf.

„Es heißt Smokey Bär, nicht Smokey *der* Bär. Und dem ist der Müll egal. Er hasst nur Feuer. Es sind die Bilderbuch-Indianer, die den Müll hassen. Und die werden nicht wütend, die weinen nur sehr majestätisch."

Qay sah ihn ungläubig an. „Schlaumeier", murmelte er, stand dann aber auf und streichelte Jeremy mit der Handfläche über die kurzen Haare. Es war eine kurze, aber elektrisierende Berührung.

Sie kamen an vielen Wasserfällen vorbei. Durch den Regen der letzten Tage schossen Unmengen an Wasser über die Felsen in die Tiefe. Ein dichter Nebel aus kleinen Tröpfchen spritzte Qay und Jeremy nass und die kalte Wintersonne zauberte Regenbögen in den Dunst. Qay stellte sich an die Kante eines Wasserfalls

99

und hielt sein Gesicht in den Nebel. Jeremy beobachtete ihn bewundernd von der Seite. Qay sah so schön und doch auch verletzlich aus.

Kurz vor dem Ende ihrer Wanderung kamen sie zu einer großen Steinbrücke. Sie war ein beliebtes Motiv für Fotografen und Touristen. Qay lehnte sich über die Brüstung und schaute nach unten in den Teich, der sich zwischen den beiden größten Kaskaden der Multnomah Falls gebildet hatte. Jeremy stellte sich an seine Seite.

„Keine Angst", sagte Qay. „Ich denke nicht daran, da runter zu springen."

„Hast du seitdem wieder darüber nachgedacht?"

Er dachte erst, Qay würde die Frage nicht beantworten. Es war eine sehr persönliche Frage, wahrscheinlich *zu* persönlich für ein zweites Date, obwohl sie sich bereits viel anvertraut hatten. Vielleicht wollte Qay auch seine Schwächen nicht so offen eingestehen. Aber dann schüttelte Qay den Kopf. „Jetzt nicht mehr. In der Zeit, nachdem ich Bailey Springs verließ, dachte ich oft darüber nach. Als ich noch in der Psychiatrie war, habe ich es auch einige Male versucht. Und danach … Mist. Ich habe über viele Jahre Drogen genommen. Es war gewissermaßen Selbstmord auf Raten."

Um ihn für seine ehrliche Antwort zu belohnen, drückte Jeremy sich an ihn und küsste ihn an die Schläfe. Qays Haare waren feucht und die grauen Strähnen glänzten wie Silber. Er roch wunderbar nach Wald und Kaffee und Kräutershampoo. Jeremy stellte sich wieder neben ihn. „Wie hast du es geschafft, damit aufzuhören?"

Qay schob sich die Haare hinter die Ohren und rieb sich die Hände, als wäre ihm kalt. „Ich weiß es nicht. Es war nicht so, als hätte ich plötzlich eine Erleuchtung gehabt. Ich glaube, ich wurde einfach nur müde. Es ist dieser verdammte Kreislauf, weißt du? Am Anfang habe ich die Drogen genommen, um meine Schmerzen zu betäuben. Aber sie haben mir nur noch mehr Schmerzen verursacht. Und damit aufzuhören, war noch schlimmer. Es gibt nur zwei Wege aus dieser Falle. Einer davon ist im Sarg. Ich hatte keine großen Pläne für mich. Wollte die Welt nicht ändern und will es immer noch nicht, wie du vielleicht schon gemerkt hast. Ich habe mich einfach nur entschieden, einen Tag länger zu leben. Das war Plan genug."

Das musste Jeremy erst verdauen. Er verstand, was Qay ihm damit sagen wollte. Er hatte ähnliche Geschichten schon von vielen Leuten gehört. Kein Aha-Erlebnis, sondern nur die Entschlossenheit, sich anzuziehen und weitere vierundzwanzig Stunden zu überleben. Und dann wieder. Und wieder. Aber Jeremy konnte nicht verstehen, wie Qay das alleine und ohne Hilfe geschafft hatte. So weit er wusste, gab es niemanden, der Qay gestützt hatte, wenn er ins Stolpern geriet

„Ich habe einen Plan", sagte Jeremy nach langem Schweigen.

„Oh?"

„Ein schönes Abendessen. Und vorher fahren wir erst bei dir vorbei, damit du dich waschen und umziehen kannst. Danach fahren wir ins Hotel, damit ich mir den Schmutz abkratzen kann. Und dann essen wir in einem netten Restaurant." Sein Plan machte Sinn, denn das Restaurant, an das er dachte, war im Stadtzentrum.

Sie kamen also zuerst an Qays Wohnung vorbei. Und Qay musste montags nicht arbeiten und deshalb heute nicht früh ins Bett. Jeremy hatte kein Problem damit, selbst etwas Schlaf zu verlieren.

Qay sah ihn zweifelnd an. „Meine Wohnung ist nur ein Loch."

„Und meine ein Trümmerhaufen."

„Ich bin an der Reihe, fürs Essen zu bezahlen."

„In Ordnung", gab Jeremy nach, weil er schon gewonnen hatte.

ES WAR nicht zu übersehen, dass Qay Jeremy am liebsten nicht mit in die Wohnung genommen hätte. Jeremy ließ sich jedoch nicht abschütteln, als sie vom Wagen zum Haus gingen; und als Qay die Tür aufschloss und sich zu ihm umdrehte, schob Jeremy die Unterlippe vor und sah ihn mit traurigem Hundeblick an. Qay rollte mit den Augen und hielt ihm die Tür auf. „Ich habe dich gewarnt."

Hinter der Tür lag ein kleiner Flur mit Vinylboden und verschrammten, gelblich gestrichenen Wänden. Gegenüber der Haustür war eine weitere Tür und auf der rechten Seite führte eine Treppe nach unten. Die Stufen knarrten bei jedem Schritt. Qay schloss die Tür am Fuß der Treppe auf.

Die kleine Souterrainwohnung war dunkel und roch leicht moderig. Sie war mit Sperrmüll-Möbeln eingerichtet und hatte getäfelte Wände. Was Jeremy am meisten auffiel, waren der viele Krimskrams und die Bilder, die an den Wänden hingen. Sie waren aus Illustrierten herausgerissen und zeigten Landschaften, Katzen und Männer in Unterwäsche. Und dann gab es noch die Bücher. Sie lagen in Stapeln an die Wände gelehnt oder aufgeschlagen auf den Möbeln.

„Habe ich doch gesagt", murmelte Qay und wurde rot.

„Hast du die alle gelesen?"

„Nein. Ich … ich finde sie. Manchmal für einige Cents bei der Heilsarmee oder auf Flohmärkten. Oder auf den Wühltischen von Antiquariaten. Ich kann sie einfach nicht liegenlassen." Er seufzte. „Und wenn ich sie erst habe, kann ich sie nicht mehr weggeben. Und … Was ist denn?"

Jeremy war so bezaubert, dass er sein beklopptes Grinsen einfach nicht verhindern konnte. „Das ist ja so süß."

„Ich würde es eher pathologisch nennen. Ich neige zu Angstzuständen und will nicht enden wie diese Leute, von denen man manchmal liest. Du weißt schon … lebendig begraben unter einem Berg alter Zeitschriften oder so."

„Ich würde dich wieder freischaufeln."

Qay sah ihn mit undurchdringlichem Blick an. „Ich gehe dann duschen. Fühl dich wie zuhause." Er machte eine kreisende Handbewegung und verschwand in einem zweiten Zimmer – vermutlich seinem Schlafzimmer. Kurz darauf kam er mit frischer Kleidung zurück und ging damit direkt in sein orangefarbenes Badezimmer. Die Tür fiel mit einem leisen Klicken hinter ihm ins Schloss.

Jeremy schlenderte durchs Wohnzimmer. Hier und da erregte etwas seine besondere Aufmerksamkeit; er betrachtete es sich genauer und stellte es wieder hin. Es gab Tierfiguren, Figuren von Menschen und übernatürlichen Wesen, Modellautos, Aschenbecher, kleine Keramikgefäße und Pilze, die aus Holz geschnitzt waren. Qays Sammelsurium schien keinem bestimmten Thema zu folgen. Bei den Büchern handelte es sich überwiegend um Romane und sie gehörten den unterschiedlichsten Genres an: Western, Spionagethriller, Krimis, Liebesromane, Fantasy, historische Romane und Klassiker. Qay besaß sogar einige Kochbücher, obwohl er in seiner kleinen Küche nicht viel mehr als ein überbackenes Käsesandwich zubereiten konnte.

Jeremy blätterte gerade in einem Roman für Jugendliche, bei dem es um einen Zirkusartisten ging, als er im Badezimmer das Wasser rauschen hörte. Er hob den Kopf und schaute zur Tür. Da war Qay, auf der anderen Seite dieser dünnen Tür. Jeremy konnte sie in wenigen Schritten erreichen, öffnen – sie war nicht abgeschlossen – und Qay nackt sehen, der schlanke Körper nur in Wasserdunst gehüllt, die langen, dunklen Haare aus dem Gesicht gestrichen. Und dann konnte Jeremy ...

Nein.

Guter Gott, es war ein faszinierendes Szenario. Er war sich ziemlich sicher, dass Qay mitspielen würde. Schließlich hatte Qay genauso offensichtlich geflirtet wie Jeremy selbst. Er hatte Jeremy sexy genannt und während ihres Ausflugs genauso oft nach Jeremys Hand gegriffen wie Jeremy nach Qays.

Jeremy konnte ins Badezimmer schleichen, sich ausziehen und Qays nackten, feuchten Körper an sich drücken. Sie konnten ficken – Qay über das Waschbecken gelehnt oder an die Wand der Duschkabine gedrückt – und es wäre so verdammt fantastisch. Schließlich war Jeremy schon von ihrem ersten Kuss beinahe in der Hose gekommen.

Aber wozu würde es führen? Wie würde es enden? Sie waren erst in der Mitte ihres zweiten Dates und Jeremy war fest davon überzeugt, dass sie mehr erreichen könnten. Wenn er etwas Geduld aufbrachte, wenn sein Leben endlich wieder ins Lot kam, wenn Qay nicht in Panik geriet und die Flucht ergriff, dann konnten sie sich mehr von dieser Beziehung erhoffen. Mehr als einen überhasteten Fick im Badezimmer.

Und darauf wollte Jeremy warten.

12

ALS QAY aus dem Badezimmer kam, saß Jeremy auf dem Sofa und las in einem Buch. „Ein Trapezkünstler", sagte er und hielt es hoch.

„Aha", sagte Qay, der keine Ahnung hatte, was Jeremy damit meinte. „Wenn du es dir ausleihen willst, kannst du es mitnehmen. Ich habe noch genug andere Bücher, die ich nicht kenne."

„Ich lese nicht viel", sagte Jeremy verlegen.

„Früher hast du viel gelesen." Damals in ihrer Schulzeit war Jeremy immer lange vor seinen Mitschülern mit den Aufgaben fertig und las dann ein Taschenbuch. Er wurde dafür gehänselt, aber Qay fand es immer cool und viel besser, als seine eigenen Aktivitäten – vor allem Kritzeln, Zappeln und in die Luft starren. Lesen hatte er sich erst während seiner Zeiten hinter Gitter angewöhnt.

„Ja. Ich glaube, ich habe diesen jungen Jeremy hinter mir gelassen. Ich habe ihn nicht ausgelöscht oder so, aber er ist tief in einer Kiste versteckt und eingeschlossen."

„Das ist schade. Ich mochte ihn sehr."

Jeremy sah ihn nachdenklich an. Dann stand er lächelnd auf und steckte das Buch in seine Jackentasche. „Können wir?"

„Ja. Schicker werde ich nicht mehr." Qay trug das weiße Hemd und die neuen Jeans ihres ersten Dates, was möglicherweise der Etikette widersprach. Aber etwas anderes hatte er nicht und Jeremy schien sich nicht daran zu stören.

„Ich habe dir schon gesagt, was ich von Anzügen halte. Komm jetzt."

Qay fühlte sich eingeschüchtert, als er sah, in welchem Hotel Jeremy logierte. Nicht dass er irgendeine billige Absteige erwartet hätte, aber das Marriott war riesig, war glänzend und verbreitete die Atmosphäre von teuren Rechnungen und Platinum-Kreditkarten. Der Rezeptionist begrüßte Jeremy mit einem freundlichen „Guten Abend, Chief!", als sie durch die Lobby gingen.

Jeremys Zimmer war genauso beeindruckend. Es war nicht riesig, aber es war auch keiner der Schuhkartons, die Qay aus seiner Vergangenheit kannte. Das Bett war gemacht und hatte so viele Kissen, dass sie für eine mittlere Kleinstadt ausgereicht hätten. An der Wand hingen geschmackvolle abstrakte Gemälde. Es gab einen großen Flachbild-Fernseher und ein Panoramafenster, von dem aus man einen wunderschönen Ausblick auf den Fluss hatte. Dass Jeremy hier wohnte, war dem Zimmer kaum anzusehen. Entweder war er sehr ordentlich oder das Zimmermädchen hatte aufgeräumt. Qay sah sich unbehaglich um. Das Zimmer hatte keinerlei persönliche Note. Sicher, Jeremy wohnte hier nur vorübergehend, aber Qay hatte selbst in der Zeit seiner Wanderschaft immer einige Bücher oder andere

Kleinigkeiten besessen, die ein fremdes Zimmer zu seinem eigenen machten. Ein interessant aussehender Stein vielleicht oder eine Anzeige aus einer Illustrierten, die ihm gefiel. Oder auch nur Einwickelpapier, das er zu Figuren faltete. Es zeigte der Welt, dass es ihn gab.

„Ich gehe schnell unter die Dusche", sagte Jeremy. „Brauchst du was?"

„Nein. Ich genieße einfach für einige Minuten den Luxus hier."

„Das Bett ist sehr bequem. Du kannst dich hinlegen. Oder auf die Matratze hüpfen." Jeremy zwinkerte ihm zu und verschwand im Badezimmer.

Qay hüpfte nicht. Er ging zum Fenster und schaute nach draußen. Er tat so, als würde er sich nicht vorstellen, Jeremy nackt auf dem großen Bett liegen zu sehen, Arme und Beine ausgestreckt. Oder Jeremy unter der Dusche, die mächtigen Muskeln nass und glänzend. Er war nicht der Typ, der sich wachste, also war sein Körper vermutlich mit hellblonden Haaren bedeckt. Seine Nippel waren rosa und sein Schwanz …

Es war kein sehr produktiver Gedankengang. Das gute an Qays Alter war, dass er sich von seinem Schwanz nichts mehr vorschreiben ließ. Er konnte warten.

Jeremy kam aus dem Badezimmer, ein Handtuch um die Hüften gewickelt. Qay hätte seine guten Vorsätze beinahe wieder aufgegeben, als er ihn sah. Gott, der Mann war wirklich der Prachtkerl, den Qay sich ausgemalt hatte – die mächtigen Muskeln, der flache Bauch und die blonden Haare, die unter dem Handtuch verschwanden. Selbst viele Männer, die nur halb so alt waren, hätten Jeremy um seinen Körperbau beneidet. Für einen Mann Mitte vierzig war er umwerfend gut in Form.

„Ich habe nicht an frische Kleidung gedacht", sagte Jeremy.

„Du warst so ein pummeliger, kleiner Junge."

„Ich hatte einige Jahre später einen mächtigen Wachstumsschub. Und ich verbringe viel Zeit im Fitnessstudio."

„Nicht zu vergessen deine Dauerkarte für den Quell der ewigen Jugend."

Jeremy schüttelte den Kopf. „Ich fühle jedes verdammte Jahr meines Alters."

Qay fand, dass Jeremy das menschliche Äquivalent seines Autos war: groß und kräftig, mit glänzender Fassade, hinter der sich aber auch sehr viel Substanz verbarg. Er selbst wiederum ähnelte mehr einem alten Gebrauchtwagen. Nicht einer von denen, die nach hundert Kilometern den Geist aufgaben, aber trotzdem durch harten Einsatz abgenutzt. Er hatte Kratzer und Beulen, die Polster waren voller Flecken und der Lack hatte seinen Glanz verloren. Der Motor lief zwar noch zuverlässig, aber einen Wagen wie ihn ersetzte man durch ein neueres Modell, sobald man es sich leisten konnte.

„Wir können das Essen auch verschieben", meinte Jeremy und kam einige Schritte näher. Qay roch Mandel und Zitrone – der Duft der Seife und des Shampoos.

Er wollte das Handtuch wegreißen und sich an die nackte Haut drücken. Er wollte Jeremys große Hände auf den Schultern spüren, auf dem Rücken, dem Arsch. Gott, es war schon so lange her und er sehnte sich so nach menschlichem

Kontakt. Fast so sehr, wie er sich manchmal nach der Nadel oder einer Tablette sehnte.

„Was willst du von mir?", fragte er, kühl und sachlich.

Jeremy zögerte nicht, ihm zu antworten. „Alles."

Qays Knie wurden weich. Er ließ sich auf die Bettkante fallen. „Ich bin nicht schön. Ich habe Narben", sagte er schüchtern.

„Du bist ... Ich kann die Augen nicht von dir lassen. Seit ich dich das erste Mal gesehen habe, kann ich die Augen nicht mehr von dir lassen. Mir ist es egal, wie du aussiehst." Er biss sich auf die Lippe. „Ich weiß auch nicht, woran es liegt. Ich meine ... Es ist nicht so, dass ich deine Eigenschaften auflisten und sagen könnte, welche dafür verantwortlich ist. Aber es ist einfach so, dass ich dich begehre."

Qay wusste nicht, was er darauf erwidern sollte. Er war wie vor den Kopf geschlagen. Überwältigt. Nach einigen Sekunden riss er sich wieder zusammen. „Du ... Pass auf. Wenn du mir an die Wäsche willst, dann musst du dich nicht allzu sehr anstrengen. Ich ziehe die Hose aus, wir ficken und anschließend geht jeder seines Weges. Aber verarsche mich nicht, ja? Serviere mir keine falschen Versprechen." Er hatte keinen Stolz mehr. Er konnte auch betteln.

Jeremys graue Augen blitzten auf, als hätte er eine Entscheidung gefällt. „Das einzige, was heute noch serviert wird, ist unser Abendessen. Ich will ... Mein Gott. Mein Leben ist momentan ein einziges Chaos und hier stehe ich, in nichts als ein Handtuch gekleidet, und führe existenzielle Gespräche. Wir wollen uns lieber Zeit lassen. Wir sind es wert."

Qay antwortete ihm mit einem Lächeln.

SIE AßEN in einem Restaurant, das Qay von sich aus niemals betreten hätte: weiße Tischdecken, Kellner mit Männerdutt und eine Speisekarte, auf der Worte wie „regionale Herkunft" und „nachhaltige Produktion" vorkamen. Aber die Preise waren akzeptabel und das Essen hervorragend.

„KENNST DU eigentlich jedes Restaurant der Stadt?", fragte Qay und spießte ein Stück Red Snapper mit Kokos-Limetten-Sauce auf.

„Nein." Jeremy aß Hirsch-Burger, was Qay ziemlich absurd fand. Eine Bulette aus Hirschfleisch? „Aber ich gehe oft essen."

„Das musst du wohl, wenn du in einem Hotel lebst."

„Davor auch schon. Ich kann zwar kochen, aber für eine Person lohnt sich der Aufwand nicht." Er schnitt ein Stück Burger ab und wollte es sich gerade in den Mund schieben, da fiel ihm etwas ein. „Thanksgiving."

„Was?"

„Nächste Woche ist Thanksgiving. Das hatte ich ganz vergessen."

Qay zuckte mit den Schultern. Er achtete nicht auf Feiertage.

Jeremy nickte resolut. „Du kommst zu uns."

„Uns?"

„Bei Rhoda ist immer diese Feier. Ihr Sohn kommt aus Seattle – meistens mit seiner derzeitigen Beziehung, falls es eine gibt. Und weil es bei Rhoda ist, sind immer sehr interessante Leute eingeladen. Studenten aus aller Herren Länder, neu Zugezogene, Singles ... Was du dir nur vorstellen kannst. Ich weiß nicht, wo sie die Leute alle auftreibt. Es gibt tonnenweise Essen. Und dieses Mal bringe *ich* mein Date mit." Er strahlte.

Qay kannte Thanksgiving aus der Psychiatrie und dem Gefängnis – zäher Truthahn mit Kartoffelpüree aus der Schachtel – oder aus den Suppenküchen und Obdachlosenunterkünften, wo es nur deshalb besser schmeckte, weil er nicht hinter Gitter saß. Sein letztes selbstgekochtes Festmahl hatte er gegessen, als er noch in Bailey Springs bei seinen Eltern lebte, wo der Truthahn immer perfekt war und auf einem Silbertablett serviert wurde. Und wo sein Vater schon besoffen war, bevor er sich das zweite Mal bediente und seine Mutter nahezu komatös war von den vielen Pillen, die sie geschluckt hatte.

„Und Rhoda hat nichts dagegen?"

„Rhoda? Die zerrt dich vermutlich persönlich mit nach Hause. Ich bin sicher, sie hätte dich schon längst eingeladen, wenn du letzte Woche im *P-Town* gewesen wärst. Sie ist froh, dass du mich nicht abserviert hast."

Qay lächelte. Er vermisste Rhoda. „Was soll ich mitbringen?"

„Keine Ahnung. Wir können sie später noch fragen."

Nachdem das geregelt war, aßen sie ihr Dinner.

Jeremy fuhr nach dem Essen nicht zum Hotel zurück, sondern direkt zu Qays Wohnung. Sie blieben still in dem dunklen SUV sitzen. Bis Qay die friedliche Stimmung ruinierte. „Morgen triffst du den Bullen."

„Sieht so aus."

„Ich komme mit."

Jeremy hatte geradeaus aus dem Fenster gesehen, aber jetzt drehte er den Kopf zu Qay um. „Qay? Nein! Ich will dich nicht auch noch in die Scheiße reinziehen."

„Ich habe dir die Leichen in meinem Keller gezeigt." Vielleicht nicht alle, aber die meisten. „Du hast Ärger am Hals und ich will wissen, was los ist. Außer du willst nicht, dass die Bullen von mir erfahren."

Jeremy machte ein vulgäres Geräusch mit den Lippen. „Sie wussten über mich Bescheid, bevor ich gekündigt habe. Und es geht Frankl nichts an, mit wem ich zusammen bin. Ich will auch, dass die Leute von dir erfahren. Du bist schließlich mein Freund."

Eine kleine Elefantenherde galoppierte über Qays Brust. „Freund?" Das war er noch nie gewesen. Nicht wirklich.

„Ja. Ich weiß, dass sich das in meinem Alter lahm anhört. Aber ... *Geliebter* hört sich zu anzüglich an. Und wir haben uns bisher nur geküsst. *Partner* hört sich an, als wären wir Geschäftspartner oder würden zusammen auf Streife gehen.

Lebensabschnittsgefährte ist peinlich und viel zu lang. *Liebling* sagt die Oma an Valentinstag. Ein *Gefährte* ist ein Hund und *Liebster* ist …"

Qay musste lachen. „Du hast offensichtlich intensiv über das Problem nachgedacht."

„Es ist eine sehr ernste Frage."

Das war es. „Ich denke, ich kann mit *Freund* leben."

„Ich auch."

„Und dein Freund kommt mit, wenn du dich morgen mit dem Bullen triffst."

Jeremy seufzte laut. „Na gut. Ich hole dich um kurz vor neun ab. Aber es zählt nicht als Date."

„In Ordnung."

Sie schwiegen wieder. Qay wollte einfach nicht aussteigen und in seine einsame, muffige Wohnung zurückgehen. Aber wenn er seinen Hintern nicht in Bewegung setzte, würde er schwach werden und sich aufführen wie ein Teenager. „Ich glaube, unser zweites Date war ein voller Erfolg."

„Ich auch."

„Schöne Landschaft. Teilweise Nacktheit, aber jugendfrei. Ein gutes Essen."

„Und keine Ausraster", fügte Jeremy hinzu und beugte sich über die Konsole. Und – guter Gott – Qay war auch nur ein Mensch. Er konnte nicht mehr widerstehen und zog Jeremys Kopf mit beiden Händen zu sich heran, um ihn zu küssen. Es mochte sein, dass Jeremy etwas nach Hirsch schmeckte – Qay hatte keine Vergleichsbasis und konnte es nicht beurteilen –, aber vor allem waren seine Lippen süß von der Crème Brûlée, die sie sich zum Nachtisch geteilt hatten. Und Jeremys Hände waren warm, selbst durch Qays Jacke und das Hemd. Und die Bartstoppeln in seinem Gesicht kratzten.

Jeremy fuhr ihm mit der Hand vom Rücken nach vorne, zwischen die Beine. Es wäre Qay beinahe peinlich gewesen, jetzt schon erregt zu sein, doch dann hörte er Jeremy *wimmern* – ein so süßes Geräusch, dass ihm eine Gänsehaut über den Rücken lief. Jeremy beendete den Kuss und drückte sich mit der Stirn an Qays Kopf. Sie waren beide außer Atem.

„Ich glaube, das war jetzt nicht mehr jugendfrei", sagte Jeremy heiser.

„Ich … ich gehe lieber, bevor daraus ein Porno wird."

Qay fühlte Jeremys Nicken. „Aber ich hoffe, dass wir bald soweit sind. Wenn wir beide wissen, dass wir es ernst meinen. Und dann wird es das Warten so verdammt wert gewesen sein."

Das dachte Qay auch.

13

QAY WURDE leicht ums Herz, als der schwarze SUV in die Straße einbog. Er hatte zwar nicht damit gerechnet, dass Jeremy ihn versetzen würde – Captain Caffeine brach sein Wort nicht –, aber es war ihm trotzdem schwergefallen, Jeremy zu hundert Prozent zu vertrauen. Doch jetzt war er hier, um zehn Minuten vor neun an einem Montagmorgen. Mit Jeremy war auch der Regen zurück, der ungeduldig auf die Dächer und die Straße platschte. Qay rannte über den Bürgersteig zu Jeremys Wagen.

„Hast du schön geträumt?", fragte Jeremy, während sich Qay anschnallte.

„Willst du die Wahrheit wissen? Ich habe mir einen runtergeholt wie ein Fünfzehnjähriger."

Jeremy lachte so laut, dass er beinahe anhalten mussten. „Ich auch", sagte er zwischen zwei Lachanfällen. „Mein Gott, was sind wir doch für ein Paar."

Sie waren ein Paar. Hmm.

„Musst du heute arbeiten?", erkundigte sich Qay.

„Ja. Aber ich kann später anfangen. Das ist der Vorteil, wenn man der Chef ist. Hast du noch Prüfungen?"

„Erst wieder nach Thanksgiving. Ich sollte an einem Referat arbeiten, also muss ich früh im College sein."

„Wieso?"

„Kein Laptop."

„Ah." Sie standen an einer Ampel und Jeremy drehte sich zu ihm um. „Das ist bestimmt nicht einfach."

„Ich muss sehen, dass ich bald genug Geld zusammenkratze. Falls ich nicht vorher durchfalle."

Jeremy warf ihm einen Süßen zu. „Na sicher. Bist du nicht der Mann mit der Bestnote? Du fällst nicht durch."

Qay wollte ihm erklären, dass eine einzige gute Note noch keine Garantie für eine akademische Karriere war. Es gab noch mehr als genügend Möglichkeiten, alles zu vermasseln. Aber das hätte sich angehört, als wäre er auf Komplimente aus oder bräuchte Aufmunterung. Die Sache mit dem Laptop war allerdings wirklich ein großes Problem. Er verdiente gerade genug, um sich Miete, Bustickets und den Lebensunterhalt zu leisten, in letzter Zeit sogar den gelegentlichen Besuch in einem Restaurant. Für ein Laptop reichte sein Geld definitiv nicht.

Der Parkplatz vor dem *McDonald's* war nahezu leer. Jeremy parkte zwischen einem Prius und einem grauen Sportwagen. „Bist du sicher, dass du dir das antun willst?", fragte er und schaltete den Motor aus.

„Absolut."

Qay hatte im Laufe der Jahre viel Zeit in Fastfood-Restaurants verbracht. Wenn man sich ruhig verhielt und einigermaßen sauber war, kümmerte sich niemand darum, wie lange man sitzen blieb und sich an einem Becher Kaffee oder einem Glas Cola festhielt. Die Toiletten waren in der Regel sauber. Die Einrichtung – Stühle und Tische aus Plastik – war nahezu überall gleich, ebenso der typische Geruch nach einer Mischung aus Fett und Zucker, und der Lärm der Kinder, die mit billigem Spielzeug spielten.

Dieser *McDonald's* war sehr ruhig. Das Personal wirkte gelangweilt. Ein junger Mann reinigte die Theke, ein anderer füllte Strohhalme nach. Am Fenster saßen drei alte Männer, die freundschaftlich in einer fremden Sprache diskutierten. An einem der Nachbartische saß ein junger Mann mit Flanellhemd und Bart. Er las Zeitung. Eine alte Frau saß mit einer jüngeren – es musste ihre Tochter sein – in einer der Nischen. Die beiden wirkten müde und leer. Entweder hatten sie die ganze Nacht gearbeitet oder eine lange Fahrt hinter sich. Vielleicht auch einen privaten Schicksalsschlag. An einem Tisch weit von den anderen entfernt saß ein Mann im Sakko, der Jeremy und Qay beobachtete. Qay hätte ihn aus einem Kilometer Entfernung als Bullen identifiziert.

Jeremy ging auf den Mann zu, der sie überrascht ansah. „Captain, das ist Qay Hill. Mein Freund. Qay, Captain Frankl."

Frankl schüttelte Qay die Hand und sie tauschten Höflichkeiten aus. Der Mann musterte Qay, als wollte er ihn sezieren und körperlich sein ganzes Vorstrafenregister aus ihm herausziehen. Qay hätte sich dadurch abgeschreckt gefühlt, wäre ihm nicht immer noch schwindelig, weil Jeremy ihn als *mein Freund* vorgestellt hatte. Ja, sie hatten dieses magische Wort gestern benutzt. Aber privat darüber zu scherzen, war eine gänzlich andere Sache, als es in der Öffentlichkeit zu benutzen.

Er setzte sich auf den Stuhl neben Jeremy.

„Willst du wirklich …", fing Frankl an.

Jeremy unterbrach ihn sofort. „Er sagt, wenn ich Ärger am Hals habe, will er wissen, was los ist. Ich finde, er hat recht."

Frankls Miene war seine Skepsis ob dieser Schlussfolgerung anzusehen, aber er zuckte resigniert mit den Schultern. „Wie ihr wollt."

„Wie geht es dem Kind?", fragte Qay überraschend. Die beiden anderen sahen ihn fragend an. „Dem Kind, das der Mann geschlagen hat?"

Frankl sah aus, als hätte Qay gerade einige Punkte gutgemacht. „Nicht gut. Sie ist noch ein Baby. Der Arzt meint, wenn sie überlebt, wird sie bleibende Gehirnschäden davontragen."

Jeremy biss die Zähne so fest zusammen, dass Qay sie beinahe knirschen hören konnte. Qay ballte unterm Tisch die Fäuste.

„Kann der Staatsanwalt das Arschloch festnageln?", fragte Jeremy knurrend.

„Wahrscheinlich. Er hat die Anklage wegen Drogenbesitz fallenlassen, damit der Kerl redet. Der Kindesmissbrauch bleibt aber bestehen und selbst wenn er ein Geständnis ablegt, wird er lange hinter Gittern sitzen."

„Gut."

Frankl nickte zustimmend. „In diesem Fall war dieser Dreckskerl aber auch ein Glücksgriff für uns. Es hat sich herausgestellt, dass er ein Kumpel von dem Mann ist, mit dem sich Donny angelegt hat. Und zwar ein so guter Kumpel, dass er wusste, was der andere Kerl vorhatte."

Jeremy lehnte sich entspannt zurück. Dieser Teil des Gesprächs schien ihm weniger an die Nieren zu gehen. „Wer ist es?"

„Ein Kerl namens Ryan Davis. Er ist nicht sonderlich helle, aber die Familie hat Geld. Er ist also recht weit oben in der Nahrungskette, bewegt sich aber nicht im besten Milieu. Er versucht, selbst Geld zu machen. Mit Drogen, Huren, Wetten, ID-Diebstahl. Unser Schläger weiß nicht, was zwischen Davis und Donny vorgefallen ist, aber es kann nichts Gutes gewesen sein."

„Das dachte ich mir auch schon." Jeremy lehnte sich mit den Armen auf den Tisch. Sein Blick war scharf und durchdringend. Er war vermutlich ein sehr guter Polizist gewesen. Mitfühlend und nicht vorschnell in seinem Urteil, aber klug und auf das Wesentliche konzentriert. Qay hatte im Laufe seiner Drogenkarriere einige Männer wie ihn kennengelernt – Polizisten, die auch unter den Fixernarben noch den Menschen sahen.

Frankl wiederum sah aus, als wäre er lieber woanders. Beim Golfspiel oder mit einer Flasche Bier vor dem Fernseher. „Wir wissen, dass Donny Davis bestohlen hat", fuhr er fort. „Irgendwelche Computerdateien, von denen Davis nicht wollte, dass sie jemand zu Gesicht bekommt. Donny hatte sie angeblich auf einem USB-Stick gespeichert und nachdem die beiden sich zerstritten, versuchte er, Davis damit zu erpressen."

„Mist", stöhnte Jeremy und rieb sich die Stirn. „Du bist ein solcher Idiot, Donny. Guter Gott. Dann hat Davis in meiner Wohnung also diesen USB-Stick gesucht."

„Ja. Und unser Informant sagt, er hätte ihn nicht gefunden. Also …"

„Halt. Wenn er wissen wollte, wo der Stick ist, hätte ihm Donnys Tod nichts genutzt. Jedenfalls nicht, wenn Donny als einziger wusste, wo das Ding versteckt ist."

„Ich habe dir doch gesagt, dass er nicht sonderlich helle ist", sagte Frankl, nippte an seinem Kaffee und verzog das Gesicht. Qay hatte mit dem Gedanken gespielt, für sich und Jeremy Kaffee zu besorgen, wollte aber das Gespräch nicht verpassen. Vielleicht konnten sie anschließend noch ins *P-Town* fahren. Er freute sich darauf, Rhoda wiederzusehen.

„Unsere Ratte weiß nicht genau, was in jener Nacht mit Donny passiert ist. Er glaubt, Davis wäre mit ihm verabredet gewesen, um ihm Geld zu geben, hätte aber stattdessen zwei seiner Handlanger geschickt. Vielleicht sind die beiden misstrauisch geworden und ausgerastet. Oder Donny hat es sich anders überlegt und wollte wieder gehen. Vielleicht waren Davis' Leute auch nur zu blöd, um sich an ihre Anweisungen zu halten. Auf jeden Fall haben sie ihn erschossen. Dann haben sie die Leiche durchsucht, den USB-Stick aber nicht gefunden. Soweit wir wissen, war Davis darüber nicht sehr glücklich." Frankl grinste wie ein Totenschädel. „Ich nehme an, Davis hat von Donnys Besuch bei dir erfahren und hoffte, dass Donny den Stick bei dir in der Wohnung gelassen hat."

Jeremy schüttelte seufzend den Kopf. „Falls er das getan hat, weiß ich nichts darüber."

„Falls er es getan hat, hat er ihn verdammt gut versteckt. Sonst hätten Davis' Männer ihn gefunden."

Qay fand es unfair. Jeremy hatte nichts getan, außer seinem Ex zu helfen, obwohl der Kerl es gar nicht verdient hatte. Er hätte nicht in diese Sache mit reingezogen werden sollen. Jeremy verdiente Regenbogen, Einhörner und Feuerwerk, nicht Drogendealer, Mörder und Einbrecher.

„Warum ist Davis noch nicht festgenommen worden, wenn ihr so viel über ihn wisst?", fragte Qay. Er hörte sich nicht sehr freundlich an, doch das war ihm egal.

„Weil wir nicht mehr gegen ihn haben als den Tipp eines Informanten. Das reicht nicht aus für eine Festnahme", erwiderte Frankl irritiert. „Wenn wir ihn wegen Mordes anklagen wollen, brauchen wir mehr als das. Und wir werden es auch bekommen. Aber wir müssen vorsichtig sein, damit Davis nichts von unseren Ermittlungen mitbekommt. Er weiß schon, dass wir seinen Kumpel festgenommen haben. Das allein könnte ihn nervös machen."

Frankls Argumente hörten sich vernünftig an, gefielen Qay aber trotzdem nicht. Er runzelte die Stirn. Sein Blick fiel auf den Mann mit Flanellhemd und Bart. Hoffentlich würde sich eines Tages die Bartmode so ändern, dass sich diese Hipster über den Stil ihrer Jugend genauso schämten wie er sich über seinen Vokuhila.

„Dann ist Davis jetzt hinter mir her?", erkundigte sich Jeremy mit ruhiger Stimme.

„Das vermuten wir. Du bist seine Spur zu dem verschwunden USB-Stick."

Jeremy nickte und rieb sich nachdenklich übers Kinn. „Das stimmt."

Qay hatte Kopfschmerzen und war kurz davor, aufzustehen und laut zu schreien. Er wollte diese dämlichen Plastikstühle durch den Raum werfen und zerschlagen. Als er noch jünger und drogensüchtig war, hätte er es vermutlich getan. Dann würde Jeremy aber nichts mehr mit ihm zu tun haben wollen. Und das, nachdem Qay sich endlich eingestanden hatte, dass Jeremy ihn vielleicht doch wollen könnte – was definitiv an ein Wunder grenzte. Warum musste ausgerechnet jetzt diese Scheiße mit Davis passieren?

„Ich warte draußen auf dich", sagte er mit gepresster Stimme und lief aus dem Restaurant, ohne Jeremys Antwort abzuwarten. Er lehnte sich mit dem Rücken an den SUV, hielt den Kopf gesenkt gegen den Regen und versuchte, sich wieder zu beruhigen. Es war nicht einfach. Sein Herz raste und trotz der Kälte schwitzte er. Er musste sich sehr beherrschen, um nicht einfach loszurennen, vom Parkplatz auf die Straße und dann immer weiter, bis er nicht mehr konnte und vor Erschöpfung zusammenbrach.

„Wie kann ich dir helfen?" Jeremys Stimme war so warm und seine Hand so angenehm schwer auf Qays Schulter.

Qay gefiel Jeremys Frage. Kein *Was ist los?* oder *Geht es dir gut?*, sondern ein Angebot, ihm zu helfen.

„Sorry", murmelte Qay, ohne den Kopf zu heben und Jeremy anzusehen.

„Nicht nötig." Er klopfte Qay auf die Schulter. „Lass uns von hier verschwinden."

„Hat Frankl …"

„Er hat mir gesagt, was ich wissen muss. Komm jetzt."

Qay kam sich vor wie ein Idiot. Erst bestand er darauf, Jeremy zu begleiten, dann endete er hyperventilierend auf dem Parkplatz wie eine echte Dramaqueen. Glücklicherweise hatte Jeremys Anwesenheit eine beruhigende Wirkung und die Anziehungskraft von Jeremys starkem Körper reichte aus, um Qays emotionale Flutwellen zu glätten. Sie setzten sich in den Wagen und hörten einige Minuten leise Musik aus dem Radio. Das war auch schön.

„Frühstück?", fragte Jeremy nach einer Weile.

„Musst du nicht arbeiten?"

„Das hat Zeit. Es ist zu verregnet für Notfälle in den Parks."

Sie einigten sich schnell aufs *P-Town*. Qay lehnte sich in dem bequemen Ledersitz zurück und schloss die Augen. Sein Herzschlag beruhigte sich wieder. Das gleichmäßige Geräusch der Scheibenwischer – vor und zurück, vor und zurück – half ihm dabei.

Als sie in die Belmont Street kamen, fand Jeremy einen Parkplatz ganz in der Nähe des Cafés. Er hielt an, stieg aber noch nicht aus. „Geht es dir wieder besser? Wenn du nicht unter Menschen willst, kann ich uns etwas holen und …"

„Es geht mir gut", sagte Qay entschlossen. „Ich will Rhoda sehen."

Rhoda begrüßte die beiden mit einem strahlenden Lächeln und einer begeisterten Umarmung für Qay. Sie roch wunderbar. Qay fragte sich, warum niemand Eau de Café als Parfüm verkaufte. „Ich bin froh, dass ihr euch wieder vertragt", sagte sie. „Unser Jeremy ist ein Dickkopf, aber nicht dumm."

Jeremy protestierte nicht sehr überzeugend, während sie zur Theke gingen. Qay war enttäuscht, dass Ptolemy heute nicht arbeitete. Ptolemy war sein(e) Lieblingsbarista – interessant, lustig und unglaublich klug. Aber die beiden Baristas, die heute bedienten, waren auch nett. Der Junge hatte Grübchen und das Mädchen trug die grünen Haare zu Pferdeschwänzen zusammengebunden. Sie goss Jeremy und Qay Kaffee ein, während ihr Kollege etwas aufwärmte, was nach Quiche aussah, auch wenn Rhoda behauptete, dass es keine Quiche wäre.

Rhoda ging mit ihnen an den Tisch. Sie wollte einige ernste Fragen über Donny stellen, doch Jeremy lenkte sie ab. Vermutlich nahm er auf Qay Rücksicht. „Hast du schon entschieden, was Qay mitbringen soll?", fragte Jeremy sie.

Es dauerte einen Moment, bis bei Qay der Groschen fiel und er wusste, worüber Jeremy sprach. Es war eine angenehme Überraschung für ihn, dass die beiden offensichtlich schon über Thanksgiving gesprochen hatten.

Rhoda sah sehr zufrieden aus. „Ja, ich habe darüber nachgedacht. Was kannst du am besten, Qay?"

„Äh ... kochen?"

„Mhm."

„Nudeln und Tütensuppen. Mehr kann man in meiner Mini-Küche sowieso nicht zubereiten. Aber ich kann einkaufen. Ich möchte gerne etwas mitbringen."

Sie überlegte. Heute trug sie Steampunk – große Metallohrringe wie Zahnräder und eine Halskette mit einem Vergrößerungsglas als Anhänger. „Wie wäre es, wenn du die Unterhaltung übernimmst?", fragte sie schließlich.

„Und was meinst du damit?" Weil er auf keinen Fall singen würde oder so. Schließlich wollte er Rhodas Gäste nicht vergraulen.

„Nun, wir sehen uns keine Filme an, weil wir uns nie auf einen einigen können. Und der Versuch mit Karaoke vor einigen Jahren war die reine Katastrophe. Normalerweise machen wir ein Spiel, obwohl wir auch schon gebastelt haben oder so."

Jeremy nickte weise. „Letztes Jahr haben wir Bilder in Weingläser geätzt. Meistens unanständige Bilder. Meine sind leider bei dem Einbruch zu Bruch gegangen."

Rhoda lehnte sich vor und tätschelte ihn am Arm. „Wenn du willst, können wir dieses Jahr noch mehr Penisse machen."

„Schon gut. Ich finde, Qay sollte kreativ werden und sich etwas vollkommen Neues ausdenken."

Qay schüttelte den Kopf. „Ich glaube nicht, dass ich genitalisierte Stielgläser noch übertreffen kann."

„Ich habe vollstes Vertrauen in dich, mein Schatz", verkündete Rhoda grinsend.

Nach dem Frühstück – die Nicht-Quiches schmeckten köstlich – fuhr Jeremy Qay nach Hause. Wieder blieben sie lange im SUV sitzen. Dann machte Jeremy ein komisches, heiseres Geräusch. „Wie viele Dates brauchen wir eigentlich, bevor wir zum Sex kommen können? Nicht dass das heute ein Date gewesen wäre. Aber ich will nicht warten und bis zur Hochzeit unberührt bleiben."

„Dazu wäre es sowieso zu spät, oder?"

„Na ja, einen Keuschheitsring sollte ich besser nicht tragen. Aber wenn man das erste Mal mit jemandem schläft, der einem viel bedeutet, dann ist das doch fast, als würde man seine Unschuld verlieren. Findest du nicht?"

„Und mit wem hast du sie verloren?"

Jeremy kicherte. „Gary Baker."

Qay riss die Augen auf. „Troy Bakers kleiner Bruder? Aber Troy …"

„War ein Arschloch, ich weiß. Er hat mir das Leben zur Hölle gemacht. Aber Gary war eigentlich recht süß. Wir waren beide im Football-Team und …"

„Du hast Football gespielt?" Heute war ein Tag der Überraschungen, das war mal sicher.

„Qay, sieh mich an. Ich bin in der zehnten Klasse zwanzig Zentimeter in die Höhe geschossen und dann immer noch weitergewachsen. Meine Eltern konnten mich kaum ernähren und kleiden. Es hat sie wahnsinnig gemacht. Und als ich dann auch noch die Muskeln bekommen habe, beschloss Coach Williams, dass ich besser mit dem Basketball aufhören und Football spielen soll. Ich war nicht sonderlich gut, aber dafür groß."

Qay stellte sich Jeremy in einer Letterman-Jacke vor. Oder – noch besser – in engen Hosen. „Und Gary …?"

„War ein Jahr jünger als ich. Und sehr süß. Ich war mir schon ziemlich sicher, dass ich mit den Mädels nichts am Hut habe. Deshalb hatte ich auch nichts dagegen einzuwenden, als Gary mir eines Tages in der Umkleidekabine einen Blowjob anbot."

In der Umkleidekabine. Verdammt.

„Und du?", wollte Jeremy dann wissen.

Qay hatte mit dem Thema angefangen, deshalb musste er jetzt auch antworten. „Ich war dreizehn."

Jeremy schnalzte mit der Zunge. „Das war sehr jung."

„Ich weiß. Und der Kerl … Manchmal bin ich in das Bistro am Highway gegangen, um dort rumzuhängen. Erinnerst du dich daran?" Es war ein *Burger Hut*. Und sehr billig und schlecht, im wörtlichen Sinne, gewissermaßen. „Ich habe Zigaretten geschnorrt und – wenn jemand danach aussah – auch Gras gekauft. Eines Tages hat mir dieser Kerl einige Pillen gezeigt und gemeint, ich könnte sie haben, wenn ich für ihn die Hose runterlasse. Ich dachte mir, dass die Pillen es wert wären."

So. Jetzt war das auch raus. Qay zögerte, bevor er Jeremy wieder ansah. Als er dann endlich den Mut dazu fand, sah er nur Mitgefühl und Traurigkeit, keinen Ekel. „Vier Dates", verkündete Jeremy. „Und es wird für uns beide sein wie das erste Mal. Was meinst du?"

Qay lachte schwach. „Okay. Bei mir ist es wirklich schon sehr lange her." Schon fast sieben Jahre. Mein Gott, sieben Jahre kein Körperkontakt – noch nicht einmal von der schnellen, unpersönlichen Art.

„Gut. Wir gehen Samstag aus, wenn du von der Arbeit kommst. Dann ist am Sonntag unser viertes Date. Und du musst montags nicht früh aufstehen."

„Aber du."

Jeremy zwinkerte ihm zu. „Ich nehme Urlaub."

Vier Dates. Damit konnte Qay sehr gut leben.

14

EIN WEISER Mann hätte die nächsten Tage damit verbracht, sich um Ryan Davis zu sorgen, der möglicherweise Böses im Schilde führte. Jeremy war nicht sonderlich weise. Er dachte stattdessen lieber über Qay nach. Oh, er hatte auch noch andere Aufgaben zu erfüllen. Seinen Job beispielsweise, den er zuverlässig wie immer erledigte. Vor der Arbeit ging er joggen und danach ins Fitness-Center des Hotels. Er besuchte auch *Patty's Place* – offiziell, um das Sommerprogramm zu diskutieren, inoffiziell, um sich nach Toad zu erkundigen, dem es gut zu gehen schien. Zweimal in dieser Woche fiel ihm ein grauer Toyota auf, der ihn möglicherweise verfolgte – einmal beim Joggen und einmal, als er mit dem Wagen unterwegs war. Beim zweiten Mal notierte er sich die Autonummer und rief Frankl an. Einmal am Tag fuhr er auch in seine Wohnung, um sich über den Fortgang der Renovierungsarbeiten zu informieren. Er wurde es langsam leid, im Hotel zu leben.

Aber meistens dachte er an Qay.

Manchmal waren es schmutzige Gedanken. Er stellte sich Qay nackt vor und fantasierte darüber, was sie nach ihrem vierten Date tun würden und welche Töne Qay von sich gab, wenn sie sich liebten. Guter Gott, war es lange her, seit Jeremy das letzte Mal mehr hatte als eine kurze Affäre. Er wollte mit jemandem ins Bett gehen, der ihm etwas bedeutete. Wollte es genießen, die nackte Haut unter den Händen zu spüren, anstatt nur zu bumsen. Er sehnte sich nach Zärtlichkeit, Zuneigung, Vertrautheit. Wenn Jeremy diesen Gedanken nachhing, masturbierte er. Und so oft wie in dieser Woche hatte er das seit seiner Teenagerzeit nicht mehr getan.

Aber Sex war nicht das einzige, was ihm durch den Kopf ging. Während des Trainings und der Arbeit dachte er auch über Qays Reaktion auf das Gespräch mit Frankl nach. In der einen Minute war Qay noch die Ruhe selbst, wenn auch nicht sonderlich glücklich. In der nächsten stand er schon auf und rannte zur Tür. Als Jeremy ihn einholte, war Qay kreidebleich gewesen und sah aus, als müsste er sich übergeben. Jeremy wusste nicht, wie er ihm helfen sollte und fühlte sich so schlecht, dass er beinahe auch in Panik ausgebrochen wäre. Doch dann schien seine bloße Anwesenheit Qay schon wieder zu beruhigen. Jeremy war darüber erleichtert gewesen, aber es war auch eine ernüchternde Erfahrung. Wie konnte er Qay wirklich helfen, wenn in seinem eigenen Leben das reine Chaos herrschte?

Die dritte Sache, die ihm durch den Kopf geisterte, war eine Mischung der beiden anderen Gedankengänge, vielleicht auch eine Art Schlussfolgerung daraus. Er begehrte Qay – was nur normal war –, aber da war Qay nicht der erste. Jeremy hatte schon viele Männer begehrt. Doch bei Qay war alles anders. Jeremy war noch nicht oft verliebt gewesen und wenn es passierte, verliebte er sich schnell und tief. Und momentan kam er sich vor, als würde er an einem Abgrund stehen und seine Fußspitzen schon über die Kante ins Leere ragen. Was absurd war, denn er und Qay kannten sich kaum. Aber seit wann machte Liebe schon Sinn? Jeremy hatte auch Anatomie studiert. Er wusste, wie das menschliche Herz funktionierte. Und doch schien er es nicht verstehen zu können. Jedenfalls dann nicht, wenn es um Liebe ging.

Am Donnerstagnachmittag in der Woche vor Thanksgiving patrouillierte er einige der Parks in der Innenstadt. Seiner Erfahrung nach wurde das Leben für die meisten Menschen komplizierter, wenn die Feiertage vor der Tür standen. Obdachlose litten unter dem kalten Wetter, psychisch Kranke kämpften mit dem zusätzlichen Stress, Kinder und Eltern wärmten alte Konflikte auf oder brachen neue vom Zaun. Zu Jeremys Aufgabe gehörte es auch, immer dann einzugreifen, wenn solche Krisen auf den öffentlichen Raum übergriffen. Und diese Aufgabe wollte er erfüllen, so sehr er sich auch von seinen Gedanken ablenken ließ, die immer wieder zu Qay wanderten und der Frage, ob sie eine gemeinsame Zukunft hatten.

Ihm fiel ein junger Mann auf, der mit tief ins Gesicht gezogener Mütze auf einer Parkbank kauerte. Vielleicht war es nur ein Student, vielleicht aber auch nicht. Jeremy wollte gerade zu ihm gehen, als sein Handy klingelte. Er schaute auf den Bildschirm und seufzte erleichtert.

„Nevin! Wie geht's?"

„Prächtig. Im Gegensatz zu dir, du Arschloch. Ich habe gerade gehört, dass du bis zum Hals in der Scheiße steckst. Warum hast du dich nicht bei mir gemeldet?"

„Weil es nicht in deine Zuständigkeit fällt." Jeremy und Nevin waren früher im gleichen Bezirk Streife gefahren. Jetzt arbeitete Nevin für eine andere Abteilung und ermittelte in Fällen von Misshandlungen an alten und abhängigen Menschen.

„Ich bin immer noch dein Freund, du Idiot. Und damit fällt alles in meine Zuständigkeit, was dich betrifft. Mist, Mann. Es tut mir so leid, was mit Donny passiert ist. Er war ein Bastard, aber dieses Ende hatte er nicht verdient. Und *du* hast nicht verdient, jetzt seine Suppe auslöffeln zu müssen."

Jeremy lächelte. Nevin Ng war überall für seine Kraftausdrücke bekannt. „Danke", sagte Jeremy nur.

„Warst du heute schon joggen?"

„Nein, ich habe mit den Gewichten trainiert."

„Memme. Na gut. Dann treffen wir uns um sechs und laufen, bis dir der Arsch abfällt."

„Aber …"

„Um sechs. Wo bist du untergekommen?"

Mit einem Seufzer fügte Jeremy sich ins Unvermeidliche. „Du bist doch der Kriminaler. Solltest du das nicht selbst herausfinden können?"

116

„Ich könnte dich natürlich aufspüren und es aus dir rausprügeln. Aber dann könntest du nicht mehr laufen. Also wo, Germy?" Nevin war der einzige Mensch der Welt, dem Jeremy diesen verhassten Spitznamen durchgehen ließ. Und das nur deshalb, weil die Alternativen noch schlimmer waren.

„Im Marriott am Fluss."

„Fick mich seitwärts. Ich bin um sechs Uhr da." Damit beendete Nevin das Gespräch.

Jeremy schüttelte grinsend den Kopf und ging weiter auf die Bank mit dem Jungen zu.

Es war sinnlos, sich vor dem Joggen zu duschen. Jeremy zog sich daher im Hotel nur um, nachdem er den Jungen nach Beaverton zu einem Freund gebracht hatte, der ihn auf dem Sofa übernachten ließ. Auch essen war vor dem Laufen keine gute Idee und Jeremy schob es auf. Einige Minuten nach sechs stand er vor dem Eingang des Marriott und wippte auf und ab, als Nevin auftauchte.

Nevin Ng war zehn Jahre jünger als Jeremy und ein kleiner Mann, aber zäh und kräftig. Er war in einer sehr ungesunden Umgebung aufgewachsen, über die zu sprechen er sich weigerte, konnte es mit wesentlich größeren Männern aufnehmen und verbiss sich in seine Fälle mit der Zähigkeit eines Pitbulls. Außerdem war er für seine aktive Libido berüchtigt und fickte Männer und Frauen gleichermaßen, vorausgesetzt, sie waren dazu in der Lage und bereit. Genauso legendär waren allerdings die Sanftheit und Fürsorge, mit denen er Menschen behandelte, die es brauchten – vor allem ältere Menschen und Opfer von Straftaten. Er und Jeremy trafen sich alle paar Wochen mit anderen Freunden, um Bier zu trinken und Basketball zu spielen. Und gelegentlich – so wie heute – joggten sie zusammen.

Nevin kam auf Jeremy zugelaufen und boxte ihn an den Arm. „Komm schon, Prinzessin. Ich bin dir schon fast einen Kilometer voraus." Ohne eine Antwort abzuwarten, lief er weiter.

Obwohl Jeremy rund dreißig Zentimeter größer und viel schwerer war, bildeten die beiden ein gutes Team. Jeremy machte größere Schritte, aber Nevin hatte eine höhere Schrittfrequenz. Sie liefen Seite an Seite den Bürgersteig entlang. Manchmal trennten sie sich, um anderen Fußgängern auszuweichen. Ihr Weg führte sie durch den Waterfront Park bis zur Union Station und dann durch die Straßen des Industriegebiets in der Nähe von Qays Fensterfabrik. Jeremy war schweißgebadet und atmete keuchend, als sie durch den Nordwesten der Stadt zu den Ausläufern der West Hills liefen, wo sie einen Bogen schlugen zurück ins Stadtzentrum und zum Marriott.

„Du Weichei", sagte Nevin, als sich Jeremy vorbeugte und mit den Händen auf den Knien abstützte. „Das waren keine acht Kilometer."

„Du bist auch außer Atem", keuchte Jeremy.

„Unsinn. Ich tue nur so, damit du dich nicht so schlecht fühlst, alter Mann."
Nevin lehnte sich grinsend an die Hauswand.

„Wie großzügig von dir."

„Verdammt richtig."

Nach einigen Minuten stellte sich Jeremy wieder auf und grinste Nevin an.
„Du bringst immer einen Sonnenstrahl in meine trüben Tage."

Nevin konnte sehr liebenswert sein, wenn er wollte. Wie jetzt. „Du kannst
dich glücklich schätzen, dass die Götter es als angemessen erachten, dich mit der
Gnade meiner Gegenwart zu ehren." Er verbeugte sich leicht. Dann fiel ihm etwas
auf der Straße auf und das Lächeln verschwand aus seinem Gesicht. „Ist dir schon
aufgefallen …"

„Der graue Toyota? Ja. Ich war schließlich auch mal Bulle."

„Er folgt uns schon seit …"

„Seit wir losgelaufen sind. Ich weiß. Ich habe ihn gestern schon bemerkt. Er
ist nicht sonderlich unauffällig."

Nevin ging einige wütende Schritte auf die Straße zu, drehte sich dann
wieder um und kam zurück. „Und? Was gedenkst du zu unternehmen?"

„Was kann ich denn tun? Er bricht kein Gesetz."

„Du dämlicher Idiot! Das ist wahrscheinlich …"

„Ich weiß. Er hat vermutlich mit Donnys Tod zu tun." Jeremy atmete schwer
aus. „Aber was hilft es, wenn ich ihn damit konfrontiere oder Frankl verständige?
Ich weiß, dass er da ist. Ich bin vorsichtig. Sie werden mich wohl kaum mitten
auf der Straße mit einer Maschinenpistole niedermähen. Sie wollen Informationen,
keine zweite Leiche."

Nevin kniff die Augen zusammen und trat wütend an die Wand. „Mistkerle.
Ich könnte meine Knarre holen und …"

„Das würde das Problem auch nicht lösen, Nev."

Wieder ein Tritt an die Wand, dieses Mal so hart, dass Jeremy
zusammenzuckte. „Gottverdammte Hurensöhne."

Um ehrlich zu sein, war Jeremy doch etwas beunruhigt wegen des Toyotas.
Aber er hatte keine Angst und Nevins Sorge, so fluchend sie auch daherkam, war
sehr lieb.

Jeremy ging zu ihm und legte ihm die Hand auf die knochige Schulter.
„Danke, dass du zum Joggen gekommen bist. Kommst du nächste Woche mit
zu Rhoda?" Nevin erwähnte nie seine Familie und Jeremy wusste nicht, ob er
überhaupt eine hatte. Manchmal war er an Thanksgiving schon mit zu Rhoda
gekommen, aber nicht in jedem Jahr.

„Nein, ich … ich habe schon andere Pläne."

„Sag jetzt nicht, dass du arbeiten musst. Das ist der Vorteil, wenn man kein
Streifenpolizist mehr ist – es gibt keine beschissenen Feiertags-Schichten mehr."

Nevin sah überraschend verlegen aus. „Ich gehe wohin."

„Wohin?"

„Zum Essen." Als Jeremy nur fragend die Augenbrauen hochzog und schwieg, fauchte Nevin ihn an. „Neugieriges Arschloch! Ich bin zum Essen eingeladen. In eines der schicken Häuser in den Hügeln. Ich muss einen gottverdammten Anzug anziehen. Und dann muss ich so tun, als hätte ich Manieren, weil ich die Eltern kennenlernen soll. In Ordnung? Bist du jetzt zufrieden, du Arschloch?"

Jeremy grinste vergnügt. „Wessen Eltern?"

„Da ist ... dieser Mann. Colin. Total schwul und tanzt mit seiner Schickimicki-Fliege um den Hals durchs Leben und weiß alles besser, und ich kann seine Nähe sowieso nur ertragen, weil er einen absolut spektakulären Arsch hat und einen Schwanz wie Pegasus persönlich." Er schaute zu Jeremy auf, zog eine Grimasse und senkte wieder den Kopf. „Und er ist ein verdammt guter Mensch", murmelte er.

Soweit Jeremy wusste, hatten Nevins Beziehungen noch nie das Stadium erreicht, bei dem er den Eltern vorgestellt wurde. „Gut gemacht, Nev. Massel tov."

„Bastard." Ein freches Grinsen breitete sich auf Nevins Gesicht aus. „Was habe ich da eigentlich über dich und einen bestimmten Mann gehört?"

Polizisten waren schlimmere Klatschbasen als Schulmädchen. Jeremy wunderte sich daher nicht, dass die Gerüchte um ihn und Qay auch Nevin erreicht hatten. „Ein bestimmter Mann", bestätigte er ihm. „Bisher ist es noch Spekulation, aber es gibt die Option auf ein glückliches Ende."

Nevin boxte ihm so hart gegen die Brust, dass Jeremy beinahe *Aua* geschrien hätte. „Freut mich für dich, Sasquatch. Du hast schon lange mal wieder einen guten Mann im Bett gebraucht."

Jeremy verzichtete weise darauf, seinem Freund die Vier-Dates-Regel zu erläutern.

Obwohl Jeremy ihn zum Dinner einlud, lehnte Nevin ab. „Nein. Sorry, Landei", sagte er. „Colin hat noch etwas vor und reißt mir die Eier ab, wenn ich mich verspäte."

„Die möchte ich natürlich keinesfalls gefährden."

Für einen kurzen Moment wurde der wahre Nevin sichtbar, der hilfsbereite und liebenswerte Mensch, der auf alte Damen aufpasste und mit behinderten Kindern *Mensch-ärgere-dich-nicht* spielte. „Pass gut auf dich auf, Germy Cox. Lass die bösen Buben nicht aus den Augen. Du hast dein glückliches Ende verdient, ja?"

Jeremy wollte die Sache nicht in die Länge ziehen und nickte nur. „Viel Glück mit Colins Eltern. Hau sie aus den Latschen." Er boxte ihm – leicht! – an den Arm und ging ins Hotel, in Gedanken schon bei einer heißen Dusche und dem Zimmerservice.

15

IHR DATE am Samstag verlief locker und entspannt. Jeremy stellte sein Diktator-Mobil direkt vor Qays Haus ab – er hatte auf wundersame Weise hier einen freien Parkplatz gefunden – und sie gingen zu Fuß ins *P-Town*, um kurz bei Rhoda vorbeizusehen. Dann schlenderten sie zum Hawthorne Boulevard, wo sie vor dem *Bagdad Theater* stehenblieben. „Ist dir das recht?", erkundigte sich Jeremy. Im *Bagdad* wurden Filme gezeigt und Essen serviert, es war aber auch ein Pub.

„Ich habe kein Problem damit, wenn Alkohol serviert wird", beruhigte ihn Qay. „Das war in den anderen Restaurants doch auch so. Erinnerst du dich nicht?"

„Ja, sicher. Aber hier wird teilweise richtig viel getrunken."

„Danke für deine Rücksichtnahme, aber es ist in Ordnung. Ich sehne mich nicht nach Alkohol." Was bis zu einem gewissen Punkt auch stimmte. Wenn Qay mit Jeremy zusammen war, hatte er nicht das geringste Bedürfnis, Alkohol zu trinken. Doch in der vergangenen Woche hatte es ihn ständig gejuckt und er war so ruhelos gewesen wie seit Jahren nicht mehr. Er war am Freitag nach der Arbeit sogar zu einem Treffen von *Narcotics Anonymous* gegangen, was schon seit langer Zeit nicht mehr der Fall gewesen war. Nicht zum ersten Mal bedauerte er, dass er durch seine Sucht keine Xanax oder andere Medikamente gegen den Stress nehmen konnte. Aber damit setzte er sich der Gefahr aus, die eine Sucht durch eine andere zu ersetzen.

Jeremy sah ihn unsicher an. „Ich will dich nicht in Versuchung führen. Außer mit mir natürlich." Er wackelte mit den Augenbrauen.

Qay war leicht angesäuert. „Ich verspreche dir, mich nicht kopfüber ins Bierfass zu stürzen. Außerdem bin ich für meine Entscheidungen selbst verantwortlich. Nicht du."

„Na gut, du hast recht."

Als sie das *Bagdad* betraten, wollte er wirklich keinen Alkohol trinken. Seine wahre Schwäche waren immer Drogen gewesen, nicht Alkohol. *Danke, Mom.* Er war zufrieden, Jeremy durch die bombastisch dekorierte Lobby zu einer Theke zu folgen, wo sie Pizza, Popcorn und Limonade kauften. Dann gingen sie ins Kino. Die Stühle waren sehr bequem, wie Qay zu seiner Freude feststellte. Kurz darauf fing der Film an.

Es ging um Spionage. Lustig, aber nicht gerade umwerfend. Der Hauptdarsteller war recht attraktiv. Am besten aber war es, im Dunkeln Jeremys Hand zu halten, das Popcorn hin und her zu reichen und zu schmusen, wenn der Film langweilig wurde. Er kam sich vor wie ein Teenager, obwohl zwei Jungs im

Bailey Springs der 1980er niemals gewagt hätten, zusammen ins Kino zu gehen. Qay drückte sich an Jeremy und fühlte sich zum ersten Mal richtig jung.

Jeremy fuhr ihm mit Popcorn-verschmierten Fingern durch die Haare und summte zufrieden vor sich hin. Es war nicht zu hören, aber Qay konnte es am Vibrieren von Jeremys Brust spüren.

Nach dem Film machten sie einen Spaziergang über den Hawthorne Boulevard und unterhielten sich über alles und nichts. Gelegentlich blieben sie vor einem Schaufenster stehen und schauten sich die Auslagen an oder sie studierten die Speisekarten von Restaurants, die sie vielleicht irgendwann in Zukunft besuchen wollten. Es war verrückt. Qay fühlte sich wie der Teil eines Ganzen. Teil eines Paares, einer Gemeinschaft. Es war ein vollkommen neues Gefühl für ihn.

„Vier Dates, ja?", fragte Jeremy, als sie zu Qays Haus zurückkamen. Sie lehnten zusammen an Jeremys SUV und keiner von ihnen wollte als erster gehen.

„Das ist in weniger als vierundzwanzig Stunden."

„Dann halte ich es vielleicht noch durch. Besonders, wenn wir mit dem Date etwas früher beginnen als heute. Hast du Lust wieder Wandern zu gehen? Dieses Mal näher an zuhause."

Qay war nie ein Naturliebhaber gewesen, aber die Wanderung zu den Wasserfällen hatte ihm sehr gefallen. Natürlich war Jeremy die Hauptattraktion gewesen, der ihm mit solcher Begeisterung in der Stimme Pilze und Farne und Schnecken erklärte. „Das wäre schön", sagte Qay. „Und können wir danach noch auf die Jagd gehen?"

„Das hört sich nach Abenteuer an. Was jagen wir denn?"

„Meinen Beitrag zu Thanksgiving."

„Ah ja. Ich denke, das lässt sich einrichten." Jeremy senkte schüchtern den Kopf, was bei einem so starken, selbstbewussten Mann ausgesprochen interessant wirkte. „Hey, Qay?"

„Ja?"

„Da wir schon bis zum vierten Date warten und so, möchte ich, dass sich das Warten lohnt. Kein … Quickie oder so, ja?"

Qay lachte unbehaglich. „Ich war recht lange solo. Ich weiß nicht, ob ich mich zurückhalten kann."

„In der Beziehung sind wir schon zu zweit. Aber es spricht ja nichts gegen eine anschließende Wiederholung. Ich will die ganze Nacht. Ich will mit dir in einem Bett schlafen."

Der Schauer, der Qay über den Rücken lief, hatte nichts mit der Kühle der Nacht zu tun. Er nickte.

Jeremy schien sich über die Antwort zu freuen. Er verschränkte die Arme vor der Brust und stieß Qay mit der Schulter an. „Ich würde die Nacht gerne bei dir verbringen. Bitte."

„Aber du hast ein so tolles Hotelzimmer und meine Wohnung ist …"

„Vergiss das Hotelzimmer. Es ist unpersönlich. Steril. Deine Wohnung ist vielleicht nicht das Ritz, aber sie ist ein Zuhause. Das wünsche ich mir für unser erstes Mal."

Jeremy sah ihn so ernst an, dass Qay schon wieder ein Schauer über den Rücken lief. Er lehnte sich an Jeremy, wo ihm gleich wärmer wurde. „Dann bei mir."

Sie beendeten den Abend mit einem heißen Kuss, der zwar kein Sex war, aber doch verdammt nahe dran. Als Qay zur Haustür ging, saß seine Jeans unangenehm eng. Seine Lippen bitzelten und Jeremys hungriger Blick schien ihn verzehren zu wollen.

Qay brauchte dringend eine Dusche.

QAY VERBRACHTE den Sonntagvormittag damit, seine Wohnung aufzuräumen und zu putzen. Die Wohnung war beengt und zugestellt, aber nicht schmutzig. Qay ging auch nicht davon aus, dass sich Jeremy von einigen Staubflusen in die Flucht schlagen ließ. Aber er war nervös und deshalb schrubbte er und schrubbte, um sich irgendwie zu beschäftigen. Dreimal ließ er sich aufs Sofa fallen, legte den Kopf in die Hände und machte die Atemübungen, die ihm der Arzt beigebracht hatte.

Mist. Er hatte schon lange keinen Therapeuten mehr aufgesucht. Qay war sich ziemlich sicher, dass die Krankenversicherung, die sein Arbeitgeber für ihn abgeschlossen hatte, auch Psychotherapie abdeckte. Und die Selbstbeteiligung würde ihn nicht arm machen. Aber erst musste er einen guten Therapeuten finden. Und er musste die Zeit finden, die Therapie zu besuchen, was ohne Auto und mit der Doppelbelastung durch Job und Studium nicht einfach war. Letztendlich war er sich auch nicht sicher, ob ihm eine weitere Therapie helfen würde. Er hatte schon mit unzähligen Psychologen und Psychiatern zu tun gehabt und kannte ihre Routinen. Er brauchte keine zusätzliche Beratung, um Atemübungen oder Meditation zu lernen. Damit kannte er sich aus. Und war er nicht allein ganz gut zurechtgekommen? Er brauchte keinen Kerl mit eindrucksvollen Titeln, um zu wissen, was er zu tun hatte.

Während er Staub wischte, dachte er ernsthaft darüber nach, einige seiner kleinen Andenken wegzuwerfen. Oder in eine Kiste zu packen und in den Schrank zu stellen. Er nahm eine kleine, längliche Dose vom Regal, auf die ein Union Jack aufgedruckt war. Sie roch, als hätte sie früher Tee enthalten. Qay hatte sie leer auf dem Bürgersteig in der Nähe seiner Wohnung gefunden, kurz nachdem er nach Portland gezogen war. Er mochte die Dose. Er war noch nie in England gewesen und rechnete auch nicht damit, dass sich das in Zukunft ändern würde. Aber die Dose war eine nette Erinnerung daran, dass dort draußen eine große, weite Welt existierte. Qay stellte die Dose wieder hin.

Neben der Dose lag ein Stück Treibholz, so lang wie seine Hand. Es fühlte sich glatt an und wenn er es in die Hand nahm, erinnerte es ihn an einen Zauberstab.

Er hatte es vor vielen Jahren an einem windigen Strand gefunden. Es roch immer noch leicht nach Salz. Er legte auch das wieder hin.

Dann nahm er ein Plastikspielzeug in die Hand – den Geist aus Disneys *Aladdin*. Die kleine Figur stammte wahrscheinlich aus einem Fastfood-Restaurant und ein Kind hatte damit gespielt. Sie war etwas klebrig und er hatte sie in der Nähe von L.A. gefunden, wo sie vor einem kleinen Taco-Laden auf dem Boden lag. Das war genau einen Monat nach seinem letzten Rausch gewesen. Nein, die konnte er auch nicht wegwerfen.

Schließlich wischte er die Regale ab und stellte oder legte jedes einzelne Teil wieder an seinen angestammten Platz. Er rückte die schiefen Bücherstapel gerade und warf einige der Bilder aus den Illustrierten weg, die während ihres Aufenthalts an der Wand ausgebleicht waren. Dann ersetzte er sie durch neue Bilder: David Beckham in einer weißen Unterhose, einen Cowboy mit Stetson, der überteuerte Jeans anpries, eine üppige Landschaft mit einem Wasserfall, der in einen großen Teich rauschte. Bei diesem Bild musste er lächeln.

Kurz danach traf Jeremy ein. Seine blonden Haare glänzten feucht. „Es nieselt draußen. Wollen wir trotzdem spazieren gehen?"

„Ich zerfließe schon nicht so schnell." Qay hatte bereits die Stiefel an, musste also nur noch in seine Jacke schlüpfen. „Brauche ich noch mehr?"

„Nein. Es wird ein reiner Stadtspaziergang."

Und so war es auch. Sogar der Weg durch den Forest Park war asphaltiert. Vermutlich hatte Jeremy ihn wegen des Wetters ausgewählt. Es war ein angenehmer Spaziergang und Qay vergaß beinahe, dass sie sich mitten in der Stadt aufhielten. Nebel hing in den Bäumen und er kam sich vor wie in einem Roman von Tolkien. Es hätte ihn nicht gewundert, wenn hinter dem nächsten Baum ein Hobbit oder Elf aufgetaucht wäre. Aber der einzige Mensch, den sie trafen, war ein hagerer alter Mann mit grauem Bart und wasserabweisender Bekleidung.

„Chief!", rief der Mann, als sie näherkamen. Guter Gott, es schien in der ganzen Stadt nicht einen einzigen Menschen zu geben, der Jeremy *nicht* kannte.

Jeremy legte dem Mann lächelnd den Arm auf die Schultern. „Wie schön, dich zu treffen, Len. Wir haben uns lange nicht gesehen. Das ist Qay." Er drehte sich zu Qay um. „Qay, das ist Len Coleman. Er war früher auch in der Parkverwaltung beschäftigt und ist ein alter Kollege von mir."

Coleman schüttelte Qay die Hand. „Ich bin seit zwei Jahren im Ruhestand, aber wie du sehen kannst, lassen mich meine Parks nicht los."

„Das kann ich verstehen", erwiderte Qay. „Es ist sehr schön hier."

„Will der Chief dich etwa rekrutieren?"

Jetzt mischte sich Jeremy ein. „Nein. Ich will meinem Freund nur die Parks zeigen, weil er die Stadt noch nicht so gut kennt."

Da war es wieder, dieses Wort. Coleman ließ sich dadurch nicht aus der Ruhe bringen und lächelte unbeeindruckt weiter. „Die freie Natur ist einer der besten Wege, um das Herz eines Mannes zu erobern. Sie weckt den Appetit." Er zwinkerte ihnen zu.

Jeremy wurde rot, was Qay bezaubernd fand. Nachdem sie sich noch einige Minuten mit Coleman unterhalten hatten, verabschiedete sich der alte Mann und ging in die Richtung weiter, aus der sie gekommen waren. Qay und Jeremy setzten ihren Weg Seite an Seite fort.

„Du hast wirklich kein Problem damit, dass die Leute von mir erfahren, nicht wahr?", fragte Qay nach einer Weile.

„Warum sollte ich damit ein Problem haben?"

„Ich bin nicht gerade der beste Fang."

Jeremy blieb abrupt stehen und packte ihn an den Schultern. „Verdammt … Hör endlich auf, dich selbst schlechtzumachen. Du bist wunderbar. Ich fand dich in der Schule schon heiß und jetzt, wo du dein eigener Mann geworden bist? Du bist klug und interessant und verdammt sexy."

„Ich schleppe viel alten Ballast mit mir herum."

„Wer tut das nicht? Vor allem in unserem Alter. Wer in die vierzig kommt und nichts bereut, der hat nicht gelebt. Schau dir nur mich an! Mein letzter Fehler ist jetzt tot und hat mir einen durchgeknallten Möchtegern-Mafioso auf die Pelle gehetzt."

Das half Qay auch nicht viel, doch das sagte er Jeremy nicht. „Na gut", sagte er stattdessen entschlossen. „Keine Selbstkritik mehr."

„Gut", sagte Jeremy, der ihn immer noch an den Schultern hielt. „Weil wir uns jetzt nämlich auf das glückliche Ende unseres Dates konzentrieren sollten." Er beugte sich vor und küsste Qay – ein zärtlicher, liebevoller Kontakt ihrer Lippen.

Qay war etwas außer Atem, als sie sich wieder trennten. „Ich habe dich gewarnt. Wenn wir uns darauf konzentrieren, kommt das glückliche Ende viel zu schnell."

„Beim Sex gibt es keine Medaillen für Ausdauer, Qay."

Sie gingen Hand in Hand weiter. Ihre Haut war feucht durch den Nebel, der in der Luft lag. Jeremy blieb gelegentlich stehen und wies Qay auf besonders interessante Dinge hin oder erklärte ihm die Namen von Pflanzen und Tieren. Aber vor allem genossen sie die Geräusche des winterlichen Waldes.

Als sie wieder zum Auto kamen, waren sie durchgefroren. Jeremy drehte die Heizung hoch und während sie darauf warteten, dass die beschlagenen Scheiben klar wurden, legte er die Hand auf Qays Oberschenkel. Die Berührung wärmte Qay mehr, als es die Heizung jemals vermocht hätte.

„Danke für den Spaziergang, Jeremy. Es war sehr schön."

„Im Forest Park gibt es über hundert Kilometer Wege und Pfade. Wenn das Wetter besser wird, können wir sie erkunden. Ich zeige dir einige meiner Lieblingsplätze."

Wenn das Wetter besser wird. Das war erst in Monaten der Fall. Qay hatte schon Liebhaber gehabt – Männer, die einige Nächte oder sogar einige Wochen mit ihm verbrachten. Aber er war damals drogenabhängig, so wie diese Männer auch. Die einzige Zukunft, die für sie eine Rolle spielte, war ihr nächster Hit. Die meisten waren keine schlechten Kerle gewesen, aber Qay war dabei, sich langsam umzubringen. Und sie auch. Sie wussten alle, dass für sie kein gemeinsamer Frühling vor der Tür stand. Und jetzt war da Jeremy, der so selbstverständlich von Mehr und Später und Besser redete. Es war erschreckend.

„Qay?" Jeremys Stimme riss ihn aus seinen Gedanken. „Warum dieser Name?"

„Qayin ist die hebräische Form von Cain."

„Ja, das hast du mir schon gesagt. Aber warum ausgerechnet dieser Name? Warum nicht George oder Tristan oder Marcel?"

Qay drehte den Kopf zu ihm um. „Marcel?"

„Sicher. Warum denn nicht? Und wenn du schon aufs Alte Testament stehst, warum dann nicht Jedidiah oder Shem oder Boaz?"

„Meinst du das ernst?"

„Meine Eltern haben mich sonntags immer in die Bibelstunde geschickt. Ein Teil davon ist offensichtlich hängengeblieben. Und bei dir?"

Qay schüttelte den Kopf. „Ich musste auch gehen, aber sie haben es nicht kontrolliert. Ich kann mich nur an einige Stichworte erinnern. Äpfel, Sintflut, Sodom und Gomorrha. So was halt."

„Warum hast du dir dann einen biblischen Namen ausgesucht? Und dazu noch einen hebräischen?"

Es wurde langsam zu heiß im Auto. Als Qay die Heizung abdrehen wollte, zitterte seine Hand. „Ich will nicht darüber reden. Können wir jetzt einkaufen gehen?"

Jeremy musste Qays scharfer Ton aufgefallen sein, aber er ging nicht darauf ein. „Sicher. Ich weiß auch schon wo." Zu Qays Erleichterung ließ er den Motor an und schaltete das Radio ein. Aerosmith dröhnte durchs Auto, als sie losfuhren.

Sie fuhren in den Osten der Stadt in einen riesigen, höhlenartigen Laden mit Wandgemälden und Decken aus Holzbalken. Ein Teil der Halle wurde von Verkaufsständen eingenommen. Regale, Tische und Schränke enthielten jedes nur denkbare Spiel. Qay hätte nie gedacht, dass es so viele und unterschiedliche Spiele geben könnte – Brettspiele, Computerspiele, Puzzles, Kartenspiele und komplizierte Systeme von Miniaturen. Außerdem standen große und kleine Tische in der Halle, an denen Besucher saßen und spielten. Es gab sogar ein kleines Areal, wo man Snacks und Getränke kaufen konnte.

„Der innere Bücherwurm in mir liebt diesen Ort", erklärte Jeremy.

„Ich wusste nicht, dass du einen inneren Bücherwurm hast."

„Machst du Witze? Du kanntest mich doch, als ich vierzehn war. Der kleine Bücherwurm sitzt immer noch in mir verborgen. Er ist nur großzügiger verpackt." Er fuhr sich mit der Hand über die breite Brust.

„Oh, das wusste ich schon. Aber ich finde nicht, dass er sich verborgen hält. Männer, die bei einem Date mit lateinischen Namen um sich werfen? Sind Bücherwürmer." Qay grinste lüstern. „Und Bücherwürmer sind sexy."

Jeremy wackelte zur Antwort mit den Augenbrauen. Dann machte er eine ausholende Geste mit dem Arm. „Schau dich um. Was willst du mitbringen?"

Qay hatte in der Psychiatrie oft mit anderen Insassen gespielt. Sie hatten endlose Stunden vor dem Schachbrett gesessen oder Dame, Monopoly, Parcheesi und Yahtzee gespielt. Es war besser, als gelangweilt in der Ecke zu hocken, aber groß war der Unterschied nicht. Er spielte auch Karten: von Mau-Mau bis hin zu Poker, Black Jack, Bridge und Rommee. Und Solitär. Er kannte nahezu sämtliche Varainten von Solitär. „Karten?", fragte er zögernd. Nicht, dass sich Solitär sonderlich gut als Gruppenspiel auf einer Party eignete.

Jeremy strahlte ihn an und führte ihn durch die Halle zu einem Stand mit länglichen Schachteln. „Das hier", sagte er entschieden.

Qay las die Aufschrift auf einer der Schachteln. „*Cards Against Humanity*?"

„Jawoll." Jeremy erklärte ihm kurz, wie das Spiel funktionierte.

Es hörte sich lustig an. „Gekauft", sagte Qay und nahm sich eine der Schachteln. „Lass uns gehen."

Jeremy grinste breit. „Du scheinst es eilig zu haben, Qayin Hill."

Er hatte es eilig und war doch wie gelähmt. Und es fiel ihm schwer, den Unterschied zu erkennen. „Ich glaube, wir haben Phase zwei des vierten Dates erfolgreich absolviert. Wir müssen nur noch essen und …"

„Wir können uns unterwegs etwas besorgen. Es gibt bei dir in der Nähe ein gutes Thai-Restaurant."

„Dann also Thai."

Das Restaurant war nur einen Straßenzug vom *P-Town* entfernt und Jeremy fand keinen Parkplatz.

„Wir könnten zu mir fahren und zurücklaufen", schlug Qay vor.

„Nein. Ich habe eine bessere Idee." Jeremy fuhr in die Tiefgarage seiner eigenen Wohnung, schaltete den Motor ab und drehte sich zu Qay um. „Ich weiß, du hast es eilig. Mir geht es genauso. Aber was hältst du von einem kurzen Abstecher? Ich kann dir zeigen, wie die Renovierungsarbeiten vorangehen."

Oh. Qay hätte die Wohnung gerne gesehen, bevor sie zertrümmert wurde. Sie hätte ihm viel über Jeremys Persönlichkeit verraten. Wohnungen spiegelten oft die Persönlichkeit ihres Besitzers wider. Wie beispielsweise seine Souterrainwohnung, die alt und billig und voller Trödel war.

„Das wäre schön", sagte er.

Jeremy nahm ihn an der Hand und führte ihn die drei Etagen nach oben. Das Treppenhaus war nicht sehr bemerkenswert. Die Treppe war aus Beton, die Wände weiß und die Türen, die sich in jedem Stockwerk befanden, waren ebenfalls nicht sehr auffällig. Als sie oben ankamen, zögerte Jeremy einen Augenblick, bevor er die Tür aufschloss.

„Alles in Ordnung?", erkundigte sich Qay.

„Ja. Ich hatte hier in letzter Zeit einige unangenehme Überraschungen und die Erinnerung daran ist noch frisch. Damit kennst du dich bestimmt aus, Mr. Psychologiestudent." Er grinste schief und schloss auf.

Als erstes fiel Qay die Größe der Wohnung auf. Sie war mindestens dreimal so groß wie seine kleine Kellerwohnung. Und wenn die Sonne schien, wirkte sie durch die hohen Decken und die großen Fenster bestimmt sehr hell und luftig. Die Möbel waren noch nicht geliefert und die Küche noch in Trümmern, aber die weißen Wände rochen nach frischer Farbe und der Fußboden war in einem angenehmen Braun gestrichen.

„Wow", sagte er. „Das sieht edel aus."

Jeremy zuckte mit den Schultern. „Ich habe sie günstig gekauft. Komm, ich zeige dir den Rest."

Das Badezimmer war groß genug, um darin eine römische Orgie zu feiern. Es enthielt eine übergroße Badewanne und eine riesige Duschkabine. Die Kacheln waren noch nicht komplett verlegt und die Toilette fehlte.

„Ich vermisse mein Badezimmer", sagte Jeremy wehmütig.

Das Schlafzimmer war auch sehr groß, aber nicht so übergroß wie das Badezimmer. Im Moment bestand es nur aus dem bloßen Fußboden und frisch gestrichenen Wänden. Jeremy stellte sich in die Mitte des Raums und sah sich um. „Ich habe schon ein Bettgestell gekauft, aber noch kein Kopfteil dazu. Und weil ich dazu passende Kommoden will, habe ich die auch noch nicht gekauft. Ich sollte mich vielleicht bald entscheiden, was ich will. Mein Gott, ich hasse das. Ich gehe nicht gerne einkaufen."

„Was für eine Sorte Schwuler bist *du* denn?"

Jeremy kam zu ihm, nahm ihn an der Hand und zog ihn an sich. „Ein starker", knurrte er.

Qay raubte sich seinen Kuss, bevor Jeremy ihn freiwillig anbot. Jeremy schien sich nicht daran zu stören, zog Qay sogar noch näher an sich und legte ihm die Hände auf den Hintern. Zu schade, dass so viele Lagen Stoff – Jacke, Hemd, Jeans, Unterwäsche – zwischen ihnen waren und jeden Hautkontakt verhinderten. Aber die Hände fühlten sich gut an. Qay schob seine eigenen Hände unter Jeremys Jacke und drückte ihm den Arsch. Verdammt. Wenn das keine Muskeln aus Stahl waren … Und wenn sie in Jeans gepackt schon so umwerfend waren – wie mochten sie dann erst nackt aussehen?

Qay hatte schon immer gern geküsst. Vielleicht war er oral fixiert oder so. Aber normalerweise ließen Küsse ihn nicht alles um sich herum vergessen, so wie jetzt. Weder seine Ängste noch sein Unglück noch seine unerfüllbaren Sehnsüchte spielten mehr eine Rolle. Er wollte sich nur noch hingeben, wollte geben und nehmen. Und das war schon wieder eine vollkommen neue Erfahrung für ihn.

Sie trennten sich keuchend. „Wir sollten jetzt gehen. Der Fußboden ist nicht sehr bequem", meinte Jeremy.

Mittlerweile wäre Qay selbst das egal gewesen, aber er nickte. „Thai. Danke für die Tour."

„Vielleicht könntest du mir beim Einrichten helfen, wenn alles renoviert ist und die Möbel geliefert sind."

„Sehe ich aus wie die dekorierende Sorte Schwuler?"

Jeremy lachte. „Mann, wir lassen unser Team echt im Stich. Wir schaffen es einfach nicht, auch nur eine einzige der Grundvoraussetzungen zu erfüllen."

„Lass uns erst nackt in meinem Bett liegen, dann erbringen wir schon den Beweis, dass wir dazugehören."

Sie verließen die Wohnung und Jeremy schloss ab. Dann rannten sie los.

SIE KICHERTEN wie Teenager nach dem Schellenkloppen, als sie mit ihren Plastiktüten – aus denen es appetitlich nach Chilis, Erdnusssoße und Koriander roch – durch den Nieselregen in Qays Wohnung liefen. Qays Hand zitterte vor Kälte und Aufregung, sodass er es kaum schaffte, den Schlüssel im Schloss zu drehen. Da half es auch nicht sonderlich, Jeremys heißen Atem im Nacken zu spüren.

Als sie endlich im Trockenen waren, holte Qay Teller und Besteck aus der Küche, während Jeremy die Styroporschachteln auf dem Tisch anrichtete. In ihrem Hormonrausch hatten sie viel zu viel bestellt, sodass Qay vermutlich noch bis Thanksgiving Reste essen konnte. Sie luden sich die Teller voll mit Reis, Curry und Nudeln und setzten sich aufs Sofa, um zu essen.

„Ich weiß ja nicht, ob eine so große Mahlzeit vor dem Sex eine gute Idee ist", meinte Qay zweifelnd, hörte aber nicht auf, sich den Mund vollzuschaufeln.

Jeremy pikste ihn mit der Gabel. „Das brauchen wir jetzt. Für die Ausdauer."

Seit er Jeremy kannte, aß Qay so gut wie seit Ewigkeiten nicht mehr. Vielleicht sollte er sich langsam Gedanken machen, wie er die vielen Kalorien wieder abbaute. Er lief oft zur Arbeit und das Putzen verbrannte auch Kalorien, aber er joggte nicht oder trainierte in einem Fitnessstudio, so wie Jeremy.

Für einige Minuten widmete er sich ganz seinem Pad Gra Prow. Als er wieder aufschaute, sah Jeremy ihn mit einem Hunger an, der nichts mit dem Inhalt seines Tellers zu tun hatte. „Ich sehe dir gern beim Essen zu", sagte Jeremy mit heiserer Stimme.

„Warum?"

„Ich stelle mir vor, was du mit diesem Mund sonst noch machen könntest. Und ich frage mich, wie du schmeckst."

Qay stellte seinen Teller ab. „Dann sollten wir jetzt hier klar Schiff machen." Er hatte zwar bisher noch keine Kakerlaken in seiner Wohnung entdeckt, wollte aber das Schicksal nicht herausfordern, indem er Essensreste auf dem Tisch stehenließ.

Außerdem wollte er sich etwas abkühlen, um nicht bei der ersten Berührung durch Jeremys Hand zu verbrennen.

Jeremy half ihm, die Reste im Kühlschrank zu verstauen und das Geschirr zu spülen. Dann drückte er Qay mit dem Körper gegen die Arbeitsplatte. „Ein Appetithäppchen", sagte er und fuhr ihm mit der Zunge über den Hals. Wenn Qay nicht zwischen dem Kühlschrank und Jeremy eingeklemmt gewesen wäre, hätten seine Knie nachgegeben und er wäre auf den Boden gerutscht. „Verdammt", stöhnte er.

„Ja." Jeremys Pupillen waren erweitert und sein Blick brannte mit einer Intensität, wie Qay sie bei einem vollkommen nüchternen Menschen noch nicht oft erlebt hatte. Eine leichte Röte stieg ihm ins Gesicht.

Dann trat Jeremy einen Schritt zurück – stolperte fast dabei – und fuhr sich mit den Fingern durch die kurzen Haare. „Ist das normal bei dir?"

Qay schüttelte den Kopf. „Nein."

„Wir … wir sollten versuchen, es besser zu verstehen. Ich weiß, wie Hormone und Neurotransmitter funktionieren und was sie mit dem Körper machen. Und du hast im College vermutlich auch gelernt, welche Philosophien es über die Anziehungskraft zwischen zwei Menschen gibt. Und welche psychologischen Hintergründe sie haben. Ist es das, was zwischen uns vor sich geht?"

„Ich weiß es nicht. Ich finde keinen Namen dafür." Oh doch, er fand einen. Aber er war nicht so dumm, daran zu glauben.

„Wir kannten uns damals kaum und wir sind auch nicht mehr in Kansas. Keiner von uns ist noch der Mensch, der wir damals waren."

Qay überlegte. „Vielleicht doch. Zumindest teilweise. In dir steckt immer noch der Bücherwurm, der ständig gehänselt und schikaniert wurde. Und ich bin immer noch der mürrische Außenseiter." Er lachte blechern. „Vielleicht sogar mehr als nur teilweise. Und ja – ich bin mehr, als Keith es jemals war. Und ich bin weniger. Aber er ist immer noch da." Er hatte sich das niemals eingestanden, viel weniger laut ausgesprochen. Allein der Gedanke daran sollte erschreckend sein, doch Qay verspürte nur eine gewisse Erleichterung. Als hätte er unbewusst bedauert, Keith ausgelöscht zu haben.

„Vielleicht müssen wir es gar nicht verstehen", sagte Jeremy nach einer Weile. „Weil es einfach *ist*. Es ist doch real, oder?"

„Außer, ich habe wieder Halluzinationen."

Jeremy wollte gehen, doch Qay hielt ihn am Arm zurück und legte ihm die Hand an die Brust. „Ich habe es dir schon gesagt, aber du solltest es auch sehen." Er knöpfte sein Hemd auf. Seine Hände zitterten so stark, dass Jeremy die Hand ausstreckte und ihm helfen wollte. Qay schlug sie zur Seite.

Der Vorteil an Portland war, dass man hier wegen des Wetters ganzjährig lange Ärmel tragen konnte. Es wurde selten so warm, dass sich jemand darüber wunderte. Qays Haut war ein Geheimnis, das er für sich behielt. Er mochte sie selbst nicht ansehen.

Schließlich hatte er alle Knöpfe geöffnet und ließ das Hemd hinter sich auf den Boden fallen. Dann zog er sein weißes Unterhemd über den Kopf und breitete die Arme aus, um Jeremy alles zu zeigen, was es zu sehen gab: einen abgemagerten Oberkörper, blasse Haut und dunkle Haare, die langsam ergrauten; einige Narben, von denen er die meisten seinem Sprung in den Smoky Hill River verdankte; schlecht gemachte Tattoos, die ein Ereignis symbolisierten, das er kurze Zeit – high oder besoffen – für wichtig hielt und das seine Bedeutung verlor, sobald er nüchtern wurde; kleine Einstichnarben und punktierte Linien auf der Innenseite seiner Ellbogen und Unterarme.

Zu Qays Überraschung zuckte Jeremy mit keiner Wimper. Er ließ den Blick über Qays Körper schweifen, als handelte es sich um den Tatort eines Verbrechens, das er aufzuklären gedachte.

„Ich habe schon oft Junkies gesehen", sagte Jeremy leise. „Als Polizist hatte ich sehr oft mit ihnen zu tun. Als Ranger auch noch, aber seltener. Ich erkenne Einstichnarben, wenn ich sie sehe. Ich erkenne auch ein Tattoo, das aus dem Knast stammt und …"

„Dann musst du mich nicht mehr ansehen", sagte Qay und zog die Arme vor die Brust, als wollte er sich verstecken.

„Lass mich ausreden", erwiderte Jeremy und kam näher. Dann fasste er Qays Arme mit seinen großen, warmen Händen. „Wenn ich dich sehe, sehe ich keinen Junkie. Ich sehe *dich* – Qayin Hill –, einen faszinierenden Mann, der mir schneller unter die Haut gegangen ist, als ich jemals für möglich gehalten hätte."

Die lähmende Angst verflüchtigte sich unter Jeremys Blick, in dem nichts als Ehrlichkeit zu erkennen war. Na ja … Ehrlichkeit und ein Funke Lust. Qay konnte noch nicht darauf eingehen, konnte sich noch nicht ausziehen und das mit dem Mann machen, was er sich wünschte: atemberaubenden, wunderbaren Sex.

„Du hast mich noch nicht nach meinem HIV-Status gefragt", sagte Qay.

Auch dieses Mal zuckte Jeremy mit keiner Wimper. „Und du mich nicht nach meinem."

„Du bist Captain Caffeine. Kein tödlicher Virus der Welt würde sich in deine Nähe trauen. Aber ich habe alles getan, was man *nicht* tun sollte, wenn man Wert auf seine Gesundheit legt. Sex ohne Kondom. Schmutzige Nadeln. Jahrelang, Jeremy." Er lachte bitter. „Wusstest du, dass die Gesundheitsbehörde Listen führt über diejenigen Gruppen der Bevölkerung, die für eine HIV-Infektion am anfälligsten sind? Ich gehöre zu jeder einzelnen dieser Gruppen."

„Bist du gesund, Qay? Bekommst du die richtige Behandlung?"

Mist. Jeremy war schon wieder einen Schritt nähergekommen. Er hob die Hand, legte sie Qay an die Wange und sah ihm in die Augen.

„Ich bin negativ", sagte Qay und kam sich dabei ziemlich idiotisch vor. „Ich kann mir zwar nicht erklären, wie das möglich ist, aber so ist es. Als hätte Gott bemerkt, dass ich mich mit meinem Lebenswandel umbringen wollte. Als hätte er sich gedacht, er könnte mir einen reinwürgen, indem er mich gesund erhält und zum Leben zwingt."

Jeremy atmete zitternd aus. „Dann bist du nicht …"

„Nein. Ich war bei meinen letzten Tests immer negativ. Und seitdem habe ich mit keinem Mann mehr geschlafen. Aber wenn ich positiv wäre …"

„Wäre ich darüber traurig. Und ich hätte Angst um dich. Aber *das* hier würde ich trotzdem tun." Und mit diesen Worten beugte er sich vor und küsste Qay. Es war ein tiefer, inniger Kuss. „Und ich würde dich auch immer noch bitten, mit mir ins Bett zu kommen. Jetzt. Bitte?"

Qay zitterte, als Jeremy ihn an der Hand nahm. Dann sah er ihm in die Augen und nickte.

16

JEREMY HATTE seit ihrem ersten Zusammentreffen damit gerechnet, dass Qay HIV-positiv sein könnte, ein Gedanke, der ihm Angst machte. Qay passte nicht immer auf sich auf und Jeremy wusste nicht, ob Qay eine gute Krankenversicherung hatte. Dazu kamen noch Qays mangelhafte Ernährung und dass er oft zu Fuß durch den Regen lief, wenn er zur Arbeit oder ins College musste. Kein Wunder, dass er so oft gestresst und erschöpft war.

Deshalb hätte Jeremy heulen können vor Erleichterung, als er hörte, dass Qay negativ war. Das hätte allerdings die gute Stimmung ruiniert und Jeremy riss sich zusammen. Stattdessen folgte er Qay in dessen Schlafzimmer. Er musste grinsen, als er das tipptopp gemachte Bett sah. „Das sieht ja einladend aus", sagte er.

Qay wurde rot. „Das lernt man, wenn man lange genug in einer Klinik eingesperrt ist."

Jeremy wollte gerade antworten, da fiel ihm etwas anderes ein. „Nicht bewegen." Er lief ins Nachbarzimmer und zog eine kleine Papiertüte aus der Innentasche seiner Jacke, die über dem Sofa hing. Nachdem er wieder ins Schlafzimmer kam, warf er die Tüte aufs Bett. Eine große Flasche Gleitgel und ein Dutzend unterschiedlicher Kondome fielen aus der Tüte.

Qay starrte den bunten Haufen mit großen Augen an.

„Ich glaube zwar nicht, dass ich Captain Caffeine bin, aber Mr. Safety bin ich auf jeden Fall", meinte Jeremy. Und das stimmte. Selbst in seinen beiden einzigen ernsthaften Beziehungen hatte er immer auf Kondome bestanden. Was sich zumindest in Donnys Fall als sehr kluge Entscheidung herausstellte, wenn man bedachte, wie oft Donny ihn betrogen hatte.

Als Qay zu lachen anfing, wirkte er schlagartig um Jahre jünger. Er zog die Schublade eines seiner nicht zusammenpassenden Nachttischschränkchen auf und holte eine doppelte Handvoll bunt eingepackter Gummis hervor. Und er übertraf Jeremys Weitsicht sogar noch, denn in der Schublade lagen *zwei* Flaschen Gel. „Ich war gestern auch einkaufen."

„Sieht aus, als wären wir beide ziemlich optimistisch", meinte Jeremy lachend. Es war ein gutes Gefühl, so unbeschwert miteinander zu lachen.

Und dann überraschte ihn Qay mit einem hungrigen Kuss. Er spielte nicht nur mit Jeremys Zunge, er biss ihn in die Unterlippe und leckte ihm über die Bartstoppeln. „Es ist so verdammt lange her", sagte er mit zitternder Stimme und drückte sich an Jeremys Körper.

Was mochte er mit *lange* meinen? Jeremy wollte es gar nicht wissen. Er nahm sich vor, Qay heute Abend alles vergessen zu lassen – und sei es nur vorübergehend –, was ihm das Leben an Widrigkeiten in den Weg gelegt hatte.

Jeremy streichelte ihm über den Rücken. Die kalte Haut wurde warm unter seinen Händen. Der ganze Qay wurde warm, presste sich an ihn und schlang ihm die Arme um den Leib. Durch die Jeans konnte Jeremy Qays harten Schwanz spüren. Als Qay ihm die Nase an den Hals drückte und schnüffelte, fiel Jeremy wieder ein, dass sie heute durch den Forest Park gewandert waren. „Soll ich kurz duschen?", fragte er.

„Nein! Mein Gott, du riechst wunderbar. Wie ... wie Fichten und Regen und Zitronensaft." Als wollte er seiner Antwort mehr Nachdruck verleihen, leckte er über Jeremys Hals und drückte ihm die Zunge an die Halsschlagader.

Verdammt. Davon wollte Jeremy mehr, also mussten sie die restlichen Klamotten loswerden. Er versuchte, sich den Pulli über den Kopf zu ziehen, ohne den Kontakt zu Qay zu verlieren. Es wollte nicht funktionieren. Jeremy verhedderte sich komplett, bis ihm Qay lachend den Pulli auszog und zur Seite warf. Als nächstes nahm er sich Jeremys Hemd vor und schnalzte mit der Zunge, als er unter dem Hemd noch ein Unterhemd entdeckte. „Wie viele Lagen hast du denn an? Muss ich so lange eine nach der anderen ausziehen, bis von dir nichts mehr übrigbleibt? Bist du unter dem ganzen Stoff nur ein Hänfling wie bei einer Matrioschka?"

„Nein. Das ist die letzte Schicht, jedenfalls oben."

Als sich ihre nackten Oberkörper berührten, fing Qay wieder an, ihn abzulecken – Hals, Schlüsselbein, Schulter. Jeremy stöhnte, als Qay mit der Zunge über einen Nippel fuhr. „Da ... da bin ich höllisch empfindlich."

Qay sah ihn begeistert an. „Ja? Und wie empfindlich ist das genau?" Er fing zärtlich zu knabbern an und Jeremy wurden die Knie weich.

Vorsichtig schob er Qays Kopf zur Seite. „So empfindlich, dass diese Show nicht mehr lange dauert, wenn du so weitermachst."

„Davon kannst du kommen?" Qay zwickte beide Nippel gleichzeitig mit den Fingern und Jeremy warf stöhnend den Kopf in den Nacken. „Mein Gott, das kannst du wirklich!", rief Qay lachend.

Jeremy war kurz davor, Qay anzubetteln. Aber worum? Aufhören? Mehr? Keuchend zog er den Reißverschluss auf und schob sich Jeans und Unterhose nach unten. Sein Schwanz stieß hart an Qays Bauch. Qay belohnte Jeremy mit einem lauten Zischen.

„Gute Idee", sagte Qay dann, trat einen Schritt zurück und zog sich aus. Jeremy tat es ihm nach und als sie beide nackt waren, starrten sie sich an. Es war merkwürdig. Jeremy wusste, dass er durch seine guten Gene und das regelmäßige Training ein attraktiver Mann war. Er war schon oft als sexy bezeichnet worden und es gewohnt, das Verlangen im Blick seiner Liebhaber zu sehen. Und doch überraschte es ihn immer wieder. Manchmal, wenn er in den Spiegel schaute, erwartete er immer noch, den kleinen, pummeligen Jungen von früher zu sehen.

Keith war ein sehr schlaksiger Teenager gewesen; mit seinen langen Gliedern und breiten Schultern wartete er noch darauf, mehr Fleisch auf die Knochen zu bekommen. Obwohl er immer noch breite Schultern hatte, war es dazu nie gekommen. Sein Körper war sehnig, mit zähen Muskeln und straffer Haut. Selbst der Schwanz, der aus den dunklen Haaren aufragte, war straff. Trotz der schlechten Tattoos, der Narben und alten Einstiche, war er ein schöner Mann. Jeremys Herz schlug schneller, als er Qay so vor sich stehen sah.

Danach waren keine zusammenhängenden Sätze mehr zu hören. Es gab allerdings noch viele Geräusche und Töne, einige davon sogar ganze Wörter – *ja, bitte, Gott, mehr, oh*. Der größte Teil der Kondome und alle drei Flaschen mit Gel landeten auf dem Fußboden, das tipptopp gemachte Bett wurde vollkommen zerwühlt und das kühle Zimmer konnte nicht verhindern, dass ihre Körper vor Hitze glühten.

Qays Arsch war unglaublich eng, obwohl Jeremy sich viel Zeit mit der Vorbereitung ließ. Er sah so verletzlich aus, als er den Kopf keuchend ins Kissen drückte und die Fersen an Jeremys Arschbacken presste, um ihn anzufeuern.

Jeremys Schwanz fühlte sich willkommen und absolut fantastisch in der feuchten Hitze, aber das waren nicht die einzigen Gefühle, die über ihn hereinbrachen. Da war der Anblick von Qays glatten, dunklen Haaren, die sich wie ein Fächer um seinen Kopf auf dem Kissen ausbreiteten, von Qays braunen Augen, deren Blick ihn nicht losließ. Da war sein Stöhnen und Keuchen und Wimmern, war das Geräusch ihrer feuchten Körper, wenn sie zusammenschlugen. Und da war der Geruch nach Schweiß und Sex und Wald. Jeremy spürte, wie sich der Orgasmus in ihm aufbaute. Qay rieb sich im Rhythmus von Jeremys Stößen den Schwanz und Jeremy kam ihm zur Hilfe, umfasste Qays Hand mit seiner, sodass sie sich gemeinsam um Qays harten Schwanz schlossen. Er spürte Qays glatten Bauch an den Knöcheln und kam mit einem lauten Schrei zum Höhepunkt.

Qay folgte ihm nur einen Herzschlag später und keuchte atemlos, als sich sein heißer Samen zwischen ihnen ergoss.

Jeremy wollte Qays Körper nicht verlassen, und als er es dann doch tat, schaffte er es nur noch, sich schnaufend auf den Rücken zu rollen. Qay übernahm die Aufräumarbeiten. Er holte einen kleinen Mülleimer aus Plastik für das benutzte Kondom, dazu einige feuchte Tücher, um Jeremy und sich abzuwischen. Er wirkte nervös und als er wieder gehen wollte, hielt Jeremy ihn an der Hand fest. „Kommst du zu mir? Ich habe vergessen, dich zu warnen, aber ich bin ein Schmuser."

„Natürlich bist du das", sagte Qay lächelnd und schaltete das Licht aus. Er wäre auch unbeschadet ins Bett gekommen, hätten da nicht die unbenutzten Kondome in ihren glatten Tütchen auf dem Boden gelegen. Qay rutschte aus und fiel fluchend aufs Bett und direkt auf Jeremy.

Jeremy hielt ihn fest und sie versuchten lachend die Bettdecken zu sortieren und sich zuzudecken. Dann hatte Jeremy Qay endlich da, wo er ihn wollte – mit dem Rücken an Jeremys Brust gedrückt und umschlungen von Jeremys Armen.

„Du riechst so gut", sagte er und vergrub die Nase in Qays Haaren.

„Das ist einer der Vorteile der Fensterfabrik: Sie stinkt nicht. Ich hatte vor einiger Zeit einen Job in der Fleischverarbeitung – Geflügel – und es dauerte Monate, bis ich den widerlichen Geruch wieder los war. Das einzige, was den Gestank dort noch übertroffen hat, war mein Gastspiel in einem Recyclingbetrieb."

„Jetzt riechst du jedenfalls nach Sex. Und Thai. Es passt überraschend gut zusammen."

Qay kicherte und rückte in eine bequemere Position. Jeremy war kein Teenager mehr mit unermüdlichem Regenerationsvermögen, aber Qays Hintern am Schwanz zu fühlen, reichte beinahe aus, um ihn wieder in Fahrt zu bringen. Vielleicht später. Nach einem kurzen Schläfchen. Er gähnte.

Qay ließ sich davon anstecken und gähnte ebenfalls. „Wie aufregend wir doch sind", sagte er lachend.

„Ich will keine Aufregung", murmelte Jeremy ihm ins Ohr. „Ich will nur das." Weil der Sex wunderbar gewesen war; aber besser noch war es, Qay in den Armen zu halten.

Qay brummte. Jeremy konnte allerdings nicht entscheiden, ob es zustimmend oder skeptisch gemeint war.

Trotz der Wärme und der postorgastischen Zufriedenheit fühlte Qay sich so angespannt an, als könnte er jede Minute aus dem Bett springen. Gleichzeitig lehnte er sich aber an Jeremy, als wollte er hier nie wieder weg.

Jeremy erkannte, dass es genau dieser Widerspruch war, der Qays bisheriges Leben bestimmt haben musste: Die Sehnsucht nach Stabilität und Zuneigung auf der einen Seite, andererseits aber auch die Angst, dass es niemals anhalten würde und ihm jeden Moment wieder genommen werden könnte. Nun, Jeremy nahm sich vor, sein Bestes zu geben, um Qays Sehnsüchte zu befriedigen und seine Ängste zu verjagen.

„Ich bin froh, dass wir gewartet haben", sagte Qay verschlafen. „Das war es wert."

„Amen."

Jeremy rieb ihm über die Arme, über die Brust und den weichen, flachen Bauch. Qay entspannte sich und atmete ruhiger. Jeremy dachte schon, Qay wäre eingeschlafen, da meldete er sich noch einmal zu Wort. „Kannst du dich an das Haus der Dieglemans erinnern?"

Die Frage kam so vollkommen aus blauem Himmel, dass Jeremy einen Moment brauchte, bis der Groschen fiel. „In Bailey Springs?"

Er fühlte Qays Nicken.

„Es hieß, es wäre ein Geisterhaus", sagte Jeremy.

„Das war es nicht. Es war ein altes Farmhaus, das schon lange vor unserer Geburt verlassen wurde."

Jeremy runzelte die Stirn und versuchte, sich die Details ins Gedächtnis zu rufen. „Ich kann mich nur an das Feld erinnern."

„Ja. Weil das Haus abgerissen wurde, nachdem …" Qay schluckte vernehmlich. „Jugendliche haben sich oft dort getroffen, um Gras zu rauchen oder zu ficken. Aber damals waren wir noch Kinder. Als ich acht oder neun Jahre alt war, habe ich oft in dem Haus rumgestöbert. Ich glaube, die Farm muss sehr alt gewesen sein. Sie stammte vermutlich aus der Gründerzeit von Bailey Springs. Es gab viel Interessantes zu entdecken. Alte Blechdosen, Flaschen und so. Einmal habe ich in einer alten Kaffeedose eine Handvoll Münzen gefunden."

Qay verstummte und Jeremy nutzte die Gelegenheit, sich den kleinen Keith Moore vorzustellen, wie er in dem Gerümpel und Schmutz des alten Hauses auf Schatzsuche ging. Er musste lächeln, aber es schnürte ihm auch die Kehle zu, als er sich fragte, warum Keith in diesem Alter nicht mit den anderen Kindern gespielt hatte.

„Oft habe ich ein Buch mitgebracht und einfach nur gelesen. Manchmal habe ich auch gezeichnet. Die älteren Kinder kamen erst abends, sodass ich das Haus tagsüber ganz für mich allein hatte. Es war so … friedlich. Hattest du auch einen solchen Ort in deiner Kindheit?"

„Mein Zimmer. In den Ferien und an den Wochenenden habe ich den ganzen Tag dort verbracht. Nur zum Essen bin ich in die Küche gekommen." Seiner Mutter war es egal gewesen. Sie war sogar erleichtert, dass Jeremy sich mit sich selbst beschäftigen konnte. Wenn sein Vater von der Arbeit kam, brüllte er Jeremy gelegentlich an und forderte ihn auf, seinen faulen Arsch an die frische Luft zu bewegen. Aber niemals hätten seine Eltern die Hand gegen ihn erhoben. Er musste nicht von zuhause fliehen, um sich sicher zu fühlen.

Qay nickte wieder und erschauerte. Jeremy wusste, es lag nicht an der Kälte. Er zog Qay fester an sich. „Es war mir verboten worden", sagte Qay leise. „Wenn man auf den Bahnschienen lief, war es nur ungefähr einen Kilometer von zuhause, aber meine Eltern wollten nicht, dass ich in das Haus ging. Es wäre zu gefährlich, sagten sie. Ich weiß nicht, was daran gefährlich war. Sie haben es mir nicht erklärt. Sie erwarteten nur Gehorsam. Deshalb ignorierte ich ihr Verbot und ging trotzdem in das Haus. Ich träumte davon, es später – wenn ich erwachsen war – zu kaufen und zu renovieren, um dort zu leben. Ich stellte mir sogar vor, in welchen Farben ich die Wände streichen würde und wie viele Hunde ich hätte und … den ganzen Mist."

Er hörte sich so jung und wehmütig an. Jeremy drückte ihn an sich.

Dann erschauerte Qay wieder und schüttelte sich. „Es war August. Ich war zwölf Jahre alt. Der Tag war unerträglich heiß. Kannst du dich an diese heißen Augusttage erinnern? Wenn die Luft so schwer ist, dass sie dich zu Boden drückt? Wenn ich klüger gewesen wäre, wäre ich zuhause geblieben, wo wir eine Klimaanlage hatten. Aber es war Samstag und mein Vater … Diese Art Wetter schlug ihm immer auf die Stimmung. Mein Gott, eigentlich schlug ihm *alles* auf die Stimmung. Also ging ich zu dem alten Haus und las und schwitzte. Am späten Nachmittag zogen im Westen Gewitterwolken auf, doch darüber machte ich mir keine Sorgen. Ich dachte mir, dass ich in dem Haus sicher wäre. Es gab sogar einen Schutzkeller, aber der war so voller Spinnweben, dass ich ihn vermutlich nicht betreten hätte."

Jeremy konnte sich nur zu gut an die Stürme in Kansas erinnern, wenn der Himmel im Westen dunkler und dunkler wurde und sich die wütenden, violetten Wolken auftürmten und brodelnd herangerollt kamen. So lange die Sonne noch schien, war man sicher. Doch dann kam der Moment, in dem schlagartig die Temperatur fiel, in dem plötzlich Totenstille herrschte und der Himmel einen grünlichen Farbton annahm. Dann schoben sich die Wolken vor die Sonne und es wurde richtig dunkel. Dann war man froh, wenn man ein Dach überm Kopf hatte. Obwohl diese Stürme furchteinflößend sein konnten, waren sie doch auch spektakulär – die Blitze zuckten über den Himmel wie Feuerwerk und das Donnern war markerschütternd.

Guter Gott. Selbst in der Dunkelheit einer Souterrainwohnung in Portland konnte er vor seinem inneren Auge die Wolken heranrollen sehen. „Du bist an diesem Tag also im Diegleman-Haus geblieben?", fragte er.

„Ja." Die Antwort kam seufzend. „Das bin ich. Meine Eltern hörten im Radio die Wettervorhersage und schickten meinen Bruder los, um mich zu suchen. Er ging nie in das alte Haus, weil es verboten war. Kevin war sehr gehorsam."

Sein Bruder. Oh verdammt. Eine verstaubte Erinnerung regte sich in Jeremys Gedächtnis. Es hatte damals zwei Söhne gegeben, nicht wahr? Und eine Familientragödie.

„Kevin war gerade erst vierzehn geworden. Sein Geburtstag lag einige Wochen zurück und meine Eltern hatten ihm einen Walkman geschenkt. Kannst du dich noch an die Dinger erinnern? Es war der erste Walkman in Bailey Springs. Vielleicht sogar der erste in Kansas. Wer weiß. Kevin fand ihn absolut toll. Er hatte ihn ständig dabei und hörte Musik."

Wieder eine Pause und wieder erschauerte Qay. Seine Muskeln zuckten und Jeremy versuchte streichelnd, ihn zu beruhigen. Als er schon dachte, Qay würde seine Geschichte nicht mehr zu Ende erzählen, holte Qay tief Luft. „Es gab zwei Wege zum Haus der Dieglemans", fuhr er fort. „Der Weg über die Straße war länger als der über die Bahnschienen. Und Kevin hatte es eilig, weil er mich holen wollte, bevor der Sturm losbrach. Er hätte am Rand der Schienen laufen können, aber es war August und das Gras wuchs hoch. Es war viel einfacher, auf den Schienen zu laufen. Und das machte Kevin auch."

Oh. Scheiße.

„Qay …"

„Er hat den Zug nicht gehört, der von hinten kam. Hat ihn auch nicht gefühlt. Der Fahrer sagte, Kevin wäre ganz normal gelaufen, hätte sich nicht umgedreht. Er hat wohl nur seine Musik gehört."

Jeremy kannte Bailey Springs. Er hatte ein klares Bild im Kopf: Das Bild eines Teenagers, der über die Schienen lief und dazu mit dem Kopf wippte, wahrscheinlich zur Musik von Bruce Springsteen oder Bob Seger. Hinter ihm kam die gelbe Lokomotive um die Kurve und der Fahrer betätigte die Pfeife … Umsonst. Kevin hörte ihn nicht.

Und noch während er dieses Bild verdrängte, fiel es ihm wie Schuppen von den Augen. „Qayin. Cain. Verdammt, Qay … Du hast deinen Bruder nicht umgebracht." Jeremys Stimme bebte.

„Das haben sie mir in der Therapie auch erzählt. Aber Kevin ist meinetwegen gestorben. Ich weiß es. Und meine Eltern sind überzeugt davon."

„Deine Eltern …"

„Mein Vater hatte schon vor Kevins Tod eine Neigung zu Wutausbrüchen, besonders dann, wenn er betrunken war. Aber er trank nur an den Wochenenden und im schlimmsten Fall verteilte er Ohrfeigen. Dann war Mom für mich da. Sie hielt ihn nicht auf, aber sie gab mir einen Eisbeutel und manchmal sogar eine Schüssel Eiscreme. Nach Kevins Tod … Nach seinem Tod trank Dad jeden Abend. Und er schlug härter zu." Qay lachte bellend. „Gut, dass er Arzt war. So konnte er mich wenigstens wieder zusammenflicken, wenn es nicht nur blaue Flecken gab."

Jeremy wusste nicht mehr, ob er Keith damals schon kannte, aber Dr. Moore war er in der Stadt oft begegnet. Seine Großmutter war eine von Dr. Moores Patientinnen. Jeremy hatte sie einmal zu einem Termin begleitet und als Dr. Moore ihn im Wartezimmer sitzen sah, gab er ihm einen Lutscher. Warum war ihm nie aufgefallen, dass dieser Mann ein solcher Bastard war? Qay hatte mit niemandem über die Misshandlungen reden können, aber Jeremy hätte …

„Mom veränderte sich auch", sagte Qay und riss Jeremy aus den Gedanken. „Sie konnte Kevs Tod nicht überwinden. Sie hat sich noch um ihre Clubs und all das gekümmert, aber nur, weil Dad sie bis zu den Kiemen mit Tabletten vollstopfte. Wenn sie mich sah, hat sie sich nur schweigend abgewandt."

Und weil es einfach nicht anders ging, wiederholte Jeremy, was er vorhin schon gesagt hatte. „Du hast deinen Bruder nicht umgebracht."

Qay ignorierte ihn. „Ich kenne mich aus mit Drogenabhängigkeit und psychischen Erkrankungen. Guter Gott, ich habe beides am eigenen Leib erfahren. Aber das ist keine Entschuldigung, sich so zu verhalten, wie meine Eltern es taten. Ich habe mit meinen Problemen wenigstens immer nur mir selbst geschadet."

138

Oh. Noch ein Grund, warum Qay so scheu war. Er fürchtete, die Menschen zu verletzen, wenn er sich auf eine Beziehung mit ihnen einließ. Das fiel sogar Jeremy auf.

„Du bist nicht wie sie", sagte er deshalb. „Nur, weil du Probleme hast, musst du noch lange nicht …"

„So wie Donny? Schau dir doch an, was Donnys Probleme dir eingebracht haben."

Jetzt war es Jeremy, der seufzte. „Und du bist auch nicht wie Donny. Wie auch immer. Ich kann einiges ertragen. Ich habe ein dickes Fell. Und ich bin kein kleiner Junge mehr."

„Du bist nicht so stark, wie du denkst, Captain Caffeine. Jeder Superheld hat sein persönliches Kryptonit."

Es war nicht der richtige Zeitpunkt, um sich darüber zu streiten. Jeremy schwieg. Aber er *war* stark. Er hatte verdammt hart daran gearbeitet, so stark zu werden. Und er drückte Qay noch fester an sich, um ihn daran zu erinnern.

„Ich kann mich nicht mehr an die Beerdigung erinnern. Jedenfalls nicht an den Teil in der Kirche. Es ist alles wie hinter einem Nebel verschwunden. Ich kann mich nur noch erinnern, am Grab gestanden zu haben. Meine Krawatte war so eng, dass sie mich fast erwürgte. Wie eine Python. Und ich musste einen Anzug tragen, obwohl es so heiß war. Ich wäre am liebsten zerschmolzen. Zu einer Pfütze zerschmolzen und im Gras versickert. Mom stand da wie eine Eiskönigin. Dad hätte genauso gut aus Stein gemeißelt sein können. Sie sahen mich nicht an. Sie begruben den falschen Sohn."

„Mein Gott, Qay …"

„Das haben sie mir später gesagt. Beide. *In dem Grab hättest* du *liegen sollen.* Und … und niemand hat mich getröstet. Mein großer Bruder war tot und niemand …" Er gab einen Ton von sich, der sich mehr wie ein Stöhnen als ein Schluchzen anhörte. Und er brach Jeremy fast das Herz.

In jedem Mann steckte noch ein Teil des Jungen, der er früher gewesen war. Egal wie groß er wurde oder welche Entfernungen er zurücklegte. Egal wie hoch die Brücke war, von der er sprang.

Nach einer Weile änderte sich der Charakter ihrer Umarmung. Jeremy hatte Qay beruhigend den Rücken gestreichelt, doch als der sich umdrehte und ihn küsste und ihm über die Haut leckte, ließ Jeremy seine Hände nach unten gleiten. Qay rieb sich an ihm und konzentrierte sich ganz auf Jeremys Nippel. Vielleicht waren die beiden sensiblen Knubbel ja Jeremys Kryptonit, denn seine Stimmung schlug innerhalb kürzester Zeit von tröstend in unersättlich um.

Dieses Mal schafften sie es nicht bis zu den Kondomen, aber das war auch in Ordnung, weil es gar nicht nötig war. Qay bearbeitete Jeremys Nippel mit den Lippen, der Zunge und den Zähnen; ihre harten, feuchten Schwänze rieben und drängten sich aneinander. Wenn man bedachte, wie wenig Zeit seit ihrer ersten Runde vergangen war, kamen sie erstaunlich schnell zum

Orgasmus – erst Qay, der sich davon aber nicht abhalten ließ, weiter Jeremys Brust und Schwanz zu streicheln, dann auch Jeremy, der laut aufschrie, als er zum Höhepunkt kam.

Der Samen zwischen ihnen trocknete und klebte sie zusammen, als sie eng umschlungen einschliefen.

17

J<small>EREMY</small> <small>MUSSTE</small> sich erst orientieren, als er aufwachte. Es roch nach Kaffee und als er aufschaute, stand Qay mit einem dampfenden Becher Kaffee in der Hand vorm Bett. Die Flanellhose hing tief auf seinen Hüften und das weiße T-Shirt spannte sich über der Brust. „Guten Morgen, Sonnenschein."

„Morgen?", fragte Jeremy, weil hier im Keller kein Fenster war, durch das die Tageszeit zu erkennen war.

„Ja. Musst du nicht arbeiten?"

Arbeiten. Mist. Heute war doch Montag, oder? Er hatte gestern vergessen, den Wecker auf seinem Handy zu stellen. Er wusste noch nicht einmal, wo sein Handy überhaupt war. Er hatte es mit seiner Hose fallenlassen. Und obwohl er ursprünglich am Montag Urlaub nehmen wollte, hatte er sich dann doch dagegen entschieden, weil die Feiertage vor der Tür standen und es so viel zu erledigen gab. Er setzte sich mühsam auf und nahm Qay mit einem dankbaren Lächeln den Kaffee ab. Dann fiel sein Blick auf die Zahlen des alten Radioweckers, der auf einem der Nachttische stand. „Mist. Es ist schon fast acht Uhr."

„Ich wollte dich eigentlich früher wecken, aber du siehst so lieb aus, wenn du schläfst. Und außerdem gefällt es mir, dich in meinem Bett liegen zu sehen."

Jeremy musste grinsen. „Und mir gefällt es, in deinem Bett zu liegen. Aber wenn ich meinen Hintern nicht in Bewegung setze, komme ich hier gar nicht mehr raus aus dem Bett."

Qay wackelte anzüglich mit den Augenbrauen. „Und *wenn* du deinen Hintern in Bewegung setzt, lass ich dich vielleicht nicht aus dem Bett."

„Hat dir zweimal in einer Nacht noch nicht gereicht?"

„Ich habe viel nachzuholen."

Jeremy trank einen Schluck Kaffee und zog eine Grimasse. Trotz Sahne und Zucker hielt er mit Rhodas Kaffee nicht mit.

„Wie viel hast du denn nachzuholen?" Kein sehr angenehmes Thema, aber immer noch besser, als Qays Kindheitserinnerungen zu wecken.

Qay schaute betreten zu Boden „Fast sieben Jahre."

„Sieben Jahre? Sieben *Jahre*? Leck mich kreuzweise."

„Wie unpassend", bemerkte Qay prustend.

„Aber wie hast du …"

„Ich kann durchaus mit meiner rechten Hand umgehen, Jeremy. Ich bin gewissermaßen sogar ein Experte darin."

Jeremy schüttelte den Kopf. „Das ist nicht vergleichbar. Noch nicht einmal ein Quickie? Oder was auch immer?"

„Ich bin seit sieben Jahren nüchtern. Ich habe in dieser Zeit einen anderen Mann noch nicht einmal geküsst." Qay sah Jeremy amüsiert an. „Und es hat mich nicht umgebracht. Ich meine damit nicht, dass ich wie ein Mönch gelebt habe. Ich habe Pornos angesehen, manchmal sogar ziemlich oft."

„Mir ist durchaus bewusst, dass Abstinenz nicht tödlich ist. Aber *warum*? Mein Gott, Qay. Du siehst so gut aus. Es kann doch nicht allzu schwer für dich sein, einen Mann zu finden."

„Das ist es auch nicht. Aber darum geht es nicht. Ich hatte als junger Mann mehr als genug Sex. Manchmal war ich sogar nüchtern genug, um mich danach noch daran zu erinnern. Es fühlte sich immer gut an. Wie wenn man sich kratzt, weil es irgendwo juckt. Doch das gilt auch für das Heroin und den anderen Mist, den ich genommen habe. Und der war nicht gut für mich." Er zuckte mit den Schultern. „Es hat mich langsam umgebracht."

Jeremy trank den Rest des Kaffees in einem langen, tiefen Schluck. Dann stand er auf. Er war immer noch nackt und der angetrocknete Samen fiel wie Schuppen von seiner Haut. Trotzdem wehrte sich Qay nicht, als Jeremy ihn umarmte. „Ich bin kein Heroin", flüsterte Jeremy ihm ins Ohr.

Qay drückte ihm lachend den Hintern. „Nein. Aber du führst mich genauso in Versuchung."

Kurz darauf duschte Jeremy und fuhr zur Arbeit. Aber erst nach einem langen, langen Kuss. Er hätte schwören können, Qay noch nach Stunden auf den Lippen zu spüren und auf der Zunge zu schmecken.

DER DIENSTAG war trocken, aber bewölkt und saukalt. An Tagen wie diesen hasste Jeremy es, im Freien arbeiten zu müssen. Sicher, es war nicht mit den extremen Minustemperaturen in Kansas vergleichbar, aber er lebte schon so lange in Portland, dass er sich an das ausgeglichene Klima gewöhnt hatte.

Er stampfte durch den South Park, die Hände trotz der dicken Handschuhe in die Taschen seines Parkas gesteckt. Sein Atem hing wie eine weiße Rauchwolke in der kalten Luft. Jeremy war versucht, ins nächste Café zu gehen und sich dort zu verbarrikadieren, aber er hatte einen Job zu erledigen. Zumal er am Montag über eine Stunde in Qays Bett verloren hatte und ein langes Wochenende bevorstand.

Bei Wetter wie diesem waren die einzigen Menschen, die sich in den Parks aufhielten, entweder zu dumm, um vor der Kälte zu fliehen oder sie hatten keinen Ort, an dem sie vor ihr Schutz suchen konnten. Das hieß, Jeremy und seine Ranger waren vor allem damit beschäftigt, für die Sicherheit der Menschen zu sorgen und sie – wenn möglich – nach Hause zu begleiten. Und wenn es kein Zuhause gab, mussten sie ihnen ein Platz in einer Obdachlosenunterkunft besorgen.

Jeremy sah vor sich eine Figur, die einsam durch den Park stolperte. Er seufzte. Sein Instinkt sagte ihm, dass dieser Fall mehr erforderte als einen Anruf bei der Familie. Von hinten konnte man nicht erkennen, ob es sich um einen Mann oder eine Frau handelte, aber diese Person war eindeutig nicht warm genug angezogen. Sie trug nur alte Hausschuhe, zerrissene Jeans und einen übergroßen Pullover. Die mittelbraunen Haare waren hoffnungslos verfilzt. Jeremy beeilte sich.

Ein Teddy Roosevelt aus Bronze sah von seinem Pferd aus zu, wie Jeremy sich der Person näherte. „Hey", sagte Jeremy freundlich. Er wusste, dass er mit seiner Größe und der Uniform einschüchternd wirken konnte, gab sich also alle Mühe, keinen bedrohlichen Eindruck zu machen.

Die Person – Jeremy erkannte jetzt, dass es ein Mann war – blieb stehen und schaute ihn von unten an. Dann fing sie an zu schwanken. Das hohlwangige Gesicht war von Geschwüren übersät und als der Mann den Mund aufmachte, wurde eine Reihe fauler Zähne sichtbar. Er war wahrscheinlich noch keine dreißig Jahre alt, gut zehn Jahre jünger als Jeremy selbst.

„Es ist furchtbar kalt heute. Hast du einen Platz, an dem du dich aufwärmen kannst?"

Der Mann grunzte unverständlich.

Jeremy sprach deutlich und beruhigend auf ihn ein. „Ich bin kein Bulle. Ich kann dich nicht festnehmen. Ich mache mir nur Sorgen um dich." Er wusste zwar von einigen freien Betten, aber keine der Unterkünfte würde einen dermaßen unzurechnungsfähigen Kerl aufnehmen. Der Mann war mehr als high. Damit blieben Jeremy kaum noch Möglichkeiten. „Ich kann dich zu *Good Sam* bringen. Sie sorgen dafür, dass dir wieder warm wird." Das Krankenhaus würde sich nicht sonderlich über diesen neuen Gast freuen, würde jedoch dafür sorgen, dass er keine Überdosis nahm oder erfror. Wenigstens für ein paar Stunden.

„Nein", sagte der Mann und ging davon.

Jeremy wollte ihn am Arm packen. Der Mann holte aus. Es war ein recht unbeholfener Versuch, schlecht gezielt und schlecht ausgeführt. Jeremy duckte sich und wich dem Schlag aus. Das machte den Mann allerdings wütend und er schlug jetzt mit beiden Fäusten wild nach Jeremy, spuckend und knurrend wie ein tollwütiger Affe.

Es war schwierig, ihn zu überwältigen, ohne ihn dabei zu verletzen. Jeremy hatte anschließend ein zerkratztes Gesicht und einige blaue Flecken. Es gelang ihm aber, dem Mann die Handgelenke mit einer Art flexiblen Handschellen zu fixieren. Sie gehörten zu seiner Dienstausstattung, doch er setzte sie kaum ein. Jeremy hielt den Mann am Arm fest, damit er nicht weglaufen konnte. Mit der anderen Hand zog er das Handy aus der Tasche und verständigte die Jungs in Blau.

Die beiden Polizisten, die wenige Minuten später auftauchten, waren noch sehr jung, doch Jeremy kannte sie schon und wusste, dass es anständige Kerle waren. Er übergab ihnen seinen Gefangenen. „Er ist nicht wirklich gefährlich", sagte er. „Nur ängstlich und high. Vielleicht könnt ihr ihn an einen warmen Ort bringen, wo er wieder runterkommen kann."

Die beiden sahen sich kurz an, dann nickten sie. „Wie du meinst, Chief",
sagte die kräftige, blonde Frau. „Wenn wir dich fotografieren können und du eine
Aussage zu Protokoll gibst, wird der Staatsanwalt bestimmt Anklage erheben."

„Wem würde das helfen? Erspart euch die Mühe."

Die beiden nickten wieder. Wahrscheinlich waren sie froh, dem Papierkram
entgangen zu sein und freuten sich schon darauf, den Mann in eine Zelle zu bringen
und sich selbst kurz aufzuwärmen. „Sollen wir deine Verletzungen behandeln?",
fragte die Frau.

Jeremy fuhr sich mit dem Finger über die zerkratzte Wange. „Nicht nötig.
Ich kümmere mich selbst darum."

„In Ordnung. Schönen Feiertag noch, Chief."

„Euch auch. Haltet euch warm." Er lächelte dem Festgenommenen zu, der
sich mittlerweile in sein Schicksal gefügt zu haben schien.

Nachdem die drei gegangen waren, machte er sich auf den Weg zu seinem
SUV, drehte die Heizung auf und suchte nach seinem Erste-Hilfe-Kasten. Er
benutzte den Rückspiegel, um die Kratzer zu reinigen und zu desinfizieren. Dann
schaute er wieder in den Spiegel, runzelte kritisch die Stirn und gestand sich ein,
doch etwas eitel zu sein.

Jeremy blieb noch eine Weile in dem warmen Auto sitzen und dachte über
den Mann nach, der gerade in den Knast gebracht wurde. Vielleicht würde der arme
Kerl eines Tages Hilfe suchen, um wieder clean zu werden. Aber bestimmt nicht
heute, und auch später waren die Chancen eher gering. Mist. Jeremy rieb sich über
die unverletzte Seite seines Gesichts. So sehr er Tage wie diesen hasste, so froh war
er, dass nach der Arbeit ein Zuhause auf ihn wartete. Na ja, wenigstens ein nettes
Hotelzimmer. Und er hatte Menschen, denen er etwas bedeutete.

An diesem Punkt kehrten seine Gedanken zu Qay zurück. Wie oft war
Qay in der Vergangenheit in der Kälte zurückgeblieben – im wörtlichen wie im
sprichwörtlichen Sinne? Qay musste mindestens zwanzig Jahre damit verbracht
haben, seine Ängste und Sorgen mit Drogen zu betäuben, gelegentlich von einem
Aufenthalt in der Entzugsklinik oder im Gefängnis unterbrochen. Was wäre
passiert, wenn Jeremy ihm schon vor Jahren in einem Park wie diesem begegnet
wäre? Hätten sich die Ereignisse dann anders entwickelt? Allein bei der Vorstellung
bekam Jeremy einen Knoten im Magen.

Er schaute seufzend auf die Uhr. Noch zwei Stunden, dann kam Qay aus der
Fabrik zurück. Wenigstens konnte er ihn heute Nacht warmhalten.

QAY WIRKTE weder überrascht noch sonderlich erfreut, als er Jeremys SUV vor
der Fabrik stehen sah. Er öffnete die Beifahrertür, stieg aber nicht ein. „Ich kann
allein nach Hause kommen. Ich mache das schon sehr lange."

Jeremy sah ihn skeptisch an. Qays Jacke war viel zu leicht für diese
Temperaturen. „Du *kannst*, aber du musst nicht. Komm, steig ein."

Er dachte schon, Qay würde sich weigern. Jeremy wusste nicht, was er dann tun sollte. Aber Qay sah ihn nur aus zusammengekniffenen Augen an. „Was ist mit deinem Gesicht passiert?"

„Steig ein. Ich erzähle es dir beim Essen."

Zögernd gehorchte Qay, stieg ein und hielt sofort die kalten Hände vor das Gebläse der Heizung. Jeremy gab sich alle Mühe, nicht selbstgefällig zu grinsen. „Aber ich bezahle", sagte Qay mürrisch.

„Du hast erst bezahlt, als …"

„*Ich bezahle.*"

„Na gut."

Sie fuhren ins *Burgerville* und bestellten sich Hamburger mit gerösteten Zwiebeln und Süßkartoffeln. Und obwohl es draußen so kalt war, bestellte sich Qay noch einen Milchshake. „So", sagte er und trank einen großen Schluck. „Dein Gesicht?"

„Nichts Schlimmes. Nur ein unglücklicher Angehöriger der Öffentlichkeit."

Qay, der es sich schon bequem gemacht hatte, richtete sich gerade auf. „Das hat so ein Arschloch gemacht? Wer greift denn einen Park Ranger an?"

„Ein Drogenabhängiger, der sich nicht helfen lassen will", sagte Jeremy leise.

„Oh." Qay ließ sich wieder an die Lehne fallen und senkte den Kopf.

Jeremy schnappte sich den Milchshake, trank einen Schluck und gab ihn Qay zurück. „Themenwechsel. Wie war dein Seminar?"

Qay schaute auf. „Professor Reynolds hat mit seinem Freund an der Portland State University gesprochen. Sie können mich vielleicht ab dem nächsten Semester im Frühjahr unterbringen. Mit einem Stipendium."

„Das ist doch fantastisch! Wie viele Kurse willst du belegen?"

„Das weiß ich noch nicht. Es hängt auch davon ab, ob ich mir bis zum Frühjahr ein Laptop leisten kann. Dann kann ich einen Kurs an der Uni und einen zweiten Online belegen. Ich denke, das sollte machbar sein."

Jeremy kalkulierte bereits die Wahrscheinlichkeit, dass Qay einen Wutanfall bekommen würde, falls Jeremy ihm zu Weihnachten ein Laptop schenkte. Sie war sehr hoch. Aber er hatte noch einige Wochen Zeit, sich eine Strategie auszudenken, um die Gefahr zu reduzieren. „Das ist doch toll, Qay."

„Und erschreckend." Qay strich sich die Haare aus der Stirn. „Reynolds meinte, ich könnte einige Tests machen. Wenn sie gut genug ausfallen, kann ich einen Teil der Grundkurse überspringen. Aber dazu muss ich diese dämlichen Tests erst bestehen. Sehr gut bestehen. Was unwahrscheinlich ist."

„Du hattest die Bestnote bei deiner letzten Prüfung", erinnerte ihn Jeremy.

„Das war ein Ausrutscher. So selten wie der Halley'sche Komet oder ein Elmsfeuer."

„Mann, du hast gerade in zwei Sätzen Spezialwissen aus Statistik, Astronomie und Meteorologie untergebracht. Oder die Anspielung auf den Film von Brat Pack. Wie auch immer. Dazu muss man klug sein und über beträchtliches Wissen verfügen."

Qay schüttelte grinsend den Kopf. „Ich weiß, dass ich nicht dumm bin. Ich bringe mein Wissen nur nicht von hier …" – er klopfte sich mit dem Finger an die Schläfe – „… aufs Papier. Es kommt entweder durcheinander oder ich bekomme Panik und mir fällt nichts ein."

Auf dem Teller lagen noch einige Kartoffelstücke. Jeremy nahm sie und warf sie sich in den Mund. „Das ist gut. Weil wir gegen Dummheit wenig ausrichten könnten. Aber Prüfungsangst ist überwindbar. Wir werden daran arbeiten."

„Wir?"

„Wir machen Entspannungsübungen. Gemeinsam. Ich wette, du findest mich sehr, sehr entspannend." Er wackelte anzüglich mit den Augenbrauen.

Qay antwortete mit einem breiten, lüsternen Grinsen. „Vielleicht sollten wir gleich heute Nacht mit den Übungen beginnen."

Und das taten sie dann auch.

QAYS WARMER, nachgiebiger Körper lag unter der Decke ausgestreckt, nackt und verschwitzt. Jeremy geriet wieder in Versuchung, zog sich aber trotzdem an. Morgen war ein langer Tag und er brauchte seinen Schlaf. Außerdem hatte er keine Kleidung zum Wechseln und keine Zahnbürste mitgebracht.

„Ich hole dich Donnerstag um ein Uhr ab", sagte er. „Vergiss die *Cards Against Humanity* nicht."

„Um eins. Äh, was ich dich fragen wollte … Gibt es Kleidungsvorschriften?" Qay runzelte besorgt die Stirn.

„Na ja, du kennst doch Rhoda. Man weiß nie, was sie anzieht. Vor zwei Jahren trug sie ein orange-braunes Kleid mit türkisfarbenen Applikationen auf der Brust. Das lässt sich kaum noch toppen. Ich ziehe Jeans und einen Pulli an."

„Okay. Danke."

Jeremy kniete sich vors Bett und drückte ihm einen Kuss auf die Stirn. „Es ist egal, was du anziehst. Und es wird dir gefallen. Rhoda mag dich sehr gerne. Und warte nur ab, bis du ihren Sohn kennenlernst. Parker ist der süßeste kleine Twink, den du dir vorstellen kannst. Er ist wie ein glitzerndes Einhorn. Ich weiß nicht, wer in diesem Jahr noch eingeladen ist, aber ich verspreche dir, du wirst sie alle zum Staunen bringen mit deinem guten Aussehen und deinem Verstand."

„Staunen werden sie auf jeden Fall", murmelte Qay.

Noch ein Kuss, dieses Mal auf die Nasenspitze. „Ein Uhr." Jeremy erhob sich mit einem leisen Stöhnen auf die Füße. Er wurde auch nicht jünger.

Qay winkte ihm träge nach. „Ich bin zu faul, um dich zur Tür zu bringen. Sorry. Die obere Tür fällt automatisch in Schloss."

„Hast du am Freitag frei?"

Qay blinzelte. „Ja. Und am Samstag."

„Perfekt. Dann fahren wir nach dem Essen bei Rhoda ins Marriott, kriechen ins Bett und kommen erst am Sonntagabend wieder zum Vorschein. Wir können uns das Essen aufs Zimmer bringen lassen, wenn uns die Kräfte ausgehen."

Guter Gott, er würde ein Vermögen geben, um Qay immer so lächeln zu sehen.

DER MITTWOCH brachte Regen und etwas mildere Temperaturen. Jeremy war darüber erleichtert, weil er keine Lust hatte, sich mit den Folgen des Schnees rumärgern zu müssen. In Portland schneite es selten und wenn, war das der reine Albtraum. Es gab viele Hügel, dafür aber kaum Schneepflüge. Die Autofahrer waren verschneite Straßen nicht gewohnt, was zu unzähligen Staus und Auffahrunfällen führte.

Jeremy verbrachte den verregneten Vormittag damit, seine Ranger an ihren Einsatzorten aufzusuchen und dafür zu sorgen, dass alles für den Feiertag vorbereitet war und es ruhig bleiben würde. Nach einer kurzen Mittagspause fuhr er in einen Lebensmittelladen im Nordosten, um seine Thanksgiving-Spenden zu besorgen. Mit dem Wagen voller Kisten und Tüten fuhr er dann zu *Patty's Place*. Evelyn begrüßte ihn mit einer herzlichen Umarmung. „Auf dich kann man sich immer verlassen, Chief."

„Ich weiß doch, was die Jungs alles auf einmal verschlingen können. Du brauchst jede Hilfe, die du bekommen kannst."

Einige der Jugendlichen kamen und halfen ihm, den SUV zu entladen und alles ins Haus zu bringen. Jeremy grinste breit, als er einen von ihnen erkannte. „Wie geht's, Toad?"

Toad trug einen hellen Sweater, der zu seiner guten Laune passte. „Bestens, Chief. Sie hatten recht. Hier ist es prima. Die Leute hier verstehen mich."

„Das freut mich. Evelyn hat mir nur Gutes über dich berichtet. Aus dir wird noch was, da bin ich mir sicher."

Toad strahlte. „Ich und Juan, einer der anderen Jungs, arbeiten an einem Videospiel. Man kann auf einen anderen Planeten reisen und außerirdische, böse Zombies besiegen. Und wenn man gewinnt, kann man auf den nächsten Planeten reisen. Es ist echt krass. Wir werden Millionäre."

Der begeisterte, fröhliche Junge war nicht mehr mit dem niedergeschlagenen kleinen Kerl zu vergleichen, den Jeremy vor wenigen Wochen zum Essen eingeladen hatte. „Bekomme ich auch eine Kopie, wenn ihr fertig seid?"

„Klar doch. Wir geben Ihnen sogar Rabatt!" Toad lachte, schnappte sich zwei Tüten Kartoffeln und lief ins Haus.

Als Jeremy am Nachmittag durch die Stadt fuhr, dachte er über die verlorenen Seelen dieser Welt nach. Allein in Portland gab es so viele von ihnen und er konnte nicht mehr tun, als einem nach dem anderen zu helfen. Es war, als wollte man mit einer Pinzette eine Sanddüne umsetzen. Selbst diejenigen, denen Jeremy helfen konnte, litten oft schon seit Jahren an ihrem Leben. Toad war ein Glücksfall. Jeremy hatte ihn rechtzeitig entdeckt, bevor die Ablehnung seiner Eltern und das Leben auf der Straße irreparable Schäden anrichten konnten. Und dann war da Qay – ein so bemerkenswerter Mann. Und doch war Qay so lange durchs Leben getrieben, dass er selbst jetzt, wo er in einen sicheren Hafen eingelaufen war, seinen eigenen Wert nicht erkannte und Angst davor hatte, Anker zu werfen.

Jeremy wollte Qay anrufen oder ihm wenigstens einen Text schicken, um ihn daran zu erinnern, dass er nicht allein war. Dummerweise hatte Qay nur das Telefon in seiner Wohnung. Mist. Ob er wohl damit durchkam, Qay zu Weihnachten auch noch ein Handy zu schenken?

Nachdem er seine Routineaufgaben erledigt hatte, fuhr er zum Duschen ins Hotel und zog eine saubere Uniform an. Gedankenverloren ging er zurück in die Hotelgarage zu seinem SUV. Normalerweise hätte er den Wagen stehenlassen und wäre zu Fuß gegangen, aber heute war ihm das Wetter zu unangenehm. Außerdem hatte er ein merkwürdig mulmiges Gefühl, das er sich nicht recht erklären konnte. Es war, als hätte sich eine der düsteren Regenwolken über der Stadt in seinen Kopf geschlichen. Normalerweise freute er sich auf das traditionelle Treffen bei Malcolm, doch heute hätte er den Abend vor Thanksgiving lieber mit Qay verbracht. Nicht wegen dem Sex – obwohl er dagegen auch nichts einzuwenden hätte –, sondern einfach nur wegen Qays Gesellschaft. Und wegen der Möglichkeit, ihre rudimentäre Beziehung etwas mehr zu festigen.

Jeremy hatte Malcom – seine erste Liebe – während seines zweiten Studienjahres kennengelernt, als sie im Chemielabor eine Arbeitsgruppe bildeten. Mal war ein kleiner Mann mit genug Energie, um einem Atomkraftwerk Konkurrenz zu machen. Es gab keine Aktivistengruppe auf dem Campus, der er nicht angehörte, keine freiwillige Aufgabe, zu der er sich nicht meldete und keine Note außer der besten, mit der er zufrieden war. Nachts schlief er nur wenige Stunden. Er gab zu, Jeremy anfangs für einen dummen Jock gehalten zu haben, aber Jeremy hatte ihm das Gegenteil bewiesen. Die beiden waren bald bis über beide Ohren ineinander verliebt. Schon im nächsten Jahr hatten sie eine gemeinsame Wohnung. Jeremy war davon ausgegangen, dass sie auf dem Weg zu einer dauerhaften Beziehung waren, doch dann fing er auf der Polizeiakademie an und Malcolm trat dem Peace Corps bei. Damals wurde Jeremys Herz zum ersten Mal gebrochen. Jedenfalls, wenn man Keith Moore nicht mitzählte.

Nach einigen Jahren Einsatz in aller Herren Länder kehrteMrs Mal nach Portland zurück. Er eröffnete ein veganes Restaurant, das *Green Elf*. Kurz darauf lief Jeremy ihm über den Weg – er war damals noch bei der Polizei und mit Donny zusammen – und obwohl die Leidenschaft ihrer Jugend verflogen war, erhielten sie ihre Freundschaft aufrecht. Jeremy war zu sehr Fleischfresser, um oft im *Green Elf* zu essen. Aber jedes Jahr am Abend vor Thanksgiving servierte er zusammen mit anderen berühmten Kellnern – dem Bürgermeister, dem Polizeichef und bekannten

Medienpersönlichkeiten aus Portland – eine freie Mahlzeit für Senioren und Bedürftige. Es machte Spaß. Normalerweise.

Jeremy fand einen Parkplatz in der Nähe des *Green Elf*. Das Restaurant war schon gut gefüllt, also rannte er in die Küche, um sich anzumelden. Mal wirbelte durch das Chaos und dirigierte seine Mitarbeiter und freiwilligen Helfer mit der selbstbewussten Autorität eines erfahrenen Generals. Er sah Jeremy sofort die Küche betreten und rief ihn zu sich. „Jacke aus und Schürze an, mein Großer. Die Massen wollen gefüttert werden."

Jeremy salutierte und machte sich an die Arbeit.

Obwohl zu dieser Jahreszeit vielerorts freie Mahlzeiten serviert wurden, war das *Elf* sehr beliebt. Jeremy hatte sich anfangs gewundert, was Obdachlose an Quinoa und Kichererbsen wohl so schmackhaft fanden, doch eine alte Dame, die ungefähr ein halbes Dutzend Röcke und Jacken übereinander trug, klärte ihn auf: „Es ist wie bei den reichen Leuten auch. Mir wird es langweilig, jeden Tag dasselbe zu essen. Es ist schön, gelegentlich Abwechslung zu haben." Und Mal präsentierte jedes Mal ein interessantes Menü, zu dem solche Köstlichkeiten gehörten wie Pilzspießchen, Kürbis mit Hirsefüllung, Auberginen-Tacos und ein Salat aus Datteln.

Als die Gäste ihren Nachtisch – es gab Schokoladentrüffel mit Avocado, Hanfeis und Mandelbutter – aufgegessen hatten, war Jeremy erschöpft, aber sie mussten noch aufräumen und putzen. Es machte Spaß, Seite an Seite mit einer stadtbekannten Dragqueen Berge von Geschirr zu spülen und dabei von den Resten zu naschen. Trotzdem sehnte er sich danach, endlich wieder ins Marriott zu kommen, sich eine Pizza zu bestellen – mit extra viel Käse und Schinken – und dann ins Bett zu fallen.

Nein, das stimmte nicht ganz. Noch mehr sehnte er sich danach, in Qays stinkiger Souterrainwohnung ins Bett zu fallen und mit ihm zusammen einzuschlafen. Verdammt.

JEREMY WACHTE am nächsten Tag früh auf. Er war unruhig und das mulmige Gefühl war zurück, das er sich nicht erklären konnte. Vielleicht war Qays Ängstlichkeit ansteckend. Nach einem Besuch im Fitness-Center war er zwar verschwitzt und erschöpft, aber immer noch nicht viel ruhiger. Unentschlossen stand er in seinem Hotelzimmer und überlegte, was er tun sollte. Es war noch zu früh, um zu Qay zu fahren. Jeremy wollte ihn nicht bedrängen und verjagen. Eine warme Decke bis zum Kinn war gemütlich, eine Decke überm Kopf erdrückend.

Vielleicht sollte er joggen gehen. Nicht allzu lange, weil er schon trainiert hatte, aber lange genug, um sich von seinen merkwürdigen Angstgefühlen abzulenken. Als er gerade nach seiner Jogginghose greifen wollte, klingelte das Handy. Frankl. Mist.

„Einen schönen Feiertag", begrüßte Jeremy den Captain.

Frankl knurrte etwas Unverständliches vor sich hin.

Jeremy gab sich locker. „Ich nehme nicht an, dass dieser Anruf mit dem Feiertag zusammenhängt."

„Einen verdammt schönen Feiertag, Chief. Ich habe schlechte Neuigkeiten."

Für eine Schrecksekunde dachte Jeremy, Frankl wollte ihm schlechte Nachrichten über Qay bringen. Sein Herz pochte und seine Kehle schnürte sich zusammen, als er sich vorstellte, Qay wäre von der Fremont Bridge gesprungen und irgendwo auf dem Weg zum Columbia River aus dem Fluss gezogen worden. „Was ist los?", fragte er mit erstickter Stimme.

„Laura Gifford ist ermordet worden."

Er war so erleichtert, nicht Qays Namen gehört zu haben, dass es eine Weile dauerte, bis ihm einfiel, wer Laura Gifford war. „Donnys Schwester?"

„Ja. Wir hatten während unserer Ermittlungen hier Kontakt mit der dortigen Polizei aufgenommen. Sie haben uns gerade mitgeteilt, dass Mrs Gifford gestern Abend tot in ihrer Wohnung aufgefunden wurde."

„Mist." Jeremy ließ sich auf die Bettkante fallen. Er hatte die Frau nie gemocht und den letzten Rest an Respekt für sie verloren, als sie sich weigerte, sich um Donnys Beerdigung zu kümmern. Diesen Tod hatte sie trotzdem nicht verdient. „Und du bist sicher, dass es mit Donny zu tun hat?"

„Hundertprozentig sicher kann man nie sein, aber ich denke schon, dass es zusammenhängt. Ihre Wohnung war vollkommen auf den Kopf gestellt und in Trümmern, ganz wie bei dir. Es war kein normaler Einbruch. Ich habe nach Donnys Auffinden persönlich mit der Frau gesprochen und sie hat sich nicht sehr sympathisch angehört. Aber ich kann mir nicht vorstellen, dass jemand sie deswegen umgebracht hat. Und außerdem ist sie vor ihrem Tod, äh … misshandelt worden. Der Pathologe meint, sie wäre an einem Herzanfall gestorben."

„Misshandelt?"

Frankl seufzte. „Ja. Jemand hat sie fürchterlich verprügelt und zusammengeschlagen."

Jeremy ließ den Kopf in die Hand fallen. „Verdammte Scheiße."

„Davis steht unter Beobachtung. Er kann es nicht gewesen sein. Sie ist schon vor zwei Tagen gestorben und dieser Dreckskerl hat die Stadt seit Wochen nicht mehr verlassen. Das heißt aber, dass er Handlanger hat, die weite Reisen unternehmen, um seine Drecksarbeit zu erledigen. Und es heißt, dass er immer noch nach dem USB-Stick sucht und vor nichts zurückschreckt, um ihn zu finden."

„Und ihr könnt ihn nicht festnehmen lassen?"

„Noch nicht. Die Beweise reichen noch nicht aus, um ihn mit der Sache in Verbindung zu bringen. Es wäre eine große Hilfe, wenn wir den Kerl erwischen würden, der Mrs. Gifford auf dem Gewissen hat."

„Wie kann ich euch helfen?", fragte Jeremy.

„Indem du auf dich aufpasst. Deshalb rufe ich an."

Sie versprachen, sich gegenseitig auf dem Laufenden zu halten. Dann beendete Jeremy das Gespräch und ließ sich mit dem Rücken auf die Matratze fallen. Auf sich aufpassen. Als ob das ihr Problem lösen und den Fall aufklären würde. Verdammt, er wollte etwas *tun*. Was auch immer.

Und dann fiel ihm ein, was er tun konnte. Er konnte in seine Wohnung fahren und nachsehen, ob sie – wie die Handwerker versprochen hatten – bis Mitte nächster Woche wieder bewohnbar war. Er konnte eine Liste aufstellen für alles, was er noch nachkaufen musste. Küchenutensilien vor allem, aber auch einige Teppiche, für die er die Zimmer ausmessen musste. Sicher, damit konnte er die Morde an Donny und Laura nicht aufklären, aber wenigstens lenkte es ihn ab und er hörte endlich zu grübeln auf. Und danach konnte er zu Qay fahren. Es war zwar immer noch sehr früh, wäre aber nicht mehr ganz so aufdringlich.

Jeremy sprang erleichtert aus dem Bett.

Unter der Dusche fiel ihm das lange Wochenende mit Qay ein, bei dem seinem großen, bequemen Hotelbett eine Hauptrolle zugedacht war. Bei dem Gedanken wurde er hart und masturbierte unter der Dusche mit ihrem endlosen Vorrat an warmem Wasser. Während er sich rasierte und anzog, dachte er darüber nach, dass er sich in Qays Nähe immer wie ein geiler Teenager fühlte. Gut, dass er diesem Problem die Schärfe genommen hatte. Er wollte nicht nur an Sex denken müssen, wenn sie bei Rhoda waren.

Rhoda. Hmm. Jeremy hatte heute nicht gefrühstückt und war jetzt mächtig hungrig. Er schaute in den kleinen Hotelkühlschrank, fand aber nichts, worauf er Appetit hatte. Er beschloss, bis zum Dinner durchzuhalten und sich dann dreifach zu bedienen, um seinen leeren Magen zu füllen.

Jeremys Beitrag zu dem Fest waren die alkoholfreien Getränke. Er hatte schon vor einigen Tagen eingekauft und eine große Kiste mit Säften, Cola und Limonade gefüllt, mit der er sich jetzt auf den Weg zu seinem SUV machte. In der Hotelgarage herrschte Hochbetrieb, was vermutlich am Feiertag lag. Auch auf den Straßen war viel los. Jeremy war froh, nicht allzu weit fahren zu müssen, weil Rhoda nur wenige Kilometer vom *P-Town* entfernt wohnte.

Als er in seiner eigenen Tiefgarage ankam, war kein anderes Auto zu sehen. Er stieg die Treppe hoch, schloss seine Wohnung auf und sah sich um. Schlafzimmer und Wohnzimmer waren schon komplett renoviert, ebenso das Badezimmer. Er fuhr mit der Hand über den Rand der Badewanne – sie war selbst für einen Mann wie ihn groß genug – und überlegte, ob die Dusche genug Platz bot für ihn und Qay. Ja, sie passten leicht zu zweit in die große Kabine. Das heiße Wasser war leider nicht so unerschöpflich wie im Marriott. Vielleicht sollten sie lieber zusammen baden.

Im Gegensatz zu den anderen Zimmern, war in der Küche noch das eine oder andere zu erledigen. Die Wasseranschlüsse fehlten noch, ebenso wie die Lampen und andere elektrische Anschlüsse. Aber das waren Kleinigkeiten, die nicht viel Zeit in Anspruch nehmen würden. Bis Mittwoch konnte er wieder einziehen.

Jeremy zog einen Block und ein Maßband aus der Tasche und notierte sich die Ausmaße für die Teppiche, die er nächste Woche kaufen wollte. Danach legte er eine Liste für die Küche an. Nur sehr wenige seiner Utensilien hatten den Einbruch überlebt. Es war ihm zu mühsam gewesen, sie aus den Trümmern zu sortieren, deshalb hatte er die Entrümplungsfirma beauftragt, sie alle zu entsorgen. Jetzt brauchte er alles neu: Geschirr, Gläser, Kochtöpfe und Pfannen, Besteck, Küchengeräte. Er war zwar kein großer Koch – für eine Person lohnte sich der Aufwand nicht –, aber er liebte die geheimnisvollen kleinen Geräte, die man in den Haushaltswarengeschäften kaufen konnte.

Als sein Magen knurrte, schaute er auf die Uhr. Kurz nach zwölf. Endlich war es nicht mehr zu früh, um bei Qay aufzutauchen. Er war so abgelenkt, dass ihm erst auf dem Weg zur Garage einfiel, dass er den Notizblock und das Maßband in der Wohnung vergessen hatte. Er ging zurück, um sie zu holen. Die dunklen Wolken am Himmel waren verschwunden und seine Stimmung schon um Klassen besser als heute früh. Bald konnte das lange Wochenende mit Qay beginnen.

Auf dem Rückweg in die Tiefgarage pfiff er fröhlich vor sich hin. Er musste an die weiche Haut von Qays Bauch denken, die so gar nicht zu dem harten Äußeren Qays passen wollte. Jeremy zog den Transponder aus der Tasche und wollte gerade die Wagentür öffnen, als er hinter einem der Stützpfeiler ein Geräusch hörte. Er wirbelte herum, aber bevor er mehr erkennen konnte, gab es einen lauten Knall, gefolgt von einem Zischen. Ein Schlag traf Jeremy am Bein.

Er schrie auf und fiel zu Boden. Sein Körper zog sich vor Schmerz zusammen und bis er ihn wieder unter Kontrolle bekam, wurde er ein zweites Mal getroffen. Dieses Mal in die Brust. Ein großer Mann stürzte sich auf ihn und drückte ihn zu Boden. Jeremy versuchte verzweifelt um Hilfe zu schreien, aber der Mann drückte ihm ein schweres Stück Tuch ins Gesicht.

Ein durchdringender Geruch stieg ihm in die Nase, brannte sich in seine Nasenschleimhaut und die Kehle. Jeremy kämpfte noch, als ihn der Taser ein drittes Mal traf – wieder ins Bein. Er stöhnte vor Schmerz, dann wurde ihm schwarz vor Augen.

18

STUART WAR ein so unglaubliches Arschloch. Natürlich wusste Qay das schon lange, aber die Tage vor Thanksgiving bestätigten es ihm endgültig. Weil die Fabrik von Donnerstag bis Montag geschlossen war – bezahlte Feiertage, hurra! –, beschloss Stuart, dass Qay die Arbeit einer Woche an zwei Tagen erledigen konnte. Stuart selbst natürlich nicht. Der lief nur rum wie ein kleiner Diktator und brüllte Befehle.

Und am Dienstag sah dieser Idiot, wie Qay nach der Arbeit bei Jeremy ins Auto stieg. Am Mittwoch stellte er sich Qay, noch bevor der seine Arbeitshandschuhe übergestreift hatte, in den Weg. „Wer war das in dem SUV, hä? Etwa dein Freund?"

Qay sah ihm direkt in die Augen. „In der Tat."

Das musste dieses Arschloch überrascht haben, denn ihm fiel die Kinnlade runter und er blinzelte verblüfft. „Bist du eine Schwuchtel?"

„Mein Gott, Stuart. Hat dir schon jemand gesagt, dass wir im Jahr 2015 leben? Lass uns wenigstens so tun, als wären wir keine Höhlenmenschen mehr, ja?"

Stuart fauchte ihn an, aber da ihm keine schlagfertige Antwort einfiel, drehte er sich um und marschierte davon.

Doch damit war die Sache noch nicht zu Ende. Stuart zog jedes Mal eine angeekelte Grimasse, wenn er Qay sah. Außerdem bombardierte er Qay mit geistreichen Fragen wie: „Wer von euch ist das Weibchen?" und „Ziehst du nach der Arbeit wieder das süße rosa Kleid an?" Qay gab sich alle Mühe, ihn zu ignorieren. Soweit es ihn betraf, war Stuarts spezielle Art der Homophobie nur ein Zeichen dafür, dass dieser Idiot sich seiner eigenen Männlichkeit und Sexualität nicht sicher war.

Qay schämte sich zwar nicht, schwul zu sein, aber es war zwischen ihm und seinen Kollegen trotzdem nie ein Thema gewesen. Er kannte sie nicht gut genug, um persönliche Angelegenheiten mit ihnen zu besprechen. Trotzdem war Stuart offensichtlich der einzige, den es zu stören schien. Qay kam es sogar vor, als würden sich seine Kollegen mehr über Stuarts Pöbeleien ärgern als er selbst. Als Stuart sich vor ihm aufbaute und ihn fragte, ob er eine Sizequeen wäre, mischte sich Barry ein. „Weißt du was, Stuart? Ich frage mich langsam, ob du eifersüchtig bist." Alle lachten – bis auf Stuart – und Qay hatte für den Rest des Tages seine Ruhe.

Einer der Gründe, warum Qay die Ruhe bewahrte, war, dass er seit Dienstagnacht in besonders nachgiebiger Laune war. Na gut, der wunderbare Sex spielte auch eine Rolle. Aber vor allem war es die Erinnerung an Jeremys ruhige, ausgeglichene Präsenz, die Qays kribbelnde Nerven beruhigte.

Am späten Mittwoch war Qay mehr als bereit für eine zweite Dosis dieses speziellen Beruhigungsmittels. Er war sogar etwas enttäuscht, als er die Fabrik verließ und der schwarze SUV nicht am Straßenrand stand und auf ihn wartete. Dann fiel ihm ein, dass Jeremy an diesem Abend einen Termin hatte. Aber das Marriott war nicht weit von der Fabrik entfernt. Qay konnte zum Hotel laufen und in der Lobby auf Jeremy warten und …

Nein. Der arme Kerl war bestimmt müde, wenn er aus dem Restaurant zurückkam. Und nach den langen Jahren ohne Sex konnte Qay gut eine Nacht länger warten.

Er nahm den Bus und fuhr nach Hause.

RHODA WAR eine wunderbare Frau und er war sich sicher, dass sie keine Idioten einladen würde. Trotzdem schüchterte ihn ein Haus voller fremder Menschen ein. Worüber sollten sie reden? Sie hatten vielleicht alle faszinierende Berufe, während er nur in einer Fensterfabrik putzte. Vielleicht hatten sie schon weite Reise unternommen und fremde Länder besucht, während er nur durchs Land gezogen war und sich an die meisten Orte, durch die er gekommen war, kaum erinnern konnte. Und selbst wenn, wollte er nicht darüber reden.

Mist. Vielleicht sollte er sich einfach hinter Jeremy verstecken und hoffen, dass sie ihn nicht bemerkten.

Qay machte sich auch Sorgen, dass es Alkohol geben könnte. Er konnte der Versuchung nur bis zu einem gewissen Grad widerstehen und Nervosität senkte seine Widerstandskraft gewaltig. Rhoda hatte angeboten, den Tag alkoholfrei zu halten – was verdammt nett von ihr war –, aber Qay hatte ihr Angebot abgelehnt. Die meisten Menschen wussten ein gutes Glas Wein zum Essen zu schätzen und Qay wollte nicht der Idiot sein, der sie um ihren Genuss brachte.

Er könnte sich natürlich krank stellen. So tun, als hätte er eine Erkältung. Doch dann würde Captain Caffeine das Dinner ausfallen lassen und heldenhaft darauf bestehen, ihn zu pflegen. Und Qay würde sich noch beschissener fühlen.

Als er vor lauter Nervosität kurz vor einer Panikattacke war, fing Qay an, seine Wohnung zu putzen. Staubwischen war eine gute Möglichkeit, überflüssige Energie loszuwerden und sich von seiner inneren Unruhe abzulenken. Bald war sein Kellerverließ so makellos sauber, wie es nur sein konnte. Und Qay versuchte immer noch, nicht panisch zu werden. Er entschied sich, einen Spaziergang zu machen. Und zwar einen forschen Spaziergang.

Er verließ das Haus und ging in Richtung Fluss. Es war fast, als würde es ihn zu Jeremy ziehen. Was natürlich eine dumme Idee war, aber es kam ihm trotzdem so vor. Als er am Fluss ankam und auf die andere Seite schaute – er konnte von hier das Marriott nicht sehen –, wäre er beinahe zur nächsten Brücke gegangen. Nicht, um in das kalte Wasser zu springen, das unter ihm floss, sondern um sie zu überqueren und sich in Jeremys warme Arme zu flüchten.

„Verdammter Idiot!", sagte er laut und war froh, dass niemand in der Nähe war und ihn hören konnte. Er brauchte jetzt keinen Ausflug in die Gummizelle. Psychosen waren sowieso noch nie seine Sache gewesen. Und doch stand er jetzt zitternd am Ufer des Willamette und überlegte ernsthaft, ob er sich in Jeremy Cox verliebt haben könnte. Und wenn *das* nicht verrückt war, was dann?

Qay war nicht der Typ, der sich verliebte. Liebe hieß, sich einem anderen Menschen zu öffnen. Qay war so verschlossen, dass er sich noch nicht einmal gegenüber sich selbst öffnen konnte. Er war in der Vergangenheit vorübergehende Beziehungen eingegangen – Arrangements, die so lange hielten, wie sie für beide Seiten von Vorteil waren und die dann endeten, wenn einer der Beteiligten im Knast, im Entzug oder der Psychiatrie landete oder ihnen Geld, Drogen oder Geduld ausgingen. Keinen dieser Männer hatte Qay geliebt. An die meisten konnte er sich noch nicht einmal erinnern und er war sich sicher, dass sie ihn auch schon längst vergessen hatten.

Es war auch absurd, sich in einen Mann zu verlieben, den er kaum kannte. Außer … Er kannte Jeremy doch, nicht wahr? Nicht nur durch die letzten paar Wochen oder weil sie in einem früheren Leben in einer Klasse saßen.

Qay schloss die Augen und lauschte dem Verkehr, der über den Freeway rauschte. Die Menschen hatten es wegen des Feiertags eilig, nach Hause zu kommen.

Nach Hause.

Das war es doch, oder? Qay hatte Kansas seit fast dreißig Jahren nicht mehr betreten. Und dann war er Jeremy begegnet, einer seiner wenigen Jugenderinnerungen, die nicht mit Leid verbunden war. Jeremy war wie ein Zuhause. Ein Zuhause ohne Bitterkeit und Traurigkeit. Deshalb kannte Qay ihn so gut. Deshalb liebte er ihn.

Qay wanderte noch lange ziellos durch die Straßen. In einer bescheidenen Wohngegend südlich von Powell bewunderte er die Vorgärten, die sich schon im Winterschlaf befanden und die dekorativen Schindeldächer einiger Häuser. Er kam durch einen großen Park mit Spielplatz und Fußballfeld und fragte sich, was Jeremy ihm in diesem Park wohl zeigen würde, wenn er bei ihm wäre. Lächelnd machte er sich auf den Weg nach Norden und durchquerte Ladd's Addition mit seinen verwirrenden Straßenführungen, teuren Bungalows und großen, kahlen Bäumen. Er fragte sich, wie es wohl wäre, in einem dieser Häuser zu leben und sich nicht davor zu fürchten, nach Hause zu kommen, weil er dort willkommen war.

Verdammter Idiot. Dieses Mal sagte er es nicht laut.

Es war schon fast Mittag, als er in seine Wohnung zurückkam. Er machte sich eine Dose Tomatensuppe warm – nicht wegen des Hungers, sondern weil er sich aufwärmen wollte. Er trank die Suppe aus einer großen Tasse und lief dabei in seinem Wohnzimmer auf und ab. Nach kurzer Zeit kamen die Angstgefühle zurück und fraßen sich in ihm fest wie ein archaisches Ungeheuer. Schweiß trat ihm auf die Stirn, sein Herz fing an zu rasen und die Brust wurde ihm so eng, dass er sich kaum noch bewegen konnte. Ihm wurde schwindelig und obwohl er fürchterlich unter seiner Angst litt, kam es ihm vor, als würde er unter der Decke schweben und sich selbst dabei zusehen, wie er in Stücke fiel.

Qay stellte die leere Tasse in der Küche ab und rannte ins Badezimmer, um sich zu übergeben. Lange nachdem sein Magen sich komplett geleert hatte, hing er immer noch über der Toilette und würgte. Als es schließlich vorbei war, lehnte er sich erschöpft an das kalte Porzellan und wünschte, er wäre ein anderer Mensch. Wer auch immer.

Wie ein alter Mann rappelte er sich auf, spülte sich den Mund aus, putzte die Zähne und spülte den Mund wieder aus. Dabei vermied er sorgfältig, in den Spiegel zu sehen. Er wusste, er würde bleich aussehen wie ein Zombie in einem billigen Horrorfilm. Es war jetzt fast ein Uhr. Er musste sich umziehen.

Er musste sich keine Gedanken machen, was er anziehen sollte. Seine Auswahl war beschränkt, denn er besaß nicht viel und war auch kein Modenarr. Trotzdem überlegte er lange und entschied sich dann für seine neue Jeans und einen roten Pulli, den er vor einigen Wochen in einem Secondhand-Laden gefunden hatte. Der Pulli war weich und bequem und sah fast noch neu aus. Qay hatte ihn am Samstag schon getragen und Jeremy fand, der Pulli würde gut zu Qays dunklen Haaren passen. Offensichtlich steckte doch eine kleine Portion Eitelkeit in ihm, denn er lächelte und wurde rot, als er Jeremys Kompliment hörte.

Es war nicht zu fassen: Kaum dachte er an Jeremy, beruhigten sich seine Nerven wieder – wenn auch nicht ganz. Aber immerhin verwandelten sich die Ungeheuer in einen Schwarm Schmetterlinge und sein Herz beschloss, ihm doch nicht aus der Brust zu springen.

Qay ging ins Badezimmer zurück, um seine Haare zu bändigen. Jedes Mal, wenn er in den Spiegel schaute, hatte er eine silberne Strähne mehr. Aber wenigstens fielen ihm die Haare nicht aus. Es war ihm immer ein Rätsel gewesen, von wem er seine glatten, schwarzen Haare geerbt hatte. Die Haare seiner Mutter waren mausbraun und wenn sie lange nicht beim Frisör war, neigten sie dazu, sich zu locken. Sein Vater hatte ebenfalls braune Haare, wenn auch mit einem leichten Rotstich. Er bekam schon eine hohe Stirn, als Qay noch ein Teenager war. Als kleiner Junge hatte Qay sich immer vorgestellt, er wäre ein Wechselbalg, den irgendwelche Fabelwesen vor der Tür der Moores abgelegt hätten. Als er es seinem Bruder gegenüber erwähnte, hatte Kevin jedoch nur mit den Augen gerollt. „Wir haben indianisches Blut in der Familie, du Dummkopf. Daher hast du deine Haare geerbt."

Mist. Normalerweise wurde ihm sofort schlecht, wenn er an Kevin dachte. Entweder hatte sein Magen für heute genug oder das Gespräch mit Jeremy hatte eine reinigende Wirkung gehabt.

Wo blieb eigentlich Jeremy? Qay schaute auf die Uhr. Es war erst kurz nach eins, aber Jeremy war immer pünktlich. Superhelden kamen nicht zu spät. Er überlegte, ob Jeremy vielleicht auf der Straße warten würde, weil er keinen

Parkplatz fand. Also zog er Schuhe und Lederjacke an und ging nach oben, öffnete die Haustür und schaute nach rechts und links die Straße entlang. Kein schwarzer SUV. Kein Jeremy.

Qay ging in seinen Keller zurück und wartete.

Um zwanzig nach eins war Jeremy immer noch nicht da und Qay wurde zusehends nervöser. Er lief auf und ab, packte die *Cards Against Humanity* aus und wieder ein und lief mindestens sechsmal die Treppe hoch und wieder zurück in den Keller.

Um halb zwei rief er Jeremy an. Es klingelte einige Male, dann meldete sich die Mailbox. Qay hinterließ eine Nachricht. „Äh, Jeremy. Hallo. Ich dachte, du kommst um eins. Kannst du mich anrufen wegen der genauen Uhrzeit?"

Vielleicht war es in einem der Parks zu einem Zwischenfall gekommen, der Jeremy aufhielt. Qay schaltete den Fernseher ein und suchte nach Nachrichten, konnte aber nichts finden, was seine Befürchtung bestätigte. Er schaltete das Gerät wieder aus und warf die Fernbedienung aufs Sofa.

Er hätte seine Seele gegeben für einen Schuss, eine Pille, was auch immer. Hauptsache es half gegen die Ungeheuer, die sich schon wieder durch seinen Magen fraßen.

Zwei Uhr kam und ging. Qay entschied, dass Jeremy offensichtlich von ihm genug hatte und nichts mehr mit ihm zu tun haben wollte. Vermutlich war Jeremy schon bei Rhoda, aß gefüllten Truthahn und erzählte Rhoda, warum Qay ihm so auf die Nerven fiel, dass er die Mühe nicht wert war.

Bei dem Gedanken musste er wieder ins Badezimmer rennen, aber dieses Mal hatte sein Magen nichts mehr zu geben.

Qay musste sich abstützen, so schwindelig war ihm. Dann beschloss sein Verstand offensichtlich, dass es an der Zeit war, wieder aufzuwachen und Verantwortung zu übernehmen. Qay erkannte, dass Captain Caffeine ihn niemals so behandeln würde. Selbst wenn er nichts mehr mit Qay zu tun haben wollte, würde Jeremy sich wie ein Gentleman verhalten. Er würde Qay zum Essen einladen, ihm die übliche Rede halten – *es liegt nicht an dir, sondern an mir* – und ihn danach wahrscheinlich sogar wieder nach Hause fahren. Auf keinen Fall würde er Qay an einem Tag wie Thanksgiving einfach versetzen, ohne ein Wort darüber zu verlieren.

Wo also steckte Jeremy?

Ihm fielen verschiedene Möglichkeiten ein und keine davon war gut. Ein Verkehrsunfall. Ein unerwartetes gesundheitliches Problem. Der Einsturz des Marriott. Oder …

Mist.

Dieser gottverdammte Wie-heißt-er-noch, der Kerl, der Donny auf dem Gewissen hatte. Ryan Davis.

Qay versuchte noch einige Male, Jeremys Handy anzurufen, landete aber immer bei der Mailbox. Er setzte sich auf einen Küchenstuhl, legte den Kopf auf die Knie und atmete tief durch. „Ein Panikanfall kann Jeremy nicht helfen, du Nimrod", flüsterte er keuchend. „Reiß dich zusammen, du Idiot."

Er musste es angehen wie eine Hausaufgabe, wie eine Rechenaufgabe in Statistik oder einen Aufsatz in Philosophie. Das Problem erst analysieren und dann eine logische Lösung finden. Seinen Verstand von dem emotionalen Ballast befreien und klar denken.

Als erstes fiel ihm Rhoda ein, aber diesen Gedanken verwarf er sofort wieder. Er hatte weder ihre Telefonnummer noch wusste er, wo sie wohnte. Das *P-Town* war geschlossen. Qay hatte keine Möglichkeit, sie zu erreichen.

Aber wie war es mit dem Marriott? Qay besaß ein altes Telefonbuch von der Art, wie sie einmal im Jahr ausgetauscht werden. Er war vielleicht der letzte Mensch im Land, der ein solches Ding noch benutzte, aber er hatte weder Smartphone noch Internet zuhause. Außerdem wollte er es nicht wegwerfen, weil es voller Namen und Plätze war. Und jetzt konnte er in dem Buch die Telefonnummer des Marriott finden.

Die Frau, die seinen Anruf annahm, konnte ihm nicht sagen, ob Mr. Cox auf seinem Zimmer war oder nicht.

„Bitte. Es ist ein Notfall", bettelte Qay, obwohl es sich melodramatisch anhörte.

„Ich kann versuchen, sein Zimmer anzurufen, Sir."

„Okay. Vielen Dank."

Kurz darauf war sie wieder am Apparat. „Er antwortet nicht, Sir."

Mist. Qay hatte zwar nicht erwartet, dass Jeremy den Anruf annehmen würde, aber trotzdem die vage Hoffnung gehegt, Jeremy wäre vielleicht nur eingeschlafen und nicht rechtzeitig wieder aufgewacht. „Können Sie … Können Sie ihm bitte eine Nachricht übermitteln, falls Sie ihn sehen? Bitten Sie ihn, mich anzurufen. Es ist dringend."

Sie versprach es ihm und Qay hinterließ ihr seine Nummer, bevor er auflegte.

Er kannte Jeremys Zimmernummer und konnte jederzeit ins Marriott fahren und selbst an die Tür klopfen. Aber das würde sehr viel Zeit beanspruchen und er glaubte nicht, Jeremy in dem Hotel anzutreffen. Nach kurzem Überlegen fiel ihm Jeremys Wohnung ein. Vielleicht war er dort. Und Davis kannte die Wohnung auch. Er hatte sie ja schließlich in Trümmer geschlagen.

Weil Qay nicht mehr untätig auf seinem Hintern sitzen konnte, machte er sich sofort auf den Weg und rannte zu Jeremys Wohnung. Er schaffte die Entfernung in Rekordzeit. Die Geschäfte, an denen er vorbeikam, waren geschlossen, die Bürgersteige verlassen. Auch aus den Fenstern des Hauses, in dem Jeremy wohnte, fiel kein Licht auf die Straße. Qay ging in die Tiefgarage, um von dort aus die Treppe in die oberste Etage zu nehmen.

Als er den SUV in der Garage stehen sah, blieb er wie angewurzelt stehen.

Für einige Sekunden fühlte er sich erleichtert. Jeremy war hier! Aber seine Erleichterung hielt nicht lange an, denn als er sich dem Auto näherte, sah er dort zwei Gegenstände auf dem Betonfußboden liegen: einen Transponder und ein Handy. Das Handy war zerbrochen.

ERST SEHR viel später wunderte Qay sich darüber, was nach dem Auffinden des Transponders und des Handys passierte. Oder was eben *nicht* passierte. Er musste sich nicht übergeben und er brach auch nicht auf dem kalten Betonfußboden zusammen. Er rannte nicht auf die Straße und suchte nach der nächsten Bar, die an einem Feiertag geöffnet hatte oder einem Dealer, der sich heute nicht freigenommen hatte. Es grenzte an ein Wunder. Nein, es grenzte sogar an *vier* Wunder.

Aber er blieb stehen und starrte auf den Fußboden. Es kam ihm wie Stunden vor, konnte aber keine Minute gedauert haben, bis er wusste, was er zu tun hatte. Er musste die Bullen verständigen. Nicht irgendeinen Streifenpolizisten auf irgendeiner Wache, der keine Ahnung hatte von Jeremy und Ryan Davis, sondern nur sauer war, heute arbeiten zu müssen. Ein solcher Polizist würde Qay nicht ernst nehmen und die Sache in die Länge ziehen, bis ... Mist. Bis es zu spät war. Qay musste mit Captain Frankl sprechen. Und dazu brauchte er ein Telefon.

An jedem anderen Tag des Jahres hätte er in eines der Geschäfte laufen und um Hilfe bitten können. Heute war das natürlich nicht möglich. Er konnte nach Hause laufen und sein Telefon benutzen, aber das dauerte viel zu lange. Es ging um Sekunden. Er konnte ...

Ihm fiel die kleine Tür auf, die ins Treppenhaus führte. Und die Treppe führte nicht nur zu Jeremys Wohnung, sondern auch zu den Büros und dem Wellness-Studio in den unteren Stockwerken. Und dort gab es Telefone.

Qay lief die Treppe hoch. Er versuchte es mit der Tür zum Wellness-Studio, aber die war fest abgeschlossen. Ein Stockwerk höher war die Tür zu den Büros zwar ebenfalls verschlossen, aber sie war nicht so massiv gebaut wie die Tür im Erdgeschoss. Es war eine einfache Tür aus zwei Sperrholzplatten. Innen war sie hohl. Qay war dankbar für seine festen Arbeitsstiefel, als er zutrat. Es gab einen lauten Schlag und das Holz zeigte erste Risse, gab aber noch nicht nach. Zwei Tritte später ignorierte Qay die Holzsplitter und zwängte sich ins Büro. Er fand sofort ein Telefon und wählte 911.

Die Frau, die den Anruf annahm, war zunächst skeptisch. Qay musste sich alle Mühe geben, Ruhe zu bewahren und ihr geduldig zu erklären, warum er anrief. Seinen Einbruch in das Büro erwähnte er dabei mit keinem Wort. Das hatte Zeit bis später. Die Frau versprach ihm dann, Captain Frankl zu verständigen, der ihn zurückrufen würde. Qay diktierte ihr die Nummer, die auf dem Telefon stand.

Danach folgten die längsten Minuten seines Lebens. Er wäre vor Dankbarkeit fast auf die Knie gesunken, als endlich das Telefon klingelte.

„Frankl. Wer spricht dort?"

Qay verhaspelte sich beinahe, so eilig hatte er es. „Qay Hill wir kennen uns aus dem McDonald's und das Arschloch hat ihn entführt!"

„Von vorne bitte. Langsam.“

Qay kam sofort auf den Punkt. „Jeremy ist verschwunden. Entführt.“ *Bitte, bitte nur entführt, nicht tot.*

Frankl fluchte lautstark. „Du bist sein Freund?“

„Ja.“

„Warte.“

Es dauerte eine Ewigkeit. Qay trat ungeduldig von einem Fuß auf den anderen. Er hatte noch nie im Leben gebetet, auch nicht als Kind, wenn ihn seine Eltern mit in die Kirche schleppten. Jetzt wünschte er, er könnte beten. Aber das einzige, was ihm einfiel, war: *Bitte, Gott. Bitte, Gott. Bitte, Gott.* Immer wieder und wieder, bis Frankl endlich zurück ans Telefon kam.

„Wir sind dran“, sagte Frankl keuchend. „Wo bist du? Ich schicke einige meiner Männer vorbei, damit sie dich dort treffen.“

„In Jeremys Haus. Es ist …“

„Ich weiß, wo er wohnt. Rühr dich nicht vom Fleck.“ Frankl legte den Hörer auf.

Qay legte ebenfalls auf. Und *dann* kotzte er sich die Seele aus dem Leib.

19

JEREMY WACHTE vollkommen groggy und durchgefroren auf. Jeder Muskel in seinem Körper schmerzte und sein Schädel pochte, als wollte er gleich explodieren. Er hatte einen verbrannten, bitteren Geschmack im Mund und …

Scheiße!

Er stand zwar aufrecht, war aber mit dicken Seilen an etwas Hartem, Schweren festgebunden. Jeremy blinzelte, um wieder klar sehen zu können. Er zerrte an seinen Fesseln und wurde mit einem Schlag an den Kopf belohnt, der ihn beinahe wieder das Bewusstsein verlieren ließ. Dieses Mal wehrte er sich dagegen.

„Scheiße!", brüllte er.

„Halt's Maul, sonst ziehe ich dir gleich noch einen über."

Es dauerte einige Minuten, bis Jeremy ruhig und wach genug war, um seine Lage zu begutachten. Er war in einem hallenartigen Raum mit Maschinen, hohen Regalen und langen Arbeitstischen. Außer ihm schienen noch vier andere Männer anwesend zu sein. Einer trug die Uniform eines Wachdienstes, aber seinem Verhalten nach zu urteilen, war er nur ein Befehlsempfänger.

„*Du* bist Ryan Davis?", fragte er mit dicker Zunge. Der Boss der kleinen Gruppe war jung – höchstens dreißig – und hatte einen Vollbart mit gewichstem Schnurbart. Er war wesentlich kleiner als Jeremy mit seinen gut eins neunzig, stämmig und sehr schick gekleidet. Im Neonlicht der Halle wirkte seine Haut bleich und ungesund. Und er hielt eine Pistole in der Hand, den Lauf lässig auf den Boden gerichtet.

Als Davis eine Grimasse schnitt, fielen Jeremy noch weitere Details auf. Mindestens einer von Davis' Handlangern war ebenfalls bewaffnet und während Davis einen sehr gelassenen Eindruck machte, wirkten seine Männer nervös. Sie hatten Jeremy bis auf Socken und Unterhose ausgezogen, was das Zittern erklärte. Er konnte es zwar nicht beschwören, war sich aber ziemlich sicher, dass sie ihn an eine der Betonsäulen gebunden hatten, die das Hallendach stützten.

Zeit. Er musste Zeit schinden. „Wie habt ihr es denn geschafft, einen so großen Kerl wie mich so festzubinden?", fragte er seelenruhig. „Dazu musstet ihr bestimmt alle vier mit anpacken."

Ryan kniff die Augen zusammen. „Halt's Maul! Ich stelle hier die Fragen, nicht du."

Jeremy zerrte wieder an den Fesseln. Nichts. Gott, hatte er Kopfschmerzen. „Wir können uns doch wie zivilisierte Menschen unterhalten."

„Leck mich. Du weißt, was ich will, du Arschloch. Wo ist es?"

„Ich weiß nicht, was du willst, weil du es mir nicht gesagt hast."

„Aber du wusstest, wer ich bin", fauchte ihn Davis an.

„Du bist ein Dreckskerl, der im Knast vergammeln wird." Es war nicht gerade klug, so mit einem Mann zu reden, der eine Pistole in der Hand hielt. Aber Jeremy fror, hatte Schmerzen und Angst und war darüber hinaus davon überzeugt, diesen Tag sowieso nicht zu überleben. Es überraschte ihn nicht sonderlich, als Davis ihm mit der Pistole an den Kopf schlug.

Er grunzte und blinzelte, um die schwarzen Punkte loszuwerden, die ihm vor den Augen tanzten.

„Wo ist das Scheißding?", schrie Davis. Spucke spritzte Jeremy ins Gesicht.

Es war an der Zeit, es mit einer neuen Taktik zu versuchen. „Glaubst du nicht, ich hätte es schon längst den Bullen gegeben, wenn ich es hätte?"

Wenn man seinem Gesichtsausdruck Glauben schenken durfte, war Davis auf diese Idee noch nicht gekommen. Fantastisch. Der Kerl war nicht nur moralisch korrupt, er war auch noch ein Dummkopf. Jeremy hatte die Erfahrung gemacht, dass dumme Kriminelle die gefährlichsten waren.

Er nutzte die vorübergehende Verwirrung dazu, Davis noch mehr zu irritieren. „Die Informationen auf dem Stick mögen dich für einige Jahre hinter Gitter gebracht haben, aber weißt du was? Jetzt hast du einen Mord am Hals. Damit steht dir lebenslänglich bevor."

„Ich habe diese Schwuchtel nicht umgebracht!"

„Das musstest du auch nicht", meinte Jeremy, ohne auf die Beschimpfung einzugehen. „Man nennt das Beihilfe zum Mord. Wenn jemand ermordet wird in Ausübung eines Verbrechens, an dem du beteiligt bist, hast du Beihilfe geleistet und bist genauso verantwortlich wie der Kerl, der den Mord begangen hat."

Darüber musste Davis erst länger nachdenken – wahrscheinlich fiel es ihm nicht leicht, einem so langen Satz zu folgen –, dann drehte er sich zu dem Mann in Uniform um. „Stimmt das?", wollte er wissen.

Der Wachmann zuckte mit den Schultern. „Woher soll ich das wissen? Ich habe nicht studiert."

„Idiot." Davis drehte sich wieder zu Jeremy um. „Wenn ich sowieso mit drinstecke, kann ich dich auch gleich plattmachen", sagte er trotzig. „Sie können mir nur einmal lebenslänglich geben. Du bist gewissermaßen mein Mengenrabatt. Zwei zum Preis von einem."

„Den Rabatt hast du schon eingelöst. Erinnerst du dich an Donnys Schwester?"

„Ich habe die dumme Kuh nie gesehen."

Jeremy seufzte. „Pass auf. Ich bin Park Ranger. Ich bin Gesetzeshüter. Wenn du mich umbringst, droht dir die Todesstrafe." Das war eine glatte Lüge. Park Ranger standen nicht auf einer Stufe mit der Polizei, weil sie nicht vereidigt wurden. Außerdem war in Oregon seit zwanzig Jahren kein Mörder mehr hingerichtet worden. Aber Jeremy konnte sich nicht vorstellen, dass Davis das wusste.

Als Davis nicht gleich antwortete, beschloss Jeremy, seine Chance zu nutzen und seine Lüge zu einer ausgewachsenen Lügengeschichte fortzuspinnen. „Weißt du, wie hierzulande Exekutionen durchgeführt werden? Mit dem elektrischen Stuhl. Ich war früher Bulle und habe in Salem miterlebt, wie ein Mörder geschmort wurde. *Zsch-zsch-zsch.* Kennst du die elektrischen Insektenvernichter, die manche Leute auf ihre Terrassen stellen? So ähnlich war das auch. Es dauert bei einem Mann nur wesentlich länger als bei einem Moskito. Logisch, oder?"

Davis' Männer warfen sich nervöse Blicke zu, aber Davis selbst schnaubte nur verächtlich. „Es gibt Schlimmeres als den Tod. Wir haben diese Halle das ganze Wochenende für uns. Ich foltere es einfach aus dir raus."

Das war auch nicht viel besser, als erschossen zu werden. Jeremy überlegte verzweifelt, wie er sich jetzt noch rausreden konnte, aber es war so verdammt *kalt* und sein Gehirn fühlte sich an, als wäre es mit einem Küchenmixer gequirlt worden. „Ich habe keine Ahnung, wo dieser gottverdammte Stick ist", sagte er müde. „Donny hat ihn nie erwähnt. Ich habe ihn nie gesehen. Ich wusste gar nicht, dass es ihn überhaupt gibt, bis du meine Wohnung auf den Kopf gestellt hast."

Klonk! Davis schlug wieder mit der Pistole zu. Und dieses Mal war es zu viel für Jeremy. Er verlor das Bewusstsein.

ER KEUCHTE und spuckte, als er wieder zu Bewusstsein kam. Eiskaltes Wasser lief ihm über die Brust. Die Kälte drang ihm bis auf die Knochen und er konnte sich kaum rühren.

Davis stand mit einem Plastikeimer vor ihm und grinste. „Es ist noch zu früh, um schon einzuschlafen. Wir haben noch viel zu besprechen." Er stellte den Eimer langsam ab, zog ein Päckchen Zigaretten aus der Jackentasche und ein Feuerzeug aus der Tasche seiner Designerhose. Dann nahm er eine Zigarette aus dem Päckchen, zündete sie an und steckte die anderen Utensilien wieder weg. „Wir können es auf die leichte Art machen oder auf die schwere", sagte er.

Scheiße. Nicht nur ein Dummkopf, sondern auch ein Fan billiger Gangsterfilme. „Ich will es gar nicht, weder so noch so", sagte Jeremy zähneklappernd.

„Wir fangen ganz einfach an." Davis kam auf ihn zu und drückte die brennende Zigarettenspitze mitten auf Jeremys Brust.

Jeremy brüllte. Er konnte nicht sagen, was schlimmer war – der beißende Schmerz oder der Gestank seines eigenen verbrannten Fleisches. Er hatte auch nicht die Zeit, darüber nachzudenken, denn Davis drückte die Zigarette wieder und wieder an seine Brust und als sie ausging, zündete er sich eine neue an. Nach einer Weile wuchsen die Wunden zu einem einzigen, qualvollen Schmerz zusammen, der mit jedem Herzschlag schlimmer und unerträglicher wurde.

Wie konnte ein Mensch gleichzeitig verbrennen und erfrieren?

Als Davis die Zigaretten ausgingen, stellte er sich hinter Jeremy und brach ihm die Finger der linken Hand, einen nach dem anderen, angefangen mit dem kleinen Finger. Bevor er zum Daumen kam, hörte er auf, kam um die Säule nach vorne und sah Jeremy an, der schlapp in den Seilen hing. Davis packte ihn am Kinn und hob seinen Kopf. „Ich brauche einen Drink. Das gibt dir Zeit, um über die Vorteile eines offenen Gesprächs nachzudenken. Wenn nicht, versuchen wir nach meiner Rückkehr etwas Neues. Vielleicht … Ich frage mich, wie fest ich dir die Eier zusammenquetschen kann, bevor sie platzen." Er grinste boshaft und rammte Jeremy das Knie zwischen die Beine.

Jeremy wäre beinahe wieder ohnmächtig geworden vor Schmerz. Er nahm noch vage wahr, dass Davis sich entfernte, hörte dann leise Stimmen. Aber er konnte diese Wahrnehmungen nicht mehr verarbeiten. Sie spielte auch keine Rolle. Nichts spielte eine Rolle außer der Kälte, dem Schmerz und … Oh Gott. Qay.

Was, wenn dieser kranke Idiot von Qay erfahren und auf die Idee kommen würde, bei Qay nach dem USB-Stick zu suchen?

Ein tiefes Stöhnen entrang sich seiner Kehle und er fing wieder an, verzweifelt an den Fesseln zu zerren. Seit er hier zu sich gekommen war, hatte er Angst, aber jetzt, nachdem er wusste, dass auch Qay in Gefahr sein könnte, wurde es noch schrecklicher. Trotz Schmerzen, Erschöpfung und Kälte wurde er von einem Adrenalinschub gepackt und er war *stark*! Verdammt, er war stark. Er war nicht mehr der kleine, fette Schwächling und Versager, der in der Schule schikaniert wurde, der die Aufmerksamkeit seiner Eltern nicht wert war, der sich nicht traute, dem hübschen, einsamen Jungen seine Freundschaft anzubieten, der mit ihm in der letzten Reihe saß.

Er verrenkte seinen Körper nach allen Regeln der Kunst, zog so fest er konnte an den Seilen. Aber diese verdammten Dinger wollten nicht nachgeben. Sie hielten.

Und dann tat er das einzige, was ihm noch blieb – er öffnete den Mund und schrie seine Frustration, seine Wut und Furcht mit aller Macht hinaus. Und auch seine Verzweiflung, weil er Qay im Stich gelassen hatte.

Es war ein heiserer, gebrochener Schrei und er schallte durch die große Halle, die sein Echo zurückwarf.

Davis kam mit einer Flasche Bier in der Hand auf ihn zu geschlendert und grinste höhnisch. „Hast du nachgedacht, Schwuchtel? Hast du dich entschieden, ob du dein Leben als Eunuch beenden willst oder nicht?"

„Geh zum Teufel", keuchte Jeremy mit heiserer Stimme.

Und obwohl Davis den Mund öffnete, blieb seine – zweifelsohne sehr witzige – Antwort der Nachwelt nicht erhalten, denn in diesem Moment flogen mit einem lauten Knall die beiden Türen der Halle auf.

Davis ließ die Flasche fallen und wirbelte herum. Seine drei Ganoven rannten in unterschiedliche Richtungen davon. Befehle wurden gerufen und Jeremy schrie: „Sie sind bewaffnet!"

Und als wollte er die Wahrheit von Jeremys Worten unter Beweis stellen, zog Davis seine Pistole und schoss auf ihn.

Jeremy schrie nicht mehr, als die Kugel ihn in die linke Schulter traf. Es war nur noch ein marginaler Schmerz mehr unter vielen. Er grunzte und biss die Zähne zusammen, während das heiße Blut aus der Schusswunde in seiner Schulter ihm über die Brust floss.

Den Rest nahm er nur noch in Ausschnitten wahr. Mehr Schüsse. Geschrei. Jemand, der vor ihm stand und etwas sagte, was er nicht mehr verstehen konnte. Und dann fiel er …

Nein. Mehrere Arme fingen ihn auf, legten ihn auf eine Trage und zogen eine Wärmedecke über ihn.

„Qay?", wisperte er. Und falls ihm jemand antwortete, konnte er es schon nicht mehr hören.

20

Überall im Haus waren Polizisten und sie stellten Qay tausende von Fragen. Er wollte sie nicht beantworten. Er wollte nur wissen, was mit Jeremy passiert war. Aber selbst wenn die Bullen etwas wussten, würden sie es ihm nicht sagen. Sie löcherten ihn nur mit ihren Fragen, bis er sich auf den kalten Fußboden der Tiefgarage sinken ließ und um Luft kämpfte.

„Himmelherrgott aber auch! Seid ihr noch ganz dicht, ihr Arschpfeifen? Der Mann hat niemandem etwas getan. Lasst ihn in Ruhe!" Qay schaute auf und sah einen kleinen, gutaussehenden Mann in einem schicken Anzug auf sich zukommen. Vermutlich ein Detective.

„Er ist in eines der Büros eingebrochen", sagte einer der Uniformierten und zeigte an die Decke.

„Um 911 anrufen zu können, du Idiot. Verschwinde und erledige deine Arbeit. Schreib deine hirnrissigen Berichte oder sonst was." Der Detective machte eine scheuchende Handbewegung und hockte sich vor Qay auf den Boden. „Du bist Qay Hill?", fragte er und hörte sich schon beträchtlich freundlicher an.

Qay nickte stumm.

„Ich bin Nevin Ng, ein Freund von Jeremy." Er stand auf und streckte die Hand aus. „Lass uns aus diesem Drecksloch verschwinden, ja? Wo ist dein Wagen?"

„Kein Auto. Bin gelaufen."

„Dann fahre ich dich nach Hause. Komm jetzt."

Nach kurzem Zögern griff Qay zu und ließ sich von Ng beim Aufstehen helfen. Ng war überraschend stark und hatte mit Qays Gewicht kein Problem. Er drehte sich um und sah seine Kollegen finster an. Die blaue Wand vor ihnen teilte sich wie das Rote Meer. Qay folgte Ng zum Ausgang der Tiefgarage.

Unter anderen Umständen hätte Qay laut gelacht, als er Ngs Wagen sah. Es war ein klassischer GTO in einem Lila, das schon fast schwarz wirkte, so dunkel war es. Ng schloss den Wagen auf und winkte Qay zu, auf dem Beifahrersitz Platz zu nehmen. Die Polster waren schwarz und makellos sauber. Es roch nach Old Spice.

Ng steckte den Schlüssel in die Zündung und wollte den Motor anlassen. Qay legte ihm die Hand auf den Arm. „Haben sie ihn schon gefunden?"

„Das weiß ich noch nicht. Aber ich habe Freunde, die versprochen haben, mich über die Entwicklung auf dem Laufenden zu halten."

Qay ließ sich – mehr stöhnend als seufzend – mit dem Rücken an die Lehne fallen.

„Bist du die Spekulation mit der Option auf ein glückliches Ende?", fragte Ng.

„Wie bitte?"

„Habt ihr was laufen, Germy Cox und du?"

„Nenn ihn nicht Germy!"

Ng grinste. „Na also. Das beantwortet meine Frage. Und er ist dir nicht gleichgültig." Das Grinsen verschwand und Ng schüttelte den Kopf. „Ich habe diesem Arschloch gesagt, dass er auf sich aufpassen soll. Aber nein, er hält sich für einen gottverdammten Superhelden."

„Captain Caffeine", stimmte ihm Qay zu und ließ vor Erschöpfung den Kopf in die Hände fallen. Er hatte alles an Energie aufgebraucht, was noch in ihm steckte.

„Ha! Captain Caffeine! Das gefällt mir. Wohin jetzt, Prinzessin?"

Ng sagte kein Wort über den Zustand von Qays Wohnung. Er führte ihn nur zum Sofa und kochte zwei Tassen Tee. Was eine ziemliche Leistung war, denn Qay konnte sich nicht erinnern, überhaupt Tee im Schrank zu haben. Aber Ng reichte ihm einen großen, dampfenden Becher Tee und setzte sich seufzend neben ihn. „Verdammte Scheiße, das alles", grummelte er.

Qay nickte nur. Seine Hände um den heißen Becher waren alles, was er von seinem Körper fühlte. Er kam sich vor, als würde er schwerelos durch ein schwarzes Loch schweben.

Ng füllte die Stille. „Ich bin eigentlich für diese Sachen nicht zuständig, weißt du? Ich fange die Hundesöhne, die Omas verprügeln oder arme Menschen vergewaltigen, die nicht darüber reden können. Entführung, Mord, Drogen … Dafür sind diese Idioten vom Rauschgift und der Mordkommission zuständig. Und wenn sie ihren Job gemacht hätten, wie es sich gehört, wären wir jetzt nicht hier." Er lachte bellend. „Ich sollte ihnen vielleicht dankbar sein. Sie haben mich vor dem grausamsten Thanksgiving aller Zeiten bewahrt."

Thanksgiving. Bei dem Gedanken an Essen drehte sich Qay der Magen um. Er hatte ganz vergessen, dass sie für heute verabredet waren. „Rhoda", sagte er tonlos. „Sie erwartet uns. Ich habe ihre Telefonnummer nicht."

„Gottverdammt", fluchte Ng, meinte damit aber nicht Qay. „Trink deinen Tee aus, Mann. Ich bin gleich zurück." Er ging mit seinem Becher in die kleine Küche und sprach für eine Weile leise in sein Handy. Qay machte sich nicht die Mühe, dem Gespräch zu lauschen.

Ng kam zurück und ließ sich wieder aufs Sofa fallen. „Ich habe mit Rhoda gesprochen. Sie will wissen, wie es dir geht."

Qay sah ihn ausdruckslos an. Ng schüttelte den Kopf. „Hast du hier irgendwo einen Schluck Schnaps? Das ist gut für die Nerven."

„Ich bin süchtig. Seit sieben Jahren clean, aber …"

Ng schnalzte verständnisvoll mit der Zunge. „Scheiße. Aber gut für dich. Sieben Jahre. Das ist, wie wenn man einen Berg mit dem Teelöffel versetzt."

Qay fiel darauf keine passendere Antwort ein, als stumm zu nicken.

Dann formte sich ein Gedanke in seinem Kopf. „Wenn sie so hinter dem USB-Stick her sind, frage ich mich, warum sie Jeremys SUV nicht angerührt haben. Donny hätte ihn doch dort verstecken können. Aber der Wagen steht unberührt in der Garage."

„Keine Ahnung, Mann. Dummbeutel wie Davis denken nicht sehr logisch."

Qay nickte. Von der Sorte hatte er mehr als genug kennengelernt.

Sie nippten an ihrem Tee.

Als Ngs Handy klingelte, erschrak Qay so sehr, dass er seinen Tee verschüttete. Er knabberte sich die Lippe blutig, während er Ng beobachtete, aber dem Gesicht des Detectives war nichts anzusehen, was Qay einen Hinweis gegeben hätte. Dann beendete Ng das Gespräch, steckte das Handy weg und sah Qay lange an. „Er lebt", sagte er schließlich.

Qay stöhnte.

„Er lebt, aber er ist in einem fürchterlichen Zustand. Sie haben ihn direkt in die Notaufnahme gebracht."

Qay sprang auf die Füße und verschüttete dabei auch noch den Rest seines Tees. „Wo?"

„Ich kann dich hinbringen, aber …"

„Bitte!" Falls Ng ihm nicht half, würde Qay das richtige Krankenhaus selbst in Erfahrung bringen und einen Weg finden, dorthin zu kommen. Ob Feiertags-Fahrplan oder nicht. Und wenn er laufen musste.

„Ja, ja, schon gut. Verdammt."

Sollte Ng während der Fahrt gesprochen haben, konnte Qay sich anschließend nicht daran erinnern. Er hatte keine Ahnung, durch welche Stadtviertel sie fuhren oder in welche Richtung. Er saß nur in dem lila GTO und fragte sich, ob man an einer tagelangen Panikattacke sterben konnte.

Kurz nach ihrer Ankunft im Krankenhaus verschwand Ng. Dafür war Rhoda schon da. Sie kam auf ihn zugelaufen und nahm ihn in die Arme. „Mein Schatz!", rief sie. „Du siehst aus wie der leibhaftige Tod. Hast du heute schon gegessen?"

Er starrte sie ausdruckslos an. „Jeremy?"

„Wird gerade operiert. Sein Zustand ist ernst, aber stabil. Er schafft das schon, mein Schatz."

Qay holte zitternd Luft. Er konnte nicht aufhören zu zittern. Rhoda drückte ihn auf einen der Plastikstühle und verscheuchte eine Schwester, die Qay für einen Patienten hielt. „Es tut mir leid", sagte er unglücklich, als er wieder sprechen konnte.

„Lass das. Du hast einen fürchterlichen Tag hinter dir. Aber Jeremy wird wieder gesund und dir geht es auch bald wieder besser."

Er ließ den Kopf hängen.

Rhoda eilte davon und kam einige Minuten später mit einem verpackten Muffin zurück. „Die schmecken beschissen, aber du musst dringend etwas essen."

Weil er nicht die Kraft fand, ihr zu widersprechen, riss er die Plastikfolie auf und brach ein Stück Muffin ab, um es sich in den Mund zu schieben. Es schmeckte nach nichts. „Du verpasst dein eigenes Dinner", sagte er.

„Ich hatte schon eine Portion gegessen, als der Anruf kam. Und die aufgewärmten Reste schmecken sowieso besser. Parker hält zuhause die Stellung, was ihm nur guttut. Er hat gerade mit seinem letzten Freund Schluss gemacht und kann Ablenkung gebrauchen."

Qay wünschte, er hätte die Chance gehabt, Rhodas Sohn kennenzulernen. Jeremy hatte nur gut über Parker gesprochen.

Der Muffin verschwand wie von Zauberhand in Qays Magen. Rhoda brachte ihm eine Dose Cola zum Nachspülen. „Kein Kaffee?", fragte er.

„Ich bin durchaus bereit, Kompromisse einzugehen, wenn es der Sache dient. Automatenkaffee gehört nicht dazu." Sie lächelte schwach. Heute trug sie ein langärmliges Kleid mit aufgedruckten Pfauenfedern, dazu passende Ohrringe. Ihr Haar war in einem kompliziert aussehenden Arrangement aufgesteckt.

„Du siehst heute wunderbar aus, Rhoda. Äh ... Natürlich siehst du *immer* wunderbar aus, aber heute bist du ganz besonders wunderbar und diese Farben stehen dir fantastisch." Na toll. Jetzt hatte er schon die Kontrolle über seine Zunge verloren und plapperte nur noch Unsinn.

Sie strahlte übers ganze Gesicht und tätschelte ihn am Arm. „Du bist ein guter Kerl, Qay."

Qay überlegte immer noch, was er darauf antworten sollte, als Ng zurückkam. Er hatte Frankl im Schlepptau und wirkte wütend. Frankl sah nur erschöpft aus. „Sind Sie Rhoda Levin?", fragte Frankl.

Sie stand auf und nickte. „Ja."

„Captain Frankl. Ich muss vertraulich mit Ihnen reden."

Qay blieb sitzen, als Frankl sich umdrehte und wieder ging. Rhoda winkte ihm ungeduldig zu. „Du auch, Qay. Komm schon."

„Er steht nicht auf der Liste der Kontaktpersonen", warf Frankl ein.

„Aber nur, weil Jeremy dazu noch nicht die Zeit gefunden hat. Diese beiden gehören zusammen. Qay muss dabei sein."

Frankl hätte vielleicht widersprochen, aber Ng schnaubte nur. „Sei kein Arschloch, Frankl. Jeremy hat mir selbst gesagt, dass er es ernst meint mit dem Mann. Qay kommt mit."

Frankl zuckte müde mit den Schultern und ging. Qay ließ sich von Rhoda aus dem Stuhl ziehen. Auf ihrem Weg durch die Flure des Krankenhauses ging Qay langsam auf, was er gerade erfahren hatte. Jeremy hatte mit Ng über ihn gesprochen und gesagt, es wäre ihm ernst mit Qay. Und sowohl Rhoda wie Ng hatten sich für ihn eingesetzt. Das war ihm noch nie passiert.

Zwei Stockwerke höher und einige Flure weiter kamen sie in ein Wartezimmer. Es war kleiner und stiller als das Zimmer, aus dem sie kamen. Die Stühle waren nicht aus Plastik, sondern weich gepolstert. An den Wänden hingen

Bilder von friedlichen Landschaften. In der einen Ecke des Zimmers saß eine mehrköpfige Familie dicht beisammen, während in einer anderen ein alter Mann saß und döste. Frankl führte sie zu einer Sitzgruppe und winkte Rhoda zu, Platz zu nehmen.

Qay setzte sich ebenfalls, stand aber nach wenigen Sekunden wieder auf. Es kribbelte ihm unter der Haut und während die Polizisten sich leise mit Rhoda unterhielten, ging er mit eingezogenen Schultern im Zimmer auf und ab. Hier und da hörte er Bruchstücke der Unterhaltung: Verbrennungen, Schusswunde, gebrochene Finger, Unterkühlung. Er erfuhr, dass Davis und einer seiner Männer tot waren, ein anderer ebenfalls gerade operiert wurde und ein vierter schon festgenommen war. Frankls Leute durchsuchten die Fabrikhalle, ebenso Davis' Haus und nahezu jeden anderen Ort, an dem sich der Mann in letzter Zeit aufgehalten hatte. Qay wusste, dass er erleichtert sein sollte, dass Davis keine Bedrohung mehr war. Aber noch konnte er von Erleichterung nichts spüren und lief nur unruhig auf und ab. Die Familie in der Zimmerecke sah ihnen schweigend zu.

Er war ungefähr bei der tausendsten Runde durchs Zimmer, als Rhoda ihm zuwinkte. „Warum hinkst du?"

Überrascht blieb er stehen und betrachtete seinen rechten Fuß. Der Fuß schmerzte. Es war ihm gar nicht aufgefallen.

„Er hat die verdammte Bürotür aufgetreten", sagte Ng.

„Was? Warum denn das?"

„Um an ein Telefon zu kommen und Hilfe anzufordern. Er hat herausgefunden, dass Jeremy entführt wurde."

„Mein Schatz!" Sie kam angerannt und zerrte ihn zu einem Stuhl. Dann lief sie aus dem Zimmer und kam kurz darauf mit einem Arzt zurück, der sich Qays Fuß ansehen sollte. Der Arzt stellte einige Prellungen und eine leichte Zerrung fest. Er gab Qay einen Eisbeutel und verordnete einige Tage Ruhe mit hochgelegtem Bein. Als er sich nach Qays Versicherungsinformationen erkundigen wollte, nahm Ng ihn zur Seite und unterhielt sich leise mit ihm. Der Arzt nickte und ging wieder.

Jetzt konnte Qay nicht mehr auf und ab laufen. Der geschwollene Fuß passte nicht mehr in den Stiefel. Er lehnte sich in seinem Stuhl zurück, legte einen Arm über die Augen und konzentrierte sich darauf, nicht verrückt zu werden.

„Hier, mein Süßer." Die leisen Worte und eine warme Hand auf der Schulter brachten ihn in die Wirklichkeit zurück. Frankl war mittlerweile gegangen und Ng saß ihm gegenüber, einen vollgehäuften Pappteller mit Essen auf dem Schoß. Rhoda hielt ihm einen ähnlichen Teller hin, der mit einer Alufolie bedeckt war. „Das ist besser als der Industrie-Muffin", erklärte sie.

Er nahm den Teller, zog die Folie ab und atmete tief ein. Truthahn mit allem, was dazu gehörte – noch warm und dampfend. „Woher hast du das denn?", fragte er ungläubig.

„Ich habe es uns von Parker bringen lassen. Und er hat dir einen von seinen Hausschuhen mitgebracht für den dicken Fuß." Sie zeigte auf einen Pantoffel, der auf dem Stuhl neben ihm lag. Der Schuh war bunt und pelzig und vorne war ein Monstergesicht aufgenäht. Rhoda lachte, als sie Qays skeptischen Blick sah. „Deine Würde wird es überleben, Baby."

„Ich habe keine Würde." Und um es ihr zu beweisen, zog er den Pantoffel an und machte sich mit dem Plastikbesteck, das Rhoda ihm gab, über den Truthahn her. Es schmeckte köstlich. Sie hatte sogar an heißen Cidre gedacht, wunderbar gewürzt und ohne einen Tropfen Alkohol.

Kurz nachdem Qay und Nevin gegessen hatten, kam eine Ärztin zu ihnen. Sie war groß und schlank, die schwarzen Haare zu einem Pferdeschwanz gebunden. Obwohl sie sehr müde aussah, lächelte sie. „Sie sind die Freunde von Mr. Cox?", erkundigte sie sich bei ihnen mit einem leichten Akzent.

Die drei nickten und Qay blieb sitzen, während Nevin und Rhoda sich erhoben, um die Ärztin zu begrüßen.

„Ich bin Dr. Jalali, die Chirurgin. Ich freue mich, Ihnen sagen zu können, dass es Mr. Cox gut geht. Er erholt sich noch von der Anästhesie, wird aber bald Besuch empfangen dürfen. Hat er jemanden zuhause, der sich um ihn kümmert?"

„Ja", antworteten die drei im Chor.

„Sehr gut. Dann können wir ihn am Samstag entlassen. Vielleicht sogar schon morgen Abend."

Qay fiel eine Zentnerlast von den Schultern. „Er wird wieder ganz gesund?", fragte er lebhaft.

„Ja. Seine Finger müssen noch geschient bleiben. Wenn die Wunde in der Schulter verheilt ist, sollte er Physiotherapie machen, damit sie wieder voll beweglich wird. Die Verbrennungen hinterlassen natürlich Narben. Aber er wird sich wieder komplett erholen."

Vielleicht war sein erbärmliches Gebet ja doch erhört worden. Qay war sich nicht sicher, ob er überhaupt an einen Gott glaubte, aber es konnte nicht schaden, sich dankbar zu zeigen. *Vielen Dank, Gott*, dachte er. *Ich bin dir so dankbar. Dafür stehe ich tief in deiner Schuld.*

NACHDEM RHODA versprochen hatte, ihn über die weitere Entwicklung auf dem Laufenden zu halten, verabschiedete sich Nevin und ging nach Hause. „Du hältst dich erstaunlich gut", sagte er zu Qay, als er ihm die Hand schüttelte. „Mir scheint, Germy hat sich ausnahmsweise für den richtigen Mann entschieden."

Qay und Rhoda blieben zurück und warteten. Rhoda hatte einige alte Taschenbücher aufgetrieben – vielleicht hatte Parker sie mitgebracht – und gab eines davon an Qay weiter. Es war einer dieser Fantasy-Romane mit einem komplizierten Plot und unaussprechlichen Namen. Qay konnte sich in seinem Zustand nicht auf die Geschichte konzentrieren, aber es lenkte ihn ab, die Augen über die Sätze wandern zu lassen, auch wenn sie keinen Sinn ergaben.

In einer Ecke des Wartezimmers unterhielt sich ein Arzt mit der wartenden Familie. Sie machten einen erleichterten Eindruck. Der alte Mann bekam offensichtlich keine gute Nachricht, denn er wurde weinend aus dem Zimmer geführt. Qay hatte Mitleid mit ihm und hoffte, dass der Mann und der oder die Verstorbene wenigstens eine lange, gute Zeit miteinander verbracht hatten.

Rhoda brachte ihm eine Dose Cola. Als er zu den Toiletten humpelte, brachte er mit seinem lächerlichen Monster-Pantoffel eine erschöpft aussehende Krankenschwester zum lächeln. Danach freundete er sich mit dem Schuh an.

Er kam zurück und ließ sich seufzend auf seinen Stuhl fallen.

„Ist alles in Ordnung damit, mein Süßer?", fragte Rhoda und zeigte auf seinen Fuß.

„Ja. Ich muss erst am Dienstag wieder arbeiten." Durch den Eisbeutel hatten die Schmerzen schon etwas nachgelassen.

„Gut. Lass uns besprechen, wie wir Jeremy am besten helfen können. Ich habe schon eine Idee, falls du mitmachst." Sie musterte ihn abschätzend. „Ich denke, du bist dabei."

„Mein Gott, Rhoda. Sieh mich doch an. Ich bin ein Versager."

„Du hast Jeremy heute das Leben gerettet, Qay."

Er atmete scharf ein. „Ich …"

„Er war leichtsinnig und hat die Warnungen, auf sich aufzupassen, nicht ernst genommen. Aber du hast die Kavallerie verständigt. Du hast damit unter Beweis gestellt, dass du auf diesen Idioten aufpassen kannst."

„Wenn ich früher reagiert und die Polizei verständigt hätte, wäre er nicht verletzt worden."

„Hast du etwa übernatürliche Kräfte? Nein. Komm schon, Qay … Ich habe gar nichts getan. Als ihr beiden nicht gekommen seid, versuchte ich, Jeremy zu erreichen und bin bei der Mailbox gelandet. Ich dachte mir, ihr hättet euch gestritten und er würde schmollen. Oder ihr wärt im Bett und hättet die Zeit vergessen."

Qay fühlte, wie ihm die Röte in die Wangen stieg.

Rhoda klopfte ihm schmunzelnd auf die Schulter. „Schon gut. Ich bin ein großes Mädchen. Willst du jetzt meinen Plan hören?"

„Ja, sicher."

„Sobald sie ihn hier rauslassen, fahre ich ihn zum Marriott. Du bleibst bei ihm, bis du wieder arbeiten musst."

„Aber ich …"

„Er braucht Hilfe beim Baden und Anziehen. Ich bin mir sicher, dass er sich dabei lieber von *dir* helfen lässt als von mir."

Qay überlegte. „Ja, da hast du recht." Die Frage war nur, ob Qay durchhalten und wirklich helfen konnte.

„Ich habe immer recht, mein Schatz. Also gut. Wir warten ab, wie es ihm am Montagabend geht. Danach sehen wir weiter. Wenn er will, kann er in meinem Gästezimmer übernachten."

Nachdem das entschieden war, warteten sie, bis eine Krankenschwester kam. „Er ist jetzt wach. Sie können ihn sehen. Aber nur für wenige Minuten, weil er noch Ruhe braucht."

Qay sprang von seinem Stuhl hoch und verschluckte einen lauten Fluch, als er auf seinem wunden Fuß landete. Rhoda verdrehte seufzend die Augen.

JEREMY SAH fürchterlich aus und war doch wunderschön, weil er am Leben war und Rhoda und Qay so süß mit einem benebelten Lächeln begrüßte, als sie ins Zimmer kamen. Sein Gesicht war geschwollen und ein großer Teil seines Kopfs und Körpers mit Bandagen bedeckt. In seinem Arm steckten Infusionsnadeln mit langen Schläuchen.

„Sobald du wieder auf den Beinen bist, trete ich dir gehörig in den Hintern", sagte Rhoda. „Idiot." Dann beugte sie sich über ihn und küsste ihn zärtlich auf die weniger geschwollene Wange. Auf dem Nachttisch stand ein Plastikbecher mit Strohhalm. Sie nahm ihn und hielt ihm den Strohhalm vor den Mund. „Trinken."

Jeremy saugte gehorsam an dem Halm. „Danke." Seine Stimme hörte sich an, als wäre sie durch Straßenschotter gezogen worden. „Geht es den anderen gut?"

„Allen, außer dir. Und den Ganoven. Davis ist tot."

Jeremy nickte leicht und verzog seufzend das Gesicht. „Wie überflüssig." Dann drehte er den Kopf zu Qay um, der an der Tür stand und verlegen von einem Fuß auf den anderen trat. „Du hast Thanksgiving verpasst."

Qay kam kopfschüttelnd ans Bett gehumpelt. „Das hat Rhoda nicht zugelassen. Parker musste uns von dem Festmahl etwas bringen."

„Warum läufst du so komisch?"

Guter Gott. Der Mann wurde entführt, gefoltert und operiert und war dazu noch bis unter die Ohren mit Schmerzmitteln vollgestopft. Aber was fiel ihm als erstes auf? Dass Qay hinkte. „Ich habe mir den Fuß verletzt."

Jeremy wollte sich aufsetzen, doch Qay drückte ihn ins Kissen zurück. „Hat Davis ...", fing Jeremy an und Qay erkannte, dass Jeremy sich um ihn gesorgt hatte.

„Davis ist nicht in meine Nähe gekommen", beruhigte er Jeremy.

„Er hat sich verletzt, um dir den Arsch zu retten", sagte Rhoda. „Er musste eine Tür eintreten, damit er telefonieren und Hilfe holen konnte."

Jeremy runzelte die Stirn. „Wir müssen ihm ein Handy kaufen. Und ein Laptop. Aber wir müssen ihn austricksen, sonst nimmt er es nicht an."

Rhoda blinzelte ihn ungläubig an. Qay schüttelte nur den Kopf. „Die Pillen müssen echt gut sein, Jeremy." Er war neidisch.

„*Du* bist echt gut. Wir wollten das ganze Wochenende im Bett verbringen." Jeremy betrachtete traurig seine geschienten Finger.

Rhoda versteckte ihr Lachen relativ erfolglos hinter einem Hüsteln. Qay ignorierte sie und nahm Jeremys gesunde Hand. Er erinnerte sich an den Trost, nach dem er sich so gesehnt hatte, als er selbst im Krankenhaus lag. „Dafür haben wir später noch genug Zeit", sagte er lächelnd. „Wir verschieben es einfach. Wusstest du, dass ich an Weihnachten eine Woche frei habe?"

„Du bist mein Weihnachtsgeschenk. Besser als ein Laptop."

Jeremy fielen die Augen zu und obwohl er sie sofort wieder öffnete, sah man ihm seine Müdigkeit an. Qay beugte sich über ihn und küsste ihn sanft auf die wunden Lippen. „Genieße das Zeug, das sie dir ins Blut pumpen. Wir sehen uns morgen früh."

„Dann sage ich dir morgen, dass ich dich liebe", erklärte Jeremy, bevor ihm die Augen wieder zufielen. Dieses Mal blieben sie geschlossen.

QAY HASSTE Krankenhäuser. Am Donnerstag hatte er darüber nicht nachgedacht, weil seine Sorge um Jeremy alles andere überlagerte. Aber am Freitag erinnerte er sich wieder daran, als er den größten Teil des Tages an Jeremys Bett verbrachte. Er versuchte, sich auf Jeremy zu konzentrieren. Das funktionierte, so lange Jeremy wach war oder Unterhaltung und Hilfe benötigte. Aber wenn er einschlief, weil er von den Schmerzmitteln immer noch groggy war, blieb Qay nichts anderes zu tun, als sich zu sorgen. Er hatte seine Lehrbücher mitgebracht, konnte sich aber nicht darauf konzentrieren.

Am späten Nachmittag kam ein Arzt, der Jeremy untersuchte und an ihm herumpikste. Qay verzog das Gesicht, als er Jeremys Wunden sah. Trotzdem ließ er Jeremy nicht aus den Augen und hörte dem Arzt aufmerksam zu, als der ihm erklärte, welche Pflege Jeremy nach seiner Entlassung noch benötigte und worauf er achten musste.

„Ich kann auf mich selbst aufpassen", grummelte Jeremy.

Der Arzt – ein älterer Mann mit buschigen Augenbrauen – schüttelte den Kopf. „Nein, Jeremy, das kannst du nicht. Und wenn du meine Anordnungen nicht befolgst, hat Qay den Auftrag, dich sofort hierher zurückzubringen."

Jeremy zog eine Augenbraue hoch, als würde er bezweifeln, dass Qay ihn gegen seinen Willen irgendwohin bringen könnte. Qay warf ihm einen grimmigen Blick zu. „Das werde ich tun. Und wenn ich Rhoda und Nevin um Hilfe bitten muss." Diese Drohung schien Jeremy zu überzeugen, denn er nickte seufzend.

„Wenn du ein braver Junge bist, unterzeichne ich deine Entlassungspapiere", sagte der Arzt.

„Na gut, ich verspreche es."

Rhoda fuhr sie in Jeremys SUV, den sie aus der Tiefgarage geholt hatte, ins Marriott. Sie übergab Qay die Tasche mit frischer Kleidung und Toilettenartikeln, die er sich heute früh gepackt hatte, bevor Rhoda ihn ins Krankenhaus brachte. Als sie in Jeremys Zimmer kamen, stellte sie noch eine Papiertüte mit Nahrungsmitteln auf den Tisch. „Vor allem Obst und Saft", erklärte sie. „Und etwas Kuchen aus dem Café."

„Wir können beim Zimmerservice bestellen", protestierte Jeremy aus dem Bett. Der kurze Fußweg ins Zimmer hatte ihn erschöpft und sein Gesicht war schmerzverzerrt.

„Natürlich könnt ihr das. Aber ich fühle mich besser, wenn ich weiß, dass ihr Vorräte habt. Jer, hast du Schuhe, die du mit einer Hand anziehen kannst? Wenn nicht …"

„Ich habe Mokassins. Hässliche Dinger."

„Es dauert nicht mehr lange, dann kannst du wieder deine Macho-Stiefel anziehen." Sie drückte Jeremy einen Kuss auf die Wange und zog Qay – zu dessen nicht geringer Überraschung – ebenfalls an sich, um ihn zu küssen. „Ruft mich an, wenn ihr etwas braucht. Falls ich keine Zeit habe, schicke ich euch Parker als Laufburschen. Er bleibt übers Wochenende noch in der Stadt."

Nachdem sie gegangen war, half Qay Jeremy aus der Hose und dem T-Shirt, die Rhoda ins Krankenhaus gebracht hatte. Er kontrollierte Jeremys Verbände – sie mussten nicht gewechselt werden – und deckte ihn zu. Jeremy blinzelte ihn von unten an. „Kommst du zu mir?"

„Du bist nicht in der Form für Sex."

„Ich weiß. Aber wir können doch schmusen, oder?"

Selbst das war mit Jeremys Verletzungen nicht einfach, doch nach einigem hin und her fanden sie eine bequeme Position – Jeremy auf dem Rücken und Qay halb über Jeremys gesunde Körperhälfte drapiert. Nur auf die Verbrennungen mussten sie Rücksicht nehmen.

„Es tut mir leid", sagte Jeremy nach einer Weile. „Ich war dumm. Es hätte dich das Leben kosten können."

„Mich? Ich war zuhause in Sicherheit."

„Sie wären als nächstes zu dir gekommen. Wäre Davis nicht so ein Spatzenhirn gewesen, hätte er uns beide zusammen entführt. Und dann dich gefoltert, um mich zum Sprechen zu bringen."

Qay seufzte. „Er hat aber *dich* verletzt."

„Darum geht es nicht. Ich komme schon wieder in Ordnung. Aber sie wären als nächstes zu dir gekommen und ich hätte es nicht verhindern können." Seine Stimme klang gepresst und Qay fühlte, wie angespannt Jeremy war.

„Sie sind aber nicht gekommen und es geht mir gut."

Sie schwiegen. Dann seufzte Jeremy. „Gott, ich bin total platt im Kopf."

„Das liegt an den Schmerzmitteln."

„Ich hasse es, wenn ich die Kontrolle verliere."

Qay schnaubte amüsiert. „Das wundert mich nicht."

„Wie konntest du dann …" Jeremy brach ab.

„Wie ich nach diesem Mist süchtig werden konnte? Schlechte Gene und falsche Entscheidungen."

„Ich verstehe, wie Sucht biologisch funktioniert. Aber ich verstehe nicht, wie du ertragen konntest, was sie in deinem Kopf anstellten. Ich komme mir vor, als würde ich im Treibsand feststecken, wenn ich Schmerzmittel genommen habe und zu denken versuche."

„Ich weiß es auch nicht." Das stimmte nicht ganz. Qay hatte die Probleme in seinem Kopf ertragen, weil sie sich wie Baumwolle anfühlten, wenn er high war, aber wie Stacheldraht, wenn er nüchtern war und die Angst über ihn hereinbrach. Er konnte sich allerdings nicht vorstellen, dass Jeremy diese Erklärung nachvollziehen konnte. Jeremy, der gefoltert worden war und sich jetzt Vorwürfe machte, kein besserer Superheld gewesen zu sein. Sie waren so unterschiedlich.

Ohne es zu merken, streichelte Jeremy ihm über den Rücken. „Qay? Wenn ich dir jetzt etwas verrate, wirst du mir glauben? Und nicht denken, dass es nur an den Medikamenten liegt?"

„Ja." Drogen konnten nicht alles mit einem Schleier zudecken. Manche Dinge sah man auch noch klar, wenn man vollkommen high war.

„Gut. Es ist mir klargeworden, als ich in dieser Fabrikhalle gefangen war. Ich nehme an, die Schläge an den Kopf haben mir geholfen, das Offensichtliche zu realisieren." Jeremy atmete tief durch. „Ich liebe dich."

Qay erstarrte. Er hatte gehofft, dass sich Jeremy nicht mehr an sein Versprechen von gestern erinnerte. „Du kannst nicht …"

„Ich liebe dich. Ich weiß, es sind erst einige Wochen, aber das spielt keine Rolle. Je länger ich dich kenne, umso stärker fühle ich es. Ich verliebe mich jeden Tag ein kleines bisschen mehr in dich. Aber ich liebe dich jetzt schon, und das musst du mir glauben."

„Ich war noch nie verliebt", sagte Qay vorsichtig.

„Ich erwarte nicht, dass es dir genauso geht. Du hast mehr Verstand als ich. Und dein Herz ist besser isoliert."

Qay hatte überhaupt keinen Verstand und sein Herz lag bloß. „Ich bin aber bei dir", sagte er leise. „Genau da, wo du auch bist."

„Du fühlst dasselbe?"

„Ja. Und es macht mir eine Heidenangst." So. Jetzt hatte er sein wundes, verletzbares Herz ausgehändigt.

Jeremy zog ihn noch fester an sich. „Liebe muss keine Angst machen, Qay. Wir sind doch nicht allein, oder? Wir stecken da beide mit drin."

Jeremy hörte sich fast an, als würden sie vor einem Erschießungskommando stehen, nicht vor einer Beziehung. Qay musste lachen, trotz des Knotens in seinem Magen. Jeremy lachte auch und stöhnte dann, als er durch die Bewegung seine Wunden irritierte.

Qay schaute auf den Wecker und setzte sich auf. „Zeit für die nächste Tablette." Er ging zum Schreibtisch, wo Jeremy die kleine Tüte mit den Medikamenten abgelegt hatte.

Jeremy setzte sich mühsam auf und Qay war zu weit entfernt, um es zu verhindern. „Nicht, Qay. Ich kann eine überspringen. Es macht keinen großen Unterschied."

176

Qay ignorierte ihn, füllte ein Glas mit Wasser und brachte es, zusammen mit der Medikamententüte, ans Bett. Wortlos stellte er das Glas auf den Nachttisch und zog die Tabletten aus der Tüte, öffnete das kleine Fläschchen und entnahm ihm eine Tablette. „Hier", sagte er und hielt sie Jeremy hin.

„Qay ..."

„Ja, ich würde sie gerne selbst schlucken. Aber du brauchst sie und kannst die dämliche Flasche mit einer Hand nicht öffnen. Nimm jetzt die verdammte Tablette."

Nach einer kurzen Pause gehorchte Jeremy. Qay fühlte eine seltsame Mischung aus Erleichterung und Enttäuschung, als Jeremy ihm die Tablette aus der Hand nahm, sich auf die Zunge legte und mit dem Wasser hinunterspülte, das Qay ihm gab. Dann ließ sich Jeremy erschöpft wieder aufs Kissen sinken. „Danke."

„Eine Sache musst du über mich wissen, Jeremy. Ich werde immer in Versuchung sein. Jedes Mal, wenn ich ein Pillenfläschchen sehe oder ein Glas Alkohol oder wenn die Dämonen in meinem Kopf wieder wachwerden, werde ich mich danach sehnen."

Jeremy biss die Zähne zusammen. „Ich brauche die Tabletten nicht. Ich werde nichts mehr trinken. Und ich werde für dich da sein, wenn die Dämonen aufwachen."

Qay schüttelte den Kopf. Jeremy verstand es einfach nicht. Aber jetzt war nicht der richtige Zeitpunkt, um es ihm zu erklären. Nicht wenn Jeremy Schmerzen hatte und so müde war. Dieses Minenfeld konnten sie später noch durchqueren.

Die Tablette machte Jeremy noch schläfriger. Qay half ihm, ein halbes Sandwich zu essen, das er aus Rhodas Provianttüte holte. Dazu gab es etwas Nudelsuppe, die sie beim Zimmerservice bestellten. Selbst unter den Verbänden und Narben und obwohl dreißig Jahre vergangen waren, konnte Qay immer noch den kleinen Jungen in Jeremy erkennen, mit dem er zur Schule gegangen war – die gleiche blasse Haut, die gleichen hellen Haare, der gleiche große Mund. Und dieser arme kleine Kerl war in einen Außenseiter wie Qay verliebt.

21

Es ERINNERTE an Flitterwochen, obwohl Jeremys Verletzungen nur sehr zurückhaltenden Sex erlaubten. Doch selbst der war gut. Am Samstagmorgen fing Qay damit an, Salbe in die Brandwunden an Jeremys Brust zu reiben. Es endete damit, dass er über Jeremys straffen Bauch nach unten leckte, bis er bei seinem Schwanz ankam. Und als Qay an diesem Abend ins Bett kam – sie waren beide nackt –, benutzte Jeremy seine heile Hand, um Qay zu einem Höhepunkt zu bringen, der ihn keuchend und bebend in Jeremys Armen enden ließ.

Am Sonntag wurden sie langsam ruhelos. Qay half Jeremy beim Anziehen und legte ihm den Arm in die Schlinge, dann machten sie einen gemächlichen Spaziergang in die Innenstadt. Sie besuchten einige von Jeremys Parks, wo Jeremy ihn stolz auf die Besonderheiten jedes einzelnen Parks hinwies, als hätte er sie selbst angelegt. Danach aßen sie in einem kleinen libanesischen Restaurant und Jeremy bestand anschließend grinsend auf einen Besuch in *Powell's Bookstore*. Qay war so begeistert von den vielen Büchern, dass sie in einem Café eine heiße Schokolade trinken mussten, bis er sich wieder beruhigt hatte. Qay kaufte sich drei Bücher, die er nicht brauchte und sich nicht leisten konnte. Er weigerte sich, Jeremy dafür bezahlen zu lassen, schenkte ihm sogar ein dickes Buch über die Evolution der Pflanzen, das glücklicherweise nicht allzu teuer war, weil es aus dem Antiquariat stammte.

Während sie langsam zurückschlenderten, fuhr ein Polizeiauto an ihnen vorbei. Der Polizist winkte ihnen zu und Jeremy winkte zurück. Der Anblick des schwarz-weißen Wagen löste eine Gedankenkette in Qays Kopf aus. „Was meinst du, wo der USB-Stick ist?", fragte er.

Jeremy sah ihn von der Seite an. „Spielt das denn noch eine Rolle?"

„Es könnte helfen, den Fall zu lösen. Aber eigentlich bin ich nur neugierig."

„Ich bin mir nicht sicher, ob es das Mistding überhaupt gibt. Diese Art von Vorausplanung war nie Donnys starke Seite. Ich kann mir vorstellen, dass er die Erpressung nur spontan fingiert hat, weil er dringend Geld brauchte. Jedenfalls war er leichtsinnig genug, um es ihm zuzutrauen. Und Davis war dämlich genug, um darauf reinzufallen."

Qay schüttelte den Kopf. Es war nicht zu fassen, zu welchen Konsequenzen Lügen und Dummheit führen konnten.

Als sie wieder im Hotel waren, brauchte Jeremy ein Nickerchen. Qay setzte sich an den Schreibtisch, machte seine Hausaufgaben und ignorierte hartnäckig die kleine Glasflasche mit den Tabletten, die nur wenige Meter entfernt auf dem Nachttisch stand.

Später am Abend saß Jeremy in dem Sessel am Fenster und las. Nach einer Weile schaute er auf und ein freches Grinsen breitete sich auf seinem Gesicht aus. „Hilfst du mir duschen?"

Und Qay half ihm duschen. Er hatte noch nie mit einem Mann geduscht und in der Duschkabine wurde es eng, doch wen interessiert das schon, wenn er all die warme, nasse Haut direkt vor sich hatte. Sie mussten auf die Schusswunde Rücksicht nehmen, aber das war kein Problem. Schwieriger war es mit den Brandwunden, die Jeremys Brust rund um die Nippel bedeckten. Und diese Nippel sehnten sich nach Zärtlichkeit, weil sie eine von Jeremys erogenen Zonen waren. Qay spielte gerne damit. Er mochte es, wenn Jeremy sich leise stöhnend an seinen Haaren festkrallte und sich an ihn presste. Glücklicherweise gab es an Jeremy jedoch noch mehr, womit er spielen konnte und das war nicht weniger spannend. Jeremy lehnte sich mit beiden Armen an die Wand und streckte seinen Arsch aus. Qay seifte die großen, starken Muskeln ein.

„Gott", stöhnte Jeremy, als Qay ihm mit den Fingern durch die Arschritze fuhr. Dann schaute er Qay über die Schulter an. „Wusstest du, dass Sex natürliche Endorphine freisetzt? Wenn du mich jetzt fickst, heile ich schneller."

Qay packte ihn an den Hüften und rieb seinen steifen Schwanz an Jeremys Arsch. Er leckte ihm über die Wirbelsäule bis nach oben zwischen die Schultern. Seifig, aber gut. „Soll ich Doktor spielen?", fragte er heiser.

„Bitte?" Jeremy drückte den Rücken durch und presste sich mit dem Hintern fest an Qay.

„Ins Bett." Qays Fuß und Knöchel waren noch nicht ganz geheilt und er wollte nicht riskieren, dass sie beide in der schlüpfrigen Duschwanne ausrutschten.

Als sie zum Bett kamen – Jeremy ließ Qays Hand nicht los –, fiel ihnen ein, dass ihr gesamter Kondomvorrat noch in Qays Wohnung war. „Ich mache mich auf die Suche nach einer Drogerie", sagte Qay, aber Jeremy hielt ihn zurück.

„Es geht auch ohne. Ich hatte seit acht Monaten keinen Sex mit einem anderen Mann als dir. Und mein Test letzte Woche war negativ."

Qay sah ihn fragend an. „Du hast dich testen lassen?"

„Ja."

„Warum?"

Jeremy zog ihn an sich und drückte sich mit dem Gesicht an Qays Hals. „Ich hatte gehofft … Ich weiß auch nicht. Exklusiv. Dauerhaft. Wirklich. Können wir das sein?"

Qay lief ein Schauer über den Rücken. Guter Gott. Nichts wünschte er sich mehr. Er sehnte sich sogar mehr danach als nach Drogen und Alkohol. Aber ein Mann wie er konnte Jeremy dieses Versprechen nicht geben. Also gab Qay ihm gar keine Antwort. Qay küsste ihn. Jeremy schien das als Ja zu interpretieren und Qay fügte der langen Liste der Lügen, die er auf dem Gewissen hatte, eine weitere hinzu.

Sie standen nackt am Bett und küssten und streichelten sich, bis Qays Fuß zu pochen anfing und Jeremy irritiert knurrte, weil er Qays Hintern nur mit einer Hand erreichen konnte. Frustriert ließen sie sich viel zu hart aufs Bett fallen. „Uff." Jeremy atmete zischend aus, ließ Qay aber nicht los. „Ich habe Gel. Es liegt in der Schublade, gleich neben der Bibel."

Qay öffnete die Schublade und zog die kleine Flasche heraus. „Das hätte ich selbst vom Marriott nicht erwartet."

„Zu recht. Ich habe es für mich gekauft, als ich noch zu feige war, mit dir zu reden."

„Dann finden wir jetzt eine bessere Verwendung dafür", sagte Qay lächelnd. „Eine viel, viel bessere."

Jeremy schlängelte sich keuchend unter Qay hervor und rollte auf den Bauch. Dann spreizte er einladend die Beine und schaute Qay über die Schulter hinweg an. „Ich warte."

„Tut das nicht weh an der Brust?"

„Wen interessiert das schon. Komm jetzt!"

Lachend rutschte Qay an seine Seite und massierte ihm den Hintern. „Das passt zu dir, Chief. Bossy Bottom." Jeremy warf ihm einen indignierten Blick zu und Qay revanchierte sich mit einem Klaps auf Jeremys Hinterteil. Jeremy wackelte einladend mit den Hüften.

Danach nahm Qay auf Jeremys Beschwerden keine Rücksicht mehr, sondern ließ sich alle Zeit der Welt, ihn mit dem Gel einzureiben und seinen Schließmuskeln zu lockern. Jeremy bettelte und fluchte vor sich hin, um ihn zur Eile anzutreiben. Qay konnte ihn vermutlich allein mit dem Finger zum Orgasmus bringen und genoss es, ihn in die enge, feuchte Hitze zu schieben und Jeremy damit immer mehr um den Verstand zu bringen. Nach einer Weile meldete sich sein eigener Schwanz und wollte mitfeiern. Da Qay nicht glaubte, dass Jeremy die Ausdauer für eine zweite Runde hatte, zog er seinen Finger raus und gab Jeremy noch einen Klaps auf den Hintern.

„Roll dich auf den Rücken, Jer."

Für einen Mann, auf den erst vor drei Tagen geschossen worden war, war Jeremy erstaunlich schnell. Er zog lächelnd die Beine an und stützte sich mit den Füßen auf der Matratze ab. „Du bist so schön", sagte er.

Qay wurde rot. „Sind das die Endorphine, die da aus dir sprechen?"

„Nein. Ich sage nur, was ich sehe. Und vergiss nicht, dass ich ein guter Beobachter bin."

Qay schob ihm ein Kissen unter den Hintern und bewunderte den Anblick, den Jeremy bot. Er fühlte sich so unglaublich dankbar, auch wenn Thanksgiving schon längst vorbei war.

Qay legte sich zwischen Jeremys Beine, wartete aber noch ab. Er rieb sich an Jeremys Körper und küsste ihn zärtlich. Gott, Jeremy schmeckte so gut! Qay bewegte sich schneller, bis ihm einfiel, dass es wegen der Brandwunden vielleicht keine gute Idee war, sich auf Jeremys Brust gelegt zu haben. Jeremy schien davon allerdings nichts zu merken, denn er legte die Hand auf Qays Hintern und drückte sich an ihn.

„Bist du soweit?", fragte Qay.

„Für dich schon seit Jahren."

Qay hob die Hüften, brachte sich in Position und versenkte sich langsam in Jeremys Körper.

Guter Gott, wie eng und wie gut. Allein der Anblick von Jeremys Gesicht war fast zu viel für Qay. Die grauen Augen waren halb geschlossen, der Mund geöffnet und eine leichte Röte überzog die stoppeligen Wangen. Das war nicht Captain Caffeine, der da unter ihm lag, das war Jeremy Cox – ein wunderbarer Mann mit einem klugen Kopf und einem Herzen, so groß und weit wie die Prärie.

Als Qay bis zum Anschlag von Jeremys warmem Körper umhüllt war, hielten sie still und sahen sich in die Augen. Für einen kurzen, kostbaren Moment vergaß Qay die Welt und sämtliche Dämonen seiner Vergangenheit. Eine schwere Last fiel ihm von den Schultern und er fühlte sich so leicht, als könnte er schweben.

„Ich liebe dich", flüsterte Jeremy.

„Ich liebe dich", wiederholte Qay. Es war das erste Mal in seinem Leben, dass er diese drei kleinen Worte sagte.

Dann bewegten sie sich und es war so erhaben, so wunderbar und unvergleichlich. Es war wie ein Traum, so klar und überwältigend, wie ihn keine Droge der Welt auslösen konnte. Es war ein Stück Vollkommenheit in einer unvollkommenen Welt.

Sie wuschen sich nicht ab. Qay wollte Jeremy auf dem Bauch und auf der Brust fühlen, obwohl er wusste, dass es bald zu jucken anfangen würde. Und Jeremy schien es genauso zu gehen, denn er nahm Qay in die Arme und zog die Decke über sie. „Das Universum kann so verrückt sein, Darlin'", flüsterte er Qay ins Ohr und Qay hörte Kansas in seinen Worten.

AM MONTAG duschten sie wieder zusammen. Qay konnte dem nackten Jeremy nicht widerstehen, kniete sich vor ihn und gab ihm einen Blowjob. Jeremy kam und fiel ihm in die Arme. Das warme Wasser prasselte auf sie herab. Kurz darauf setzte sich Jeremy aufs Bett und revanchierte sich bei Qay, der über ihm kniete und ihm den Schwanz in den Mund stieß.

Es war ein guter Beginn für einen neuen Tag.

„Schaffst du es allein?", fragte Qay später, weil er heute Abend ein Seminar hatte und am nächsten Morgen arbeiten musste. Jeremy hatte die ganze Woche frei, um sich wieder zu erholen.

„Sicher. Ich gewöhne mich langsam daran, alles mit einer Hand zu erledigen. Glücklicherweise hat mir der Kerl nicht die Finger der rechten Hand gebrochen. Falls ich Hilfe brauche, rufe ich Rhoda an. Sie kann in zwanzig Minuten hier sein."

„Ich könnte einige Tage Urlaub nehmen." Er konnte es sich zwar nicht leisten, auf das Geld zu verzichten, aber er machte sich Sorgen um Jeremy.

„Nein, das ist nicht nötig. Ist dir noch nicht aufgefallen, dass ich seit Samstagabend die Tabletten nicht mehr brauche?"

Natürlich war es Qay nicht entgangen. Jeremy hatte ihn nicht mehr gebeten, die Flasche zu öffnen, die geheimnisvollerweise verschwunden war. „Du hast eine Schusswunde, Jeremy."

„Es ist nur eine Fleischwunde." Jeremy zwinkerte ihm zu. „Und übermorgen kann ich wieder in meine Wohnung zurück. Ich kann dieses Hotelzimmer nicht mehr sehen. Kommst du am Wochenende mit, um neue Küchenutensilien zu kaufen und … Mist!"

„Was ist?"

„Ich hatte meine Einkaufsliste in der Jackentasche, als sie mich in der Garage geschnappt haben." Er seufzte. „Jetzt muss ich wohl eine neue machen."

Es war unfassbar. Da wurde dieser Mann gefoltert und fast umgebracht, aber seine größte Sorge war die verlorene Einkaufsliste. Qay schüttelte den Kopf. „Ja, ich komme mit." Einkaufen zu gehen gehörte sich schließlich für schwule Paare, oder?

Jeremy sah aus, als wollte er noch etwas loswerden, müsste aber erst den Mut fassen, es laut zu sagen. Er knabberte an seiner Unterlippe und studierte die Wand hinter Qay. „Hmm, Qay? Ich möchte dich bitten, über etwas nachzudenken. In Ruhe und ohne Panik."

Na toll. Allein das Wort löste schon beinahe eine Panik bei ihm aus. „W-was?"

„Es ist nichts Schlimmes. Nur so eine Idee. Aber …" Jeremy schluckte. „Du könntest bei mir einziehen."

Qay starrte ihn ungläubig an.

Jeremy ließ sich davon nicht einschüchtern. „Du hast meine Wohnung gesehen. Sie ist groß genug für zwei Personen. Und du kannst einen Anteil an der Miete übernehmen oder an den Nebenkosten. Was auch immer. Mir ist es egal. Aber es wäre schön, nach der Arbeit zu dir nach Hause zu kommen."

Qays Herz fing zu rasen an und ihm wurde schwindelig. Er schaffte es nur mit Mühe, sich auf den Beinen zu halten. „Ich …"

„Ich weiß, es kommt etwas plötzlich. Du musst dich nicht gleich entscheiden. Wahrscheinlich hast du die Miete für Dezember sowieso schon bezahlt, oder?"

Qay nickte wortlos.

„Na also", sagte Jeremy. „Kein Grund zur Eile. Aber du kannst mir helfen, die Teppiche auszusuchen und das Geschirr und … alles andere. Was dir gefällt. Dann kommst du nicht in eine fremde Wohnung, wenn du einziehst."

Jeremy schien sich von Qays Schweigen nicht irremachen zu lassen. Er zuckte mit den Schultern und verzog das Gesicht. „Mir geht diese verdammte Schulter auf die Nerven. Wollen wir einen Spaziergang machen?"

NACH DEM Mittagessen küssten sie sich. Jeremys Küsse waren wunderbar, obwohl ihn seine gebrochenen Finger zu stören schienen. Qay sammelte seine Sachen ein, die überall im Hotelzimmer verstreut lagen und packte sie in seine Reisetasche und den Rucksack.

An der Tür hielt Jeremy ihn zurück. „Kommst du mich am Mittwoch nach der Arbeit in meiner Wohnung besuchen?"

Wenigstens hatte er von *seiner* Wohnung gesprochen, nicht von *ihrer*. „Sicher. Und vielleicht kannst du mich auch wieder besuchen kommen. Ich lade dich zum Essen ein. Meine Fertignudeln sind legendär."

„Das glaube ich dir gerne. Ich muss mir heute Nachmittag übrigens ein neues Handy besorgen, weil mein altes hinüber ist. Manchmal gibt es Rabatt, wenn man zwei gleiche Geräte nimmt. Wirst du wütend, wenn ich dir auch eines kaufe?"

Qay überlegte. Er hätte am Donnerstag viel schneller Hilfe anfordern können, wenn er ein Handy gehabt hätte. Und wenn er Rhodas Nummer gehabt hätte, hätte er sie ebenfalls anrufen und sich nach Jeremy erkundigen können, als der nicht pünktlich auftauchte. Es hätte Jeremy Schmerzen erspart und Jeremy wäre früher befreit worden. „Nein, ich werde nicht wütend. Aber ich bezahle es selbst."

„In Ordnung", sagte Jeremy grinsend.

Noch ein Kuss, dann musste Qay gehen.

Er ging erst in seine Wohnung, die ihm nach einem Wochenende im Marriott noch düsterer und dumpfer vorkam als sonst. Er stellte seine Tasche ab und warf eine Packung Milch weg, deren Verfallsdatum abgelaufen war. Dann machte er sich auf den Weg ins College.

Es hätte ein interessantes Seminar sein sollen. Es ging in dieser Woche um Ethik und den Moralbegriff bei Nietzsche und Foucault. Qay hatte die Literatur dazu gelesen und fand sie ausgesprochen spannend. Doch schon nach wenigen Minuten drehte sich die Diskussion um Verantwortung und Schuldgefühl, ein Thema, das Qay unweigerlich an Kevin erinnerte, der auf der Suche nach seinem kleinen Bruder vom Zug überfahren wurde. Qay hatte im Laufe der Jahre gelernt, die Erinnerung daran zu verdrängen. Aber die letzten Tage hatte ihn emotional so aufgewühlt, dass er sich nicht mehr dagegen wehren konnte. Seine Gedanken schweiften ab – von Kevin zu seinen Eltern zu seiner Sucht und zu seinem Job. Und dann landeten sie bei Jeremy und bissen sich fest. Sie überschwemmten Qay mit einer beängstigenden Abfolge von Szenarien, wie er Jeremy im Stich lassen und was alles schiefgehen könnte.

Als Professor Reynolds nach der Hälfte des Seminars eine kurze Pause ankündigte, schnappte sich Qay seinen Rucksack und ergriff die Flucht.

Er nahm den Bus, stieg dann aber einige Haltestellen früher aus, weil er nicht mehr ruhig sitzen konnte und das Gefühl hatte, sich gleich übergeben zu müssen. Seine Hände zitterten und er war unsicher auf den Beinen, als sich zu dem Gedankensturm in seinem Kopf auch noch das Versagen gesellte, aus dem Seminar gelaufen zu sein. *Was soll Reynolds nur denken? Was wird jetzt aus deinen hochtrabenden Plänen? Schwächling! Versager!*

Und deshalb lief er an der Bar nicht vorbei, die ihn mit ihrer Bierreklame lockte. Er blieb stehen, drehte sich um und ging durch die Tür.

22

Jeremy war es nicht gewohnt, untätig zu sein. Es machte ihn nervös. Ohne die linke Hand fielen selbst Computerspiele aus. Nachdem Qay am Montag gegangen war, versuchte er es mit Lesen, konnte sich aber nicht konzentrieren. Schließlich beschloss er, einen Spaziergang zu machen. Er zog die Schuhe an und brauchte über zehn Minuten, um sich die Schürsenkel zu binden. Vor dem Reißverschluss seiner Jacke kapitulierte er und hoffte, dass es nicht zu kalt sein würde.

„Wie geht es Ihnen heute, Chief?", erkundigte sich die junge Frau an der Rezeption.

„Recht gut, danke."

„Heute war wieder ein Artikel in der Zeitung. Gegen einen der Festgenommenen wurde Anklage erhoben."

Jeremy verzog das Gesicht. Seine Entführung und die anschließende Schießerei hatten viel Aufmerksamkeit erregt, besonders nachdem einer der Reporter die Geschichte mit Donnys Tod in Verbindung brachte. Rhoda und Nevin hatten im Hotel angerufen und Jeremy gewarnt, sodass er übers Wochenende weder die Zeitung gelesen noch den Fernseher eingeschaltet hatte. Es war besser so für ihn und erst recht für Qay, der schon nervös genug war. Und da Jeremys derzeitige Adresse nur wenigen Freunden und der Polizei bekannt war, konnten die Reporter ihn auch nicht im Marriott belagern. Gott sei Dank.

„Ich mache einen Spaziergang", sagte er zu der jungen Frau. „Falls meine Freunde sich melden, richten Sie ihnen bitte aus, ich wäre noch am Leben."

„Sie leben noch. Verstanden."

Er ging nach draußen, zog den Kopf ein und machte sich auf den Weg zum Waterfront Park.

Er war ein Idiot gewesen, Frankls Warnung nicht ernst zu nehmen. Aber seine Aufregung über die junge Beziehung zu Qay, dazu noch Donnys Tod … Er hatte einfach den Kopf in den Sand gesteckt und so, wie er Donny seinen Mördern ausgeliefert hatte, war schließlich auch Qay seinetwegen in Gefahr geraten.

Jeremy hatte seine Lektion gelernt. Davis war tot und Jeremy nahm sich vor, dass von jetzt an Qays Wohlergehen immer an erster Stelle stehen würde. Qay hatte es nicht anders verdient.

Die grauen Wasser des Willamette strömten tosend an ihm vorbei. Jeremys Gedanken war nicht viel ruhiger.

Er folgte dem Fluss noch eine Weile und bog dann nach Westen ab, um für sich und Qay Handys zu kaufen. Der Verkäufer war ein junger Mann, halb so alt wie Jeremy und mehr hübsch als klug. Jeremy flirtete schamlos mit ihm, um für

Qay ein gutes Geschäft zu machen. Als er den Laden verließ, hatte er zwei schicke neue Handys erstanden und für Qay einen Vertrag abgeschlossen, von dem er hoffte, dass Qay ihn sich leisten konnte. Der Vertrag lief zwar auf Jeremys Namen, aber er wusste, dass Qay darauf bestehen würde, ihm jeden Monat das Geld zu überweisen. Wenn alles gut ging, konnte Qay es zusammen mit seinem Anteil an der Miete bezahlen.

Verdammt. Die Miete. Hoffentlich hatte er Qay nicht in Panik versetzt, als er ihm den Vorschlag machte, zu Jeremy zu ziehen. Es war sehr plötzlich gekommen, auch für Jeremy selbst. Aber nach seinem Erlebnis mit Davis war ihm bewusstgeworden, wie zerbrechlich das Leben war. Wenn er vorsichtig war und gesund lebte, hatte er noch fünfzig Jahre vor sich. Und wenn er einen falschen Schritt machte, fuhr ihn vielleicht ein Bus über den Haufen. Wieviel Zeit auch immer ihm noch blieb, er wollte sie nicht vergeuden. Und er wollte sie mit Qay verbringen.

Er wartete an der Fußgängerampel auf grün und überquerte die Straße. In einem Hauseingang auf der anderen Straßenseite standen drei Obdachlose, die sich eine Zigarette teilten. Die beiden Männer kannte er schon, aber die junge Frau war ihm neu. Ihm sackte das Herz in die Magengrube. Für jeden jungen Menschen – wie Toad –, den er von der Straße holte, schienen zwei neue dazuzukommen, um seinen Platz einzunehmen.

Die beiden Männer winkten, als Jeremy sich ihnen näherte. „Chief!", rief der kleinere von ihnen, Randall war sein Name. „Was ist denn mit dir passiert?" Offensichtlich hatten sie die Nachrichten nicht verfolgt.

Jeremy wedelte mit der linken Hand. „Ich habe einen Fehler gemacht und mir die Finger lädiert."

„Oh Mann, du musst besser aufpassen! Die Welt ist hart."

„Wem sagst du das. Geht es dir gut, Randall? Habt ihr einen Platz zum schlafen?"

„Ja. Ich und Curtis schlafen im Männerheim. Aber Lina hier ist noch neu. Sie weiß nicht, wohin sie gehen soll."

Jeremy sah sich Lina genauer an. Sie war blass, hatte eine geschwollene Lippe und ein blaues Auge. Er lächelte ihr aufmunternd zu. „Hey, Lina. Ich bin nicht im Dienst und deshalb ohne Uniform, aber ich bin Park Ranger. Jeremy Cox ist mein Name."

„Park Ranger?", fragte sie in einem Ton, als hätte er sich ihr als Marsmensch vorgestellt. „Wir sind hier nicht in einem Park."

Das hörte er oft. „Nein, das sind wir nicht. Aber es gibt viele Parks in der Stadt, große und kleine. Sie sind mein Territorium."

Sie sah ihn immer noch skeptisch an. Der andere Mann – Curtis – stieß sie mit dem Ellbogen an. „Es stimmt. Er ist ein guter Mensch, Li. Sorgt dafür, dass uns nichts passiert. Er hat meinem Freund AJ geholfen, einen Entzug machen zu können. Jetzt hat AJ einen Job und alles. Manchmal hilft er in der Unterkunft aus. Freiwillig."

Jeremy erinnerte sich an AJ, hatte ihn aber seit mindestens zwei Jahren nicht gesehen. Er grinste breit, als er hörte, dass es AJ gutging. AJ war schwer alkoholabhängig gewesen, aber ein Mensch mit einem Herz aus Gold. „Richte ihm meine besten Grüße aus, wenn du ihn siehst."

Curtis nickte und Lina schien etwas aufzutauen. Sie war noch sehr jung und Jeremy vermutete, dass sie schwanger war, konnte es unter den vielen Lagen Stoff aber nicht genau erkennen. „Hast du einen Schlafplatz, Lina?"

Sie schaute zu Boden. „Ich habe bei einem Freund gewohnt", murmelte sie. „Es ging aber nicht gut."

„Ja, das kann passieren. Pass auf … Ich kenne da einen Platz. *Harbor House.* Es ist wirklich ein Haus. Ein ziemlich großes, altes Haus. Und es ist nur für Frauen und Kinder. Ich könnte dort für dich anrufen und fragen, ob sie ein Bett freihaben."

Sie kniff die Augen zusammen. „Was muss ich dafür tun?"

„Dich an die Regeln halten. Sie sind recht vernünftig und erträglich – keine Drogen, keine Prügeleien, keine Männer im Haus. Solche Sachen halt. Dafür bekommst du Essen und einen sicheren Schlafplatz. Wenn du willst, auch Beratung. Medizinische Versorgung."

„Ich will mein Baby behalten", sagte sie mit fester Stimme.

„Auch dabei können sie dir helfen."

Er konnte ihr ansehen, dass sie ernsthaft über seinen Vorschlag nachdachte. Normalerweise hätte er ihr angeboten, sie zum *Harbor House* zu fahren, bevor sie auf den Gedanken kam, sich dagegen zu entscheiden. Aber die Ärzte hatten ihm verboten, in den nächsten Tagen Auto zu fahren. Glücklicherweise hatte das kleine Dummchen in dem Laden es irgendwie geschafft, seine Kontakte auf das neue Handy zu übertragen. „Warte", sagte er, trat etwas zur Seite und holte das Handy aus der Tasche, um im *Harbor House* anzurufen. Er stellte sich mit der einen Hand ziemlich unbeholfen an, aber dafür bekam er die gute Nachricht, dass ein Bett für Lina frei wäre.

Lächelnd kehrte er zu der kleinen Gruppe zurück. „Sie halten dir ein Zimmer frei, Lina. Ich schreibe dir die Adresse auf. Das Haus liegt im Nordosten, ist aber von hier leicht zu erreichen. Du kannst mit dem Bus fahren. Es ist die Linie 12. Sie hält nur zwei Straßen vom Haus entfernt."

Lina war nicht gerade enthusiastisch, lehnte aber auch nicht ab. Jeremy fand ein Stück Papier und einen Stift in der Tasche, schrieb ihr die Adresse auf und gab ihr den Zettel. Sie nahm ihn, sah ihn an und steckte ihn weg. Mehr konnte er nicht für sie tun. Bis auf eines. „Brauchst du Geld für den Bus?", fragte er. Sie nickte verschämt. Er zog das Portemonnaie aus der Tasche und gab ihr einen Zehner. Curtis und Randall beobachteten sie aufmerksam, also gab er Randall auch einen Zwanziger. „Den müsst ihr euch teilen. Und versprecht mir, davon ein Essen zu kaufen, keinen Schnaps."

„Damit können wir mehr als nur einmal essen", sagte Randall glücklich. Jeremy hoffte, dass Randall es ernst meinte.

Dann wünschte er ihnen viel Glück, besonders Lina. „Pass auf dich auf, Chief", sagte Randall. „Brich dir nicht noch mehr Knochen."

„Ich werde mir Mühe geben."

Jeremy ging weiter. Als er kurz darauf zurückschaute, standen die drei immer noch zusammen und unterhielten sich. Er hätte Lina am liebsten in sein Auto geschoben und im *Harbor House* abgeliefert. Und Curtis und Randall irgendwohin gebracht, wo sie ihren Alkoholismus auskurieren konnten und bleiben durften, bis sie ihre Sucht unter Kontrolle hatten. Bis sie einen vernünftigen Job hatten, eine Wohnung und ein Leben, das sie nicht viel zu jung ins Grab brachte. Er wünschte, er könnte Qay nach Hause holen und …

Mist. Qay. Qay war der ungewöhnlichste Mensch, den Jeremy jemals kennengelernt hatte, so brillant und so komplex. Manchmal, wenn sie zusammensaßen, um zu essen oder einfach nur ein Buch zu lesen, hörte Qay sogar auf, ständig nervös mit dem Fuß zu wippen. Dann entspannten sich seine Muskeln, ein Lächeln stahl sich auf sein Gesicht und er sah glücklich aus. Es waren wunderbare Momente, auch wenn sie nie lange anhielten. Dann sah Qay ihn manchmal an wie ein unerwartetes, wunderbares Geschenk. Jeremy wollte diese Momente viel öfter erleben und länger. Er wollte, dass Qay endlich seinen verdienten Platz in der Welt fand und glücklich wurde.

DER DIENSTAG zog sich endlos hin. Jeremy machte mehrere Spaziergänge. Mittags traf er sich mit zwei seiner Ranger bei *Perry's* zum Essen. Die beiden waren fasziniert von seinem neuen – unwillkommenen – Ruhm. Nachmittags traf er sich mit Frankl auf eine Tasse Kaffee. Frankl entschuldigte sich dafür, dass die Ermittlungen gegen Davis sich so in die Länge gezogen hatten. Jeremy hatte dafür Verständnis. Die Fabrik, in der Davis ihn gefangen hielt, gehörte seiner Familie. Daher war Davis' Anwesenheit zunächst nicht verdächtig erschienen. „Ich brauche noch eine offizielle Aussage von dir fürs Protokoll", sagte Frankl und spielte mit seiner Tasse. „Aber das hat noch einige Tage Zeit. Diese Bastarde entkommen uns nicht mehr."

„Kein Problem. Ich habe die ganze Woche frei. Aber morgen bin ich beschäftigt, weil ich in meine Wohnung zurückkehre."

„Donnerstag passt gut. Weißt du, dieser Mann, dein Freund …"

„Qay?"

„Ja. Er hat dir das Leben gerettet."

Jeremy nickte. „Ich weiß." Er hatte sich bei Qay dafür bedanken wollen, doch Qay weigerte sich, darüber zu reden. Er bekam sofort einen Panikanfall, wenn das Thema angesprochen wurde. Jeremy hatte es schließlich aufgegeben.

„Als du ihn das erste Mal mit zu McDonald's gebracht hast, war ich skeptisch. Er sieht … hart aus. Verlebt. Aber er war für dich da, als es zählte."

„Das war er."

Zum Abendessen traf er sich mit Rhoda und Parker, der immer noch in der Stadt war. Sie hatten einen netten Abend zusammen, aber Jeremy war abgelenkt, weil er immer wieder an Qay denken musste. Qay, der im Regen mit dem Bus von der Arbeit nach Hause fuhr und allein in seinem Keller beim Essen saß. Jeremy rief sich zur Ordnung. *Du musst ihm etwas Zeit geben, in Ruhe darüber nachzudenken und sich zu entscheiden*, sagte er sich. Vielleicht hatte sich Qay ja bis morgen schon entschieden. Vielleicht fand er die Idee auch gut. Und wenn nicht, konnte ihm Jeremy zumindest das Handy geben und ihn so leichter erreichen. Ihm ab und zu eine Nachricht schicken.

Nachdem Rhoda ihn ins Marriott zurückgefahren hatte, packte Jeremy seine Sachen. Er hatte aus der zertrümmerten Wohnung nicht allzu viel retten können. Seit er im Marriott lebte, hatte sich das wenige, was er besaß, allerdings schon wieder beträchtlich vermehrt. Er musste einen Großteil der Sachen in Plastiktüten verpacken und konnte nur mit einer Hand arbeiten. Es war nicht gerade ein Vergnügen.

Unter einem Stapel schmutziger T-Shirts fand er ein kleines Objekt und musste lächeln. Es war der Zapfen einer Douglastanne, den Qay während einer ihrer Wanderung aufgehoben hatte, weil er wissen wollte, was es wäre. Nachdem Jeremy ihm seine Fragen beantwortet hatte, steckte Qay den Zapfen in die Hosentasche. Jeremy konnte sich nicht erklären, wie das kleine Ding hier im Hotel gelandet war.

Jeremy betrachtete immer noch nachdenklich den Zapfen, als sein Handy klingelte. Er sah hoffnungsvoll auf den Bildschirm, aber es war nicht Qays Nummer. Es war eine Nummer aus Kansas. „Mom?", sagte er, nachdem er den Anruf angenommen hatte.

Sie antwortete genauso unsicher wie er. „Jeremy?" Ihre Stimme war heiser, weil sie schon ein ganzes Leben lang rauchte.

Jeremy war seinen Eltern nicht entfremdet. Er rief sie an Weihnachten und zum Muttertag an. Sie riefen ihn an, wenn er Geburtstag hatte. Es gab nicht viel, worüber sie miteinander reden konnten. Jeremy war an dem Klatsch aus Bailey Springs nicht interessiert und sie nicht daran, wie er in Portland lebte und mit wem er ausging. In den letzten zehn Jahren hatten sie sich nur einmal gesehen – anlässlich der Beerdigung seiner Großmutter.

„Was ist, Mom?"

„Ich habe beim Einkaufen Betty Ostermeyer getroffen und sie sagt, ihr Sohn hätte dich im Internet gesehen. Hat jemand auf dich geschossen?"

Heiliger Gott. „Ja, Mom. Aber ich …"

„Du hast doch gesagt, dass du nicht mehr bei der Polizei bist."

Seine Eltern hatten seine Berufswahl nie gutgeheißen. Sie waren der Meinung, er hätte seinen Studienabschluss vergeudet und sollte lieber in einem

Labor arbeiten oder unterrichten. „Wenigstens könntest du in der Forensik arbeiten, wie bei *CSI*", hatte seine Mutter gesagt. Sie verstand nicht, dass er den Menschen helfen wollte, die es am meisten brauchten. Jeremy hatte versucht, es ihnen zu erklären, sie aber nicht überzeugen können.

Er seufzte. „Das bin ich auch nicht. Ich bin Chief der Park Ranger. Es hatte nichts mit meinem Beruf zu tun."

„Betty Ostermeyer sagt, ein Drogenbaron hätte dich als Geisel genommen!"

„Das stimmt so nicht ganz. Und die Schusswunde war nicht lebensgefährlich. Es geht mir gut."

Sie schwieg einen Moment und schniefte. „In den großen Städten gibt es so viele Kriminelle." Eine *große Stadt* war für seine Mutter alles, was mehr als zwei Verkehrsampeln hatte. Nach ihrer Definition war Dodge City eine von Menschen wimmelnde Metropole.

„Portland ist sicher. Es wird nicht wieder passieren."

„Na ja … Ich hoffe, du passt auf dich auf."

„Das tue ich."

Wieder Schweigen. Dieses Mal dauerte es länger. Er konnte sich vorstellen, wie sie an ihrem Küchentisch saß, eine Zigarette in der Hand und den Aschenbecher vor sich auf dem Tisch stehend. Hatten sie immer noch das alte Telefon, das beim Küchentisch an der Wand hing? Die Schnur war permanent verheddert und seine Mutter dröselte mit einer Hand die Knoten auf, während sie telefonierte.

„Jeremy? Meinst du, dass du uns irgendwann besuchen kommst? Es ist schon so lange her. Ich weiß, dass du viel zu tun hast, aber dein Vater war krank und …"

Jeremy räusperte sich und wünschte, er hätte eine Hand frei, um sich die Schläfe zu massieren. „Es tut mir leid, das zu hören. Aber ich weiß nicht, wann ich Zeit finde. Ich muss diese Woche nicht arbeiten, weil ich verwundet wurde. Danach werde ich viel unerledigte Arbeit nachholen müssen."

„Aber es geht dir wirklich gut? Du bist gesund? Du hast nicht diese … diese Krankheit?"

Um Gottes willen. Sie war nicht dumm. Sie kannte den Namen sehr gut. „Ich bin HIV-negativ. Bis auf einige Kratzer und blaue Flecken von meinem Abenteuer vor einigen Tagen bin ich bei bester Gesundheit." Er wollte ihr von Qay erzählen – dass er einen Menschen gefunden hatte, den er liebte und von dem er wiedergeliebt wurde. Sicher, einige Entscheidungen standen noch aus, aber Jeremy hoffte ganz fest auf ein glückliches Ende. Er wollte ihr auch sagen, dass Bailey Springs Keith Moore falsch beurteilt und im Stich gelassen hatte. Und dass Keith durch die Hölle gegangen war und sich in den Mann verwandelt hatte, den Jeremy jetzt liebte.

Doch das würde sie weder verstehen noch akzeptieren. Also ließ er es bleiben.

Er seufzte wieder. „Und wie geht es dir, Mom?"

„Ich habe immer zu tun. Natürlich nicht im Garten, es ist ja Winter. Aber ich bin beschäftigt. Oh! Kannst du dich an Mildred Walker erinnern? Deine Großmutter und sie haben zusammen Karten gespielt."

„Äh ... ja."

„Nun, sie ist vor kurzem gestorben. Ihr Sohn Stephen ist vorzeitig in Rente gegangen und nach Kansas zurückgekehrt, um sie zu pflegen. Stephen ist gut zehn Jahre älter als du. Ich glaube nicht, dass du ihn kennst."

„Das glaube ich auch nicht", erwiderte Jeremy so geduldig wie möglich. Er interessierte sich weder für Stephen Walker noch den Rest von Bailey Springs.

„Nun, er ist jedenfalls nach ihrem Tod hiergeblieben. Und weißt du, was er getan hat? Er hat was mit einem Mechaniker aus Laupner angefangen! Sie wohnen zusammen und alles. Der Mann aus Laupner war zweimal geschieden und hat erwachsene Kinder und so. Ts, ts, ts. Man weiß eben nie."

Darauf also wollte sie mit ihrer Geschichte hinaus. Seine Heimatstadt hatte einen weiteren Homosexuellen hervorgebracht. Und ihre Nachbarstadt offensichtlich auch. „Ist die Welt untergegangen? Hat es in Bailey Springs und/ oder Laupner Feuer und Schwefel vom Himmel geregnet?"

Sie schnalzte wieder mit der Zunge. „Ich habe Stephen Walker gestern gesehen. In *Fay's Boutique* gab es einen kleinen Feiertagsempfang mit Plätzchen und Glühwein. Es war sehr nett. Und er war auch da und hat von seinen Bildern erzählt und welche verkauft. Er ist nämlich Künstler, weißt du. Sein ... Nun, der Mechaniker war auch da. Richtig schick angezogen. Sie haben sehr glücklich ausgesehen."

Dieses Mal brauchte Jeremy einen Moment, bevor er antworten konnte. „Das ist schön, Mom", sagte er schließlich.

„Das ist es. Nun, ich will dich nicht länger aufhalten. Pass auf dich auf, Jeremy."

„Du auch."

Noch lange, nachdem sie das Gespräch beendet hatten, stand Jeremy wie angewurzelt mitten im Zimmer und starrte auf das Handy.

ALS RHODA am Mittwoch kam, hatte sie Parker und Ptolemy im Schlepptau und drückte Jeremy, kaum hatte der die Tür geöffnete, einen großen Becher *P-Town*-Kaffee in die Hand. „Ich kann nichts tragen, wenn ich den Kaffee halten muss", grummelte er. Gleichzeitig zeigte er seine wahren Gefühle, indem er tief den Duft des dampfenden Kaffees einatmete.

„Deshalb habe ich zwei Helfer mitgebracht. Ptolemy kann nicht den ganzen Tag bleiben, aber Parker ist unser Sklave, solange wir ihn brauchen."

„Und ich habe einen Grund, meine Macho-Klamotten anzuziehen", sagte Ptolemy, der Springerstiefel, weite Jeans, ein Sweatshirt und eine karierte Flanelljacke trug. Um den Kopf hatte er sich ein graues Tuch gewickelt.

191

„Ich bin euch wirklich dankbar, Jungs", sagte Jeremy und sah mit dem Kaffee in der Hand zu, wie sie sein Gepäck aus dem Zimmer trugen. Er kontrollierte, ob er nichts vergessen hatte, ließ ein großzügiges Trinkgeld zurück und schloss hinter sich die Tür.

„Sie verlassen uns, Chief?", fragte der junge Mann an der Rezeption.

„Ja, Sie werden mich endlich los."

„Ich hoffe, Sie haben sich bei uns wohlgefühlt."

Jeremy grinste. „Sollte meine Wohnung jemals wieder von Drogendealern zertrümmert werden, die mich anschließend entführen und auf mich schießen, würde ich nie ein anderes Hotel in Betracht ziehen als das Marriott." Und falls er es nicht vergaß, wollte er der Geschäftsleitung schreiben und das Personal loben, das ihn so zuvorkommend behandelt hatte.

Rhoda und ihre Crew luden das Gepäck in Jeremys schwarzen SUV, dann stiegen Rhoda und Parker in ihren kleinen Mini. „Soll ich fahren?", fragte Ptolemy mit einem Blick auf Jeremys geschiente Finger.

„Irgendwann muss ich mich wieder in den Sattel schwingen. Am besten fange ich gleich damit an. Der Arzt meint, ab heute dürfte ich wieder fahren."

In Wahrheit fiel es ihm nicht leicht und seine Schulter schmerzte, als er sich hinters Lenkrad setzte. Aber es war nur eine kurze Fahrt und ihn schauerte noch nicht einmal, als er in die Tiefgarage einfuhr.

„Ich hätte eine so fürchterliche Angst gehabt", meinte Ptolemy und sah sich in der Garage um.

„Es ging alles so schnell, dass dazu keine Zeit war. Die Angst kam erst, als ich wieder zu Bewusstsein kam."

„Aber jetzt bist du absolut cool."

Er zuckte mit den Schultern und verzog leicht das Gesicht. „Es ist vorbei. Er ist tot. Ich nicht. Ich lebe weiter."

Ptolemy schüttelte den Kopf. „Die meisten Menschen würden ein solches Erlebnis nicht so schnell wegstecken. Es hinterlässt einen bleibenden Eindruck, nicht wahr? Wie ein Fußabdruck im Zement."

„Ich habe Freunde, die für mich da sind. Das macht den Unterschied."

„Ja, vermutlich. Du musst aber auch mit dir selbst Frieden schließen und das Erlebte bewältigen."

Jeremy wollte ihn fragen, was er damit meinte, doch in diesem Moment kamen Rhoda und Parker. Rhoda hatte den Mini am *P-Town* abgestellt und brachte ihnen eine Schachtel Kuchen mit. Die drei beluden sich mit Gepäck und Jeremy führte die Parade – immer noch den Becher Kaffee in der Hand – die Treppe hinauf in seine Wohnung.

Alle bestaunten mit lautem „Oh!" und „Ah!" die renovierte Küche, die wirklich wunderbar geworden war. Auch die neuen Kacheln und Installationen im Badezimmer trafen auf allgemeine Zustimmung. Nur die Wände – einfaches Weiß – wurden als zu leer empfunden. Jeremy musste an die vielen Illustrierten-

Fotos an den Wänden von Qays Wohnung denken. „Ich werde die Wände noch dekorieren", sagte er lächelnd.

Dann wurden die Möbel geliefert. Jeremys Freunde versuchten, sich ihre Bewunderung für die stämmigen Möbelpacker nicht anmerken zu lassen, die alles die Treppe hoch schleppten, wurden dann aber doch von einem der Männer ertappt. Der Kerl spielte beeindruckend mit seinem Bizeps. Parker schaffte es irgendwie, die Koordination zu übernehmen und Anweisungen zu geben, was wohin gestellt wurde. Jeremy war es nur recht, weil es keine große Rolle spielte. Im Wohnzimmer mussten sowieso alle Möbel wieder weggerückt werden, wenn er und Qay erst die Teppiche gekauft hatten.

Als alles an seinem Platz stand und die Möbelpacker wieder abgefahren waren, verabschiedeten sich auch Rhoda und ihre Crew. „Danke für alles, Leute", sagte Jeremy.

Rhoda tätschelte ihn am Arm. „Du schuldest uns ein Abendessen, sobald deine Schickimicki-Küche betriebsbereit und deine Hand wieder geheilt ist."

„Wird gemacht." Er brachte sie vor die Tür und winkte ihnen nach, als sie die Treppe hinabgingen. Dann ging er in die Wohnung zurück und sah sich um.

Er war zuhause. Es war ein verdammt gutes Gefühl, aus dem Hotelzimmer raus zu sein. Trotzdem fühlte sich die Wohnung noch leer an, und das lag nicht nur an den nackten Wänden und fehlenden Teppichen.

Er hängte seine Kleidung in den Schrank und legte eine Liste an – schon wieder – mit allem, was er noch kaufen musste. Einiges davon hatte noch Zeit, wie der neue Fernseher und die Musikanlage, anderes war dringender. Der Geschirrschrank war so gut wie leer und viele Kleinigkeiten des alltäglichen Bedarfs fehlten auch noch: Bettwäsche, Toilettenpapier, Grundnahrungsmittel.

In der Nähe des Hawthorne Boulevards gab es einen kleinen Laden, in dem man hervorragende Bettwäsche kaufen konnte. Aber dort war es schwierig, einen Parkplatz zu finden und wenn er zu Fuß ging, hatte er das Problem, seine Einkäufe mit nur einer Hand nach Hause tragen zu müssen. Also ging er zu seinem SUV und fuhr zur Mall, wo er die meisten Artikel auf seiner Liste fand. Auf dem Rückweg hielt er kurz an einem kleinen Supermarkt an und versorgte sich mit Lebensmitteln. Er musste einige Male die Treppen hoch, um alles aus dem Wagen in die Wohnung zu bringen, aber die Bewegung tat ihm gut.

Jeremy räumte die Lebensmittel weg und steckte die neue Bettwäsche in die Waschmaschine. Er hatte mittlerweile fürchterlichen Hunger, weil er außer einem von Rhodas Croissants und einem Hot Dog in der Mall noch nichts gegessen hatte. Doch seine Schulter pochte und sein Kopf war schwer, sodass er sich für ein kurzes Nickerchen entschied.

Er wachte erst nach drei Uhr wieder auf. Die Sonne warf lange Schatten durch die nackten Fensterscheiben. Wenigstens regnete es nicht. Der Schmerz in seiner Schulter hatte nachgelassen und Jeremy war wieder halbwegs klar im Kopf. Nur sein Magen hatte entschieden, gegen die andauernde Vernachlässigung zu protestieren und sich zu verkrampfen. Er trank einen Schluck Milch direkt aus dem Karton – Gläser hatte er noch keine –, was aber auch nicht viel half.

Dann kam ihm eine Idee.

Er warf die Bettwäsche in den Wäschetrockner, zog die dämlichen Mokassins an und schlüpfte in seine Jacke. Dann lief er grinsend die Treppe hinunter.

JEREMY BEOBACHTETE gerne den Verkehr in den Straßen um Qays Arbeitsplatz. Ständig waren dröhnende Laster unterwegs und manchmal war von dem Gleis in der Nähe ein Zug zu hören, der ratternd vorüberfuhr. Er musste an Qays Bruder denken und fragte sich, ob Qay wohl auch an Kevin erinnert wurde und erschrak, wenn er einen Zug sah oder hörte.

Als Jeremy vor der Fabrik ankam, waren schon viele Arbeiter aus den umliegenden Betrieben auf dem Heimweg. Qay hatte allerdings erst um fünf Uhr Feierabend, sodass Jeremy noch warten musste. Es wurde dunkel und immer weniger Menschen waren unterwegs, doch von Qay war immer noch keine Spur zu sehen. Jeremy schaute auf die Uhr seines Handys. Viertel nach fünf.

Jeremy hatte plötzlich ein mulmiges Gefühl, das er nicht so recht begründen konnte. Vielleicht lag es daran, dass die Fabrik, in der ihn Davis gefangen gehalten hatte, nicht weit von hier entfernt lag. Er wippte unruhig mit den Beinen und wartete weiter auf Qay.

Um kurz nach halb sechs stieg er aus und ging zum Eingang der Fabrik. Die Tür war nicht abgeschlossen, aber als er eintrat, war alles still und nur noch wenige Arbeiter zu sehen. „Kann ich Ihnen helfen, Sir?" Der uniformierte Wachmann hatte keinerlei Ähnlichkeit mit dem Kerl, den Davis bei sich gehabt hatte. Trotzdem lief Jeremy ein leichter Schauer über den Rücken.

„Ich suche Qay Hill", erwiderte er.

Der Wachmann runzelte die Stirn. „Einen Moment". Dann drehte er sich um und brüllte: „Hey, Stuart! Komm her!"

Ein hagerer Mann kam um die Ecke. Er konnte noch keine dreißig sein, aber seine fettigen Haare waren schon im Rückzug begriffen. Er hatte ein spitzes Kinn und eine rote, spitze Nase. „Was willst du?", wollte er von dem Wachmann wissen und ließ dabei Jeremy nicht aus den Augen.

Das musste Stuart sein. Jeremy hätte ihm am liebsten ihn den Arsch getreten für die Art, wie er Qay behandelte. Er riss sich zusammen. „Ich suche Qay", sagte er höflich.

Stuarts Auge weiteten sich und sein Mund verzog sich zu einem Grinsen. „Du bist sein Freund", sagte er im typischen Singsang eines Schulhofschlägers.

„Ja, Stuart, das bin ich. Auf wen von uns beiden bist du eifersüchtig?" Jeremy lächelte zuckersüß.

Die Wirkung seiner Frage war schon beinahe komisch – Stuart wurde erst rot, dann verwandelte sich sein Grinsen in eine Grimasse. Er wollte etwas sagen, das mit *Sch* begann – vermutlich *Scheiße* oder *Schwuchtel* –, schien es sich dann aber doch noch anders zu überlegen. „Ich weiß nicht, wo dein *Freund* ist. Aber wenn du ihn siehst, kannst du ihm ausrichten, dass er gefeuert ist. Falls er zu dumm ist, sich das selbst zu denken."

Jeremy gefror das Blut in den Adern. „Warum ist er gefeuert?"

„Weil dieses Arschloch seit vor Thanksgiving hier nicht mehr zur Arbeit aufgetaucht ist, deshalb." Stuarts Augen blitzten boshaft. „Und das hast du nicht gewusst! Ich wette, er ist ..."

Was immer Stuart noch zu sagen hatte, Jeremy hörte es nicht über dem Rauschen des Blutes in seinen Ohren. Er drehte sich auf dem Absatz um und lief aus der Tür, die Treppe hinab und zu seinem Wagen. Er wählte Qays Festnetznummer und ließ das Telefon mindestens zehn- oder zwölfmal klingeln, bevor er aufgab.

Jeremy gab sich Mühe, vorsichtig zu fahren und sich an die Geschwindigkeitsbegrenzung zu halten. Es gelang ihm nicht. Er überquerte den Fluss in Rekordzeit. Und fand natürlich keinen Parkplatz in der Nähe von Qays Haus. Also fuhr er mehrmals um den Block und wurde von Minuten zu Minute nervöser, bis er endlich einen Parkplatz fand – zwei Straßen entfernt. Sobald der Motor aus war, sprang er aus dem Wagen und lief los.

Er klingelte mehr als einmal, doch niemand antwortete. Also ging er zur Tür der Erdgeschoss-Wohnung und klingelte dort. Die Tür wurde von einer Frau Anfang dreißig geöffnet. Hinter ihr stand ein kleines Kind und sah Jeremy mit neugierigen Augen an.

Jeremy bemühte sich, einen guten Eindruck zu machen. „Hallo. Ich bin ein Freund von Qay. Das ist, äh, ihr Nachbar aus dem Souterrain. Ich habe seit zwei Tagen nichts von ihm gehört und jetzt mache ich mir Sorgen. Haben Sie ihn zufällig gesehen?"

„Ja, gestern. Er sah aus, als ..." Sie warf einen Blick auf ihr Kind. „Sie übernachten manchmal bei ihm, nicht wahr?"

„Manchmal."

Sie nickte. „Wie wäre es, wenn ich Sie in den Keller lasse?"

Er atmete erleichtert durch. „Das wäre wirklich sehr freundlich von Ihnen."

„Warten Sie an der Tür auf mich."

Jeremy ging zur Kellertür und kurz darauf kam die Frau, um ihm aufzuschließen. Ihr Kind hatte sie nicht dabei.

„Vielen Dank", sagte Jeremy.

„Kein Problem. Schließen Sie ab, wenn Sie wieder gehen. Ich hoffe, es geht ihm gut." Sie warf einen besorgten Blick auf die Treppe und ging wieder in ihre Wohnung.

Jeremy ging die Treppe hinab und klopfte an Qays Tür – laut und fordernd, wie er es als Polizist gelernt hatte. Niemand antwortete. Er zögerte noch kurz, drehte dann den Türknopf und öffnete die Tür.

In der Wohnung stank es nach Alkohol und Kotze.

Qay lag auf dem Sofa, und für einen Moment dachte Jeremy, er wäre tot. Doch dann hob Qay langsam den Kopf, strich sich die fettigen Haare aus der Stirn und sah ihn an. Selbst quer durchs ganze Zimmer konnte Jeremy sehen, wir rot Qays Augen waren. Sie hoben sich dunkel von der viel zu blassen Haut seines Gesichts ab. „Geh", sagte Qay leise.

Jeremy ging nicht, obwohl er noch kurz stehenblieb, bevor er weiter ins Zimmer kam. „Was soll die Scheiße, Qay?"

„Verschwinde."

Jeremy sah sich um. Die Bücher und der Schnickschnack waren in Unordnung, leere Flaschen lagen auf dem Fußboden und standen auf dem Küchentisch. Er hob eine der Flaschen auf und las das Etikett. „Du hast einen guten Geschmack für Wein, Babe."

„Wie heißt er?", fragte Qay monoton. „Thunderbird?"

„Wie betrunken bist du im Augenblick?"

„Nicht sehr. Habe seit Stunden keinen Wein mehr." Qay hob den Kopf. „Sei ein guter Kumpel und besorge mir welchen."

„Guter Gott." Jeremy warf die Flasche auf den Sessel. Dann ging er zum Sofa und kniete sich vor Qay auf den Boden. „Was ist passiert?"

„Gar nichts. Ich dachte mir, ein Drink kann nicht schaden. Wein ist kein Crack. Nur ein Glas. Ist das denn zu viel verlangt?" Seine Stimme hörte sich erst bitter an, dann aber zunehmend elend und jämmerlich.

Mist, Mist, Mist. „Du darfst nicht trinken, Qay. Auch nicht ein einziges Glas."

„Glaubst du, das wüsste ich nicht? Jeden Tag streckt es die Klauen nach mir aus und ich darf nicht … ich kann nicht …" Er ließ den Kopf knurrend aufs Polster fallen.

Jeremy atmete tief durch, um sich zu beruhigen. Den Gestank im Zimmer ignorierte er so gut wie möglich. „Das ist meine Schuld. Es tut mir leid. Ich hätte dich nicht bedrängen sollen …"

Qay sprang so plötzlich auf die Füße, dass Jeremy vor Schreck auf den Hintern fiel. „Es ist nicht deine Schuld! Es dreht sich nicht immer nur um dich, Captain Caffeine. Das ist *meine* Sucht. Meine!" Er schlug sich vor die Brust. „*Mein* kaputter Kopf. Wenn andere Menschen einen so wunderbaren Mann finden, der sie liebt, wenn ihnen eine Ausbildung auf dem Silbertablett serviert wird … dann freuen sie sich und können damit umgehen. Aber *ich* nicht. Niemals." Er machte ein unverständliches Geräusch und lief in der kleinen Wohnung auf und ab.

Jeremy blieb beim Sofa stehen, weil er Qay nicht in die Flucht jagen wollte. „Es ist nicht fair. Aber es ist auch nicht deine Schuld. Das Leben hat dir beschissene Karten ausgeteilt. Aber du … Pass auf. Rückschläge können passieren. Das ist nicht das Ende der Welt. Ich fahre dich zu einem Treffen, ja? Wir finden einen Therapeuten für dich. Ich kenne einige recht gute. Du bist nicht mehr allein. Du hast jetzt mich."

Qay wirbelte herum und kam auf ihn zu. „Bin ich das für dich? Ein weiteres Wohltätigkeitsprojekt? Captain Caffeine rettet die verdammte Welt."

„Hör endlich auf, mich so zu nennen!" Jeremy ballte seine gesunde Hand zur Faust. Dann sah er die Verzweiflung in Qays Blick und öffnete sie wieder. „Du bist kein Projekt für mich, Qay. Das warst du nie. Ich liebe dich."

„Hast du Donny geliebt?" Die Frage war nur ein heiseres Flüstern.

„Ja. Aber das ist schon lange her. Jetzt ist er tot und …"

„Genau das meine ich. Liebe allein reicht nicht, Jeremy. Das solltest du mittlerweile gelernt haben. Du kannst einen Menschen mit jeder Zelle deines verdammten Herzens lieben, aber es reicht nicht. Es kann diesen kranken Kopf nicht heilen." Er klopfte sich mit der Faust an die Stirn. „Liebe kann einen Menschen nicht retten. Jeder Mensch muss sich selbst retten, aber ich habe nicht die Kraft dazu. Ich habe einfach nicht die Kraft dazu."

„Doch, das hast du."

„Keith Moore ist nie gestorben. Er ist … *Ich* bin immer noch hier, und mehr am Arsch als je zuvor. Ich falle immer noch von dieser gottverdammten Brücke."

Jeremy war wie vor den Kopf geschlagen. Qay hatte ihn nicht angerührt, aber er hatte ihn tiefer verletzt, als es Davis jemals gelungen war. „Qay", sagte er.

„Nein. Suche dir einen Mann, der dich verdient hat. Einen Mann, der gesund ist."

„Ich will aber keinen anderen. Ich will dich. Du bist …"

„Du wirst mich vergessen." Qay versuchte so hart auszusehen, wie er sich anhörte, aber er konnte die Verzweiflung und die Qual in seinem Blick nicht verbergen. „Du solltest jetzt gehen."

„Bitte nicht. Ich will nicht … Ich sage kein einziges Wort, wenn du es nicht willst. Ich kann einfach hier sitzen und …"

Qay schüttelte den Kopf. „Geh."

Eine giftige Mischung der unterschiedlichsten Emotionen ballte sich in Jeremys Magen zusammen und ihm wurde übel. Wut, Angst, Trauer, Enttäuschung, Verwirrung, Sorge, Panik. Er wollte Qay in die Arme ziehen und festhalten, bis er endlich wieder Vernunft annahm. Aber er hatte nur einen gesunden Arm.

„Ich denke … wir sollten uns beide erst wieder beruhigen", sagte Jeremy schließlich. *Und nüchtern werden.* „Einen klaren Kopf bekommen. Morgen sieht alles wieder besser aus."

„Mein Kopf wird nie klar sein und es wird nie besser."

„Qay …"

„Geh jetzt." Qay stieß ihn mit beiden Händen vor die Brust. Nicht hart, aber er spürte den Schmerz an den Brandwunden und verzog das Gesicht. Qay zog ebenfalls eine Grimasse, ließ sich aber nicht erweichen.

Jeremy ging zur Tür. Dort blieb er noch einmal stehen. Qay hatte ihm den Rücken zugewandt und starrte an die Wand.

„Ich liebe dich", sagte Jeremy.

Qay gab ihm keine Antwort.

JEREMY SCHAFFTE es mit seinen gebrochenen Fingern nicht, das Bett frisch zu beziehen. Es war auch egal, denn er konnte sowieso nicht schlafen. Er verbrachte fast die ganze Nacht damit, in seiner nagelneuen, leeren Wohnung auf und ab zu laufen und alle zu verfluchen – Qay, sich selbst, die Moores und Gott. Wenn es nicht so spät gewesen wäre, hätte er Rhoda angerufen, um sich auszuweinen. Doch Rhoda hatte schon genug für ihn getan und er wollte sie nicht aus dem Schlaf reißen.

Irgendwann mitten in der Nacht bekam er Hunger. Er stand zitternd vor Kälte in seiner Unterhose vor dem Kühlschrank und betrachtete die magere Auswahl. Schließlich aß er ein Butterbrot. Köstlich.

Jeremy zermarterte sich den Kopf mit der Frage, was er hätte tun können, um diese Katastrophe zu vermeiden. Er fand keine Antwort darauf. Ja, er hätte seinen Vorschlag sanfter präsentieren oder damit noch etwas warten können, aber Qay wäre vermutlich so oder so ausgerastet. Jeremy konnte ihm dafür keinen Vorwurf machen. Qay hatte vierzig Jahre allein mit seinen Dämonen gelebt. Und sich dann in so kurzer Zeit auf eine Beziehung einzulassen … Die Umstellung war einfach zu plötzlich gekommen. Soweit Jeremy es beurteilen konnte, hatte Qay noch nie einen Menschen gehabt, dem er rückhaltlos vertrauen konnte. Eine solche Erfahrung ließ sich nicht einfach von heute auf morgen vergessen.

Als die Morgendämmerung hereinbrach, dachte Jeremy ernsthaft darüber nach, was Qay gesagt hatte. War Jeremy zu selbstbewusst gewesen? Übernahm er zu stark Verantwortung für andere Menschen? Er war kein Superheld, der die Welt retten konnte. Er konnte noch nicht einmal die Menschen retten, die ihm am nächsten standen. Wie Donny.

Aber konnte er nicht wenigstens *helfen*? Vielleicht musste ein Mensch sich selbst retten – und das hatte Donny nie versucht –, aber er musste es nicht allein schaffen. Ein Marathonläufer musste jeden Schritt des Rennens selbst laufen, aber er hatte einen Trainer, der ihm bei der Vorbereitung half. Der ihn daran erinnert, genug zu trinken und der ihn anfeuerte, wenn er ins Stolpern geriet. Qay war so lange allein gerannt, dass er keine Hilfe gewohnt war. Wenn er sich nur von Jeremy helfen ließe …

Jeremy ging unter die Dusche, obwohl er vergessen hatte, Seife zu kaufen. Er wusch sich stattdessen mit dem Shampoo. Dann rasierte er sich, zog sich an und frühstückte – eine Scheibe Brot und ein Glas Milch –, um seinen knurrenden Magen zu beruhigen. Vielleicht konnte er später im *P-Town* richtig frühstücken. Aber jetzt hatte er dazu keine Zeit.

Er ging zu Qays Haus, ohne auf den leichten Regen zu achten. Seine Schulter schmerzte von der kalten, ruhelosen Nacht. Seine Finger waren auch kalt, aber wegen der Schienen konnte er keinen Handschuh anziehen und die Hand auch nicht in die Tasche stecken. Bei jedem Schritt spritzte ihm das Wasser vom Bürgersteig an die Hose und der Saum seiner Jeans wurde nass und nasser. Er wusste, dass die Winter in Portland viel milder waren als alles, was er aus seiner Kindheit und Jugend in Kansas kannte. Trotzdem sehnte er sich nach dem Frühling. Den längeren Tagen. Der Wärme. Dem neuen Wachstum.

Er kam in Qays Straße. So früh am Tag waren viele Parkplätze frei, weil die Anwohner schon zur Arbeit gefahren waren, aber die Geschäfte noch nicht geöffnet hatten. Hatte Qay jemals ein eigenes Auto besessen? Es war eine überflüssige Frage.

Jeremy kam zu Qays Haus, sah die Tür zum Keller offenstehen und wusste, was passiert war.

Er wollte sich trotzdem erst davon überzeugen. Der Polizist in ihm – den er genauso wenig abschalten konnte wie den kleinen Jungen – verlangte nach einer sorgfältigen Überprüfung.

Langsam ging er die Treppe hinab in den Keller. Die Tür zu Qays Wohnung ließ sich genauso leicht öffnen wie gestern Abend.

Der Geruch nach billigem Wein lag immer noch schwer in der Luft. Qay hatte die leeren Flaschen eingesammelt und in eine Ecke geworfen. Die Bücherstapel lagen umgestürzt auf dem Fußboden, die Bilder waren von den Wänden gerissen und die vielen Andenken und Kleinigkeiten, die Qay so liebevoll gesammelt und in der Wohnung verteilt hatte, waren von den Tischen und Regalen gefegt worden. Vieles davon war zerbrochen.

Auf dem Sofa lag der Rucksack, in dem immer noch seine Lehrbücher und Notizblöcke steckten.

Jeremy ging in das Schlafzimmer, in dem sie sich das erste Mal geliebt hatten. In dem sie das erste Mal die Nacht zusammen verbracht hatten. Leere Schubladen ragten aus der hässlichen Kommode und die Tür des Kleiderschranks stand offen. Einige Kleidungsstücke lagen auf dem Fußboden und dem Bett verstreut, meistens Arbeitskleidung. Qays Lieblingsjeans war verschwunden, ebenso sein weißes Hemd, sein roter Pullover und seine alte Lederjacke. Auch die Reisetasche fehlte.

Qay war verschwunden.

23

JEREMY WUSSTE, wo sich in Portland Männer trafen, wenn sie sich billig betrinken wollten. Er fuhr an jedem dieser Plätze vorbei und beschrieb Qay, aber niemand hatte ihn gesehen. Danach versuchte er es in den Gegenden, in denen die Drogendealer zu finden waren. Nichts. Und ständig hatte er dieses Bild vor Augen: Qay, der von einer Brücke fiel und mit dem Gesicht nach unten im Willamette trieb. Warum gab es in Portland nur so verdammt viele Brücken? Doch warum hätte Qay seine Tasche packen und mitnehmen sollen, wenn er sich umbringen wollte? Das ergab keinen Sinn, war aber auch kein Trost.

Während der nächsten Tage fuhr Jeremy sicherheitshalber auch einige Male zu Qays Wohnung. Die freundliche Nachbarin kannte Qay kaum, gab Jeremy aber einen Ersatzschlüssel. Er räumte den Kühlschrank aus und fegte die Scherben auf, obwohl es mit nur einer Hand eine mühsame Angelegenheit war. Dann stapelte er die Bücher wieder an die Wände und stellte alles wieder auf die Regale, was Qay auf den Boden geworfen hatte. Selbst die zerbrochenen Sachen warf er nicht weg, weil Qay sich an kleinen Kratzern und Dellen noch nie gestört hatte. Die zerrissenen Bilder aus den Illustrierten waren nicht mehr zu retten, die entsorgte er. Rhoda hatte immer einen Stapel Magazine im *P-Town* und überließ ihm einige alte Hefte, aus denen er sorgfältig neue Fotos ausriss, von denen er dachte, dass sie Qay gefallen würden – Landschaften, Tiere und Männer. Die hängte er an die leeren Wände von Qays Wohnung.

Als ein Tag nach dem anderen verging, ohne dass er von Qay hörte, wurde Jeremy immer unruhiger. Am Sonntag rief er in seiner Verzweiflung schließlich Nevin an.

„Was'n los, Germy?"

„Ich habe ihn verloren", jammerte Jeremy.

„Du hast … Was soll die Scheiße, Mann?"

Jeremy riss sich zusammen. Er saß an der Burnside Bridge in seinem SUV und war einem Nervenzusammenbruch nahe. „Qay. Ich habe Qay verloren."

Nevin überlegte. „Immer mit der Ruhe", sagte er dann. „Tief durchatmen. Und dann erzählst du mir, was zum Teufel bei euch los ist."

Es war Jeremy eine große Hilfe, Nevins Anweisungen befolgen zu können. Er hatte keine Kraft mehr, selbst verantwortlich zu sein. So prägnant wie möglich beschrieb er Nevin die Ereignisse der letzten Tage.

Nevin unterbrach ihn nicht, sondern wartete ab, bis Jeremy mit seiner Geschichte zu Ende war. „Okay. Dein Mann ist ausgerastet und weggerannt. Du weißt, dass du ihn nicht vermisst melden kannst, ja?"

Natürlich wusste Jeremy das. Wenn es keinen Verdacht auf ein Verbrechen gab und die betroffene Person nicht hilflos war und auch keine Gefahr für sich oder andere darstellte, konnte man nichts tun. Ein erwachsener Mensch hatte das Recht, jederzeit nach Belieben zu kommen und zu gehen. „Kannst du nicht wenigstens …"

„Hat er hier in der Nähe Freunde oder Verwandte?"

„Er hat niemanden."

„Mist. Nun, ich kann mich umhören. Hast du ein Foto?"

Jeremy kniff die Augen zusammen. „Nein." Er hatte nicht ein einziges Foto von Qay. Nur den Tannenzapfen und das Buch. Mehr war ihm von Qay nicht geblieben.

„Beruhige dich, Germy. Du hörst dich an, als wärst du kurz davor, den Verstand zu verlieren. Ich kümmere mich darum, ja? Wenn er irgendwo in Portland oder in der Nähe von Portland ist, werde ich ihn finden. Und dann bringe ich ihn dir zurück. Mit einem riesigen rosa Schleifchen auf seinem hübschen Arsch."

„Danke, Nev."

„Ja, ja. Nach dem hier und nach Thanksgiving hast du eine ziemliche Rechnung offen, Cowboy. Du musst mir ein Denkmal stiften, mit Statue und allem. Und das dann mitten in einen von deinen verdammten Parks stellen."

Damit brachte er Jeremy sogar zum Lachen. „Damit dich die Tauben vollscheißen können? Kein Problem." Dann fiel ihm Thanksgiving ein und Nevins Pläne, aus denen nichts geworden war. „Wie läuft es mit deinem Mann?"

„Colin? Der ist eine verwöhnte Zuckerfee und hat nicht den Hauch einer Ahnung vom wirklichen Leben." Nevin seufzte übertrieben. „Und ich kann nicht genug von ihm bekommen."

Jeremy hoffte, er würde den Mann, der Nevins wildes Herz eingefangen hatte, bald kennenlernen. Aber erst musste er Qay wiederfinden. „Nev? Qay könnte … Er ist seit sieben Jahren clean, aber er war lange süchtig. Und letzte Woche hat er getrunken."

„Verstanden."

Nevin verurteilte Junkies und Trinker nicht. Das war eine der Sachen, die Jeremy so an ihm mochte. Obwohl Nevin Gewalt aus tiefster Seele hasste – besonders, wenn sie sich gegen Kinder oder andere hilflose Menschen richtete – war er sehr pragmatisch, wenn es um Süchtige ging. Für ihn waren sie nur Menschen mit einem biologischen Problem.

Nach dem Gespräch mit Nevin ging es Jeremy beträchtlich besser und er traute sich wieder zu, es mit dem Straßenverkehr aufzunehmen. Aber er hatte immer noch eine Heidenangst um Qay.

AM MONTAG kehrte Jeremy an die Arbeit zurück, und das war auch gut so. Seine Pflichten halfen ihm, den Verstand nicht zu verlieren. Und außerdem konnte er in den Parks nach Qay Ausschau halten und sich in der Szene umhören, ob ihn jemand gesehen hatte. Doch das war nicht der Fall. Nur von Jeremys unangenehmem Abenteuer hatten sie alle gehört. Dass er danach wieder auf die Beine gekommen war, half seinem Ansehen bei den harten Fällen, die vorher nichts mit ihm zu tun haben wollten.

Am Freitag fuhr er zu *Patty's Place*, um eine Kiste mit Kleiderspenden zu überbringen. Toad und einige der anderen Kids umringten ihn sofort, wollten seine geschienten Finger inspizieren und Details über die Entführung hören.

„Sind die Bullen so richtig reingestürmt?", fragte ein Mädchen mit knallrosa Haaren und einem Nasenring. „Mit Uzis oder so?"

„Ich glaube nicht, dass die Polizei in Portland Uzis benutzt."

„Aber war es ein SWAT-Team? Die mit den …"

„Ich hatte gerade einen Tritt in die Eier bekommen. Soweit ich mich noch erinnern kann, könnte ich sogar von Clowns in einem rosa Festzugswagen gerettet worden sein."

Sie lachten immer noch, als er die Flucht ins Büro antrat, wo Evelyn ihn erwartete. „Danke für die Kleiderspende, Chief. Wir können sie gut gebrauchen."

„Wie sieht es mit Geschenken für Weihnachten aus?" Das Leben hatte den Kindern schon übel genug mitgespielt. Sie hatten wenigstens ein Weihnachtsgeschenk verdient.

„Gut. Einer der Läden hat sich zu einer größeren Spende bereiterklärt. Sie bekommen einen kleinen Rucksack mit Unterwäsche, Seife, Pyjamas und so. Und neue Schuhe."

Er nickte. Manche der Kinder besaßen nichts als die Kleider am Leib, wenn sie zu *Patty's* kamen. Ihm fiel Qays eklektische Sammlung ein: kleine Figurinen, Erinnerungsstücke und andere Dinge, die einfach nur süß aussahen oder funkelten. Erinnerungen daran, dass das Leben nicht nur beschissen war, sondern auch seine schönen Momente hatte. Und für Qay der Beweis, dass er sich nicht unterkriegen ließ, dass es ihn gab und er zählte.

„Hey, Evelyn? Ich glaube, sie brauchen auch etwas Unpraktisches."

Sie sah ihn fragend an. „Videospiele oder so? Das können wir uns nicht leisten."

„Nein, aber … ein Stofftier vielleicht. Dumme kleine Dinge. Ich weiß, sie sind schon Teenager, aber … Keine Ahnung. Vielleicht steckt doch noch ein kleines Kind in ihnen und freut sich darüber." Weil er schon in den Vierzigern war und das Kind trotzdem noch in ihm steckte.

Evelyn lächelte. „Chief, das ist eine wunderbare Idee."

Er fuhr zum nächsten Target und füllte seinen Einkaufswagen mit Kleinigkeiten – Plüschhündchen, Actionfiguren, Modeschmuck. Nichts davon war teuer, aber es war hoffentlich genug, um einen jungen Menschen etwas glücklicher zu machen. Dann brachte er alles zu Evelyn und trug ihr auf, es so zu verteilen, wie sie es für passend hielt.

„Unser Held", sagte sie, als sie ihn zu seinem SUV begleitete.

Er lächelte ihr zu, aber sein gebrochenes Herz wusste um die Wahrheit. Er war alles andere als ein Held.

AM SAMSTAGNACHMITTAG trafen sich Nevin und Jeremy im *P-Town*. Rhoda, die den grauenhaftesten und geschmacklosesten Hanukkah-Sweater aller Zeiten trug, setzte sich zu ihnen an den Tisch. Jeremy betrachtete skeptisch die tanzenden Dreidel auf ihrem Sweater. „Ich dachte, diese hässlichen Dinger machen sie nur für Weihnachten."

„Machst du Witze?", schnaubte Rhoda. „Das Auserwählte Volk lässt sich von dieser Tradition doch nicht einfach ausschließen. Ich habe acht verschiedene davon."

Das Café war voller Gäste, die eine Kaffeepause zwischen ihren Weihnachtseinkäufen nötig hatten oder – im Falle der Studenten – sich auf ihre letzten Prüfungen vorbereiteten. Rhoda weigerte sich, Weihnachtslieder zu spielen. Stattdessen grummelte Johnny Cash aus den Lautsprechern. Die Luft roch nach Regen, Kaffee und Zimt und der süße Geschmack auf der Zunge erinnerte Jeremy an Qays Küsse.

Nevin hatte ihn schon auf den neuesten Stand seiner Suche nach Qay gebracht. Nicht, dass es Fortschritte gegeben hätte. Qay war spurlos verschwunden.

„Er muss die Stadt verlassen haben", sagte Jeremy und fuhr mit der Fingerspitze durch einige Tropfen Kaffee, die auf den Tisch geschwappt waren.

Rhoda tätschelte ihm den Arm. „Vielleicht braucht er nur etwas Ruhe, mein Schatz. Vielleicht kommt er bald zurück."

Jeremy schüttelte den Kopf. Qay hatte seinen Job und das College aufgegeben und fast alles zurückgelassen, was er besaß. Er würde nicht zurückkommen.

Jeremy hatte sich Qays Tod vorgestellt – durch Selbstmord, Unfall, Überdosis oder Gewalt. Es waren erdrückende Bilder; aber genauso schlimm war es, sich Qay in seiner dünnen Lederjacke, frierend und hungrig irgendwo auf der Landstraße vorzustellen. Es fiel Jeremy nicht schwer, diese Bilder in seinem Kopf zu erzeugen, weil er sie schon viel zu oft in der Realität gesehen hatte.

Nevin bestellte immer den stärksten Kaffee und trank ihn schwarz und heiß. Entweder war seine Zunge gegen die Hitze immun oder er hatte sie durch sein Fluchen schon so versengt, dass er sie nicht mehr spürte. Jetzt ging er mit seiner Tasse zu Ptolemy, um sich Nachschub zu holen. „Lass uns dein Problem logisch angehen, Mann", sagte er, als er wieder an ihren Tisch zurückkam. „Wenn Qay nicht hier ist, muss er irgendwo anders sein."

„Ja. Und damit bleibt uns nur der Rest des Landes, Hawaii vielleicht ausgenommen. Ich bezweifle, dass er einen Pass hat oder das Geld für einen Flug."

„Ich glaube nicht, dass Menschen einfach ins Blaue reisen. Sie wählen sich immer ein bestimmtes Ziel. Jeder Ort zieht sie entweder an oder stößt sie ab. Wie sieht es bei Qay aus?"

Jeremy fuhr sich durch die Haare – er musste dringend zum Frisör – und dachte über Nevins Frage nach. Sie war vernünftig. Jeremy beispielsweise war von Bailey Springs abgestoßen und hielt sich von der Stadt fern, weil er dort nur die kalte Schulter gezeigt bekam. Er war nach Oregon gekommen wegen des Stipendiums und weil er hier die Chance bekommen hatte, er selbst zu sein und sich wohlzufühlen. Aber wie sollte ihnen das helfen, Qay zu finden? Jeremy wusste auch, was Qay aus Kansas vertrieben hatte – und jetzt aus Portland –, aber was sollte ihn zu einem bestimmten Ort hinziehen? Er kannte Qay nicht gut genug, um darauf eine Antwort zu finden. „Ich weiß nicht, ob ihn überhaupt etwas an einen bestimmten Ort ziehen könnte", gab er zu.

Nevin verdrehte die Augen. „Mein Gott, Germy. Es gibt immer Gründe, irgendwohin zu reisen. Manchmal reisen wir sogar an Orte, die wir hassen, weil wir uns diesen Hass nicht eingestehen wollen. Ich bin in anderthalb Wochen zum Weihnachtsessen bei Colins Eltern eingeladen. Ich und ein Festessen! Lieber würde ich rohe Schnecken essen. Aber Colin meinte, ich wäre es ihm schuldig, weil ich Thanksgiving verpasst habe. Und dann hat er mich so lieb angeguckt, dass ich es ihm nicht abschlagen konnte. Siehst du? Das ist ein Grund. Und ich wette, du kannst dir gut vorstellen, welcher Teil von mir mich dazu gebracht hat, Colin nachzugeben." Er zeigte unter den Tisch zwischen seine Beine.

Rhoda kicherte so laut, dass sich die Leute am Nachbartisch nach ihr umdrehten. Sie wurde wieder ernst und machte ein reumütiges Gesicht. „Tut mir leid", sagte sie zu Jeremy. „Ich weiß, dass es nicht zum Lachen ist."

Er winkte ab. „Nevins Schwanz bringt jeden zum Lachen."

Nevin kniff die Augen zusammen und zeigte ihm den Vogel, was Rhoda prompt wieder zum Lachen brachte. Danach fühlte Jeremy sich schon wieder etwas besser. Es war gut, unter Freunden zu sein.

Und aus keinem besonderen Grund fiel ihm plötzlich der Anruf seiner Mutter ein und wie sie über den Mann mit seinem Mechaniker-Geliebten geschwafelt hatte – als hätte die Geschichte eine bestimmte Bedeutung. Konnte ein Ort wirklich gleichzeitig abstoßend und anziehend sein? Er musste es herausfinden. Etwas besseres fiel ihm nicht mehr ein.

„Ich fliege nach Kansas", teilte er Rhoda und Nevin mit.

OFFENSICHTLICH WAREN sich sämtliche Fluggesellschaften darin einig, dass kein vernünftiger Mensch von Portland, Oregon, nach Bailey Springs, Kansas, fliegen wollte. Vermutlich hatten sie sogar recht, weil Jeremy mit Sicherheit kein vernünftiger Mensch war. Aber er musste trotzdem dorthin. Er buchte schließlich für den Montagmorgen einen Flug, der über Dallas nach Wichita ging. Von dort musste er mit dem Auto fahren und konnte nur auf gutes Wetter hoffen, weil es eine lange Fahrt war von Wichita nach Bailey Springs.

Er nahm sich einige Tage frei, was relativ einfach war, da er recht viele Urlaubstage angespart hatte. Glücklicherweise gab es auch keinen Goldfisch oder keine Topfpflanzen, die während seiner Abwesenheit verpflegt werden mussten.

Ursprünglich wollte er ein Taxi zum Flughafen nehmen, doch dann tauchte Rhoda mit einem riesigen Becher Kaffee vor seiner Tür auf und übernahm es, ihn zu fahren. „Du hast nicht viel Gepäck", meinte sie, als sie durch die fast leeren Straßen zum Flughafen fuhren. So früh am Tag gab es noch nicht viel Verkehr.

„Ich muss mir einiges nachkaufen, wenn ich ankomme. Ich habe keine Winterkleidung, die für Kansas geeignet ist."

„Bleibst du bei deinen Eltern?"

Er schüttelte sich. „Nein. Ich habe ein Motel gebucht. Aber ich werde sie besuchen. Ich kann nicht in die Stadt kommen, ohne mich bei ihnen sehen zu lassen." Er kam sich jetzt schon vor, als wollte man ihm – ohne vorherige Betäubung – einen Zahn ziehen. Aber er war ein großer Junge.

Rhoda musste sich auf die Straße konzentrieren und konnte ihn nicht ansehen. Dafür tätschelte sie sein Bein. „Das ist eine gute Sache, mein Süßer. Du würdest es eines Tages bedauern, sie nicht besucht zu haben."

Da war sich Jeremy nicht so sicher. „Sie sind Fremde. Ich kannte sie schon kaum, als ich noch bei ihnen lebte. Und das ist sehr lange her."

„Hmm", brummte sie nicht allzu überzeugt.

Als sie zum Abflugterminal kamen, beugte Rhoda sich über die Konsole und drückte ihm einen Kuss auf die Wange. „Gute Reise."

„Danke, Rhoda. Du bist ein Schatz."

Er nahm seine kleine Reisetasche vom Rücksitz und winkte ihr nach, als sie wieder abfuhr.

Jeremy flog selten, und sobald er im Flugzeug saß, erinnerte er sich auch an den Grund dafür. Die Sitze waren offensichtlich für magersüchtige Zwerge gedacht, nicht für Männer seiner Größe, die ihre Muskeln trainierten. Wegen seiner späten Buchung endete er auf einem Mittelsitz, was dazu führte, dass er von links und rechts mit bösen Blicken bedacht wurde. Der Flugbegleiter servierte Frühstück – wofür Jeremy extra bezahlen musste – und er verbrachte den Rest des Flugs eingeklemmt zwischen der Rücklehne und dem Tablett vor sich, auf dem die Reste des Plastikfraßes langsam erstarrten. Im Vergleicht zu dieser Fluggesellschaft war Davis ein echter Amateur gewesen, was seine Foltermethoden anging.

Der Flug von Dallas nach Wichita hatte wetterbedingt einige Stunden Verspätung. Jeremy strich durch die Flure des Flughafens und ignorierte die Blicke, die ihm seine schiere Größe und die geschiente Hand einbrachten.

Als er endlich in Wichita ankam und sich einen Mietwagen besorgt hatte, war er erschöpft und gereizt. Dazu kam die Nervosität, weil er den ganzen Tag damit verbracht hatte, sich um Qay zu sorgen. Und er hatte vergessen, wie verdammt kalt es hier wurde. Die Unterkühlung kürzlich hätte ihm eine Warnung sein sollen, aber nackt und nass in einer Fabrik an einen Pfeiler gefesselt zu sein, war wie ein Trip auf die Bahamas, wenn man es mit einem Winter in Kansas verglich. In dieser Kälte gefroren die Nasenhaare, seine verwundete Hand war vollkommen steif und unbenutzbar und die wärmste Kleidung konnte nicht verhindern, dass ihm das Mark in den Knochen gefror.

Bevor er Wichita verließ, kaufte er sich einen Parka, eine Strickmütze, einen Schal und dicke Handschuhe im Ausverkauf bei *Dillard's*. Da er nur den rechten Handschuh benutzen konnte, erstand er in einem Anflug von Genialität noch ein Paar dicke Stricksocken. Die Verkäuferin sah ihn seltsam an, als er sich einen der Socken über die linke Hand zog. Es kümmerte ihn nicht. Hauptsache es funktionierte und hielt die Hand warm.

Beim letzten Tageslicht machte Jeremy sich auf den Weg nach Westen. Er hatte ganz vergessen, wie eintönig und monochrom Kansas im Winter war. In Portland brachte der Winter zwar auch grauen Himmel, aber es gab viele grüne Bäume, Farne und Moose, die sich gegen die Kälte behaupteten. Hier bestand die Landschaft nur noch aus braunem Gras und grauen Stoppeln, die aus dem Schnee herausragten. Selbst der Himmel war merkwürdig farblos, bevor es richtig dunkel wurde.

Er fühlte sich hier nicht mehr zuhause.

Hungrig und müde kam er in Bailey Springs an. Er beschloss, bis zum nächsten Morgen zu warten, bevor er seine Eltern anrief und sich auf die Suche nach Qay machte. Also fuhr er direkt zu dem kleinen Motel in der Nähe des Highways. Es war nicht das Marriott, aber es war die einzige Übernachtungsmöglichkeit in der kleinen Stadt. Außerdem sehnte er sich mittlerweile nur noch nach einem warmen Bett. Alles andere war ihm egal.

Der Mann an der Rezeption schaute fern, rutschte aber von seinem Stuhl, als Jeremy die Lobby betrat. „'n Abend", sagte er.

„Hi. Ich habe ein Zimmer reserviert. Jeremy Cox."

Der Mann riss die Augen auf und seine Kinnlade klappte runter. „Jeremy *Cox*?"

Jeremy seufzte. „Ja. Ich habe am Samstag angerufen." Die Website des Motels sah aus, als wäre sie das letzte Mal 1995 aktualisiert worden, deshalb hatte er sich nicht darauf verlassen und lieber direkt angerufen.

„Verdammt aber auch. Wir sind zusammen zur Schule gegangen. Erinnerst du dich?"

Jeremy betrachtete den Mann genauer. Er war im mittleren Alter und hatte mindestens hundert Pfund Übergewicht. Die letzten Haare auf seinem Schädel sahen aus, als wollten sie jeden Moment das sinkende Schiff verlassen. Seine Nase und die Wangen waren mit roten Äderchen durchzogen und der Rest des Gesichts ungesund blass. „Es ist schon lange her."

„Das ist es. Mann, wie ich die Zeit vermisse." Der Mann streckte die Hand aus. „Troy Baker."

Jetzt war es Jeremy, der den Mund aufriss. Troy Baker hatte die kleine Bande angeführt, die Jeremy damals das Leben zur Hölle machte. „Du hast mich Schwanzlutscher und Memme genannt. Germy Cox."

Troy sah gleichzeitig eingeschüchtert und beschämt aus. Er zog die Hand zurück und rieb sich den Nacken. „Ja. Das war … Kinder sind eben so. Meine Jungs hatten auch ein großes Maul, bis sie es beim Militär besser lernten."

Jeremy wollte ihm sagen, wie sehr ihn diese Beschimpfungen getroffen hatten. Wie unglücklich er gewesen war. Aber wozu? Seitdem waren dreißig Jahre vergangen. Es sah aus, als hätte das Schicksal auch ohne ihn Rache genommen an Troy Baker. Trotzdem konnte Jeremy sich eine Bemerkung nicht ganz verkneifen. „Du hast mich Schwuchtel genannt. Und du hattest recht. Ich bin so schwul wie ein Drei-Dollar-Schein. Willst du mich jetzt immer noch so nennen?"

Troy gaffte ihn stammelnd an und schüttelte dann den Kopf. „Mein kleiner Bruder Gary? Ist auch einer von euch. Und er ist … in Ordnung, ja?"

Jeremy hätte ihn darüber informieren können, dass er über Gary Baker sehr wohl Bescheid wusste, denn schließlich hätte er ihm während des letzten Schuljahres regelmäßig Blowjobs gegeben und ihn zweimal – als sie die Umkleide für sich allein hatten – sogar gefickt, bis ihre Schreie von den Wänden widerhallten. „Kann ich meinen Zimmerschlüssel haben?", fragte er stattdessen.

Troy checkte ihn umständlich ein und gab ihm den Schlüssel. Es war ein altmodischer Schlüssel aus Metall, der an einem schweren, gelben Schlüsselanhänger mit einer Nummer hing. Troy schaffte es sogar, dabei blass zu lächeln.

„Kann man hier noch irgendwo essen?", erkundigte sich Jeremy.

„So spät? Da musst du schon nach Laupner fahren. Das *Subway* dort hat vielleicht noch auf. Aber im Flur vor deinem Zimmer ist ein Automat mit Kleinigkeiten."

Fantastisch.

Jeremy wollte schon gehen, als er noch einmal stehenblieb und sich zu Troy umdrehte. „Habt ihr zufällig einen Gast namens Qay Hill? Qay mit Q?"

Troy schüttelte blinzelnd den Kopf. „Ich darf nicht …"

Jeremy kam an die Rezeption und beugte sich über ihn. „Ich brauche diese Information wirklich. Jetzt", sagte er in seiner besten Bullen-Stimme.

„Ja, äh … Schon gut. Weil ich dich kenne." Troy tippte mit zwei Fingern auf der Tastatur seines Computers. „Nein, den gibt es hier nicht."

Mist. „Wie sieht es mit einem Keith Moore aus?"

Dieses Mal runzelte Troy angestrengt die Stirn. „Keith Moore? Ist das nicht der Kerl, der sich umgebracht hat?"

Gewissermaßen, ja. „Sieh einfach nach."

Tippen, dann ein Kopfschütteln. „Nein, niemand mit diesem Namen."

Jeremy war enttäuscht, obwohl er nicht erwartet hatte, dass es so einfach wäre. Er lächelte leicht, nahm seine Tasche und machte sich auf den Weg zu seinem Zimmer.

Sein Dinner an diesem Abend bestand aus Cheetos, orangefarbenen Grahamcrackern mit Erdnussbutterfüllung und Schokoriegeln, heruntergespült mit einer Dose Gatorade. Anders ausgedrückt: Es enthielt nicht den Hauch eines normalen Lebensmittels, dafür aber vermutlich genug Chemie, um ihn bei lebendigem Leib einzubalsamieren. Er duschte unter dem tröpfelnden Wasser und trocknete sich mit einem Handtuch ab, das die Größe einer Serviette und die Flauschigkeit eines Pappkartons hatte. Dann schlüpfte er in dem überhitzten, aber zugigen Zimmer unter die kratzige Bettdecke und schlief sofort ein.

DAS KLEINE Zentrum von Bailey Springs hatte schon während seiner Kindheit und Jugend nicht gerade vor Leben gesprüht und war in den letzten Jahrzehnten noch mehr ausgestorben. Wenigstens gab es keinen Walmart, der auch noch die letzten Läden in den Ruin getrieben hätte. Hoffmans Apotheke gab es noch, genauso den Werkzeughandel der Arnolds. In *Fay's Boutique* waren die Schaufenster weihnachtlich dekoriert und Jeremy fragte sich, ob die Gemälde wohl von dem Mann stammten, von dem ihm seine Mutter am Telefon berichtet hatte. Zu seiner Erleichterung hatte auch *Louella's Café* in der Hauptstraße überlebt. Die Pfannkuchen, Würstchen und Bratkartoffeln waren nicht gerade ein kulinarischer Leckerbissen, aber der Apfelkuchen immer noch unübertroffen. Dafür war der Kaffee grauenhaft.

Obwohl die anderen Gäste ihn neugierig anstarrten, während er sein Frühstück aß, schien ihn niemand zu erkennen. Die Gesichter kamen ihm vage bekannt vor, doch die Namen dazu fielen ihm nicht mehr ein. Er bezahlte bar, zog seine Jacke an und ging wieder in die Kälte hinaus.

Das Haus der Moores war wenige hundert Meter vom Zentrum entfernt in einem kleinen Wohngebiet, das als edel und teuer galt: große Häuser im viktorianischen Stil, die von schneebedecktem Rasen umgeben waren. Die meisten waren weihnachtlich geschmückt, die Wege freigeschaufelt und mit Sand bestreut. Es war eine nette Nachbarschaft, aber für den Preis seiner Eigentumswohnung in Portland hätte er vermutlich den halben Straßenzug aufkaufen können.

Jeremy hatte das Haus der Moores noch nie betreten, obwohl er Keith einmal nach Hause gefolgt war – in sicherem Abstand wie ein echter CIA-Agent. Deshalb wusste er, um welches Haus es sich handelte. Es war zwei Stockwerke hoch, weiß gestrichen, mit Holzschnitzereien verziert und mit einer Veranda, die das ganze Haus umgab. Es war ihm luxuriös und freundlich vorgekommen und er hatte sich gefragt, wie es wohl von innen aussah und welches der Zimmer Keith gehörte.

Jetzt kam er um die Kurve und sah das Haus wieder vor sich liegen. Er erkannte auf den ersten Blick, dass es unbewohnt war. Je näher er kam, umso deutlicher wurden die Anzeichen von Vernachlässigung und Verfall. Die Farbe war abgeblättert, das Holz grau verwittert. Die Fenster waren mit Spanplatten vernagelt, das Dach hing durch, zwei Stützsäulen der Veranda waren gebrochen und die Treppe komplett eingefallen. Hier lebte schon sehr, sehr lange niemand mehr.

Er dachte darüber nach, was Keith hinter diesen Wänden widerfahren war und hätte am liebsten geweint.

JEREMYS ELTERN lebten einige Kilometer entfernt im „neuen" Teil der Stadt. Die bescheidenen Häuser stammten aus den 1950er Jahren und waren für junge Ehepaare der Nachkriegsgeneration gebaut worden, die hier ihre Familien gründeten. Ursprünglich hatten viele der Bewohner in der nahegelegenen Bonbonfabrik gearbeitet, die aber in der Zeit um Jeremys Geburt geschlossen wurde. Sie war dann später – Jeremy ging schon zur Schule – abgebrannt. Er konnte sich noch gut an den schwarzen Rauch erinnern, der den Himmel verdunkelte.

Jetzt holte er seinen Mietwagen von dem Parkplatz in der Nähe des Cafés und fuhr zu seinem Elternhaus. Es kam ihm kleiner vor als früher; ein Backsteinhaus mit drei Zimmern und einem Keller, den sein Vater ausbauen wollte, wozu er aber nie die Zeit gefunden hatte. Ein schneebedeckter alter Ford Escort stand in der schmalen Einfahrt.

Jeremy holte tief Luft, stieg aus und ging die kleine Treppe hoch zur Haustür. Er drückte auf die Klingel. Es war ein merkwürdiges Gefühl, an einer Tür zu klingeln, durch die er achtzehn Jahre lang wie selbstverständlich ein- und ausgegangen war. Aber er konnte schlecht unangekündigt ins Haus platzen.

Eine alte Dame in grünem Hausanzug öffnete die Tür. Ihr Pulli war mit einem Rentier und Schneeflocken bestickt. Mit ihren lockigen grauen Haaren erinnerte sie ihn an seine Großmutter, die aber schon vor zehn Jahren gestorben war. Es musste seine Mutter sein.

„J-Jeremy!" Sie drückte sich eine Hand an die Brust.

„Es tut mir leid, dass ich nicht vorher angerufen habe, Mom." Er hatte ein schlechtes Gewissen, war aber durch seine Sorge um Qay zu abgelenkt gewesen, um sich mit seinen Eltern auseinanderzusetzen.

„Meine Güte!" Sie schüttelte verwirrt den Kopf und trat zur Seite. „Komm rein, komm rein!"

Die Haustür führte direkt in ein beengtes Wohnzimmer, das seit seinem Auszug nicht mehr renoviert worden war. Es stank nach kaltem Zigarettenrauch. Der Fernseher war allerdings neu und sein Vater saß in dem alten Sessel vor dem Bildschirm. Er schien gedöst zu haben, hatte aber ein aufgeschlagenes Buch auf dem Schoß liegen. Seine Brille lag auf dem kleinen Tischchen an seiner Seite, neben einer Schachtel mit Papiertüchern und einem Glas Wasser.

Während seine Mutter nur alt aussah, kam sein Vater ihm greisenhaft vor. Er war ein großer Mann gewesen – nur wenige Zentimeter kleiner als Jeremy – und sehr kräftig, obwohl sich die Muskeln mit der Zeit in Fett umgewandelt hatten. Jetzt war davon nicht mehr viel zu sehen. Er war hager und grau, das Gesicht voller

Altersflecken. Er tastete nach seiner Brille und setzte sie auf. „Ist das Jeremy?" Auch seine Stimme hatte an Kraft verloren.

„Hi, Dad."

Dann wurde es etwas peinlich. Niemand umarmte sich, aber Shirley Cox nahm ihrem Sohn die Jacke ab, führte ihn zum Sofa und brachte ihm eine Tasse Instantkaffee und einen kleinen Teller mit Keksen aus dem Laden. Frank Cox fragte ihn darüber aus, wie er nach Bailey Springs gekommen war: Welche Fluglinie er benutzt hatte, welche Marke sein Mietwagen war und welche Route er aus Wichita nach Bailey Springs genommen hatte.

Seine Mutter saß in ihrem üblichen Sessel direkt neben Franks und mit dem kleinen Tischchen zwischen ihnen. Als Jeremy noch ein Kind war, hatte dort immer ein Aschenbecher gestanden. Der war jetzt verschwunden, also hatte sie vielleicht mit dem Rauchen aufgehört. „Soll ich dir das freie Zimmer herrichten, Jeremy?"

„Nein, danke. Ich habe ein Zimmer im Motel. Ich wollte euch keine Mühe machen." Es war nicht die ganze Wahrheit, aber wenigstens höflich.

„Das wäre doch keine große Mühe gewesen", sagte Shirley, drängte ihn aber nicht weiter. Zum ersten Mal schien ihr Jeremys linke Hand aufzufallen. „Bist du da angeschossen worden?", fragte sie erschrocken.

„Nein. Mir wurde in die Schulter geschossen. Meine Finger wurden gebrochen."

Danach musste er ihnen die ganze Geschichte erzählen, allerdings in der gekürzten und bereinigten Version. Sie mussten nicht im Detail hören, was Davis mit ihm gemacht hatte, mussten auch über Donny nicht mehr erfahren, als dass er ein alter Freund gewesen war. Trotzdem sah ihn Shirley erschrocken japsend an und Frank runzelte die Stirn.

„Es scheint dir nach deinem schlimmen Erlebnis wieder gut zu gehen", sagte Shirley schließlich.

Jeremy hätte beinahe laut gelacht. Es ging ihm alles andere als gut, aber dafür war nicht Davis verantwortlich. „Es war nicht so schlimm, wie es sich anhört, Mom."

Sie brachte ihm mehr von dem grauenhaften Kaffee und den Keksen – es waren diese dänischen Butterplätzchen aus der Dose. Vermutlich ein Weihnachtsgeschenk. Frank brachte sie ein frisches Glas Wasser und einige Pillen, die er wortlos schluckte. Dann hustete er.

„Willst du auch alte Freunde in der Stadt besuchen?", fragte sie, nachdem sie sich wieder gesetzt hatte.

Jeremy hätte sich fast verschluckt. „Mom, ich …"

„Kannst du dich noch an Lisa Wade erinnern? Sie heißt jetzt natürlich Lisa Lamb. Sie hat vor Jahren geheiratet und ist weggezogen. Nach Omaha, glaube ich. Stimmt das, Frank?"

Frank grunzte.

Shirley erzählte unbeeindruckt weiter. „Aber sie besucht ihre Familie hier. Vielleicht kommt sie über Weihnachten in die Stadt und ihr könnt euch treffen."

„Ich bin nicht gekommen, um Lisa zu sehen", sagte Jeremy.

Dieses Mal grunzte Frank lauter. „Ich wette, du bist auch nicht gekommen, um uns zu sehen."

Die zurückhaltende Höflichkeit zerfloss, als hätte jemand den Stöpsel gezogen. Jeremy nahm keine Rücksicht mehr darauf, dass der alte Mann krank war. Es kümmerte ihn nicht mehr, dass diese Menschen seine Eltern waren. Er war müde und besorgt und es reichte ihm. „Vielleicht würde ich euch besuchen wollen, wenn ihr euch wie liebende Eltern verhalten würdet."

Die Falten auf Franks Stirn vertieften sich und Shirley legte eine Hand an den Hals. „Aber wir lieben dich doch", sagte sie.

„Dazu reichen ein paar leere Worte nicht aus. Ihr liebt nicht den Mann, der ich wirklich bin. Ihr habt ihn nie geliebt." Seine Augen brannten, aber er ließ sich nichts anmerken.

Shirley machte ein ersticktes Geräusch und Frank zeigte ärgerlich mit dem Finger auf Jeremy. „Du regst deine Mutter auf!"

„Ich rege ... Weißt du, wie es für mich war, hier aufzuwachsen? Jeden einzelnen Tag haben sie mich schikaniert. Es war die Hölle. Und das Schlimmste war, wenn ich weinend nach Hause kam – manchmal mit blauen Flecken, erinnert ihr euch? Dann habt ihr mir gesagt, ich sollte mich nicht so anstellen und mich lieber wehren."

„Um den ganzen Mist wird heutzutage viel zu viel Gedöns gemacht", knurrte Frank. „Als ob Jungs zarte Pflänzchen wären, die sofort verwelken, wenn jemand ein böses Wort sagt. Sie müssen abhärten und es ertragen wie ein Mann!"

„Ich war aber kein Mann, Dad. Ich war ein kleiner Junge. Und solche Worte verletzen. Manchmal sogar mehr als Kugeln." Er stellte die Kaffeetasse auf den Tisch. „Ich weiß, es hätte schlimmer kommen können. Du hast mich nie geschlagen. Aber verdammt! Vollkommen fremde Menschen habe mich so akzeptiert, wie ich bin. Sie haben mich respektiert für meine Leistung. Und nicht einmal *das* schaffst du!"

Frank sah aus, als wollte er aus seinem Sessel aufspringen, blieb aber sitzen und beugte sich nur vor. „Wir haben dir beigebracht, deine eigenen Schlachten zu schlagen."

Jeremy lachte bitter. „Na toll, Dad. Bist du jemals auf den Gedanken gekommen, dass ich jemanden an meiner Seite gebraucht hätte? Keinen ... Superhelden, der mich rettet, nein. Nur einen Freund. Einen Gefährten. Nur das. Nicht mehr." Mist. Er musste hier raus und sich auf die Suche nach Qay machen.

Er stand auf und ging in die Küche, wo Shirley seinen Parka, die Mütze und den Schal an den Haken an der Hintertür gehängt hatte. Er zog den Parka an, nahm den Rest in die Hand und ging ins Wohnzimmer zurück. Diese alten Leute waren ihm fremd. Entfernt bekannt, wie der Rest von Bailey Springs, aber nicht mehr. Sie sahen ihn an – Frank wütend und Shirley mit feuchten Augen –, versuchten aber nicht, ihn aufzuhalten. Er war ihnen auch fremd.

Es gab allerdings noch etwas, das sie erfahren mussten. „Wollt ihr wissen, warum ich nach Bailey Springs gekommen bin? Um nach Keith Moore zu suchen."

Frank sah ihn überrascht an. „Ist das nicht der Junge, der von der Brücke …"

„Frank!", fiel ihm Shirley ins Wort.

„Mom. Ich bin dreiundvierzig Jahre alt. Ihr könnt vor mir reden. Ja, es ist der Junge, der von der Memorial Bridge gesprungen ist. Und alle haben sie nur schlecht über ihn gesprochen. Ihr auch. Ich habe es gehört. Hat sich auch nur einer von euch jemals gefragt, *warum* er gesprungen ist? Wie sehr er gelitten hat, um das als seine einzige Option zu sehen?" Die Stimme brach ihm beim letzten Wort.

„Was hat dieser Rowdy mit dir zu tun?", wollte Frank wissen.

„Er war kein Rowdy. Er war ein Junge, so wie ich. Er ist misshandelt worden, Dad. Und er hatte Angst und war allein und unglücklich." Das war er immer noch. „Er hatte auch keine Freunde. Und er bekam kein Stipendium an der Westküste, also hat er sich einen anderen Weg gesucht, um von hier zu fliehen."

Shirley schüttelte den Kopf. „Das ist doch alles Unsinn. Die Moores sind tot. Der ältere Junge durch den Zugunfall – was für eine Schande! – und der jüngere durch die Brücke. Dr. Moore ist vor einigen Jahren gestorben, kurz nachdem Mrs Moore …" Sie zögerte, kam dann aber zu einem Entschluss. „Mrs Moore hat sich umgebracht."

Mist. Es war keine große Überraschung, dass sie beide nicht mehr lebten. Das passte auch zum Zustand ihres Hauses. Jeremy fragte sich, ob sie wohl vor ihrem Tod so etwas wie Bedauern verspürt hatten. Ob sie um ihren jüngeren Sohn genauso getrauert hatten wie um den anderen. Und Qay … Würde die Nachricht von ihrem Tod auf ihn befreiend wirken oder wäre er frustriert, weil sie nie den brillanten, wunderbaren Mann kennenlernten, der er geworden war? Trotz dieser Eltern?

Obwohl Jeremy immer noch verärgert war über seine Eltern, hatte sich seine Wut wieder gelegt. Sie würden auch nie den Mann sehen, der aus ihm geworden war. Es war *ihr* Verlust.

„Keith Moore ist nicht gestorben", sagte er. „Aber er ist entkommen. Wir sind uns in Portland begegnet. Und ich liebe ihn. Nicht den Mann, der er meiner Meinung nach sein könnte oder sein sollte. Ich liebe ihn so, wie er ist. Und jetzt muss ich gehen und nach ihm suchen."

Er öffnete die Tür – es war ein ziemliches Gefummel, mit dem Schal und der Mütze in der Hand. Seine Eltern saßen auf ihren Sesseln und beobachteten ihn. „Jeremy!", rief seine Mutter, kurz bevor er das Haus verließ. „Geh nicht einfach weg! Wir sind deine Familie!"

Jeremy blieb mit dem Rücken zu ihnen stehen. „Nein, das seid ihr nicht wirklich. Aber ich wünsche euch alles Gute. Fröhliche Weihnachten, ja?" Und damit verschwand er in der Kälte.

Er fuhr los, ohne sich bewusst für ein bestimmtes Ziel entschieden zu haben. Der Wagen schien den Weg zu kennen, weg vom Haus seiner Eltern, um die große Kurve in der Straße und zur Memorial Bridge. Er parkte vor der Brücke am Straßenrand, schloss den Parka, setzte die Mütze auf und wickelte sich den Schal um den Hals. Dann stieg er aus.

Der Wind blies eisig von den Rockies und über die Ebenen. Er blies durch den Parka und die dicke Mütze. Jeremy zog sich den Schal übers Gesicht, bis nur noch seine Augen zu sehen waren und doch war es noch bitterkalt, als er auf die Brücke ging. Es war kein sehr elegantes Bauwerk, nur eine nützliche Konstruktion aus Stahl und Beton, die sich zwischen zwei Sandsteinklippen über den Fluss spannte. Unter ihm floss der Smoky Hill River. Die Ufer waren eisverkrustet, aber in der Flussmitte sprudelte das Wasser so grau wie seine Augen.

Er lehnte sich über die Betonbrüstung und schaute in die Tiefe. Der Fluss war so verdammt weit entfernt. Es war nicht schwer, sich den schlaksigen, mageren Jungen vorzustellen, der auf die Brüstung kletterte, einen kurzen Augenblick auf der schmalen Kante balancierte und sich dann fallen ließ. Fallen, fallen.

Jeremy vergrub das Gesicht in den Händen und fing an zu weinen.

24

QAY WAR schon fast wieder nüchtern, als er seine Wohnung zerlegte. Es war nicht der Alkohol, der ihn das Glas zerbrechen und die Bilder von den Wänden reißen ließ – es war die Wut. Die Wut auf seine Eltern, die ihn gebrochen hatten; auf die Welt, die diese Bruchstücke verhärtet hatte; auf Jeremy, der sich beinahe hätte umbringen lassen, der so verdammt heldenhaft war und der Qay in seinem schlimmsten Zustand erlebt hatte. Aber vor allem war es Wut auf sich selbst, weil er schwach war und dumm und so ein unglaublicher Idiot.

Nachdem er alles zerschlagen hatte und alles in Trümmern lag, wusste er, was er zu tun hatte. Weglaufen. Weglaufen, weil er Jeremy liebte – und das war mehr, als er jemals zu hoffen gewagt hätte. Wenn er noch länger in der Stadt blieb, würde er Jeremy mit sich in diesen Abgrund ziehen. So wie Donny es beinahe geschafft hätte.

Er war die Ruhe selbst, als er einige Kleidungsstücke und Toilettenartikel einsammelte und in seine Reisetasche warf. Dann zog er sich die Lederjacke an und stieg die Treppe hinauf, sein Kopf so ruhig und klar wie ein Bergsee. Selbst seine Angst war verflogen, denn worum hätte er sich noch sorgen sollen? Alles war weg – verloren oder aufgegeben.

Die Hausschlüssel ließ er auf dem Küchentisch zurück, weil er nicht zurückkommen würde. Nur die Tür ließ er einen Spalt offen, weil *Jeremy* zurückkommen würde. Qay hatte keine Möglichkeit, Jeremy auf sein Verschwinden vorzubereiten und die Enttäuschung abzufedern, die Jeremy empfinden würde. Aber wenigstens konnte er ihm die Mühe ersparen, sich bei der Nachbarin einen Schlüssel ausleihen zu müssen.

Die Nacht war kalt, aber ihm wurde bald wärmer, als er mit strammen Schritten über den Fluss zu dem großen Busbahnhof marschierte, von dem die Greyhounds abfuhren. Er kaufte sich ein Ticket für den nächsten Bus und war eine Stunde später auf dem Weg nach Pendleton.

Qay hatte sich etwas Geld gespart, auch wenn es nicht viel war. Nicht genug, um sich ein Motel zu leisten. Er verbrachte die nächsten Nächte in Bussen und auf Busbahnhöfen und benutzte die öffentlichen Toiletten, um sich zu waschen und die Zähne zu putzen. Es war eine Weile her, seit er so gelebt hatte, aber verlernt hatte er es nicht. Er hatte kein bestimmtes Ziel vor Augen und keinen Plan für die Zukunft. Und er bedauerte nur, dass er nicht daran gedacht hatte, einige Bücher einzustecken.

Nun, er bedauerte noch mehr als das. Er vermisste Jeremy mit jedem Atemzug.

Wenn er nur nicht in diese verdammte Kneipe gegangen wäre …

Nein. Der Bus rumpelte durch die Nacht. Qay hatte schon wieder vergessen, wohin er fuhr. Die Kneipe war nicht schuld an seinem Versagen. Auch nicht der Whiskey, den er dort getrunken hatte. Oder der billige Wein, den er sich später besorgt hatte. Selbst seine Eltern oder seine Gene oder das Chaos in seinem Kopf waren nicht schuld daran. Er selbst hatte sich entschieden, in dieser Nacht zu trinken. Und damit hatte er alles ruiniert, wofür er so hart gearbeitet hatte. Er hatte Jeremy weggestoßen und war blindlings weggelaufen. Das alles war nur seine eigene Schuld.

Qay saß auf einer Bank in einem kleinen Busbahnhof irgendwo östlich von Salt Lake City, als ihn ein fürchterliches Zittern packte. Er bebte am ganzen Leib. Ein junger Mann in Armeeuniform steckte sein Handy ein und kam zu ihm. „Alles in Ordnung, Mann? Soll ich Hilfe rufen?", fragte der junge Mann besorgt.

Qay schüttelte unglücklich den Kopf. „P-Panikanfall", sagte er mit klappernden Zähnen. „Schon g-gut."

„So sieht es aber nicht aus." Der Soldat zögerte kurz, dann setzte er sich zu Qay auf die Bank. Er sagte nichts und fasste ihn auch nicht an, aber sein harter Blick verjagte jeden, der in ihre Nähe kam. Seine ruhige Präsenz half Qay, sich wieder zu beruhigen.

„Danke", murmelte er, als das Zittern aufhörte. Er war noch blass im Gesicht, doch sein Herz raste nicht mehr und er konnte wieder normal atmen. Er fühlte sich nicht mehr, als würde er von einem Tsunami verschluckt.

„Kein Problem. Meine Mama hat auch Panikanfälle. Sie nimmt dagegen Tabletten. Irgendwas mit z und x. Sie sagt, es hilft ihr."

Qay nickte. „Die darf ich nicht nehmen."

„Verdammtes Pech. Das nervt."

Der Soldat war vielleicht zweiundzwanzig oder dreiundzwanzig Jahre alt, hatte dunkelbraune Haut und einen Mund, der aussah, als würde er gleich lächeln. Seine Stimme war erstaunlich tief für einen so kleinen Mann.

„Fährst du über Weihnachten nach Hause?", fragte Qay.

Da war es, das Lächeln. „Jawoll, Sir! Meine Mama kocht mein Lieblingsessen und meine Freundin … Na ja, die erwartet mich auch." Er zwinkerte. „Fährst du auch zu deiner Familie?"

„Nein. Ich laufe weg."

Der Soldat sah ihn nachdenklich an. „Ich habe noch drei Stunde Zeit, bis mein Bus fährt", sagte er dann. „Hast du Lust, mit mir essen zu gehen?"

Qay hatte Hunger. Er hatte seit dem Vortag nichts gegessen. Und er hatte noch kein Anschlussticket gekauft. „Klar."

Während sie zum nächsten Imbiss gingen, stellten sie sich vor. Der Gefreite Elijah Wilson war in Fort Bliss stationiert und auf dem Weg nach Sacramento. Er hatte schon einen Einsatz in Afghanistan hinter sich – über den er nicht reden wollte – und war jetzt in einer Versorgungseinheit, wo es ihm viel besser gefiel. „Es ist näher an zuhause", sagte er, als sie sich an einen Tisch setzten.

Elijah bestellte sich einen Burger, Qay überbackenen Speck und Suppe. Dann sahen sie sich über den schmutzigen Tisch hinweg an. „Willst du mir erzählen, wovor du davonläufst?", fragte Elijah.

„Ich will dich nicht langweilen mit meinen rührseligen Geschichten."

„Du langweilst mich nicht. Ich habe Zeit und keine Lust mehr, *Temple Run* zu spielen. Außerdem habe ich mich seit Monaten nicht mehr mit einem Zivilisten unterhalten, mit dem ich nicht verwandt war. Leg los."

Es war seltsam. Qay war kein sehr mitteilungsbedürftiger Mensch, aber plötzlich wollte er mit diesem jungen Mann reden, den er nicht kannte und nie wiedersehen würde. Vielleicht gerade deshalb. Also erzählte er ihm alles – angefangen von dem Tag, an dem sein Bruder von dem Zug überfahren wurde, bis zu dem Tag, an dem er Jeremy wegschickte. Elijah verzog keine Miene, weder über den Selbstmordversuch noch über die Nervenklinik, die Drogen oder die Tatsache, dass sich Qay nicht in eine Frau, sondern in einen Mann verliebt hatte. Er hörte nur zu, nickte gelegentlich und aß seinen Burger. Dann waren ihre Teller leer und Qay hatte keine Worte mehr.

Sie bestellten Kaffee und Kuchen.

„Warum rufst du ihn nicht an?", fragte Elijah. „Vielleicht kannst du alles wieder in Ordnung bringen? Du kannst mein Handy benutzen."

„Ich kenne seine Telefonnummer nicht." Qay wusste, dass es eine billige Ausrede war. Er seufzte, als Elijah ihn skeptisch ansah. „Ich glaube nicht, dass es sich wieder in Ordnung bringen lässt."

„Du meinst, er will dich nicht mehr?"

„Oh, das schon. Er will mich retten. Aber ich glaube, dass ich nicht mehr zu retten bin."

„Weil du rückfällig geworden bist?"

Die Kellnerin kam an ihren Tisch und füllte Kaffee nach. Sie sah müde aus, lächelte ihnen aber trotzdem zu, bevor sie wieder davoneilte.

„Ein einziger Rückfall in sieben Jahren ist nicht das Ende der Welt", gab Qay zu. Schließlich war er seit diesen Tagen wieder nüchtern geblieben. „Es könnte allerdings jederzeit wieder passieren und ich werde immer irgendwie verrückt sein. Jeremy sollte sein Leben nicht damit verbringen müssen, mich ständig vor mir selbst zu retten."

Elijah biss in seinen Nusskuchen und kaute nachdenklich. „Vielleicht ist es aber genau das, was er sich wünscht. Und du bist nicht gerade eine Jungfer in Nöten." Er grinste. „Jedenfalls trägst du kein rosa Spitzenkleid und kein Krönchen. Du musst dich schon selbst retten und das tust du auch. Aber er kann da sein und dir helfen, wenn du Hilfe brauchst. Das habe ich in Afghanistan gelernt: Es ist nichts Ehrenrühriges, in einer Notlage um Hilfe zu bitten. Es kann dir das Leben retten. Und manche Männer? Fühlen sich stark, wenn sie anderen helfen können."

Qay verbrannte sich die Zunge an seinem Kaffee. „Du bist erstaunlich weise für einen Mann, der nur halb so alt ist wie ich", sagte er schließlich.

„Ich bin beim Militär schnell erwachsen geworden. Hatte viel Zeit, um nachzudenken. Und weißt du was? Beschossen zu werden, kann deinen Blick aufs Leben sehr verändern."

„Das glaube ich dir gerne", sagte Qay und musste an Jeremys Erlebnis in der Fabrik denken.

„Außerdem habe ich dir ja schon gesagt, dass meine Mama auch manchmal etwas verrückt wird. Es sind verdammt schwere Zeiten für sie, aber mein Dad war immer da und hat ihr geholfen, diese Phasen zu überstehen. Und sie hat ihm auch geholfen, wenn er zu kämpfen hatte. Du kannst dir nicht vorstellen, wie sehr sich die beiden lieben. Sie sind glücklich. Mama hat einen guten Job und drei Enkelkinder, die sie nach Strich und Faden verwöhnen kann. Und dass sie manchmal ein bisschen verrückt ist, heißt nicht, dass sie nicht geliebt wird."

Guter Gott, konnte es wirklich so einfach sein? Einfach weiter gegen die Dämonen kämpfen und sich von Jeremy helfen lassen, wenn sie die Überhand gewannen?

Qay sah Elijah an. „Kannst du mir dein Handy leihen?"

Er suchte im Internet nach der Nummer des *P-Town* und wählte sie. Ptolemy nahm den Anruf an und japste überrascht, als er Qays Namen hörte. Dann gab er das Gespräch sofort an Rhoda weiter.

„Schätzchen! Ich bin so froh, dass du dich meldest! Du bist nicht tot!"

„Nein, nur dumm." Er hatte plötzlich unerträgliches Heimweh, als er im Hintergrund leise Stimmen und das Summen der Espressomaschine hörte. „Kannst du mir Jeremys Nummer geben? Ich muss mit ihm reden."

Sie zögerte kurz, bevor sie ihm antwortete. „Er wird sehr erleichtert sein, wenn du dich bei ihm meldest. Wo bist du, Süßer?"

Er sah sich in dem Imbiss um. „In Utah?"

„Oh, Süßer. Also gut, ich gebe dir Jeremys Nummer. Aber du solltest wissen, dass er nicht hier ist. Er ist nach Kansas geflogen."

„Was? Warum?"

„Um dich zu suchen, natürlich."

Qay wollte ihr nicht sagen, wie dumm die Idee war, weil er niemals nach Kansas gefahren wäre. Außer … Wenn er über seine Reise nachdachte – so ziellos sie auch war –, musste er zugeben, dass sie ihn beständig nach Südosten geführt hatte. Nach Bailey Springs.

„Wie lange ist er schon dort?"

„Er ist heute früh losgeflogen."

„Ich … ich werde mich beeilen und so schnell wie möglich dort sein." Er musste den richtigen Bus erwischen, vielleicht noch umsteigen und das letzte Stück trampen … Das würde dauern. „Rhoda? Kannst du ihm bitte verschweigen, dass ich auf dem Weg bin?"

„Warum? Er ist am Durchdrehen, Qay. Ich kann ihm sagen, er soll dort auf dich warten …"

„Was ist, wenn ich einen Rückzieher mache? Ich will ihn sehen. Ich glaube, dass ich es schaffe. Aber wenn ich auf dem Weg den Mumm verliere, will ich ihm damit nicht das Herz brechen."

„Zum zweiten Mal", sagte sie mit einem Hauch Schärfe in der Stimme.

„Zum zweiten Mal."

Er konnte sich genau vorstellen, wie sie jetzt aussah: Sie war bunt und verrückt gekleidet und klopfte sich nachdenklich mit dem Finger an den Mund. „Okay", sagte sie schließlich. „Wir werden jetzt einen Kompromiss schließen und folgendes tun: Du wirst dir sofort ein Auto mieten und …"

„Ich kann mir kein Auto mieten."

„Hast du keinen Führerschein?"

Er hatte in Oregon den Führerschein gemacht, weil es ein Teil seines Weges war, ein neues Leben zu beginnen. „Kein Geld und keine Kreditkarte."

„Das können wir regeln. Kein Widerspruch, Qay. Du hörst mir jetzt gut zu." Diesen Tonfall benutzte sie vermutlich auch bei ihrem Sohn. „Du gehst zur nächsten Autovermietung. Von dort rufst du mich an und ich werde dich autorisieren, meine Kreditkarte zu benutzen. Dann …"

„Ich kann dein Geld nicht annehmen!"

„Kein Widerspruch! Du wirst mir das Geld zurückzahlen. Früher oder später. Und wenn du mir Geld schuldest, ist die Versuchung nicht so groß, dass du unterwegs aufgibst. Du wirst ein Auto mieten, auf direktem Weg nach Kansas fahren und dich Jeremy in die Arme werfen. Punkt und Happy End. Wenn du mir das versprichst, werde ich ihn nicht anrufen. Ich kann es mir sparen, weil es nicht mehr lange dauert, bis er dich sieht."

Elijah musste Rhodas Teil der Unterhaltung mitgehört haben, denn er grinste amüsiert. Und er nickte Qay aufmunternd zu.

Qay überlegte, was er tun sollte. Er stellte sich vor, wie es wäre, Rhodas Anweisungen zu befolgen. Und er wartete auf die übliche Angstreaktion – Schweißausbrüche und Hyperventilation –, aber seine Atmung blieb ruhig und gelassen. Nicht der geringste Anflug von Panik war zu spüren. Er war sogar … erleichtert.

„Okay. Danke, Rhoda."

Sie quietschte glücklich. „Du bist vernünftig geworden. Halleluja. Ich denke, jetzt wird alles wieder gut."

Er notierte sich ihre Telefonnummer und die von Jeremy auf der Serviette und steckte sie ein. Dann beendete er das Gespräch und gab Elijah das Handy zurück.

„Ich weiß ja nicht, wer die Dame war", meinte Elijah, „aber ich würde jederzeit auf sie wetten. Gegen jede Armee der Welt."

Qay grinste. „Wem sagst du das."

Mit Hilfe von Elijahs Handy fanden sie eine Autovermietung in der Nähe. Qay bestand darauf, ihr Essen zu bezahlen und als sie auf den Parkplatz kamen, umarmte er Elijah. „Ich weiß nicht, wie lange du noch in der Armee bleiben willst, aber ich hoffe sehr, dass du danach eine Karriere als Therapeut in Erwägung ziehst."

Elijah grinste über beide Backen. „Ich bin früher oft als dumm bezeichnet worden, weil ich Problem mit dem Lesen habe." Er zuckte mit den Schultern. „Dyslexie. Aber dumm bin ich nicht. Ich könnte aufs College gehen und etwas in der Art studieren."

„Wenn du mich fragst, wirst du sie alle beeindrucken, was immer du auch studierst."

„Danke, Mann. Und jetzt mache dich auf den Weg zu deinem Happy End."

Qay lachte. „Du auch. Hast du nicht gesagt, dass deine Freundin auf dich wartet? Und … Elijah? Pass auf dich auf. Die Welt ist ein besserer Ort, solange es Menschen wie dich gibt."

„Ich war schon immer von der Hilfsbereitschaft fremder Menschen abhängig gewesen", sagte sich Qay, als er den Parkplatz überquerte. Und heute war einer dieser seltenen Tage, an denen ihm Fortuna gnädig gesonnen war. Der Mitarbeiter der Autovermietung war sehr hilfsbereit und einigte sich sofort mit Rhoda, das *Starbucks* in der Nähe war noch geöffnet und verkaufte ihm einen Americano mit Unmengen an Zucker, die Straßen waren frei. Er fuhr die ganze Nacht durch und hielt nur einige Male kurz an, um die Beine auszustrecken, die Blase zu leeren und sich frischen Kaffee zu besorgen. Und er fuhr so schnell, wie gerade eben erlaubt war.

Es war nicht sehr angenehm, nachts die Rockies durchqueren zu müssen, aber wenigstens sorgten die vielen Kurven und Steigungen dafür, dass es nicht langweilig wurde und er einschlief. Da er im Radio keinen vernünftigen Sender fand, sang er selbst – lauthals und falsch. Und er hatte keine Angst, nicht ein einziges Mal. Es war lange her, seit er selbst eine so lange Strecke gefahren war. Er hatte ganz vergessen, wie befreiend es sich anfühlen konnte.

Als er am Vormittag in Bailey Springs ankam, war er verkrampft und müde. Er sehnte sich nur noch nach einer Dusche und einem Bett. Das musste jedoch noch warten, weil er eine andere Priorität hatte: Jeremy. Qay wusste nicht, wo sein Geliebter sich aufhielt, aber die Stadt war nicht groß. Hier konnte sich niemand lange verstecken.

Er hielt am *Burger Hut* an, wo er in der dunklen Ecke zwischen dem Gebäude und den Müllcontainer vor so vielen Jahren seine Unschuld verloren hatte. Jetzt ging er direkt ins Restaurant, lächelte dem Mädchen an der Kasse freundlich zu und hoffte, keinen allzu verlotterten Eindruck zu machen. „Frühstück gibt es bis elf Uhr", sagte sie so gelangweilt, wie es nur eine Neunzehnjährige aus Kansas schaffte. Er fragte sich, ob er wohl mit ihren Eltern zur Schule gegangen war.

„Ich wollte mir gerne Ihr Telefonbuch ausleihen."

Das erweckte ihre Aufmerksamkeit, weil es so unerwartet kam. „Wieso denn das?"

„Ich suche einen alten Freund."

Sie machte eine gleichgültige Geste und griff in ein Regal unter der Kasse. „Hier", sagte sie und knallte ein dünnes Heft auf die Theke.

Es gab nur einen Eintrag unter Cox: Frank und Shirley, Arapaho Drive. Er wusste nicht genau, wo diese Straße war, aber er erinnerte sich an eine Wohngegend, in der alle Straßen nach Indianerstämmen benannt waren. Dort musste auch der Arapaho Drive zu finden sein. „Danke", sagte er und schrieb sich die Adresse auf eine Serviette. Er war dabei, sich eine veritable Sammlung von Adress-Servietten anzulegen.

Qay fuhr nicht sofort zu der Adresse, sondern machte erst einen Abstecher zu seinem eigenen Elternhaus. Als er sah, in welchem Zustand es war, überschwemmte ihn eine merkwürdige Mischung von Gefühlen, unter denen er zu seiner Überraschung auch Traurigkeit entdeckte.

Als nächstes fuhr er zum Friedhof. Er war nicht weit vom Stadtzentrum, ein flaches Stück Land umgeben von einem niedrigen Gitterzaun, der weder die Teenager am Betreten noch die Geister am Entkommen hindern konnte. Das letzte Mal war er hier gewesen, als die Gluthitze des Sommers über der Stadt lag, die Zikaden summten und die Sprinkleranlagen tickten und surrten. Danach war er nach Hause gegangen und hatte mit seinen Eltern schweigend vor dem Abendessen gesessen. In dieser Nacht hatte er sich aus dem Haus geschlichen und war von der Brücke gesprungen. Heute waren die Bäume kahl und das Gras braun unter der dünnen Schneedecke. Qay zitterte vor Kälte. Er klappte den Kragen hoch und steckte die Hände in die Taschen. Dann ging er zum Grab seines Bruders.

Es sah noch genauso aus, wie er es in Erinnerung hatte. Auf einem bescheidenen Grabstein aus geschliffenem Granit stand: KEVIN P. MOORE, 1968–1982. Direkt daneben stand ein weiterer Grabstein, den er noch nicht kannte. Er war groß und protzig und trug zwei Inschriften. Links stand BARRETT LIONEL MOORE und rechts daneben PATRICIA NICKERSON MOORE. Beide waren 1998 gestorben, nur wenige Monate nacheinander.

Qay heulte laut auf. Als das seine Wut nicht besänftigte, trat er mit aller Macht wieder und wieder gegen den Grabstein, bis er die Schmerzen in seinem immer noch angeschlagenen Fuß nicht mehr aushielt. Dann ließ er sich auf den verschneiten Boden fallen und blieb dort sitzen, bis sein Arsch sich wie ein Eisblock anfühlte und er so durchgefroren war, dass er am ganzen Leib zitterte. Aber er vergoss nicht eine einzige Träne.

Ruhig und gefasst humpelte er zum Auto zurück.

Es dauerte zehn Minuten, bis er die Adresse am Arapaho Drive fand. Die Gegend machte einen etwas heruntergekommenen Eindruck. Wenn am Abend die Weihnachtsbeleuchtung angezündet wurde, sah sie vermutlich nicht mehr ganz so trostlos aus. Qay parkte direkt vorm Haus der Cox' und atmete einige Mal tief durch, bevor er ausstieg und zur Haustür ging. Er klingelte und hoffte, dass sein Glück ihn noch nicht verlassen hatte.

Eine große Frau mit gebeugtem Rücken öffnete die Tür. Ihre Augen waren rot und verweint, aber sie hatten das helle Grau von Jeremys Augen. In der Hand hielt sie eine Zigarette. „Mrs Cox?", fragte er.

Sie musterte ihn misstrauisch, doch dann wurde ihr Blick etwas weicher. „Du bist Keith Moore."

Nicht mehr, hätte er beinahe gesagt. „Ja, Ma'am. Ist Jeremy hier?"

„Nein", erwiderte sie barsch.

Mist. „Aber er war hier?"

Sie nickte knurrend.

„Wissen Sie zufällig, wo er jetzt ist?"

„Nein."

„Ich habe eine sehr lange Reise hinter mir und muss ihn wirklich dringend sprechen. Bitte."

Sie schnippte die Asche ihrer Zigarette auf die Veranda. „Ich habe doch gesagt, dass ich nicht weiß, wo er ist."

„Könnten Sie ihm bitte ausrichten, dass ich nach ihm gefragt habe? Falls er zurückkommt?"

„Er kommt nicht zurück", sagte sie und es hörte sich fast bedauernd an. Aber sehr sicher war sich Qay da nicht.

Oh, verdammt. Der arme Jeremy. Was hatten diese Menschen jetzt schon wieder mit ihm gemacht? Er musste es einfach loswerden. „Jeremy Cox ist der beste Mann, den ich jemals kennengelernt habe", sagte er. „Er weiß alles über Pflanzen und Tiere und die Natur. Er ist stark. Er ist verständnisvoll und verzeihend. Und er gibt alles, was er besitzt, wenn er damit einem Menschen helfen kann – selbst wenn es ein Fremder ist. Es ist mir wichtig, dass Sie das über Ihren Sohn wissen."

Er drehte sich um und wollte zu seinem Wagen zurückgehen, aber sie hielt ihn am Ärmel fest. „Warte."

Qay blieb stehen und sah sie über die Schulter an. „Ja?"

„Richte ihm aus …" Ihre Unterlippe zitterte und sie nahm rasch einen Zug aus ihrer Zigarette. „Richte ihm aus, dass wir ihn lieben. Und das sind keine leeren Worte. Richte ihm aus, dass wir ihm Glück wünschen."

„Das werde ich", sagte er leise und sie ließ ihn los.

Als er wieder im Auto saß, wusste er genau, wo er Jeremy finden würde.

221

DAS LETZTE Mal war er zu Fuß gelaufen, deshalb musste er jetzt kurz nachdenken, wie man mit dem Auto zur Brücke kam. Als er dort ankam, fiel ihm sofort der weiße Wagen auf, der seinem eigenen so sehr ähnelte, dass es einfach ein Mietwagen sein musste. Dann sah er den großen Mann im blauen Parka, der in der Mitte der Brücke stand, ans Geländer gelehnt und das Gesicht in den Armen vergraben. Ein Schal bedeckte seine Ohren und der Wind pfiff unter der Brücke, sodass der Mann Qay nicht kommen hörte.

Qay blieb einige Meter entfernt stehen. Er traute sich nicht, so nahe ans Geländer zu gehen.

„Ich habe das Gefühl, wir sind nicht mehr in Oregon", sagte er.

Jeremy wirbelte herum und starrte ihn mit offenem Mund an. Jedenfalls nahm Qay das an, denn außer den rotgeweinten Augen war von Jeremys Gesicht nicht viel zu sehen.

„Q-Qay?"

Qay seufzte erleichtert. Als Jeremy zu stottern anfing, hatte er schon befürchtet, Keith genannt zu werden.

„Ja."

Jeremy zog ihn an sich wie eine Naturgewalt und seine starken, warmen Arme schützten Qay vor der Kälte. „Ich habe nach dir gesucht", sagte Jeremy.

„Ich bin nicht in diesem Fluss."

„Das meinte ich auch nicht, aber … Mein Gott, Qay."

„Können wir dieses Gespräch an einem wärmeren Ort fortsetzen? An einem Ort, der mich nicht an diese schlimme Zeit erinnert."

„Natürlich."

Sie fuhren zum Highway, jeder in seinem Auto. Jeremy folgte Qay, als wollte er ihn nicht aus den Augen lassen und ihm sofort folgen könnte, falls Qay die Flucht ergriff. Aber das hatte Qay nicht vor. Sie fuhren auf den Parkplatz des Motels und parkten Seite an Seite.

Erst in Jeremys kleinem, schmuddeligen Zimmer fiel Qay die Socke auf, die sich Jeremy über die linke Hand gezogen hatte. Sie war grün mit einem roten Rand und er musste laut lachen. Dann ging sein Lachen in Schluchzen über und Jeremy hielt ihn in den Armen, bis er sich wieder beruhigt hatte.

„Ich frage mich, wer von uns schlimmer aussieht", sagte Jeremy, als sie sich aus der Unterwäsche schälten.

„Ich. Der Greyhound. Zehn Stunden Fahrt. Meine Eltern auf dem Friedhof. Die Augen aus dem Kopf geheult."

Jeremy boxte ihm spielerisch ans Kinn. „Ich. Verrückt vor Angst um dich. Mittelplatz im Flugzeug. Fortgesetzte Ablehnung durch meine Eltern. Die Augen aus dem Kopf geheult."

„Für mich siehst du verdammt gut aus", sagte Qay ernst.

Und deshalb musste Jeremy ihn einfach küssen. Und – Gott im Himmel! – war das ein guter Kuss. So süß und salzig und voller Leidenschaft. Genug, um Qays Schwanz hart und seine Knie weich werden zu lassen.

Sie trennten sich keuchend und sahen sich in die Augen. „Was hast du empfunden, als du erfahren hast, dass deine Eltern tot sind?"

„Es war gemischt. Ich hätte beinahe ihren Grabstein umgetreten. Ich werde wohl noch etwas Zeit brauchen, bis ich es verarbeitet habe. Aber nicht jetzt. Jetzt gibt es wichtigere Dinge." Er hob den Kopf und sie berührten sich mit der Stirn, lehnten sich mit dem Kopf aneinander. „Und du?"

„Mir geht es so ähnlich. Eine Mischung aus Wut und Bedauern."

„Ich war bei deinen Eltern. Habe dort nach dir gesucht. Ich soll dir etwas ausrichten. Von deiner Mom."

Jeremy schnaubte. „Das kann ich mir gut vorstellen."

„Das nicht. Ich soll dir ausrichten, dass sie dich lieben und hoffen, dass du glücklich wirst. Und dass es keine leeren Worte sind."

„Hm", sagte Jeremy und dachte darüber nach. „Das muss ich auch erst verarbeiten. Ich glaube, mein Dad hat nicht mehr lange zu leben. Aber du hast recht. Es hat Zeit. Jetzt gibt es wichtigere Dinge. Du bist wieder hier."

„Und dieses Mal bleibe ich. Na ja, nicht hier in Bailey Springs. Aber bei dir. Wenn du mich willst."

Jeremy gab ein ersticktes Geräusch von sich und schloss die Augen. „Nichts wünsche ich mir mehr. Nichts auf der Welt."

Der zweite Kuss war tiefer und dauerte länger. Qay legte die Hände auf Jeremys Arsch und klammerte sich daran fest, als ginge es um sein Leben. Jeremy fuhr Qay mit den Fingern seiner gesunden Hand durch die Haare, als wären sie sein Anker.

„Wieso bist du mir nachgefahren?", fragte Jeremy nach dem Kuss. Seine Lippen waren so köstlich – rau von der Kälte, leicht geschwollen und süß wie Zucker.

„Ein Ratschlag von einem Fremden und eine plötzliche Erleuchtung. Ich habe festgestellt, dass ich keinen Captain Caffeine brauche. Ich muss mich selbst retten."

Jeremy seufzte leise. „Dann darf ich dich nicht mehr vor dem Erzschurken retten?"

„Du bist es doch, der entführt wurde. Nicht ich", erwiderte Qay und knabberte an Jeremys Kinn.

„Ryan Davis war alles andere als ein Erzschurke. Er war nur ein dämlicher Idiot ohne jedes Gewissen."

„Na gut. Aber ich will dir sagen, warum ich *dich* brauche." Qay neigte den Kopf und sah ihm in die Augen. „Wenn ich mich jemals auf die Gleise binde, musst du meine Fesseln lösen."

„Gleise. Fesseln lösen. Verstanden." Jeremy streichelte ihm mit den Fingern über den Arm, wo sich unter dem langärmligen Hemd die alten Einstichnarben verbargen. „Das kann ich tun und ich tue es gerne. Du darfst nie vergessen, dass ich dich so liebe, wie du bist. Selbst wenn du Scheiße baust. Weil wir das alle manchmal tun."

Qay zog ihn an sich und legte den Kopf auf seine Schulter. „Dann haken wir Captain Caffeine jetzt ab, ja?"

„Aber sicher. Es wird Zeit, dass er in Rente geht."

„Aber der kleine Junge, den sie ständig schikaniert und gehänselt haben? Der darf jederzeit wieder zum Vorschein kommen. Weil er jetzt einen guten Freund gefunden hat."

Der dritte Kuss war die Zauberformel. Wie magisch waren sie plötzlich nackt und im Bett und obwohl Qay geschworen hätte, dass er zu erschöpft war, um auch nur noch einen Finger zu rühren, wirkte dieser Kuss wie ein Zaubertrank. Er und Jeremy verbrachten den Rest des Tages im Bett und liebten sich. Und als sie schließlich Arm in Arm einschliefen, spielte es keine Rolle mehr, ob sie im Marriott mit Aussicht auf den Fluss waren oder in einem schäbigen Motel mit Blick auf die Schaffarm auf der anderen Straßenseite. Ob Portland, Oregon, oder Bailey Springs, Kansas. Sie waren zuhause.

Epilog

Qay stand mitten im Wohnzimmer. Er hatte den Rucksack über der Schulter hängen und trug trotz der spätsommerlichen Hitze ein langärmeliges, grünes Hemd, das die Farbe seiner Augen betonte. Seine neuen Jeans saßen besser als diejenigen, die er normalerweise trug. Sie betonten seine langen, schlanken Beine.

„Soll ich dich wirklich nicht fahren?", fragte Jeremy. „Ich muss sowieso in die Stadt zu einer Besprechung mit dem Staatsanwalt." Es ging um eine Absprache im Verfahren gegen Davis' Handlanger, die auf ein milderes Urteil hofften, wenn sie sich schuldig bekannten. Der Staatsanwalt wollte dazu erst Jeremys Meinung hören.

„Nein, danke. Die Busfahrt dauert länger und ich brauche noch etwas Zeit, um meinen Mut zusammenzureißen."

„Du siehst prima aus." Jeremy grinste lüstern, um seinen Worten Nachdruck zu verleihen.

„Ich komme mir vor, wie ein kleines Kind vor seinem ersten Schultag. Glaubst du, dass wir in der Pause Plätzchen bekommen?"

„Sicher. Mit Zuckerguss und bunten Streuseln." Jeremy stellte seine Kaffeetasse ab und ging zu ihm. Obwohl Qay unruhig von einem Fuß auf den anderen trat, hatte er Farbe im Gesicht und atmete ruhig. Es war ganz normale Nervosität und absolut verständlich. Schließlich war heute sein erster Tag an der Universität. Trotzdem konnte etwas Aufmunterung nicht schaden. „Willst du eine sympathische Umarmung?"

Qays Lächeln war wunderschön. Seine Augen glänzten und er sah um Jahre jünger aus. „Von dir nehme ich jederzeit jede Art von Umarmung."

Jeremy umarmte ihn, mit Rucksack und allem. Er atmete den Duft ein, nach dem er in den letzten neun Monaten süchtig geworden war: Kaffee, Zucker, Mandelseife und das holzige Shampoo, das sie beide so liebten. Und Qay selbst. Berauschend. Jeremy rieb die Nase an Qays Ohr. „Du hast sie schon mit deinen hervorragenden Testergebnissen von den Socken gehauen. Du schaffst das."

Als sie im Dezember aus Kansas zurückgekommen waren, hatte Qay eine E-Mail an Professor Reynolds geschickt und sich für sein Schwänzen entschuldigt. Er hatte nicht mit einer Reaktion gerechnet, aber das Seminar hatte ihm Spaß gemacht und das wollte er Reynolds mitteilen. Reynolds hatte ihm dann angeboten, die versäumten Stunden nachzuholen und ihm nicht nur mitgeteilt, dass er den Kurs mit Bestnote bestanden hätte, sondern dass er auch mit seinem Freund an der Portland State University in Kontakt getreten wäre. Qay bekam ein Stipendium und einige Grundkurse wurden ihm erlassen, sodass er im Sommersemester einsteigen und innerhalb von zwei Jahren seinen Bachelor machen konnte.

Qay schmiegte sich an Jeremy. „Was hältst du davon, wenn ich zuhause bleibe und wir gehen ins Bett?"

„Ein verführerischer Vorschlag. Aber ich habe auch einen Termin. Wir können bis heute Abend warten und es Einschulungsfeier-Sex nennen."

Qay seufzte. „Na gut. Ich werde es irgendwie schaffen, erwachsen zu sein."

„Wie wäre es, wenn ich dir einen so spektakulären Blowjob verspreche, dass du deinen eigenen Namen vergisst? Ist das Anreiz genug, um an die Uni zu fahren?"

„Nein. Das macht die Jeans nur noch enger. Vielen Dank auch, Jer." Qay drückte ihn noch einmal an sich und ließ dann los. „Gib mir einen Ausflug."

Das war eine Idee von Qays Psychiater. Wenn ein Tag drohte, stressig zu werden, erinnerte ihn Jeremy an einen ihrer Ausflüge. Bevor die Panik einsetzen konnte, holte Qay tief Luft und dachte daran zurück. Es konnte seine Ängste nicht ganz beseitigen, aber es half ihm sehr, sie zu kontrollieren.

„Hmm", überlegte Jeremy. „Wie wäre es mit *Cascade Head*? Kannst du dich noch an die Aussicht erinnern?"

Qay grinste. „Und den Regen, der uns auf dem Rückweg überraschte?"

„Mai an der Küste von Oregon. Was soll da an einem Regen überraschend sein?"

„Das war schön. Danke." Aber Qay blieb trotzdem im Zimmer stehen. Er war immer noch nervös.

Jeremy ließ ihm Zeit, sich wieder zu fangen. Während er wartete, betrachtete er die Bilder an den Wänden – Illustrierten-Fotos, ja. Aber auch Schnappschüsse, die Qay in einem von Jeremys Parks gemacht hatte oder wenn sie wandern gingen oder einfach nur im *P-Town* saßen. Jeremy liebte sie alle, aber am meisten liebte er die Selfies, die Qay von ihnen gemacht hatte. Qay sprach immer davon, eines Tages – wenn er genug verdiente – echte Kunst an die Wände zu hängen. Jeremy hoffte insgeheim, dass es dazu nie kommen würde. Das freundliche, helle Chaos von Qays zusammengewürfelter Sammlung gefiel ihm viel besser. Er mochte auch die übergroßen Regale, die sie selbst eingebaut und die Qay sofort mit Büchern und Schnickschnack gefüllt hatte. Sie machten ihre Wohnung zu einem echten Zuhause.

Qay rutschte den Rucksack gerade. „Bist du zum Mittagessen noch in der Stadt?"

„Kein Problem", erwiderte Jeremy glücklich. „Bei *Perry's*? Und dann kommst du heute Abend mit mir ins Fitnessstudio?"

„Ich werde es nie auf deine Muskeln bringen."

„Das ist auch gut so. Für zwei von meiner Sorte ist das Bett zu klein."

„Auch wieder wahr."

Qay packte Jeremy an einer Gürtelschlaufe und zog ihn an sich. „Ich muss heute eine Brücke überqueren, um an die Uni zu kommen."

„Oder du schwimmst durch den Fluss."

„Also werde ich diese Brücke überqueren, wenn ich sie erreiche. Damals, als ich gesprungen bin, dachte ich, es wäre die einzige Freiheit, die ich jemals erfahren würde." Er schaute einen Moment zu Boden und als er den Kopf wieder hob, lächelte er. „Ich habe mich getäuscht."

Jeremy nickte. Er selbst hatte immer gedacht, er könnte nur stark sein, wenn er andere Menschen rettete. Er hatte sich auch getäuscht. „Lieben und lernen", sagte er.

Qays Lachen war noch besser als sein Lächeln. Er nahm Jeremys Kopf zwischen die Hände. „Liebe kann nicht jedes Hindernis überwinden. Liebe ist nicht allmächtig, aber sie ist eine verdammt gute Verbündete." Er küsste Jeremy, erst sanft, dann mit mehr Nachdruck. Jeremy stöhnte leise, als sich Qays Zunge in seinen Mund schob und Qay ihm die Hand auf den Schwanz legte und ihn zärtlich drückte. „So", sagte er grinsend. „Jetzt bin ich nicht mehr der einzige, dem die Hose zu eng ist."

Dann ging er sicheren Schrittes zur Tür, ohne sich noch einmal umzudrehen. Jeremy sah ihm lächelnd nach.

KIM FIELDING freut sich jedes Mal, wenn sie als Eklektikerin bezeichnet wird, denn sie liebt es, aus Altbekanntem etwas Neues zu schaffen. Ihre Bücher befassen sich mit sehr unterschiedlichen Themen und haben schon mehrere Rainbow Awards gewonnen. Sie hat schon überall in den westlichen zwei Dritteln der Vereinigten Staaten gelebt und ist derzeit in Kalifornien zuhause. Aber auch dort geht ihr schon wieder der Platz in den Bücherregalen aus. Kim unterrichtet an einer Universität und träumt davon, ihre Zeit nur noch mit Reisen und Schreiben zu verbringen. Außerdem träumt sie von zwei wohlerzogenen Kindern, einem Ehemann, der nicht vom Football besessen ist, und einem Haus, das sich von selbst sauber hält. Einige dieser Träume lassen sich leichter erfüllen als andere.

Blogs: kfieldingwrites.com/ und www.goodreads.com/author/show/4105707.Kim_ Fielding/blog

Facebook: www.facebook.com/KFieldingWrites.
E-mail: kim@kfieldingwrites.com
Twitter: @KFieldingWrites

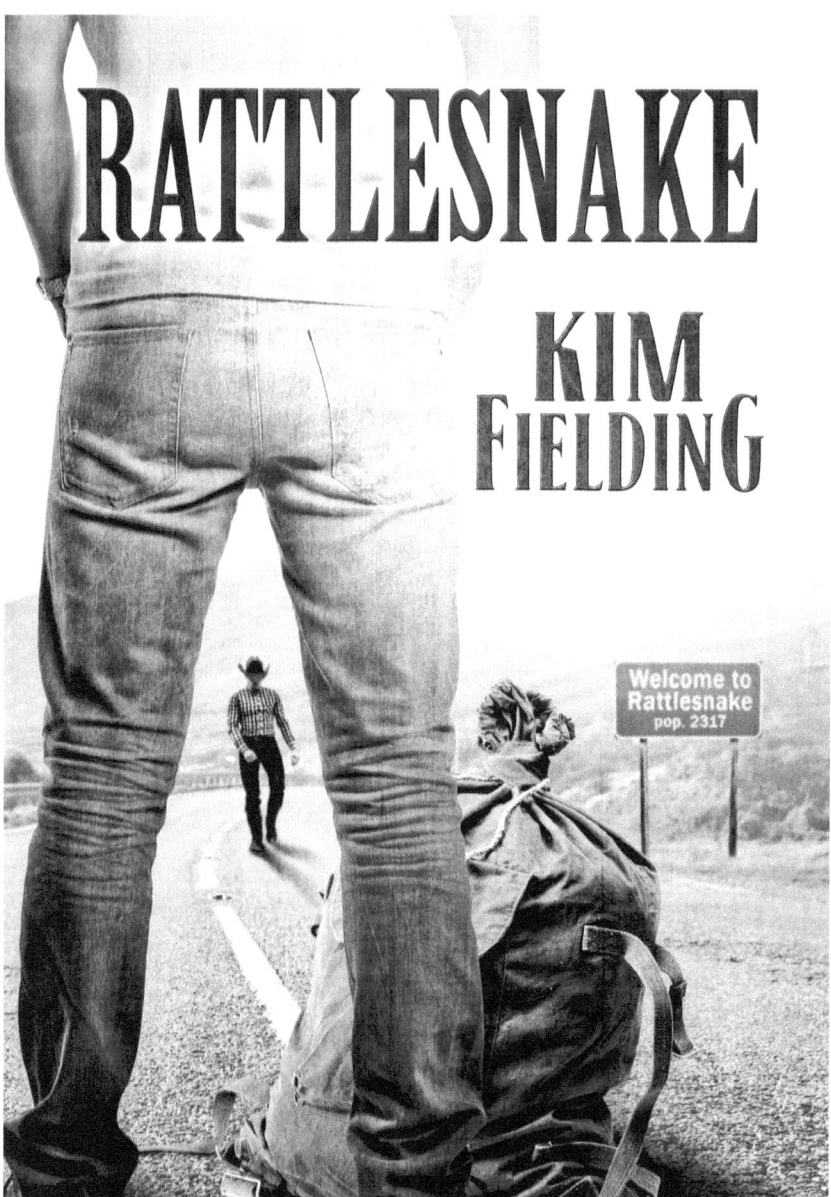

RATTLESNAKE

KIM FIELDING

Zwischen dem Landstreicher Jimmy und dem Barmann Shane fliegen die Funken. Aber wird Jimmy um Shanes Willen dem Ruf der Straße widerstehen können?

Jimmy Dorsett ist schon seit seiner Jugend auf der Straße unterwegs, ohne Heim und ohne Hoffnung. Er besitzt nicht viel: eine Reisetasche, ungezählte Geschichten aus einem unsteten Leben und eine alte Rostschüssel von Auto. In einer kalten Nacht nimmt er in der Wüste einen Anhalter mit, der ihm etwas Unverhofftes hinterlässt – nämlich den Brief eines sterbenden Mannes an den Sohn, den er seit Jahren nicht mehr gesehen hat.

Jimmy will den Brief bei seinem Adressaten abliefern und landet in Rattlesnake, einer kleinen Stadt in den Hügeln der kalifornischen Sierra. Im Zentrum der Stadt befindet sich das Rattlesnake Inn, wo der frühere Cowboy Shane Little als Barmann arbeitet. Zwischen den beiden Männern fliegen die Funken, und als Jimmys Auto den Geist aufgibt, besorgt ihm Shane im Rattlesnake Inn einen Job als Handwerker.

In der Gemeinschaft der kleinen Stadt und in Shanes Armen findet Jimmy eine ungewohnte Ruhe. Aber das kann nicht von Dauer sein. Die Straße ruft und Shane – ein starker, stolzer Mann mit einer leidvollen Vergangenheit und einer komplizierten Gegenwart – hat mehr verdient als einen verlogenen Landstreicher, der es nirgends lange aushält.

www.dreamspinner-de.com

BRUTUS,
DER DORFTROTTEL
Kim Fielding

Brutus führt ein einsames Leben in einer Welt, in der Magie nichts Ungewöhnliches ist. Er ist über zwei Meter groß, hässlich, und stammt aus einer Familie von schlechtem Ruf. Niemand, er selbst eingeschlossen, hält ihn für gut genug, mehr als nur Knochenarbeit zu verrichten. Aber Heldentum kommt in allen Formen und Größen. Als er bei der Rettung eines Prinzen schwer verletzt wird, ändert sich sein Leben schlagartig. Er wird in den Palast von Tellomer gerufen, um als Wärter für einen Gefangenen zu dienen. Das hört sich recht einfach an, stellt sich aber als die größte Bewährungsprobe seines bisherigen Lebens heraus.

Wenn man den Gerüchten Glauben schenken darf, ist Gray Leynham ein Hexer und Verräter. Sicher ist nur, dass er Jahre im Elend verbracht hat: blind, in Ketten gelegt und nahezu stumm durch sein fürchterliches Stottern. Und er träumt vom Tod anderer Menschen. Träume, die sich bewahrheiten.

Brutus gewöhnt sich an das Leben im Palast und lernt Gray kennen. Er entdeckt dabei seinen eigenen Wert – erst als Freund, dann als Mann, und schließlich als Geliebter. Brutus lernt auch, dass Helden manchmal vor schwierige Entscheidungen gestellt werden und dass es nicht ungefährlich ist, die richtige Entscheidung zu treffen.

www.dreamspinner-de.com

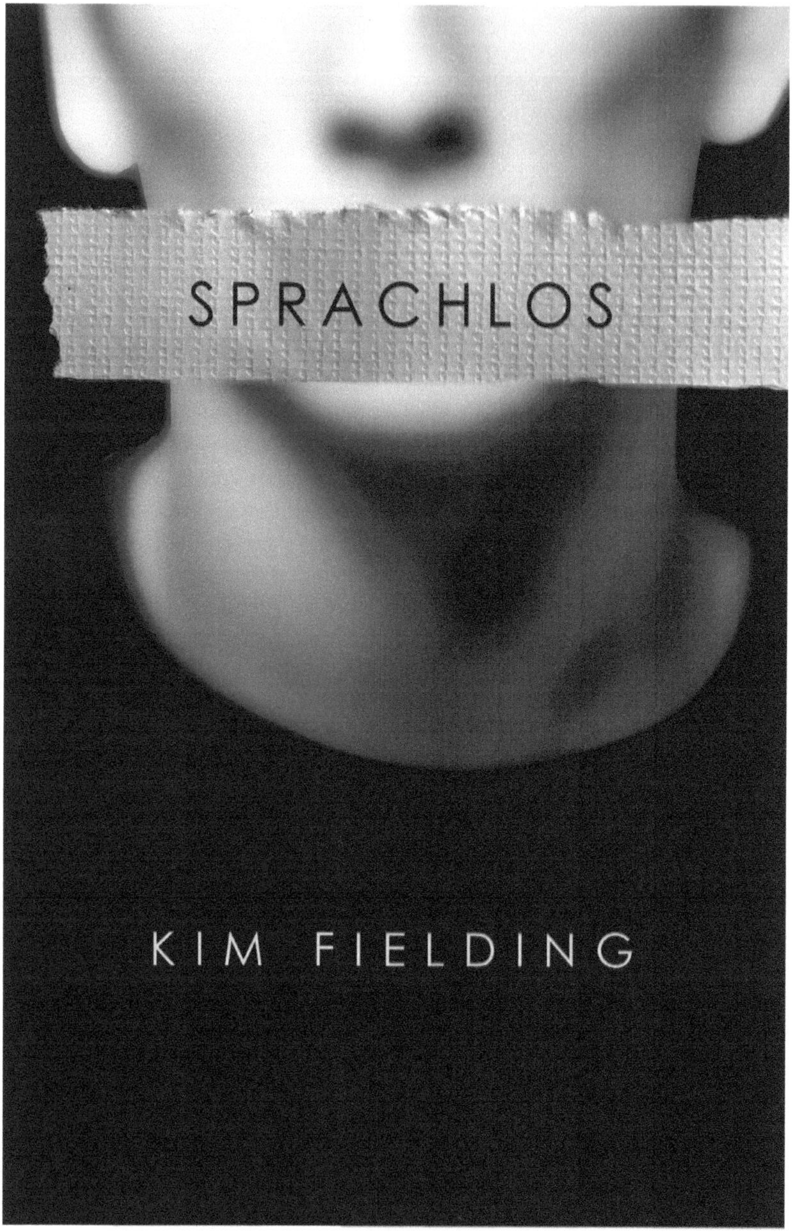
SPRACHLOS
KIM FIELDING

Travis Miller arbeitet als Mechaniker. Er hat eine Katze namens Elwood und ein nicht vorhandenes Liebesleben. Der einzige Lichtblick in dieser Tristesse ist der gutaussehende Gitarrist, an dem er manchmal nach der Arbeit auf seinem Heimweg vorbeikommt. Als er schließlich den Mut aufbringt, den Mann anzusprechen, erfährt er, dass der frühere Romanautor Drew Clifton an Aphasie leidet. Drew kann jedes Wort verstehen, das Travis sagt; aber er kann nicht mehr reden oder schreiben.

Aus der anfänglichen Freundschaft der beiden einsamen Männer wird eine Liebesbeziehung. Aber ihre Kommunikationsschwierigkeiten sind nicht das einzige Hindernis, das sie überwinden müssen. Travis ist unerfahren in der Liebe und hat finanzielle Probleme. Und wenn es Worte sind, die zwischen den Menschen Brücken bauen – was soll Travis und Drew dann zusammenhalten?

www.dreamspinner-de.com

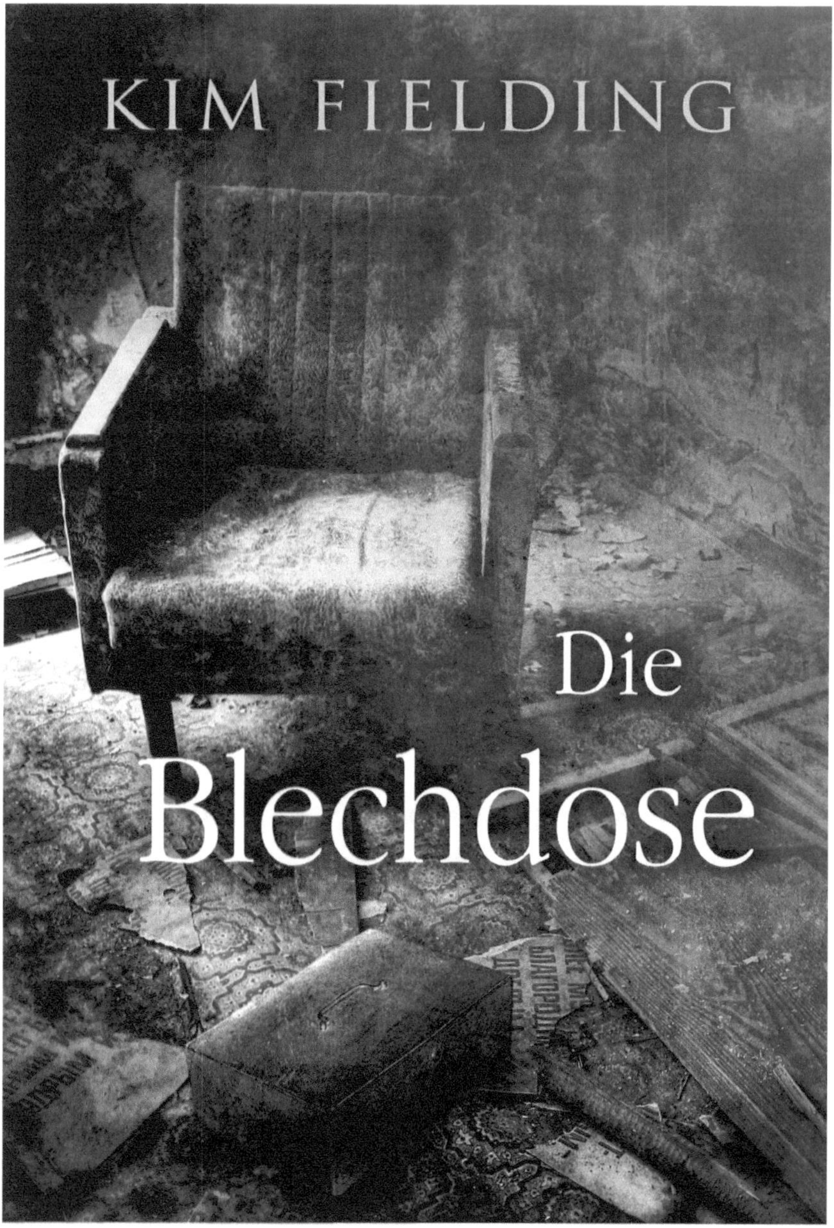
KIM FIELDING
Die Blechdose

William Lyons Vergangenheit hat ihn in eine Rolle gezwängt, die nicht seiner Persönlichkeit entspricht. Als er die Fassade nicht mehr aufrechterhalten kann, trennt er sich von seiner Frau und nimmt eine Stelle als Hausmeister für ein altes Gebäude an, das schon seit Jahren leer steht. Über mehr als hundert Jahre war die psychiatrische Anstalt von Jelley's Valley die größte Einrichtung ihrer Art in Kalifornien. William hofft, dass er hier die Zeit und Ruhe findet, endlich seine Dissertation zum Abschluss zu bringen und seine Scheidung abzuwarten. Als er in der kleinen Stadt ankommt, lernt er Colby Anderson kennen, der den örtlichen Lebensmittelladen betreibt und sich um das Postamt kümmert. Colby ist, ganz im Gegensatz zu William, ein lebensfroher und liebenswerter junger Mann. Und er ist unverkennbar schwul. Obwohl William sich durch Colbys extravagantes Verhalten zunächst abgestoßen fühlt, lernt er ihre neue Freundschaft mit der Zeit doch zu schätzen, und er nimmt Colbys Angebot an, sich von ihm in die Freuden des schwulen Sex einführen zu lassen.

Williams Selbstverständnis wird auf den Kopf gestellt, als er eine Blechdose findet, die seit den 1940er Jahren in einer Wand des Asyls verborgen war. Die Dose enthält Briefe, die im Geheimen von einem Patienten namens Bill verfasst wurden, der wegen seiner Homosexualität hier eingeliefert wurde. William fühlt sich durch die Briefe unmittelbar angesprochen und beginnt, sich für Bills Schicksal zu interessieren. William hofft, dass die über siebzig Jahre alten Briefe und Colbys Unterstützung ihm dabei helfen können, sein wahres Ich zu finden.

www.dreamspinner-de.com

Von KIM FIELDING

Brutus, der Dorftrottel
Die Blechdose
Liebe ist nicht allmächtig
Rattlesnake
Sprachlos

Veröffentlicht von DREAMSPINNER PRESS
www.dreamspinner-de.com